Евгений
Водолазкин

Евгений
Водолазкин

Совсем другое время

Роман, повесть, рассказы

АСТ
Москва

УДК 821.161.1
ББК 84(2Рос=Рус)6
В62

Художник — Андрей Рыбаков

В оформлении переплета использована фотография из семейного архива Евгения Водолазкина

Автор и издательство выражают сердечную благодарность Михаилу Шемякину за иллюстрацию к роману «Соловьев и Ларионов»

Водолазкин, Евгений Германович

В62 Совсем другое время : роман, повесть, рассказы / Евгений Водолазкин. — Москва : АСТ, 2013. — 477, [3] с. — (Проза Евгения Водолазкина).

ISBN 978-5-17-081860-0

Роман Евгения Водолазкина «Лавр» о жизни средневекового целителя стал литературным событием 2013 года (шорт-лист премий «Национальный бестселлер», «Большая книга», «Русский Букер», лауреат премии «Ясная поляна»), что вновь подтвердило: «высокая литература» способна увлечь самых разных читателей.

«Совсем другое время» — новая книга Водолазкина. И в ней он, словно опровергая название, повторяет излюбленную мысль: «времени нет, всё едино и всё связано со всем». Молодой историк с головой окунается в другую эпоху, восстанавливая историю жизни белого генерала («Соловьев и Ларионов»), и это вдруг удивительным образом начинает влиять на его собственную жизнь; немецкий солдат, дошедший до Сталинграда («Близкие друзья»), спустя десятилетия возвращается в Россию, чтобы пройти этот путь еще раз...

УДК 821.161.1
ББК 84(2Рос=Рус)6

ISBN 978-5-17-081860-0

Соловьев и Ларионов

Роман

Памяти прадеда

1

Он родился на станции с неброским названием *715-й километр*. Несмотря на трехзначную цифру, станция была небольшой. Там не было ни кино, ни почты, ни даже школы. Там не было ничего, кроме шести деревянных домов, стоявших вдоль железнодорожного полотна. Достигнув шестнадцати лет, он покинул эту станцию. Он уехал в Петербург, поступил в университет и стал изучать историю. Учитывая полученную им при рождении фамилию — Соловьев, — этого следовало ожидать.

Профессор Никольский, университетский руководитель Соловьева, назвал его типичным *self-made man*, пришедшим в столицу с рыбным обозом, но это было, конечно же, шуткой. Еще задолго до приезда Соловьева (1991 г.) Петербург перестал быть столицей, а на станции *715-й километр* никогда не было рыбы. К великому сожалению подростка Соловьева, там не было ни реки, ни по крайней мере пруда. Читая одну за другой книги о морских путешествиях, будущий историк проклял свое внутриконтинентальное существование и решил провести остаток дней, к тому времени еще немалый, на границе суши и моря. Наряду со стремлением к знаниям тяга к большой воде определила его выбор в пользу Петербурга. Иными словами, фраза о рыбном обозе так и осталась бы шуткой, если бы не акцент на преодоление изначальных обстоятельств, так изящно поставленный английским выражением. Как ни крути, историк Соловьев был самым настоящим *self-made man*.

Другое дело — генерал Ларионов (1882–1976). Он появился на свет в Петербурге, в семье потомственных офицеров. В этой семье офицерами были все — за исключением отца будущего генерала, который служил директором департамента железных дорог. Ребенком Ларионову посчастливилось увидеть даже своего прадеда (в этой семье имели вкус к долгожительству), естественно — генерала, высокого прямого старика, потерявшего ногу еще в Бородинском сражении.

Любое движение прадеда, даже самый стук его деревяшки о паркет, в глазах малолетнего Ларионова было исполнено особого достоинства. Незаметно для других ребенок любил подогнуть правую ногу, пересечь залу на левой ноге и, по-ларионовски забросив руки на спинку дивана, откинуться на нее с глубоким вздохом. Дед Ларионова, да и его пышноусые дядья были, вообще говоря, не хуже прадеда, но ни бравый их офицерский вид, ни умение красиво выражаться (прадед был молчун) не могли идти ни в какое сравнение с отсутствием ноги.

Единственным, что примиряло ребенка с его двуногими родственниками, было обилие медалей. Больше всего ему нравилась медаль *За усмирение польского бунта*, полученная одним из дядьев. Дитя, не имевшее ни малейшего представления о поляках, было заворожено самой мелодикой словосочетания. Ввиду явного влечения ребенка к медали дядя ему в конце концов ее подарил. Эта медаль — вкупе с медалью *За покорение Шипки*, полученной им от другого дяди, — была носима мальчиком вплоть до семилетнего возраста. Слово *Шипка* сильно проигрывало слову *бунт* по части звучности, но красота самой медали восполняла ее фонетические недостатки. Не было для ребенка минут счастливее, чем те, что провел он, сидя среди своих родственников-офицеров с двумя медалями на груди.

Это были еще *прежние* русские офицеры. Они умели пользоваться столовыми приборами (включая позабытый ныне рыбный нож), непринужденно целовали ручки дамам и проделывали массу разных вещей, недоступных офицерам позднейшей эпохи. Генералу Ларионову не нужно было преодолевать обстоятельства. Как раз наоборот: ему надлежало только впитывать, наполняться до краев качествами своей среды. Что он, собственно, и сделал.

Генеральское начало проявлялось в нем с раннего детства, с того самого времени, когда, едва начав ходить, ровными рядами он выстраивал на паркете деревянных гусар. Видя его за таким занятием, присутствующие произносили единственно возможное словосочетание: генерал Ларионов. Вдумайтесь, как естественно соединение этих двух слов; они созданы друг для друга, они произносятся без паузы и, перетекая одно в другое, становятся единым целым, как единым целым становятся в бою всадник и его лошадь: генерал Ларионов. Это было его первым и единственным домашним именем, к которому он привык сразу и навсегда. Генерал Ларионов. Заслышав это обращение, дитя вставало и молча отдавало честь. Говорить оно выучилось лишь к трем с половиной годам.

Что, спрашивается, соединило две столь непохожие личности, как историк Соловьев и генерал Ларионов, если позволительно, конечно, говорить о соединении молодого, цветущего исследователя и утомленного сражениями полководца, ушедшего к тому же в мир иной? Ответ лежит на поверхности: историк Соловьев изучал деятельность генерала Ларионова. Окончив Петербургский университет, он поступил в аспирантуру Института русской истории. В этом-то институте генерал Ларионов и стал его диссертационной темой. Не приходится сомневаться, что к 1996 году — а именно о нем идет речь — генерал Ларионов уже всецело принадлежал русской истории.[1]

Разумеется, Соловьев не был первым, кто занялся изучением биографии знаменитого генерала. В разное время появилось десятка два научных статей, посвященных разным этапам его жизни, а главное — связанным с ним тайнам, так до сих пор и не разгаданным. Это немалое, на первый взгляд, число работ кажется совершенно недостаточным на фоне того интереса, который генерал Ларионов всегда вызывал и в России, и за рубежом. Неслучайным представляется то обстоятельство, что количество научных исследований значительно меньше числа романов, фильмов, пьес и т.д., в которых генерал предстает либо как действующее лицо, либо как прототип героя. Такое положение вещей как бы символизирует преобладание мифологии над положительным знанием во всем, что касается покойного.

Более того, как показал критический анализ французской исследовательницы Амели Дюпон, мифология проникла даже в научные статьи о полководце. Потому для всякого, кто впервые приступает к данной теме, поле исследования становится до определенной степени минным полем. Но даже те статьи — и об этом также пишет А.Дюпон, — в которых истина предстает во всем блеске научной аргументации, освещают столь частные пробле-

---

[1] См.: Кто есть кто в русской истории. М., 2005. С. 1082–1088.

мы и эпизоды, что значение добытой и аргументированной истины стремится к нулю. Знаменателен тот факт, что работа самой А.Дюпон (книга вышла на французском и русском языках) до сих пор является единственным монографическим исследованием, посвященным генералу Ларионову.[1] Этим обстоятельством лишний раз подчеркивается скудость источников по данному вопросу. Если французской исследовательнице и удалось собрать материал для монографии, то исключительно благодаря ее самоотверженности и особому отношению к теме, названной ею темой своей жизни.

В самом деле, А.Дюпон без преувеличения была создана для разысканий о русском полководце. В данном случае имеются в виду вовсе не внешние данные историка, над которыми научное сообщество позволяет себе подтрунивать.[2] Известно ведь, что колкости и шутки за спиной крупного специалиста (в узких кругах А.Дюпон именуют *mon general*) являются обычно не более чем формой проявления зависти. Таким образом, упоминание о предназначенности А.Дюпон для указанной темы прежде всего подразумевает ее редкую настойчивость, без которой, в сущности, и невозможно было бы обнаружить те важнейшие источники, которые она впоследствии опубликовала. И, право же, недалеки от истины те, кто полагает, что появление усов, вызвавшее неадекватную реакцию в научных кругах, могло быть обусловлено в первую очередь увлеченностью исследовательницы темой. Объективности ради следует, впрочем, отметить, что сам генерал Ларионов усов не носил.

---

[1] *Дюпон А.* Загадка русского генерала. СПб., 1991.

[2] Речь, в частности, идет о росте исследовательницы (187 см) и выросших после сорока лет усах.

На всех сохранившихся фотографиях (см. вклейки в кн. А.Дюпон) перед нами предстает тщательно выбритый человек с коротко подстриженными и уложенными на пробор волосами. Пробор выполнен настолько ровно, а качество бритья столь безупречно, что при рассматривании фотографий невольно ощущается запах туалетной воды. Как и в большинстве других случаев, в отношении своей внешности генерал Ларионов принял единственно верное решение. В отличие от окружавших его офицеров, он не стал стилизоваться под Александра III, посчитав, что идеально правильные черты его лица не нуждаются в обрамлении. Что интересно, несмотря на эту правильность, лицо его не казалось красивым. В зрелом возрасте, особенно в старости, оно стало словно бы живее. Нередко случается, что, рассматривая фотографию человека в молодости, поражаешься вопиющей недостаточности, почти эмбриональности его вида в сравнении с тем, что пришло позже. В таких случаях испытываешь сожаление по поводу существования в жизни портретируемого и такого этапа. Разумеется, подобное чувство в высшей степени аисторично. Что же касается генерала, то появившиеся с возрастом морщины под глазами и возникшая на носу горбинка сделали его лицо более рельефным. В определенный период своей жизни, лет в 35–40, этой горбинкой и выражением лица (но не чертами в целом) он напоминал кардинала Ришелье. Именно к этому периоду относятся как пик деятельности генерала, так и связанные с ним тайны. Может быть, его сходство с Ришелье было сходством имеющих тайну? Как бы то ни было, со временем ушло и оно.

Даже беглый взгляд на иллюстративный материал А.Дюпон убеждает в несомненном преобладании фотографий последнего периода жизни генерала Ларионова. Специально старик не снимался, но никогда и не жеманничал, отворачиваясь от встречавших его фотокамер: он относился к ним с полнейшим равнодушием. Такое отношение придало портретам генерала редкую в данном жанре естественность. Не этой ли естественности в первую очередь стоит приписать две победы, в разное время одержанные фотопортретами генерала на международных конкурсах?

Не приходится сомневаться, что и те, кто абсолютно не знаком с деятельностью генерала и даже не слышал его имени, припомнят черно-белую фотографию старика, сидящего в складном кресле на самом краю мола (Ялта, 1964 год). Она вошла в классику мировой фотографии, подобно паровозу, выпавшему из окна парижского вокзала, подобно маяку среди бушующих волн и т.д. Несмотря на жару летнего дня, старик сидит в белом френче. Он сидит под полупрозрачным тентом, положив ногу на ногу. Носок светлой туфли вытянут вперед параллельно земле и почти сливается с молом, так что кажется, будто стоящий неподалеку маяк балансирует на носке этой изысканной обуви. Взгляд старика обращен вдаль и исполнен особого внимания того, кого не интересуют вещи, лежащие ближе линии горизонта. Этот старик — генерал Ларионов. Что и говорить, в сравнении с такой фотографией все прежние снимки генерала блекнут, становятся невыразительными и в какой-то степени недостойными этого выдающегося человека. То, что в памяти потомков генерал остался в самом, так сказать, зрелом виде, можно считать его безусловной удачей. Большей удачей его жизни было, пожалуй, лишь то, что по окончании Гражданской войны его не расстреляли. Это всегда относили к области необъяснимого.

Но вот что существенно: как раз на этой загадке и решил сосредоточиться историк Соловьев. Здесь можно предвидеть возражения в том роде, что является ли, дескать, историк Соловьев той фигурой, которая способна распутать сложнейший исторический клубок, и стоит ли вообще возлагать какие-либо надежды на вчерашнего студента, да к тому же еще и *self-made man*? Эти возражения не кажутся основательными. Достаточно указать — и этот факт был впервые установлен А.Дюпон, — что А.П.Гайдар в шестнадцать с половиной лет командовал полком.[1] А что уж до *self-made man*, то при широком понимании термина таковым следует считать всякого, кому удалось чего-то в жизни добиться.

В отношении работы Соловьева над собой достаточно упомянуть лишь одну деталь: он сумел изменить свое южнорусское произношение на аристократическое петербургское. Разумеется, в самом по себе южнорусском произношении нет чего-либо зазорного или умаляющего достоинства его носителей (точно так же, скажем, как хромающий московский говор не способен опорочить жителей столицы). В конце концов, М.С.Горбачев перестраивал Россию как раз с южнорусским произношением. В отличие от Соловьева, Горбачев не был историком — он сам творил историю, не слишком заботясь об орфоэпической стороне дела.[2] Что же касается Соловьева, то, шепча на кухне общежития русские скороговорки, он в собственном своем представлении занимался чем-то

[1] Стоит, впрочем, указать, что открытие француженки носит случайный характер и связано с основным предметом ее исследования: по окончании Гражданской войны, когда А.П.Гайдар стал публиковаться, генерал Ларионов неоднократно сокрушался, что в свое время не поставил его к стенке.

[2] Даже уйдя впоследствии на пенсию и обретя все возможности для самообразования, государственный деятель не нашел в себе сил отказаться ни от фрикативного «г», ни от звонких согласных в конце слова.

большим, чем просто постановкой произношения: он изживал в себе провинциализм.

Важную роль в развитии Соловьева сыграл его научный руководитель — знаменитый профессор Никольский. Прочитав первую курсовую работу студента — она была посвящена освоению Россией Дальнего Востока, — профессор пригласил его к себе в кабинет и, ничего не говоря, долго продувал мундштук папиросы *Беломор* (к папиросам он пристрастился на одноименном канале).

— Друг мой, — сказал, закурив, профессор, — наука скучна. Если вы не свыкнетесь с этой мыслью, вам будет нелегко ею заниматься.

Профессор попросил Соловьева удалить из его курсовой слова *великий, победоносная* и *единственно возможное*. Он также спросил студента, знакома ли ему теория, согласно которой русские растратили данную им энергию, осваивая нечеловеческие в своей протяженности пространства. Теория знакома студенту не была. До ознакомления с указанной теорией проф. Никольский попросил Соловьева удалить и словосочетание *прогрессивное явление*. Особое внимание автора курсовой было обращено на оформление библиографических и аргументативных сносок. Внимательный взгляд на эту сторону работы показал, что единственной правильно оформленной сноской оказалось «Там же. С. 12».

Если быть предельно откровенным, большинство из сказанного проф. Никольским показалось Соловьеву придирками, и все-таки именно эта беседа положила начало дружбе профессора и студента. Профессор находился в том возрасте, когда его замечания уже не могли быть обидны юноше; непростая же история самого Соловьева заставляла, в свою очередь, руководителя проявлять к своему ученику больше снисходительности.

Проф. Никольский не уставал повторять своему подопечному, что красивые фразы в науке, как правило, ложны, что красота этих фраз основана на их якобы универсальности и отсутствии исключений. Но, — папироса в руке профессора описывала дымящийся эллипс, — это отсутствие — мнимое. Исчерпывающих истин не бывает (почти не бывает, поправлялся профессор, приводя высказывание в соответствие с собственной теорией). На каждое *а* всегда найдется и *б*, и *в*, и что-то такое, что не передается уже никакими буквами. Честный исследователь всё это учитывает, но его заявления перестают быть красивыми. Так говорил проф. Никольский.

Голубоглазый романтизм Соловьева в какой-то момент сменился подчеркнутой склонностью к точности, и это было время открытия им особой красоты — красоты достоверного знания. Это было время, когда работы юноши запестрели огромным количеством исчерпывающих и безукоризненно оформленных сносок. Сноски стали для него не просто поводом выразить уважение к предшественникам. Они открыли ему, что нет ни одной области знаний, где он, Соловьев, был бы первым, и что наука — процесс в высшей степени преемственный. Они были представителями великого всеобъемлющего знания. Они следили за Соловьевым и воспитывали его, заставляя избавляться от приблизительных и неверных утверждений. Они взорвали его гладкое школьное изложение, поскольку текст, как и бытие, не может существовать без оговорок.

Соловьев ставил сноску за сноской и удивлялся, как ему удавалось обходиться без них в начале его научной карьеры. Когда сноски стали сопровождать едва ли не каждое сказанное им слово, проф. Никольский был вынужден его остановить. Он сообщил ему между прочим, что в конце карьеры ученые также обычно обходятся без сносок. Молодой исследователь почувствовал себя обескураженным.

Тихий океан, к которому в своей первой курсовой пробивался Соловьев, не стал, вопреки ожиданиям, его главной темой. Проф. Никольский сумел убедить студента, что важнейшая часть истории проходит на континенте. Лишь хорошее знакомство с ней дает исследователю право временами покидать сушу. В результате непростой внутренней борьбы Соловьев решил повременить с выходом в море.

За пять университетских лет Соловьев вполне проникся Петербургом. Он стал носить добротную, но неброскую одежду (с продвижением на юг — и это ведь не только в России — одежда прибавляет в красках), обозначал власть коротким словом *они* и пристрастился к вечерним прогулкам по Васильевскому острову. Впоследствии, когда он снял комнату на Петроградской стороне (Ждановская набережная, 11), привычка гулять осталась. Закончив работу в библиотеке, он шел домой пешком. Садовая. Летний сад. Троицкий мост. Зимой, когда, в соответствии с названием, Летний сад был закрыт, а статуи заколачивались в ящики, Соловьев выбирал другой путь. По каналу Грибоедова он добирался до Невы и, пройдя мимо Зимнего дворца (открытого, в отличие от Летнего сада, круглый год), поворачивал на Дворцовый мост. Дома ставил на батарею промокшие ботинки. От разбрасываемой дворниками соли к утру они становились белыми.

Соловьев полюбил особый зимний уют Публичной библиотеки: фигуру Екатерины в полузамерзшем окне, довоенные лампы на столах и едва слышный шепот сидящих сзади. Ему нравился непередаваемый библиотечный запах. Он соединял в себе ароматы книг, дубовых стеллажей и вытертых ковровых дорожек. Так пахнет во всех библиотеках. Так пахло в деревенской библиотеке, где брал книги юный Соловьев, — заснеженной, одноэтажной, в полутора часах ходьбы от станции *715-й километр*. Он заходил туда после школы, прежде чем отправиться обратно на свою станцию. Сидел вполоборота к столу пожилой библиотекарши Надежды Никифоровны, пока та где-то за шкафами искала ему книги. В ожидании возвращения Надежды Никифоровны рассматривал свои фиолетовые, утонувшие в кроличьей шапке пальцы. Время от времени из-за шкафов появлялась ее голова.

— *Одиссея капитана Блада*?

— Читал.

Он всё читал. Деревенская библиотека стала его первым настоящим потрясением, а Надежда Никифоровна — первой любовью. В отличие от домов при железной дороге, в библиотеке было очень тихо и не пахло шпалами. К сказочному библиотечному настою здесь примешивался запах духов *Красная Москва*. Это были духи Надежды Никифоровны. Если чего впоследствии и не хватало Соловьеву в его петербургской жизни, то, пожалуй, *Красной Москвы*.

— *Дети капитана Гранта*?

От ее тихого голоса по соловьевскому позвоночнику медленно спускались мурашки. Послюнив палец, Надежда Никифоровна вытаскивала из ящика формуляр и вносила необходимую запись. Соловьев зачарованно следил за движением ее крупных, с потускневшими ногтями пальцев. На безымянном блестел перстень с камеей. Ставя книги на полку, Надежда Никифоровна задевала дерево перстнем, и камея издавала глуховатый пластмассовый звук. Столь непохожий на лязганье вагонных сцеплений, в ушах Соловьева этот звук приобрел чрезвычайную изысканность, почти элитарность. Впоследствии он квалифицировал его как первый робкий стук мировой культуры в его душу.

Чаще всего Соловьев приходил в библиотеку не один. Его сопровождала девочка Лиза, жившая в соседнем с ним доме. Лизе не позволялось ходить домой одной и было велено ждать Соловьева в библиотеке. Она сидела поодаль, молча наблюдая за процессом книгообмена. Иногда брала что-то из прочитанного Соловьевым. Вернувшись домой, Соловьев тут же о Лизе забывал. Он вспоминал все подробности посещения библиотеки и предавался мечтам о супружеской жизни с Надеждой Никифоровной.

Следует подчеркнуть, что в тогдашние его восемь лет мечты эти были вполне целомудренны. Будучи удален от очагов цивилизации (а заодно, по выражению Надежды Никифоровны, и от осевшего в них пепла), Соловьев смутно представлял себе как задачи брака, так и формы его протекания. Единственной его связью с внешним миром как раз и была деревенская библиотека, исключавшая наличие не только эротических изданий, но даже двусмысленных иллюстраций в периодической печати. Такие вещи безжалостно вырезались Надеждой Никифоровной, цензурировавшей новые поступления в нерабочее время.

Нет ничего удивительного в том, что лет пять спустя, с пробуждением инстинктов, Соловьев и Лиза были лишены в *этой* сфере всяческого руководства, продвигаясь в буквальном смысле на ощупь. Впрочем, даже в пору позднейших занятий сексом подросток Соловьев не считал себя изменившим Надежде Никифоровне. Более того, идея брака, столь гревшая его в детском возрасте, и тогда еще не потеряла для него своей привлекательности. Перемена состояла лишь в осознании того, что есть вещи, которых от Надежды Никифоровны требовать не приходится.

Для настоящего повествования небезынтересна фамилия Лизы — Ларионова. Настоящее повествование вообще склонно делать акцент на разнообразных сходствах и совпадениях, поскольку во всяком подобии есть свой смысл: оно открывает иное измерение, намекает на истинную перспективу, без которой взгляд непременно уперся бы в стену. Берясь за исследование жизни и деятельности генерала Ларионова, Соловьев принял во внимание и свое прежнее знакомство с этой фамилией. Он придавал значение подобным вещам. Разумеется, молодой исследователь не мог еще объяснить роли Ларионовых в своей жизни, но уже тогда он чувствовал, что роль эта не будет второстепенной.

Как это чаще всего и бывает с событиями закономерными, научная тема пришла к Соловьеву по случаю. До него эту тему разрабатывал аспирант Калюжный, симпатичный малый, лишенный, правда, всякой исследовательской энергии, да, пожалуй, и энергии вообще. Его усилий хватало лишь на то, чтобы добраться до академической пивнушки и осесть там на весь оставшийся день. К генералу Калюжный относился сочувственно и в отношении его судьбы испытывал несомненное любопытство. Главным, чего он не понимал, было то (указательный палец Калюжного скользил по стеклу бокала), что генерал остался жив. В течение нескольких лет всем, кто подсаживался за его столик, Калюжный пересказывал классическое исследование А.Дюпон. Очевидно, этот долгий пересказ его по-настоящему изматывал, потому что за годы непрерывного повествования им не было написано ни строчки. Собрав последние силы, аспирант Калюжный неожиданно сделал то, на что в свое время так и не решился генерал: он уехал за границу. Дальнейшая его судьба неизвестна.

Известна, однако, судьба Соловьева, которому, по единогласному мнению коллег, надлежало заменить выбывшего товарища. Уже через несколько месяцев после поступления в аспирантуру на одной из конференций он выступил с докладом *Изучение жизни и деятельности генерала Ларионова: итоги и перспективы*.

И подведенные Соловьевым итоги, и намеченные им перспективы произвели на ученую публику самое благоприятное впечатление. Доклад свидетельствовал не только о хорошо организованном сознании молодого исследователя, но в равной степени и о его глубоком проникновении в тему. Апогеем доклада, вызвавшим в зале чрезвычайное оживление, стало внесение поправок в данные, приведенные в монографии А.Дюпон и до того дня считавшиеся незыблемыми.

Так, оказалось, что в 136-м Таганрогском полку 34-й пехотной дивизии числилось не 483 солдата, как это утверждала А.Дюпон, а только 469. Выяснилось также, что количество солдат 2-й Туземной дивизии Сводной кавалерийской бригады было французской исследовательницей, наоборот, преуменьшено — 720 (в то время как истинное количество — 778). Не вполне прояснена у А.Дюпон и роль в Крымской кампании полковника Я.Д.Нога (1878–?), но при этом явно преувеличена образованность офицера: исследовательница ошибочно указывает, что Я.Д.Нога окончил Владимирский и Киевский кадетские корпуса, в то время как он окончил лишь Владимирский (т.е. имени св. Владимира) Киевский кадетский корпус. Соловьевым был выдвинут и ряд более мелких замечаний к французской монографии, но в данном случае, думается, допустимо ограничиться и приведенными. Даже они в достаточной мере характеризуют качество работы молодого ученого и его нежелание слепо доверять авторитету предшественников.

Это был звездный час Соловьева. Притаившись за мраморной колонной конференц-зала, доклад Соловьева слушала А.Дюпон. По свидетельству всех, в этот момент ее видевших, глаза французского историка были на мокром месте. Человек, менее преданный науке, на все внесенные Соловьевым поправки мог бы обидеться. Он мог бы ожесточиться или, пожав, чего доброго, плечами, презрительно хмыкнуть. Сказать, допустим, что для объяснения крымских событий 1920 года перечисленные уточнения имеют ценность весьма относительную. Не такова была А.Дюпон. Под фразу Соловьева «Благодарю за внимание» она выбежала из-за колонны и обняла докладчика. Это горячее научное объятие, соединившее в себе и всхлипывания, и потекшую тушь, и покалывание усов, — не было ли оно торжеством истинных ценностей, свидетельством нерушимости великого интернационала исследователей?

Стоя за трибуной с потекшей по лицу тушью, А.Дюпон вспомнила всех, кто в разное время посвятил себя исследованию послереволюционного периода. С особым чувством она упомянула о И.А.Рациморе, задумавшем, но не успевшем завершить монументальную *Энциклопедию Гражданской войны*.[1]

— Он умер на букве *К*, — сказала о покойном А.Дюпон, — но, если бы он смог продержаться хотя бы еще одну букву, уровень наших знаний о генерале Ла-

---

[1] *Рацимор И.А.* Энциклопедия Гражданской войны. А–К. Париж; Н. Новгород, 1991.

рионове был бы иным, совершенно иным. А сейчас, — и с этими словами исследовательница снова привлекла к себе Соловьева, — мы видим свою достойную смену. Теперь мы можем спокойно уйти.

Вежливый Соловьев хотел было возразить француженке, попросить ее и впредь заниматься столь важной для всех работой, но она не дала ему этого сделать. Взмахом огромной руки она словно из воздуха извлекла свою монографию о генерале и с силой прижала ее к груди Соловьева. Поцеловав его напоследок еще раз, маршевым шагом А.Дюпон пересекла конференц-зал и скрылась в полумраке коридора.

Она позвонила ему из Парижа. В молодом исследователе ее интересовало буквально всё: взгляды на историю в целом, пристрастия в области методологии и даже — что было совершенно уж неожиданным — его материальное положение. В отличие от всех прочих сфер, на вопрос о материальном положении вразумительного ответа у Соловьева не нашлось. Резюме относительно материального положения было сделано самой А.Дюпон: у русского ученого оно попросту отсутствует.

Потрясенная этим обстоятельством, А.Дюпон занялась поиском причин столь безрадостного положения вещей. Стоя на позициях детерминизма, представительница французской исторической науки выстроила длинную причинно-следственную цепочку. Нет смысла приводить ее полностью: упомянутые исследовательницей события известны любому русскому школьнику. Стоит остановиться разве что на нескольких основных принципах, эту цепочку характеризовавших.

Движение нашего общества определялось несколькими факторами, из которых, по А.Дюпон, ключевую роль играли недостаточная расположенность к труду, склонность к присвоению чужого имущества и обостренное чувство справедливости. В голове исследовательницы выстроенная причинно-следственная цепочка в конце концов свернулась в форму круга, который та по зрелом размышлении признала заколдованным.

Положение дел рисовалось и в самом деле не радужным: присвоение чужого имущества донельзя обостряло в обществе чувство справедливости, что, в свою очередь, резко снижало его, общества, расположенность к труду. Разумеется, последнее обстоятельство не могло не стимулировать склонности к присвоению чужого имущества, а это автоматически приводило к еще большему обострению чувства справедливости и еще меньшей расположенности к труду. В этом контексте исследовательницей рассматривались и разрушительные русские революции, и многолетнее правление коммунистов (по ее оценке, не менее разрушительное), и целый ряд иных событий.

Сочетание указанных факторов, само по себе взрывоопасное (*“Molotoff cocktail!”* — вздыхала А.Дюпон), усугублялось и фактором персональным. По колеблющейся сцене русской истории проследовал ряд лиц, сумевших довести все противоречия до крайнего уровня. Особое место среди них занял президент Б.Н.Ельцин, с точки зрения француженки, явно злоупотреблявший дирижированием. Успех берлинского выступления так вскружил ему голову, что ни о чем, кроме дирижерской палочки, он с тех пор уже не думал. Под ее легкий взмах присвоение чужого имущества в конце концов достигло той точки, на которой чувство справедливости больше не обостряется, а расположенность к труду уже не снижается. Что же касается решительной манеры Ельцина решать проблемы, то исследовательница охарактеризовала ее как типичный кавалерийский наскок.[1]

Выстраивая свою причинно-следственную цепочку, в целом ряде вопросов А.Дюпон, несомненно, запуталась. Так, она продемонстрировала явное преувеличение роли личности в истории, вызванное, вероятно, тем, что история, над которой работала она сама, была историей генерала.[2] Кроме того, камнем преткновения стала для нее диалектика необходимого и случайного, столь важная для правильной оценки исторических событий. На материале русской истории она так и не смогла в ней разобраться. В какой-то момент ей вообще стало казаться, что необходимость в нашей стране является до определенной степени случайностью. Иными словами, она так и не смогла внятно сформулировать причину нищенского существования Соловьева. И тогда всю свою неуемную энергию А.Дюпон перенесла на работу со следствием. Поиск ответов на проклятые русские вопросы она заменила поиском денег для нужд молодого ученого.

После недолгих раздумий французская исследовательница обратилась к Всероссийскому фонду науки, смутно надеясь, что именно этот институт восполняет всё то, что недодало своим ученым государство. После краткой московской беседы — а знающие люди советовали общаться с сотрудниками фондов исключительно лично — заявленную тему исследования эксперты фонда сочли недостаточно всероссийской. Прощаясь («На нашей встрече лежала тень какой-то недоговоренности!» — жаловалась

---

[1] *Дюпон А.* Всадник без головы // Трезвость и культура. 1999. № 12. С. 48–71.

[2] Стоит ли удивляться, что в своих политических взглядах А.Дюпон всегда представала убежденной голлисткой.

впоследствии А.Дюпон), они порекомендовали своей гостье обратиться в Российский фонд работников науки.

В Фонде работников науки А.Дюпон выслушали более благосклонно и даже напоили чаем с сушками *Столичные*. По ходу дела ее спросили, не является ли она сотрудником или хотя бы экспертом каких-либо французских фондов. Узнав, что с французскими фондами А.Дюпон дела не имеет, у исследовательницы уточнили, кто именно из Всероссийского фонда науки порекомендовал ей обратиться в Российский фонд работников науки и что при этом говорил. Удивленная вопросом, а главное — необычным тоном вопрошавшего, А.Дюпон поперхнулась, и ее колотили по спине до тех пор, пока злополучный фрагмент сушки *Столичной* не покинул горла парижанки. После этого ее уже ни о чем не спрашивали, а подали пальто и галантно поцеловали руку: в Москве, кстати говоря, это делают не хуже, чем в Париже.

Еще одну попытку помочь петербургскому аспиранту А.Дюпон предприняла, связавшись по телефону с Фондом им. С.М.Соловьева. Фонд имени великого русского историка, по мысли француженки, не мог отказать в поддержке историку же, да еще молодому, да еще с такой же фамилией. Как ни странно, именно фамилия стала в этом случае камнем преткновения. Боясь обвинений в семейственности, на том конце провода отказались подобное обращение даже рассматривать. Подивившись щепетильности российских фондов,[1] А.Дюпон задумчиво повесила трубку.

Наконец, по совету коллег она обратилась к какому-то американскому предпринимателю, якобы человеку кон-

---

[1] Об этом см.: *Откатов У.Е.* Научные и благотворительные фонды: формы взаимопомощи // Вопросы развития российского фондового рынка. 2000. № 3. С. 231–280.

трастов, перемежавшему биржевые спекуляции с филантропической деятельностью. Вполне вероятно, что контрасты были преувеличены, поскольку по сведениям, достигшим ее позже, филантропическая деятельность каким-то непонятным образом оказывалась одной из самых прибыльных статей его предпринимательства. Как бы то ни было, А.Дюпон обратилась к нему с большим письмом, где отметила тщательность работы ученого, перечислив среди прочего внесенные последним поправки относительно личного состава подразделений.

К чести адресата, ответ не заставил себя долго ждать. В пришедшем от него письме трудолюбию и внимательности Соловьева давалась самая высокая оценка. Вместе с тем филантроп указывал, что, поскольку его по преимуществу интересуют сведения о действующих ныне армиях, данные за 1920 год для него не представляются актуальными.

Разумеется, даже такой галантный отказ не мог устроить человека, прозванного коллегами *mon general*. А.Дюпон пошла на новый штурм и написала меценату письмо гораздо большего объема. В этом письме подробнейшим образом рассматривалась суть каждой из внесенных Соловьевым поправок — с историческими параллелями и краткой статистикой по сопоставимым подразделениям европейских армий. Что же касается актуальности данных, то предприимчивый филантроп был ознакомлен с одной весьма древней точкой зрения, согласно которой всё в истории повторяется. Подвергнув указанную теорию конструктивной критике, А.Дюпон тем не менее указывала, что вовсе не исключает возможности создания однажды в Крыму армии с точно таким же численным составом. Единственное, с чем исследовательница категорически отказывалась согласиться, — это возможность (даже теоретическая) появления на полуострове второго генерала Ларионова. Завершая свое письмо, она, дабы исключить всякие недомолвки, даже указала, что люди, подобные генералу, рождаются раз в тысячу лет.

Неизвестно, что уж здесь подействовало больше — экскурс ли в область философии истории, решимость исследовательницы отстаивать свою позицию или самый объем письма, — только предприниматель-филантроп ответил согласием. В ответном письме он даже мило пошутил, что замечание исследовательницы относительно подобного Ларионову генерала хотя и исключает возможность его появления в ближайшем будущем, но вселяет определенные надежды на период после 2882 года. В ожидании этой благословенной эпохи на всё время аспирантуры (т.е. на три года) он назначал Соловьеву небольшую, но достаточную для скромной жизни стипендию. Это была настоящая победа.

Известием о стипендии Соловьев был сражен наповал. Он ничего не знал о хлопотах француженки и, услышав о таком подарке, почувствовал себя по-настоящему счастливым. Фраза о том, что стипендия рассчитана на скромную жизнь, не могла омрачить его радости. С одной стороны, жизнь Соловьева всегда была скромной, а с другой, он справедливо полагал, что его представления о скромности сильно отличались от представлений его благодетелей. При всей своей информированности они даже не догадывались, до какой степени скромна жизнь ученого в России.[1]

— Вы должны ехать в Ялту, — сказала стипендиату А.Дюпон. — В столицах я всё просмотрела вдоль и поперек, а до Крыма добраться не удалось. Если где и можно найти что-либо новое, то это Ялта.

---

[1] Подробнее см.: *Придворов Е.А.* Бедные люди. Кимры, 2006.

Сказано это было в начале июля. Недели три Соловьев занимался систематизацией своих бумаг. По ходу дела выяснилось, что в августе в Керчи должна состояться конференция *Генерал Ларионов как текст* (по странному совпадению ее должен был финансировать Фонд им. С.М.Соловьева), и, несмотря на причудливое название, он послал туда свою тему.

Почувствовав себя готовым к работе в крымских условиях, Соловьев обратился к директору института за командировкой. По тому, как директор задумчиво покусывал дужку своих очков, Соловьев понял, что такая командировка не представлялась ему бесспорной. Тут только впервые за три недели молодой ученый вспомнил, что Ялта — курортный город, и ему стало неловко. Соловьев стал было объяснять повод своей поездки с неожиданной для академического учреждения горячностью (от волнения он даже забыл упомянуть о конференции), но директор, отпустив дужку, уже согласно махнул ею в воздухе. В конце концов, все последние годы командировки за неимением денег не оплачивались и являлись не более чем разрешением отсутствовать в институте. Это разрешение Соловьев получил.

Он покинул помпезное здание института и не спеша двинулся по Тучковой набережной. Свернув в один из переулков, неожиданно для себя оказался в кафе. Соловьев не смог вспомнить, когда был в кафе последний раз, и с удивлением констатировал, что жизнь его становится менее скромной. Устроенный самому себе ужин Соловьев рассматривал как прощальный. У него уже имелся железнодорожный билет, который он, запуская руку в карман пиджака, не без удовольствия ощупывал. Для командировки в Ялту август был, несомненно, самым подходящим месяцем.

2

Уже на следующий день поезд *Санкт-Петербург–Симферополь* уносил Соловьева на юг. Излишне говорить, что поезд для молодого историка не был обычным транспортным средством. Жизнь его складывалась так, что любой, кто способен читать по руке, параллельно с линией судьбы увидел бы на ладони Соловьева линию железной дороги. Проносившиеся мимо маленькой станции поезда первыми открыли ему существование большого и нарядного мира за ее пределами.

С железной дорогой были связаны первые запомнившиеся Соловьеву запахи и звуки. Гудки тепловозов будили Соловьева по утрам, вечерами же его убаюкивал ритмичный стук колес. При прохождении поезда кровать его мелко дрожала, а по потолку бежали отраженные огни купе. Засыпая, он переставал различать, где именно — здесь или за окном — осуществлялось это плавное, но шумное движение. Кровать позвякивала железными набалдашниками на спинках и, медленно набирая скорость, везла Соловьева к его радужным детским снам.

По табличкам поездов дальнего следования (это определение на станции никогда не сокращалось) Соловьев учился читать. Стоит отметить, что именно скоростью поездов были обусловлены его навыки скорочтения, впоследствии облегчившие ему знакомство с публикациями о генерале, столь же многочисленными, сколь и фантастическими. Из этих же табличек Соловьев впервые узнал о существовании целого ряда городов, к которым под самыми его окнами и бежали рельсы, с одной стороны ведущие строго на север, с другой — строго на юг. Посредине мира лежала станция *715-й километр*.

На поезда Соловьев ходил смотреть с Лизой Ларионовой. Поднявшись на платформу, они садились на давно потерявшую цвет лавку и принимались наблюдать. Они любили, когда поезда дальнего следования сбавляли возле станции скорость. Тогда можно было рассмотреть не только таблички, но и свернутые матрасы на полках, стаканы в подстаканниках, а главное — пассажиров, представителей того загадочного мира, откуда и появлялись поезда. Нельзя сказать, что поездам они радовались оттого, что так уж стремились в неизвестный им мир. Скорее, их увлекала сама идея дальнего следования.

К электричкам и товарным поездам, изредка проносившимся мимо станции, они относились спокойнее. Публика в электричках была им более-менее знакома, а что уж до поездов товарных, то там и вовсе не было публики. Это были самые длинные и скучные из всех поездов. Они состояли из залитых нефтью цистерн, платформ, груженных лесом, или просто закрытых наглухо дощатых вагонов.

Уже в самом раннем возрасте Соловьев знал расписание всех проходивших мимо станции поездов. Эти сведения, способные кому-то показаться бесполезным грузом, сыграли в жизни будущего историка немалую роль. Во-первых, с самого начала сознательной жизни Соловьеву был привит вкус к достоверному знанию.[1] Во-вторых, безошибочное владение расписанием воспитало в Соловьеве обостренное восприятие времени, столь необходимое для настоящего историка. Числа, которыми оперировало расписание, никогда не были круглыми. В этих данных не было места для приблизительных обозначений вроде *после*

[1] Не потому ли отношение молодого историка к окружавшей генерала Ларионова мифологии было впоследствии столь нетерпимым?

обеда, *в первой половине дня* или *около полуночи*. 13:31, 14:09, 15:27 — и только. Эти растрепанные края времени, неприглаженные, как само бытие, обладали особого рода красотой — красотой истинности.

Владение Соловьева расписанием не было случайным. На прилегавшем к станции переезде его мать работала регулировщицей. И хотя регулировать там было особо нечего (переезд мог не пересекаться сутками), за три минуты до появления всякого поезда мать Соловьева опускала шлагбаум и, надев свой форменный китель, выходила на балкончик регулировочной будки. В неестественно прямой ее фигуре, в неподвижности, в суровых чертах лица было что-то капитанское. Иногда среди ночи он просыпался от шума поезда и смотрел из окна на свою мать. Его завораживало это непоколебимое стояние с поднятым жезлом. Именно так, в профиль, она и отпечаталась в его памяти — в грохоте поезда, в свете мелькающих огней. Когда впоследствии Соловьев прочитал о церквях заброшенных северных деревень, о том, как священник служит там в пустом храме, он подумал, что это — и о его матери. Ее беззаветное, без всякой видимой цели служение протекало неизменно, как восход солнца. Независимо от смены правительств, времени суток или погодных условий.

Впрочем, именно погодные условия оказались для нее фатальными. В одну из морозных зимних ночей она сильно продрогла и заболела воспалением легких. Вначале лечилась водкой и медом. Ее мать, бабка Соловьева, время от времени брала жезл и отправлялась замещать свою дочь на переезде. Какое-то время спустя, когда больной стало хуже, старуха растирала ей спину и грудь, распространяя по дому удушливый запах скипидара. Через несколько дней мать Соловьева неожиданно сказала, что умирает. В этой семье было не принято преувеличивать, и старуха обеспокоилась. Посылать в ближайшую деревню смысла не имело: никого, кроме пьяного фельдшера, там не было. Старуха побежала к будке регулировщика, чтобы остановить поезд. Мать Соловьева умерла, а она всё еще махала жезлом своей дочери. Ни один поезд не остановился.

Поезда почти никогда не останавливались. Лишь изредка, преимущественно летом, когда железнодорожная ветка была перегружена, тяжело вздыхая, составы причаливали к станции. На выщербленные плиты платформы по-хозяйски сходили проводники. За ними — толстяки в майках, женщины в обтягивающих тренировочных брюках. Реже — дети. Детей обычно не пускали дальше тамбура, где они рвались из рук задумчивых бабушек. Взрослые курили, пили пиво прямо из бутылок и звонкими шлепками уничтожали комаров. Когда дети все-таки оказывались на платформе, маленький Соловьев убегал, но продолжал следить за происходящим из кустов. В такие минуты за прибывшим поездом следил не только он. Все шесть окружавших станцию домов обращались в зрение и слух. Их обитатели прижимались к окнам, стояли в дверях или, делая вид, что копаются в огороде, бросали на приезжих короткие взгляды. Подходить к самой платформе не было принято.

На виду у пассажиров находилась только мать Соловьева — пока была жива. Пассажиры, чей праздный вид усугублялся сосредоточенным стоянием железнодорожницы, даже не пытались ее окликать. С первого взгляда было понятно, что эта неподвижность — особого рода. Не обращая внимания на пассажиров, мать Соловьева вглядывалась туда, где сходились рельсы, — словно высматривала прибытие скорой своей смерти. Читая впоследствии о знаменитом взгляде престарелого генерала, Соловьев представлял его без малейших усилий. Он вспоминал, как смотрела вдаль его мать.

Бабушка Соловьева так не смотрела. Ей вообще не были свойственны взгляды вдаль. Чаще всего она сидела, подперев щеку ладонью, и смотрела перед собой. Она пережила свою дочь на несколько лет и умерла незадолго до окончания Соловьевым школы. Эта смерть толкнула его к переезду в Петербург. В Петербурге он впервые услышал о генерале Ларионове.

Вообще говоря, неслучайно то, что и Соловьев, и Ларионов были детьми железнодорожников. Может быть, как раз это, несмотря на всё внешнее различие, определило и некоторые сходные их черты. Миссия железнодорожника в России — особая, потому что и роль железных дорог у нас не такая, как в других странах. Время нашей езды измеряется сутками. Его достаточно не только для хорошей беседы, но — в удачных случаях — даже для устройства судьбы. Какую судьбу можно устроить в экспрессе *Мюнхен—Берлин* — в стоящих друг за другом креслах с радиорозетками на подлокотниках? Скорее всего, никакую.

Все, кто так или иначе связан с железной дорогой, — люди по преимуществу взвешенные и неторопливые. Они знают толк в преодолении пространства. Эти люди умеют прислушиваться к размеренному стуку колес и никогда не станут суетиться: они понимают, что у них еще есть время. Вот почему и самые серьезные из иностранцев выбирают раз в году недельку-другую, чтобы прокатиться по Транссибирской магистрали. Стоит ли говорить, что такие люди решительно предпочтут самолету поезд — во всех случаях, кроме трансатлантических. Американцы не оставляют им никакого выбора.

У отца генерала Ларионова возможности выбирать тоже не было. К моменту, когда он решил связать свою жизнь с железной дорогой, самолеты еще попросту не летали. Строго говоря, и сама железная дорога не стала еще делом вполне обыденным. Для пользования ею от пассажира требовалась не только определенная доля мужества, но и прогрессивное умонастроение. Обладая указанными качествами в полной мере, директор департамента железных дорог Ларионов половину своего служебного времени проводил на колесах. Ему полагался особый вагон-салон первого класса, который цеплялся к хвосту поезда. В этом вагоне он отправлялся и на отдых в Крым. Будучи человеком щепетильным, проезд своей семьи в этом вагоне директор департамента оплачивал — вопреки уговорам железнодорожных служащих, считавших, что льготы распространяются и на нее. Гувернантка ехала во втором классе того же поезда, а прислуга — в третьем. Последнее обстоятельство служило впоследствии поводом для различных спекуляций и даже выводов об открыто недемократическом характере отношений в доме Ларионовых.

В ответ на подобное обвинение можно сослаться на мнение И.А.Рацимора, указавшего, что по ряду причин сословная идеология в конце XIX в. преобладала над демократической.[1] Исследователь высказал также предположение, что демократия не является понятием универсальным и в общем-то не обязана характеризовать все времена и народы. Установленная в не подготовленных для нее странах, она способна принести самые печальные плоды. По убеждению историка, четкость сословного деления России регулировала общественные отношения гораздо эффективнее демократических процедур. На материале биографии генерала он убедительно продемонстрировал, что, будучи кадетом, Ларионов был обязан ездить

[1] *Рацимор И.А.* Ростки демократии в русской военной среде конца XIX — начала XX вв. // Военное дело. 1992. № 3. С. 55–83.

во втором классе, а, став юнкером, — только в третьем, поскольку юнкера уже рассматривались как нижние армейские чины и в два других класса не допускались.[1]

Относительно демократизма в семье Ларионовых высказывались и менее радикальные точки зрения. Так, аспирант Калюжный в устной форме предположил, что особенности рассадки ехавших на юг определялись не столько мнением Ларионова — директора департамента, сколько присутствием на вокзале генерала Ларионова-старшего, неспособного якобы смириться с пренебрежением к сословному устройству России. Последний и впрямь был известен своим консерватизмом, выражавшимся, в частности, в презрительном отношении к железной дороге. Железнодорожная сфера представлялась ему недостойной их рода и в слезящихся глазах ветерана представала чем-то вроде циркового аттракциона. Лишь должность директора департамента вносила в работу его внука определенную серьезность и отчасти примиряла старика с этим странным выбором. И хотя ездить на поездах герой Бородина считал для себя неуместным, он неизменно прибывал на Царскосельский вокзал проводить свою семью в дорогу. Пройдясь на своей деревяшке вдоль ряда вагонов, он с неожиданной робостью останавливался у паровоза и долго смотрел на вырывавшийся из котлов пар. Потом демонстративно пожимал плечами, наскоро крестил домашних и, отзываясь эхом в металлических

---

[1] Выходя в своих обобщениях за пределы ларионовской тематики, И.А.Рацимор отмечал, что ощутимая печать убожества, лежавшая на большинстве деяний советской власти, основанием своим имела прежде всего потерю сословной ориентации. Не сумев управлять государством, кухарки, по убеждению исследователя, еще и совершенно разучились готовить. Из всех пристрастий прежней элиты новая, ввиду несомненных способностей к стрельбе, смогла перенять лишь охоту.

сводах, решительно ковылял на выход. Следует полагать, что в такие минуты он меньше всего думал о рассадке пассажиров.

В памяти будущего генерала эти поездки сохранились как одна из самых светлых страниц его детства. В найденных и опубликованных А.Дюпон *Набросках к автобиографии* генерал Ларионов подробно описывает железнодорожные путешествия своего детства.[1] Наибольшее его восхищение вызывал сам вагон: с начищенными до блеска медными ручками, дубовыми панелями, а главное — стеклянной задней стенкой, открывавшей всё пространство пройденного пути. Малолетнему Ларионову казалось, что предоставленный им вагон, словно гигантский паук, имел свойство вырабатывать две стальные нити, со скоростью убегавшие из-под него и смыкавшиеся на горизонте.

С особой остротой ребенком воспринимались закаты, дарившие свои феерические краски лесу по обе стороны железнодорожного полотна. С каждой минутой краски меркли, деревья мрачнели и подходили к полотну всё ближе. Будущему генералу, знакомому с русскими народными сказками не понаслышке, движение поезда напоминало бегство из заколдованного леса. Вцепившись в никелированную ручку кровати, он с тревогой наблюдал за покачиванием еловых крон, с которых, по его мнению, и было удобнее всего атаковать невидимому противнику. Только спустя время, когда становилось совсем темно, а стеклянная стенка начинала отражать уютную роскошь вагона, дитя успокаивалось и, разжимая затекшие пальцы, отпускало никелированную ручку. На этом жесте генерал Ларионов поймал себя впо-

[1] Генерал Ларионов. Наброски к автобиографии / Вступ. статья и комм. А.Дюпон. СПб., 1996.

следствии, когда летним вечером 1920 года отпустил ручку люка бронепоезда. С замершего поля тянуло полынью. Бой сменился внезапной тишиной, и только откуда-то снизу, из недоступных глазу недр вагона, доносились задумчивые металлические звуки.

Его крымские бои оканчивались так же внезапно, как начинались. Это были бои в пути, такие же непредсказуемые, как движение генеральского бронепоезда по Крыму. Ларионова нередко упрекали в злоупотреблении железнодорожным транспортом, что с определенной оговоркой можно признать справедливым. Оговорка же состоит в том, что сеть железных дорог в Крыму не слишком развита и по сей день. Центральная часть Крыма связана, как известно, всего лишь с тремя городами побережья — Керчью, Севастополем и Евпаторией. Из этого следует, что злоупотребления генерала даже в худшем своем проявлении могли носить весьма ограниченный характер.

Существовала, однако, и положительная сторона генеральского пристрастия. Стесняемый нехваткой железнодорожных путей, генерал Ларионов активно взялся за их постройку. Так, еще в докрымский период в качестве пробы им была сооружена узкоколейка в лесу под Киевом.[1] В железнодорожную же историю Крыма он вошел прежде всего как человек, построивший полноценное железнодорожное полотно от Джанкоя до Юшуня.

Детские впечатления генерала оказались настолько сильны, что даже местом своего обитания в Крыму он избрал бронированный вагон. Об этом вагоне сложена масса легенд, но из всего известного документально подтверждается лишь проживание в нем четырех птиц (журавля, ворона, ласточки и скворца), а также посеще-

---

[1] Об этом см.: *Островский Н.* Лес. Боярка, 1927.

ние гостеприимного вагона А.Н.Вертинским, спевшим генералу знаменитый романс *Я не знаю, зачем и кому это нужно*. По свидетельству присутствовавших, уже тогда у генерала Ларионова отмечался его специфический нездешний взгляд, отразившийся, в частности, на фотографии 1964 года и напомнивший историку Соловьеву взгляд его покойной матери.[1]

Проносясь мимо переездов, будок и регулировщиц с жезлами, Соловьев вспомнил этот взгляд в очередной раз. Он стоял у открытого окна, а справа от него подстреленной птицей трепетала занавеска. По руке его, ощущавшей металлическую прохладу рамы, бежали волны освещенных солнцем волосков. Ему казалось, что они грубели на знойном августовском ветру, что яркий их блеск был зна́ком постепенного превращения в медь. На минуту он прижался к волоскам губами, как бы оценивая их проволочные свойства, но они оказались на удивление мягкими.

Соловьев был самым настоящим пассажиром поезда дальнего следования. Не вынимая ложки, он пил чай из стакана в подстаканнике, ходил в туалет с полотенцем на плече и прогуливался на станциях в футболке Петербургского университета. Но главное — впервые в жизни он ехал в купейном вагоне. Закрывая на ночь двери купе, он мимоходом полюбовался своим отражением в зеркале. За его спиной отразились также лампочки нижнего света, бутылки с надетыми на них пластиковыми стаканчиками, молчаливый господин в спортивном костюме и две молоденькие студентки. Все те, кто, собственно, и создавал щемящий железнодорожный уют, краткое единение перед расставанием навсегда. Лежа на верхней полке, Со-

[1] См.: *Воронов А.А.* Голубой вагон // Материалы к истории Гражданской войны. М., 1994. Т. 18. С. 12–25.

ловьев с наслаждением слушал шепот студенток. Он сам не заметил, как заснул.

Проснулся от света, падавшего ему на лицо. Поезд стоял. Окно Соловьева помещалось под станционным фонарем. Медленно, чтобы не разбудить спавших, он опустил тугую раму, и в купе повеяло теплым ночным ветром. Ветром центральной России, абстрактно подумалось Соловьеву, не знавшему места остановки. Название пустынной станции скрывалось во мгле: фонарь, горевший у окна, был, похоже, единственным. Но безлюдность этого пространства была мнимой. В глубине станции, где на фоне темных контуров здания робко поблескивали оконные стекла, протекала негромкая беседа двух людей. Скользнув в теневую часть полки, Соловьев разглядел на лавке их неподвижные, обращенные друг к другу фигуры. В этой согбенности, в лежащих на ладонях подбородках ему виделось что-то чрезвычайно знакомое, чего он, однако, не мог вспомнить.

Они вели беседу, предельно связанную с местом стоянки поезда. Перечислявшихся ими лиц знали, несомненно, только здесь, да и упомянутые сидевшими детали без долгой предварительной жизни здесь же вряд ли могли быть поняты, но мучительное ощущение дежавю не покидало Соловьева. Пытаясь выяснить, где он видел такие же фигуры, Соловьев перебирал в памяти все станции и полустанки, через которые ему случилось проезжать, но ничего подобного не вспомнилось. Получалось даже, что на каждой из виденных им станций дела складывались по-разному. Повсюду (и даже, может быть, в одно и то же время) там сидели совершенно разные люди, из чего, в свою очередь, следовало, что, остановись поезд на ста ночных станциях, он услышал бы сто разных историй. От такого многообразия бытия голова начинала кружиться.

Между тем беседовавшие замолчали. Сидевший справа достал сигареты и угостил собеседника. Напоминая семафор на переезде, во тьме попеременно возникали два огонька.

— Херня всё это, — сказал сидевший слева.

Соловьев вспомнил, где он видел такие же фигуры. Это были химеры собора Нотр-Дам на обложке учебника истории.

В три часа следующего дня поезд прибыл в Симферополь. В столице Крыма шел дождь. Вероятно, он начался только что, потому что от горячего асфальта всё еще поднимался пар. Выстояв небольшую очередь в кассу, Соловьев купил троллейбусный билет до Ялты. Он решил воспользоваться необычным, может быть, единственным в мире троллейбусным сообщением между городами. Такой путь из Симферополя в Ялту в свое время удивил даже генерала Ларионова, дожившего до дня пуска троллейбуса и к тому моменту давно не удивлявшегося. Фантазия его, исторически ограниченная железной дорогой, никогда не подсказывала ему возможности междугородного сообщения такого рода.

Генерал отлично помнил экипажное сообщение (контора его помещалась на первом этаже гостиницы *Ореанда*), как помнил он экипажи на резиновом ходу и перепряжку лошадей в Алуште. Он не сразу понял, почему заменой всему этому стал именно троллейбус. Он трезво отдавал себе отчет в том, что, в отличие от железной дороги, троллейбусная линия не годилась для переброски тяжелого вооружения или сколько-нибудь значительного количества войск. Вместе с тем, даже несмотря на отсутствие у троллейбусной линии стратегического значения, в конце концов генерал стал относиться к нововведению совсем неплохо и как-то весной проехал на троллейбусе до Гурзуфа.

Когда подошел троллейбус, Соловьев в соответствии с купленным билетом устроился на заднем сиденье у окна. Пассажиры входили через переднюю дверь и складывали багаж на задней площадке, окончательно приваливая не открытую при посадке дверь. В троллейбусе ехали почти сплошь отдыхающие. Они шумно откидывались на сиденья и вытирали пот краями футболок. Исключение, судя по всему, составляли только рабочий с девочкой лет десяти, сидевшие недалеко от Соловьева. Они были почти без вещей.

Несмотря на дождь, духота не спадала. Лишь когда троллейбус выехал за город и набрал неожиданную для такой машины скорость, стало легче. Словно по команде, пестрые нейлоновые занавески выбросило наружу, и они бились о стекла с внешней стороны. Это синхронное махание придавало троллейбусу праздничный, какой-то даже свадебный вид. При подъеме на Чонгарский перевал дочку рабочего стало тошнить. Отец достал из коробка спичку и посоветовал было ее сосать. Народное средство оказалось бессильно. Девочка посмотрела на спичку, на извлекшие ее заскорузлые пальцы, и ее вырвало.

За Чонгарским перевалом погода совершенно изменилась. Тучи с дождем остались за северной стороной хребта, и в лобовое стекло троллейбуса, начавшего осторожно спускаться по серпантину, ударило солнце. В тот день природа сделала всё, чтобы потрясти Соловьева. Солнце, так неожиданно сменившее дождь, не просто сияло в безупречно голубом небе. И солнце, и небо зеркально отражались где-то далеко внизу, переливаясь бескрайней мозаикой сквозь проплывающие в окне кипарисы. Так Соловьев впервые увидел море.

Разумеется, к тому моменту ему уже были известны детские воспоминания генерала Ларионова, найденные в одном из эмигрантских архивов и опубликованные всё той же А.Дюпон. Несмотря на фрагментарность этого текста и высказанное автором намерение коснуться более зрелого своего возраста,[1] там сохранилось описание первой встречи генерала с морем. Из этого описания следует, что до Ялты семейство будущего военачальника добиралось также из Симферополя, хотя и тогда уже существовала возможность прибыть по железной дороге в Севастополь и оттуда ехать в Ялту вдоль побережья.

Пятилетнему Ларионову удалось запомнить, что его семья перемещалась в двух рессорных колясках. Слово *рессорная* он очень хорошо запомнил, потому что повторял его всю дорогу (как уже отмечалось, до трех с половиной лет дитя не говорило, но впоследствии усиленно наверстывало упущенное). Коляской Ларионова-младшего управлял пожилой татарин, красивый и нарядно одстый человек, во владении русским уступавший всем седокам без исключения. Будучи по природе своей общительным, он живо реагировал на слово *рессорная* и всякий раз перегибался на козлах, показывая кнутовищем местонахождение рессор. В сознании мемуариста возница так и остался склоненным набок, с мелкими каплями пота на лбу и доброжелательной улыбкой.

Подобно Соловьеву, будущий генерал тоже удивился резкой смене погоды на Чонгарском перевале. В опубликованных записках также упомянута игра солнечных бликов на волнах сквозь медленно двигавшиеся кипарисы. Особо отмечена свежесть ветра, дувшего не из пыльных придорожных рощ, а из того прохладного бирюзового пространства, где небо незаметно сходилось с водой. От ветра трепетали светлые пряди его английской гувер-

[1] На этом, среди прочего, и базировалась убежденность А.Дюпон в существовании потерянного продолжения.

нантки, легкое платье его матери и вплетенные в гриву лошади разноцветные ленты.

Ассоциативная память генерала заставляет его сказать также о пронизывающем ветре на Чонгарском перевале 1 ноября 1920 года, когда измученные неравными боями остатки защитников Крыма отступали к портам. По предположению А.Дюпон, более подробное описание эвакуации помещалось в не дошедшей до нас части воспоминаний. В пользу этого говорит брошенный генералом смутный намек, который можно рассматривать как намерение вернуться к затронутой вскользь теме. Ноябрьских же событий генерал касается только потому, что, следя с метельного Чонгара за отступлением Белой армии (в тот момент она была белее, чем когда-либо), он, по его собственному признанию, не видел ничего, кроме двух рессорных колясок, неторопливо спускавшихся к морю.

Троллейбус поехал вдоль берега. Теперь пассажиры не только видели море, но и ощущали его солоноватую свежесть. Раза два по требованию милиции все машины на шоссе останавливались, пропуская правительственные кортежи. В проносившихся на огромной скорости машинах скорее угадывались, чем виднелись озабоченные лица министров. Они ехали на отдых и думали о том, что финансирование полуострова существенно ухудшилось. Это сказалось прежде всего на состоянии дворцов русской знати. Не лучшим было и состояние дорог. Летнее солнце и зимние дожди вкупе с процессом эрозии проделали в крымских дорогах бесчисленное множество выбоин и трещин. Если где эти трещины и заделывались, то лишь на правительственной трассе — да и то частично, как догадывался Соловьев, время от времени подпрыгивая на заднем сидении. Передача Крыма Узбекистану казалась ему нелогичной.

Когда подъехали к Ялте, солнце успело спрятаться за гору Ай-Петри. Его сияние смешивалось с нанизанным на вершину облаком и образовывало до странности прямые, словно прожекторные, лучи. Горы обступали станцию с трех сторон, оставляя свободным только сбегающий к морю бульвар. В Ялте уже начинала ощущаться вечерняя свежесть, и вместе с ней сердца Соловьева коснулось беспокойство. Легкая тревога. Древнее чувство того, кому предстоит ночевать в незнакомом месте.

Соловьев вышел из троллейбуса, и его окружили женщины. Они наперебой предлагали снять жилье. Возможностей было так много, что молодой историк растерялся. Он мог выбирать между койкой, отдельной комнатой и коттеджем. Его приглашали поселиться возле кинотеатра *Спартак*, у музея А.П.Чехова и даже на Ленинградской улице. Соловьев не знал города. Под давлением взволнованных квартиросдатчиц он мучительно выбирал место своего будущего жилья. Душа петербургского аспиранта склонялась к соседству с Чеховым, но там предлагался целый коттедж, на который не хватило бы всей полученной им стипендии. Ленинградская улица, ввиду возвращения городу его первоначального имени, звучала неприемлемо. После некоторых колебаний он остановился на кинотеатре *Спартак*, рядом с которым на улице Пальмиро Тольятти располагалась предлагаемая квартира.

Соловьев помнил, как, коснувшись полки перстнем с камеей, Надежда Никифоровна торжественно сняла с нее и вручила ему роман Джованьоли *Спартак*. В ходе последующего обсуждения книги выяснилось, что, подобно подростку Соловьеву, над вымыслом слезами облилась и Надежда Никифоровна, очень, оказывается, сочувствовавшая гладиатору. Именно тогда Соловьев окончательно укрепился в своем решении вступить с ней в брак. Что касается Пальмиро Тольятти, то Соловьев хотя и подозревал его в связи с коммунистами, но ценил за красивое имя.

До *Спартака* доехали на троллейбусе. Перешли через дорогу и оказались на улице Тольятти — узкой, тихой и зеленой. Двор, в котором располагалось жилье, Соловьеву понравился. Как и в названии улицы, всё в нем было итальянским: пристроенные террасы с ведущими к ним замысловатыми лестницами, бельевые веревки между окнами и покрывавший всё это раскидистый платан. Так, по крайней мере, представлял Италию Соловьев.

Поднимаясь за опекавшей его дамой по крутой деревянной лестнице, он разглядывал ее небритые ноги. Эти ноги (как, впрочем, и ноги Соловьева) извлекали из ступенек невероятной силы стук, скрип и визг. Оглушительная лестница в голове юноши рождала образ огромного расстроенного инструмента. Пройдя по террасе, уставленной цветочными горшками, Соловьев и его провожатая оказались в полутемном коридоре. Когда глаза Соловьева привыкли к темноте, он разглядел несколько газовых плит и подумал, что попал в коммуналку. Это действительно была коммуналка, от которой путем сложных архитектурных решений соловьевскому жилью удалось отделиться. Вход в него, в первый момент незаметный, скрывался за выступом стены. Дама достала из сумочки ключ и, подмигнув Соловьеву, открыла дверь.

Квартира состояла из двух смежных комнат и застекленной веранды. Дверь в дальнюю комнату оказалась заперта. Соловьеву было сказано, что там сложены вещи, которые хозяева для жильцов не предназначали. Первая же — с выходом на веранду — комната предоставлялась в полное его распоряжение. Веранда была одновременно кухней: там находились плита, разделочный стол и шкафчик с посудой. В дальнем углу веранды помещалось сооружение, напоминавшее забитую фанерой телефонную будку.

— Туалет, — сказала сопровождающая и для большей убедительности слила воду.

Она записала паспортные данные Соловьева, взяла с него деньги за две недели вперед и, так же загадочно подмигнув, исчезла за дверью. Когда на лестнице стихло ее топанье, Соловьев защелкнул замок изнутри и стал разбирать вещи. Первым делом он достал из дорожной сумки плавки и надел их. Затем, вытащив махровое полотенце, аккуратно уложил его в небольшой рюкзак. Выданный ему ключ засунул в карман шортов и осмотрелся. Он был полностью готов к своей первой встрече с морем.

3

В предыдущее изложение необходимо внести поправку. По уточненным данным, указом Н.С.Хрущева Крым был передан Украине.[1] Следует отметить, что этот же вопрос в свое время привлек внимание генерала Ларионова. Присоединение к Украине произвело на него не меньшее впечатление, чем пуск троллейбуса. Вместе с тем престарелый генерал был вовсе не склонен это обстоятельство драматизировать.

---

[1] См.: Советский энциклопедический словарь. М., 1985. С. 660. На с. 46 настоящего издания вместо «Передача Крыма Узбекистану казалась ему нелогичной» следует читать: «Передача Крыма Украине казалась ему нелогичной».

— Русские, не жалейте о Крыме, — заявил он, сидя на молу майским днем 1955 года.

Публичные высказывания генерала были большой редкостью, и вокруг него немедленно собралась толпа. Блеснув эрудицией, генерал напомнил о том, что в разное время Крым принадлежал грекам, генуэзцам, татарам, туркам и т.д. И хотя владычество их было по историческим меркам непродолжительным, все они оставили здесь свой культурный след. Касаясь русского следа, генерал короткими энергичными мазками обозначил впечатляющую панораму — от изысканных парков и дворцов до дамы с собачкой. Завершалось выступление по-военному четко:

— Как человек, оборонявший эти места, я говорю вам: удержаться здесь невозможно. Никому. Таково свойство полуострова.

Генерал знал, что говорит. В 1920 году оборону Крыма ему пришлось держать дважды — в январе и ноябре. События октября—ноября стали окончательным крахом Белого движения. Он не смог удержать Крым.

И все-таки первая, январская, оборона (никто тогда не считал ее возможной) оказалась успешной. Именно она отодвинула захват полуострова красными почти на год. Обстановку, сложившуюся к началу 1920-го, исследователи оценивают более или менее одинаково. Это было время, когда закат Белого движения становился всё очевиднее.

— Не на ярмарку ведь едем — с ярмарки, — так солнечным январским утром генерал Ларионов шепнул на ухо своему коню.

Для всех наблюдавших эту сцену сказанное генералом предстало в виде облачка пара. Остается загадкой, как в отсутствие свидетелей эта фраза смогла стать достоянием общественности. Спору нет, в исторической литературе неоднократно отмечались доверительные, почти человеческие отношения между лошадью и генералом Ларионовым, называвшим животное *друг мой* и обращавшим к нему отдельные свои реплики. Вместе с тем нелепо было бы представлять, что лошадь могла ответить генералу тем же, и уж тем более — болтать налево и направо о сказанном ей на ухо.

Впрочем, точно такие же слова были направлены генералом и английскому посланнику в ноябре того же года. Текст пришел по телеграфу, поскольку сам генерал, обеспечивая эвакуацию армии из Крыма, возглавлял последний рубеж обороны. Разумеется, в телеграмме английскому посланнику (она сохранилась) ни слова не сказано о том, что фраза адресовалась не ему одному. Как бы то ни было, в науке данный текст цитируется со ссылкой на январь,[1] причем цитируется довольно часто, уступая в популярности лишь знаменитому определению причин поражения белых.[2]

Итак, обстановка, сложившаяся к январю 1920 года, была непростой. Смертоносный ком, так изящно обрисованный генералом, перекатывался по Северной Таврии — преддверию Крыма, и не предвиделось силы, способной помешать ему туда вкатиться. Собственно

---

[1] См., например: *Романчук В.* На закате // Материалы к истории Гражданской войны. Т. 21. М., 1996. С. 578.

[2] Причины поражения сформулированы генералом в предисловии к обнаруженным А.Дюпон воспоминаниям. Формулировка дана с обескураживающей прямотой и звучит следующим образом: «По России покатился средней величины ком дерьма. С невероятной скоростью он разрастался за счет налипания родственного материала, которого в России оказалось, увы, очень много. Мы были раздавлены этим комом» (см.: Генерал Ларионов. Наброски к автобиографии. С. 41.).

говоря, верховное командование Белой армии и не собиралось Крым защищать. Основные силы белых отступали с боями по двум направлениям — Кавказ и Одесса, откуда впоследствии, после передышки и перегруппировки сил, планировалось начать контрнаступление. При благоприятном развитии событий предполагалось выдавить красных из Крыма самим фактом возвращения войск, обтеканием полуострова двумя стремящимися на север потоками. Но это могло произойти в будущем. В январе же 1920 года Крым молчаливо предназначался к сдаче. Количество брошенных на его оборону сил развеяло у всех последние сомнения. У всех, кроме генерала Ларионова.

Как известно, скрупулезный перечень войск, находившихся в распоряжении генерала при обороне Крыма, был дан всё той же А.Дюпон в статье *Леонид и его дети*.[1] Чтобы не заставлять читателя разыскивать эту труднодоступную, в общем-то, работу, повторим вкратце приведенные в ней данные:

13-я пехотная дивизия	800 штыков
34-я пехотная дивизия	1200 штыков
1-й Кавказский стрелковый полк	100 штыков
Славянский полк	100 штыков
Чеченский полк	200 шашек
Донская конная бригада	1000 шашек
Конвой Штаба корпуса	100 шашек

Перечисленные войска располагали двадцатью четырьмя легкими и восемью конными орудиями. В ходе орга-

[1] *Dupon A.* Léonide et ses enfants // Revue des études slaves. V. 57. Paris, 1987. P. 35–59.

низации обороны генералу Ларионову удалось раздобыть также шесть танков (три тяжелых и три легких), а также восемь бронепоездов. Несмотря на то что все бронепоезда оказались неисправными, для сына директора департамента железных дорог они стали большой моральной поддержкой.

У всякого, кто хоть мало-мальски разбирался в военном деле, приведенный перечень не оставлял сомнений: высшее командование белых Крым решило оставить. На защиту фронта, растянувшегося на четыреста верст, было брошено всего 3500 бойцов. Генерал отдавал себе отчет в том, что в Северной Таврии Крым оборонять невозможно. И он не стал этого делать.

Вне всяких сомнений, генерала Ларионова вдохновила гениальная идея спартанского царя Леонида, решившего обороняться от персов в узком ущелье. Как известно, воинский контингент Леонида был весьма ограниченным (вдесятеро меньше того, чем располагал генерал Ларионов, не говоря уже о полном отсутствии бронепоездов), но это не помешало ему сражаться самым достойным образом. В свое время этот бой был подробно разобран на тактических занятиях во Втором кадетском корпусе, где учился будущий генерал. Подвиг царя Леонида произвел на кадета Ларионова неизгладимое впечатление.

Жизнь сложилась так, что сражения, в которых приходилось принимать участие генералу, разворачивались на подчеркнуто открытой местности. Это были поймы рек, бескрайние поля ржи или высохшие до растрескивания степи. Во время Первой мировой войны ему случилось было воевать в горах, но горами этими оказались Карпаты, к 1914 году порядком подвыветрившиеся и в оборонительном отношении никуда не годные. Генерал Ларионов мысленно благодарил судьбу за то, что в тактически невыгодной обстановке ему противостояли не персы. Лишь в январе 1920 года он почувствовал, что его час настал. Как и знаменитого спартанца, русского генерала посетило пронзительное осознание того, что единственным шансом для успешной обороны было сужение фронта. Он отказался от защиты Северной Таврии и двинул свои войска к Перекопу.

Перекопский перешеек был, наверное, самым безрадостным местом русского юга. В летнюю жару там было трудно дышать от испарений мертвой воды Сиваша. Время от времени, перекатывая высохшие водоросли по соляным разводам грунта, поднимался ветер, но это не приносило свежести. Сущим бедствием ветер становился зимой. По безлюдному заледеневшему пространству он гнал колючую, ни одним кустом не задерживаемую поземку. Ветер уносил с собой всякую надежду согреться. Он забирался за борта шинелей и примораживал к дулам пальцы, гасил разведенные из тележных обломков костры и присыпал пеплом лунный пейзаж Перекопа. Неудивительно, что подобная территория произвела на генерала Ларионова самое неблагоприятное впечатление. И он решил ее не защищать.

Ознакомившись с историей обороны Северного Крыма, военачальник обратил внимание на то, что общей ошибкой оборонявшихся всякий раз было стремление непременно удержаться на Перекопском валу. Между тем ввиду описанных климатических условий одно лишь пребывание на Перекопском перешейке отнимало огромное количество сил, средств и боевого духа, потому что нет ничего более пагубного для армии, чем сидение в окопах на морозе. После того как защитников сбрасывали с Перекопского вала, дорога на Крым была открыта. Чтобы не повторять опыт своих предшественников, хитроумный генерал поступил иначе. Заметаемое снегом и лишенное всякого жилья пространство он решил предоставить своему противнику. Красных ждали не на Перекопском перешейке (там было оставлено лишь небольшое охранение, роль которого сводилась к уведомлению основных сил об атаке). Их ждали у выхода с перешейка.

Красные оправдали надежды генерала. Конница, усиленная пехотой, втянулась в перешеек сразу же вслед за оставлением его белыми войсками. Пройдя по ледяной пустыне целый день и не встретив никого, с кем можно было бы всерьез сразиться, на закате дня красные почувствовали тревогу. Двигаться вперед на ночь глядя им представлялось опасным. Решив заночевать в морозной степи, они выбирали, как им казалось, меньшее зло.

Многие исследователи считают, что уже в январе 1920 года красными войсками на крымском участке командовал Дмитрий Петрович Жлоба (1887–1938), сын крестьянина, окончивший Московскую авиационную школу (1917). Существует и противоположное мнение, согласно которому к январю 1920-го Д.П.Жлоба всё еще продолжал учебные полеты в связи с невыполнением им школьной программы по летным часам.[1]

Все, кому знакома история этого авиатора, знают, очевидно, и о непростых отношениях, сложившихся между ним и остальными учениками авиационной школы. Будучи в массе своей гораздо младше Д.П.Жлобы, они позволяли себе насмехаться над особенностями его внешности (почти полное отсутствие лба плюс наличие

---

[1] См.: *Вугмейстер Е.Ц.* Дмитрий Петрович Жлоба. М., 1954. С. 87–88. (Серия «Жизнь замечательных людей».) Ср.: В мире Жлобы: межвузовский сборник научных трудов. Саратов, 1948. С. 17.

двух лишних зубов в верхнем ряду) и всячески оттирали его от летальных аппаратов. Затравленный младшими товарищами, учащийся авиационной школы имел возможность летать только по ночам, что сделало его квалификацию односторонней. Ночные полеты не были засчитаны Жлобе в качестве летного времени. В итоге ему было предложено еще раз налетать необходимое количество часов — уже днем, — чем он с переменным успехом занимался до 1920 года. В конце концов его назначили командиром Первого конного корпуса, и он прекратил свои опасные опыты в воздушном пространстве.

Жлоба-кавалерист оказался удачливее Жлобы-авиатора. Он умел оказывать влияние на личный состав своего корпуса, в особенности на лошадей. Животные беспрекословно слушались зычного, на близком расстоянии непереносимого голоса крестьянского сына и с первого окрика устремлялись в атаку. Бросаясь на врага с оголенной шашкой, Д.П.Жлоба представлял перед собой бывших соучеников по Московской авиационной школе. Проявляемая им в бою неистовость производила впечатление не только на противника. С определенного времени она стала вызывать настороженность даже в подчиненном ему корпусе.

Когда Жлоба объявил о ночевке на Перекопе, никто не возразил. Даже если бы существовал какой-то более приемлемый план, вряд ли кто-либо осмелился противоречить командиру. Но такого плана не было и не могло быть. Всё, что с этого часа происходило с войсками Жлобы, было воплощением плана генерала Ларионова. Красные провели ночь под морозным небом Перекопа. Потом еще одну. Их подавляющий численный перевес оставался нереализованным. Не имея возможности развернуть свои боевые порядки, они не решались напасть на белых первыми. Казалось, желанный бой приводил Жлобу Д.П. в недоуменье.

После третьей проведенной на Перекопе ночи половина личного состава корпуса заболела, и выпускник авиационной школы понял, что рискует потерять свои войска без боя. Он решил действовать. На рассвете четвертого дня красные двинулись к выходу из Перекопского перешейка и попали под жесточайший фланговый огонь со стороны Юшуня. Их атака закончилась беспорядочным бегством и пленением. Следует отметить, что пленные были основным источником пополнения Белой армии. Взятые в плен снова ставились под ружье и начинали двигаться в прямо противоположном направлении. Они дрались с той же непреклонностью, что и до своего пленения. Такой была эта война.

Д.П.Жлоба ушел, чтобы вернуться. Собрав силы, он вновь попытался прорваться в Крым, но, как и в первый раз, дальше Перекопа ему пройти не удалось. Выстроенные белым генералом защитные линии казались непреодолимыми. Однако Ларионову было известно, что уязвимы и они. Генерал Винтер, оказавший, по словам русского полководца, неоценимую услугу при замораживании красного наступления, грозил переметнуться на вражескую сторону. Зима 1920 года была настолько сурова, что произошло неожиданное: соленый, как бочка с огурцами, Сиваш начал замерзать. В те дни, когда Д.П.Жлоба упрямо бился в закупоренном выходе из перешейка, генерал Ларионов посылал на Сиваш следить за образованием льда.

Сначала это были тонкие, наподобие стекла пластинки, покрывавшие воду залива по утрам. Когда под дневным солнцем они перестали таять, генерал встревожился. Уже через несколько дней лед был настолько прочен, что мог выдерживать легковооруженного пехотинца.

Ночью, чтобы не выдать предмета своих опасений, генерал стал направлять на Сиваш груженые подводы с тем, чтобы они проверяли лед на прочность. Ведь замерзни лед чуть крепче, фермопильский план генерала рухнул бы в одночасье. По льду Сиваша прошли бы и пехота, и кавалерия, и все имевшиеся у красных тяжелые орудия. Кажется, он даже замерз так на несколько дней, но Д.П.Жлоба, увлеченный очередным штурмом Перекопа, на это не обратил никакого внимания.

Паника, поднявшаяся было в Крыму после занятия красными перешейка, постепенно улеглась. Учреждения распаковали свои бумаги, наскоро сброшенные в фанерные ящики. В те дни всё уже было готово к эвакуации. Вместе с армией эвакуироваться собирались и тысячи беженцев из центральной России, вырвавшихся из рук большевиков и до смерти боявшихся попасть в них снова. Они так и говорили — до смерти, и были недалеки от истины. Лишь немногие из тех, кто впоследствии не сумел эвакуироваться в Константинополь, остались в живых.

Интересно, что установление советской власти в Крыму стало темой, данной Соловьеву проф. Никольским на четвертом курсе. Тогда Соловьев еще не знал, что будет заниматься судьбой генерала, но начиная с этого времени темы, им разрабатываемые, всё ближе смыкались с будущим его главным исследованием. Соловьев подошел к делу со всей тщательностью и нашел в архивах несколько неопубликованных воспоминаний. Это и послужило основой его курсовой.

Речь шла преимущественно о Севастополе, который оказался первой ласточкой коммунистической весны. Соловьев описал, как в городе были развешены объявления, приглашавшие всех *бывших* собраться в городском цирке для трудоустройства. Несмотря на предпринятые усилия, исследователю так и не удалось выяснить, почему был выбран именно цирк. Стало ли это предвестием побеждавшего абсурда, содержался ли в месте собрания намек на античное растерзание зверями или цирк был попросту единственным известным большевикам залом — только никто из *бывших* не почувствовал подвоха. Это были невоевавшие *бывшие*, потому что те, кто воевал, находились уже в Константинополе. *Бывшие* бухгалтеры, секретарши, гувернантки — все они послушно пришли на площадь перед цирком. Когда площадь наполнилась, ее окружили войсками и натянули колючую проволоку. Пришедших было так много, что они не могли даже сесть. Несколько тысяч *бывших* простояли на площади двое суток. На третий день их вывезли за город и расстреляли.[1]

И это было только начало. Собрав данные по всем городам Крыма, Соловьев пришел к выводу, что за первые месяцы советской власти на полуострове было казнено около 120 000 человек. Это на 15 000 превышало данные, приводимые в энциклопедии И.А.Рацимора.[2] Серьезно — в сторону увеличения — расходились данные по расстрелянным старикам, женщинам, детям и раненым.

Курсовая была написана вполне квалифицированно, с привлечением обильного фактического материала, удостоверявшегося 102 сносками. К минусам работы проф.

---

[1] Ср.: *Сипожников А.* Крым осенью 1920 г. // Исход русской армии генерала Врангеля из Крыма / составление, науч. редакция, предисловие и комментарии С.В.Волкова. М., 2003. С. 605.

[2] *Рацимор И.А.* Энциклопедия Гражданской войны. А–К. С. 590. Впоследствии выяснилось, что в статье *Казни*, на которую ссылается Соловьев, И.А.Рацимором рассматривались только расстрелянные (ок. 110 000 чел.). Утопленных, задушенных и разрубленных на части (ок. 15 000 чел.) исследователь учитывает в статье *Зверства*.

Никольский отнес манеру изложения, показавшуюся ему излишне эмоциональной. Он попросил Соловьева убрать риторические вопросы, а также пассажи, выражающие отношение исследователя к действиям красных. Самым красноречивым в работе были, с точки зрения профессора, цифры. По большому счету, они не нуждались в подробных комментариях.

На пятом курсе Соловьев написал дипломную работу на тему *Роль латышских стрелков в Октябрьском перевороте и потеря независимости Латвией в 1939 г.*, где два отраженных в заглавии события оказались у него в причинно-следственной, но главным образом — морально-этической связи. Воюя на стороне путчистов, латышские стрелки, по мысли Соловьева, поддержали режим, проглотивший впоследствии и Латвию, и ее независимость, и самих стрелков. В этот раз риторическими вопросами работа не сопровождалась. Комментарии были минимальны.

Несмотря на парадоксальность мышления юного историка (а может быть — именно благодаря ей), проф. Никольский эту работу опубликовал.[1] Несколько месяцев спустя на статью Соловьева в популярном рижском издании вышла небольшая, но энергичная рецензия за подписью *Совет ветеранов*.[2] Ее авторы не видели никакой связи между указанными событиями и, в свою очередь, рассматривали возможность альтернативного хода истории в 1939 году. Гипотетическое будущее Латвии им виделось в самых радужных тонах.

Проф. Никольский, который в этих обстоятельствах счел необходимым вступиться за своего ученика, опубли-

---

[1] Прошлое и настоящее. 1996. № 1. С. 35–78.

[2] Unser Kampf. Riga, 1997. Bd. 273. S. 13–17.

ковал свой *Ответ рижским ветеранам.*[1] Начал он с теоретического введения, в котором обосновывал важность в истории нравственного фактора. По мнению исследователя, нравственная ущербность лишала государства энергии, необходимой для их благополучного существования. Профессор показывал, как она опустошала их изнутри и превращала в пустую оболочку, сминаемую первым же ветром. В этом контексте им было рассмотрено падение великих государств Древнего мира (Греция, Рим) и Нового времени (СССР, США). Касаясь государств менее великих, проф. Никольский привел пример Польши, договорившейся с большевиками в 1920 году и поглощенной ими же в 1945-м.[2]

Вместе с тем, верный своей теории об отсутствии исчерпывающих научных истин, профессор указывал, что говорить можно лишь о тенденции, но не о правиле. В качестве исключения он приводил в пример англичан и американцев, ведших в том же 1920 году за спиной у генерала Ларионова сепаратные переговоры с большевиками и нимало впоследствии не пострадавших. В счастливом для англичан и американцев исходе дела решающим, по мнению петербургского профессора, оказался фактор расстояния и окруженность обоих англосаксонских государств водой. Географический же фактор позволил этим государствам повременить со вступлением во Вторую мировую войну до примерного выяснения обстанов-

---

[1] Прошлое и настоящее. 1997. № 3. С. 55–96.

[2] В качестве примера исторического предвидения профессор приводил здесь письмо генерала Ларионова к Пилсудскому. В письме содержался призыв не идти на компромисс ввиду возможных негативных последствий для Польши. Любопытно, что, за исключением деталей, сценарий этих последствий был набросан генералом довольно точно.

ки. В этих случаях — и здесь Никольский шел навстречу Соловьеву — вода играла решающую роль.

Впрочем, признавался, подводя итоги, профессор, возможно, его взгляд на вещи излишне мрачен, и у Латвии в самом деле отняли большое национал-социалистическое будущее. С точки зрения проф. Никольского, скепсис его мог объясняться тем, что историки в большинстве своем — пессимисты, поскольку имеют дело преимущест-венно с покойниками. История — наука о мертвых, не-ожиданно заключал свое эссе русский профессор, в ней очень мало места для живых.

Разумеется, афористическая форма высказывания прежде всего была призвана подчеркнуть необходимость оп-ределенной дистанции по отношению к исследуемому материалу. И все-таки замечание руководителя произвело на Соловьева неизгладимое впечатление. В аспирантуру Института русской истории он поступал в довольно угнетенном состоянии. Мрамор Большого конференц-зала, где он сдавал вступительные экзамены, напоминал ему анатомический театр. С историческими лицами, которыми предстояло заниматься Соловьеву, его примиряло только то, что в период своей деятельности они были еще живы.

От мировоззренческого кризиса Соловьева окончательно спас отъезд аспиранта Калюжного. Помимо научной темы, от меланхолического поклонника генерала Соловьеву достался основной вопрос исследования (почему генерал остался жив?) и одна-единственная библиографическая карточка. Эта карточка содержала — конечно же! — данные книги А.Дюпон. Прочитав книгу, Соловьев нашел тему интересной и мало исследованной. Кроме всего прочего, генерал Ларионов был абсолютно мертв и являлся, таким образом, законным объектом научного исследования. Даже по самым строгим историческим меркам с ним уже можно было работать.

Но генерал был не просто мертв. Еще будучи жив, он, в отличие от многих исторических деятелей, рассматривал смерть как непременный факт жизни.

— Посмотрите на них, — говорил он об этих деятелях, — они действуют так, будто не знают, что их ждет смерть.

Генерал знал, что его ждет смерть. Он готовился к ней, маршируя в предгорьях Карпат и проверяя посты на Перекопе. Уже впоследствии, когда поздно вечером кто-то стучал в его дверь, у него всякий раз мелькала мысль, что это стучит смерть. И уж конечно, он ожидал ее стариком, сидя на молу в своем складном кресле. Он удивлялся, что она так долго не идет, но никогда не жалел об этом.

Однажды генерал сфотографировался в гробу. Взяв с собой фотографа, он зашел в бюро ритуальных услуг и попросил разрешения кратко воспользоваться гробом. Ему не смогли в этом отказать. Генерал оправил складки слежавшегося мундира, лег в гроб и, сложив на груди руки, закрыл глаза. Среди тревожного молчания ритуальных агентов фотограф сделал несколько снимков. Самый удачный из них известен почти так же, как знаменитое фото на молу. Он сопровождает большинство публикаций о генерале. Мало кто знает, что снимок был сделан при жизни этого выдающегося человека. Не подозревая о степени своей проницательности, некоторые исследователи отмечали отсутствие в снимке черт смерти. Более того, используя традиционную для таких случаев образность, они выражались в том смысле, что генерал на фотографии словно спит. На самом деле генерал не спал. Из-под прищуренных век он наблюдал за реакцией собравшихся и представлял, что они могли бы говорить о нем в случае его действительной смерти.

Возможно, ему было обидно, что он не увидит собственных похорон, и он решил устроить своего рода репетицию. Не исключается, что такого рода поступок был попыткой то ли обмануть смерть (я умер давно, чего меня искать?), то ли спрятаться от нее. Да, генерал не прятался от смерти в молодые годы, но ведь в старости люди меняются...

Впрочем, более уместным представляется другое объяснение, исходящее из давних и почти интимных отношений генерала со смертью. Не было ли произошедшее родом любовной игры с ней или — что также вполне допустимо — проявлением особого старческого кокетства? В точности ответить на эти вопросы сейчас уже невозможно, как невозможно сколько-нибудь достоверно рассуждать о взаимоотношениях жизни и смерти в чьей-то судьбе. Можно лишь констатировать, что в конце концов генерал встретился со своей смертью. Когда понадобилось, она нашла его без особых усилий.

Задумываясь о теме смерти в истории генерала Ларионова, Соловьев стремился понять психологию того, в чьей профессии готовность умереть являлась первым и главным требованием. Он пытался прочувствовать состояние человека накануне боя, когда всякое его действие, мысль и воспоминание могут быть последними. Можно ли к этому привыкнуть? Известно, что вечерами накануне боя генерал подолгу гляделся в походное зеркало, словно пытаясь себя запомнить напоследок. Медленно поворачивая кисть руки, он как бы представлял ее лежащей в соседнем окопе. Неразделимость членов человеческого тела казалась ему в такие вечера преувеличенной.

Имел ли человек в таких обстоятельствах право на привязанности? Военная дружба — пронзительна, как пронзительна и военная любовь: в них всё как в последний раз. Это повод переживать их с предельной остротой или, наоборот, отказаться от них совершенно. Что выбрал тогда генерал?

Он выбрал воспоминания. На случай возможного отсутствия будущего он продлевал свою жизнь многократным переживанием прошлого. Генерал почти физически ощущал шелк обоев гостиной, по которым он скользил плечом, спасаясь от внимания гостей, кем-то из прислуги — по родительскому, очевидно, распоряжению — неожиданно внесенный сюда, в царство десятков свечей, звенящей посуды, сигар и огромных, до потолка, окон, беспечно распахнутых в рождественский полумрак Петербурга. Генерал твердо помнил, что, вопреки обычным зимним правилам, окна были открыты — помнил потому, что еще долгое время продолжал считать Рождество днем наступления тепла. Вспоминая это, он уже знал, что ошибался.

Но для вечеров перед боем у генерала было еще кое-что: первое посещение ялтинского пляжа. Оно подробно описано в опубликованной части генеральских воспоминаний,[1] что позволяет, опустив ряд подробностей, остановиться на ключевых моментах этого события. Прежде всего ребенка поразила спокойная сила моря, мощь клочковатой пенистой волны, сбившей его с ног и увлекшей за собой при первом же приближении к воде. В отличие от своих домашних, он не испугался. Выскочив на берег, он уже нарочно падал на самой кромке прибоя, позволяя стихии перекатывать свое маленькое розовое тело. От избытка чувств он прыгал, кричал и даже слегка помочился, наблюдая, как никому не заметная струйка исчезала в накатившей волне образца 1887 года.

---

[1] Генерал Ларионов. Наброски к автобиографии. С. 52–58.

С тех пор пляж занял в жизни ребенка особое место. Даже в 1890-е годы, когда обстоятельства не всегда позволяли ему появляться на пляже нагишом, радость будущего военачальника от встречи с морем не уменьшилась. Он по-прежнему встречал волны победным возгласом, хотя и не допускал уже тех самозабвенных поступков, которые отметили его первое свидание со стихией.

Несмотря на церемонность XIX века, эта эпоха имела свои очевидные отдушины. В те годы, когда платье только-только поднялось над щиколотками, а об открытых коленях даже не мечталось, раздеться полностью было в определенном смысле проще, чем сейчас. Нагое купание крестьян и крестьянок и, более того, помещиков и помещиц не было в русской деревне чем-то из ряда вон выходящим и уж ни в коем случае не рассматривалось в качестве оргии.[1] Эта простота нравов порой касалась и пляжа. По воспоминаниям князя П.Урусова, еще в начале двадцатого века «было принято плавать и сидеть на пляже обнаженным, во всяком случае, в частном имении».[2]

И все-таки пляж пришел как явление западноевропейское, принеся с собой ряд принятых там правил игры. На пляже требовалось одеваться, но одеваться особым образом: не в привычное исподнее, а в специального фасона трико — полосатое и интересно облегавшее фигуру. Недостатком пляжной экипировки был, однако, общий недостаток одежды того времени: на теле купальщика она почти не оставляла открытых мест.

Воюя в континентальных частях Европы, генерал неизменно вспоминал пляж — влажную солоноватость ве-

---

[1] См.: *Волков-Муромцев Н.* Юность. От Вязьмы до Феодосии. М., 1997. С. 88.

[2] *Урусов П.* Из воспоминаний исчезнувшего времени // Крымский альбом. Феодосия; М., 2002. С. 59.

тра, едва различимый запах кустов кизила и ритмичное качание водорослей на прибрежных камнях. С уходом волны водоросли послушно повторяли форму камней, подобно тому как волосы ныряльщика, сверкая в стекающей воде, ложатся на его голове на манер плавательной шапочки. Генерал вспоминал запах раскаленной гальки, когда на нее упали первые капли дождя; он слышал особый пляжный шум — приглушенный и как бы далекий, состоящий из детских криков, ударов по мячу и шуршащего накатывания волн на берег.

Пляж для генерала был местом торжества жизни в том, пожалуй, смысле, в каком поле боя является местом торжества смерти. Не исключено, что возможностью (пусть издали) обозревать пляж и было вызвано его многолетнее сидение на молу — нога на ногу, в неизменном складном кресле, под дрожащим кремовым зонтом. На пляж он смотрел лишь время от времени, вполоборота, но получал от этого неописуемое удовольствие. Радость генерала омрачалась только двумя обстоятельствами.

Первым из них было предчувствие зимы, когда заносимый снегом пляж превращался в воплощение сиротства, становясь чем-то противоположным по отношению к своей изначальной предназначенности. Вторым обстоятельством было то, что все, с кем он когда-либо оказывался на пляже, были давно мертвы. Загипнотизированный жизнеутверждающей аурой пляжа, генерал в свое время не допускал самой возможности смерти тех, рядом с кем он сидел в шезлонге, открывал лимонад или двигал шахматные фигуры. К большому разочарованию генерала, никого из них уже не было в живых. Да, они умерли не на пляже (и это их отчасти извиняло), но ведь умерли. Думая об этом, генерал сокрушенно качал головой. Сейчас, спустя время, можно констатировать, что он тоже умер.

4

Через двадцать лет после смерти генерала Ларионова на ялтинском пляже появился историк Соловьев. Первая встреча Соловьева с морем происходила совсем не так, как это сложилось у будущего военачальника. Соловьев приехал на море взрослым человеком, и беспечное перекатывание в волнах представлялось ему делом неподобающим. Кроме того, к моменту появления на пляже исследователь успел ознакомиться с соответствующей частью генеральских воспоминаний, и уже одно это обстоятельство не позволило бы ему, словно в первый раз, проделывать всё то, что себе когда-то позволил малолетний Ларионов. В такого рода попытке непременно сквозила бы натянутость и некоторая даже вторичность. Как ученик проф. Никольского, Соловьев вообще считал, что никакие события не повторяются, потому что никогда не повторяется совокупность условий, к ним приведшая. Стоит ли удивляться, что попытки механически копировать те или иные действия из прошлого обычно вызывали у исследователя протест и расценивались им как дешевая симуляция.

Поступки Соловьева разительно отличались от ларионовских. Молодой историк достал из рюкзака полотенце и расстелил его на теплой вечерней гальке. Сняв шорты и футболку, он аккуратно уложил их на полотенце, распрямился и — внезапно осознал свою неодетость. Ласковый ялтинский ветер он ощущал каждым волоском незагорелой и всем открытой кожи. Соловьев знал, что на пляже ходят именно так, но ничего не мог с собой поделать. Руки его инстинктивно прижимались к туловищу, плечи сутулились, а ноги очевидным образом врастали в гальку. Соловьев не только в первый раз приехал к морю: впервые в жизни он был на пляже.

Сделав над собой усилие, деревянной походкой он двинулся к воде. Галька, до блеска отполированная волнами, под босыми ступнями Соловьева становилась на удивление твердой и острой. Передвигая полусогнутые ноги, он попеременно на них припадал, балансировал в воздухе руками и отчаянно закусывал нижнюю губу. Это помогло ему добраться до места, на которое уже накатывались волны. Сверкающий участок был сушей лишь условно — в краткий миг между уходящей и набегающей волнами. Но даже в этот миг было видно, что покрыт он мелкими, переходящими в песок камешками, которые вынесло море. Стоять здесь было одно удовольствие.

Почувствовав молочно-теплое прикосновение воды, Соловьев замер. Это было сравнимо с тем, что он испытал, впервые ощутив прикосновение губ Лизы Ларионовой. Стоя по щиколотку в воде, Соловьев уже не знал, какое из прикосновений впечатлило его в большей степени. Он смотрел на два легких водоворота у своих ног и чувствовал головокружение. Чтобы удержаться на ногах, Соловьев сделал несколько шагов вперед. Теперь он стоял в воде по колено. Волны вокруг него уже не кипели, а перемещались непостижимым внутренним движением, родственным, пожалуй, игре мышц под кожей. Море, бившееся за его спиной в пене и брызгах, здесь, в нескольких шагах от прибоя, не имело и следа этой истерики. Оно встречало Соловьева мощным ритмом подъема и опускания, спокойным любопытством глубины. Когда вода дошла ему до груди, он остановился. Соловьев не умел плавать.

Как уже отмечалось, на станции *715-й километр* не было водоемов. Фантазия подростка питалась книгами о морских приключениях, радиопостановками (настенное радио было единственным средством массовой информации в доме Соловьева). Строго континентальное положение станции *715-й километр* эту фантазию только подогревало. Почему Соловьев не стал моряком? Он и сам не смог бы на это в точности ответить. Да, он бесконечно любил море и всё, с морем связанное, и все-таки... Можно подойти к объяснению с другой стороны. Существуют люди, обладающие даром созерцания. Они не склонны вмешиваться в течение жизни и не создают новых событий, считая, что в мире достаточно событий и без них. Свою роль они видят в постижении уже состоявшегося. Не это ли отношение к миру рождает настоящих историков?

Как ни странно, в определенной степени созерцательность была свойственна и генералу Ларионову. Проявилось это, может быть, особым образом и не сразу, но зададимся вопросом: а много ли известно созерцательных генералов? Вообще-то немного. Задача генерала по сути своей созерцанию противоположна. Но, видя, как глаза полководца подернуты туманом, как посреди кипящего боя взгляд его застывает в самой дальней точке пейзажа — там, где уже не отыщешь даже арьергарда противника, — видя такого генерала, любой подумает, что это — созерцатель.

Так думали и те, кто сопровождал генерала Ларионова в Крымскую кампанию 1920 года. Внезапная задумчивость, охватывавшая его как в перерывах между боями, так и в ходе их, не только была отмечена соратниками, но нередко становилась и предметом обсуждения. Разумеется, обсуждения эти носили в высшей степени конфиденциальный характер и отразились лишь в воспоминаниях обсуждавших (генерал не был тем человеком, который позволил бы себя так запросто обсуждать), но они — были, а значит, был и повод для их появления.

На многих из тех, кто имел возможность наблюдать за генералом в 1920 году, он производил впечатление человека задумчивого и даже чуть отрешенного. Впечатление было тем более неожиданным, что ни в одну из прежних кампаний ничего подобного за ним не замечалось. Как раз напротив: он воплощал собой действие и решительность. Собственно, это и были качества, которые сделали его генералом.

Справедливости ради нужно указать, что перемена, произошедшая с ним в 1920 году, была замечена не всеми в равной степени. Так, ряд мемуаристов опирается, похоже, на более поздние свои впечатления и, подчеркивая отрешенность генерала, явно преувеличивает ее степень по состоянию на 1920 год. Некоторые соглашаются с описанными фактами как-то неуверенно, едва ли не из вежливости, говоря, что ввиду позднейшего умонастроения генерала нельзя их, наверное, отрицать и в 1920 году. Примиряя различные свидетельства,[1] с достоверностью можно лишь констатировать, что к 1920 году генерал Ларионов обнаруживал определенную созерцательность. С течением лет это качество развивалось, приведя в конечном счете к полнейшей сосредоточенности генерала на море.

То, чем завершилась деятельность генерала Ларионова, стало началом деятельности историка Соловьева. Созерцательное отношение к морю не позволило последнему овладеть ни одной из морских профессий. Он боялся, что слишком близкие отношения с морем могут привести к разочарованию и заставят его разлюбить стихию. Стоя по грудь в воде, молодой исследователь испытывал сомнения (ввиду его неустойчивого положения их можно было бы также назвать колебаниями) относительно того,

---

[1] Обзор их см.: *Благой В.В.* Задумчивость, его подруга... // Социальное, профессиональное и возрастное в становлении и изменении поведенческих моделей : сб. статей под ред. Ю.И.Бехтерева. М., 1995. С. 57–80.

не в слишком ли интимных отношениях пребывает он с предметом своей любви.

Помимо этих, совершенно новых для него, колебаний петербургский аспирант в очередной раз задавался вопросом о правильности избранной им (а в чем-то, пожалуй, и — за него) научной темы. Этот же вопрос он когда-то задал проф. Никольскому, когда тот впервые предложил ему заняться сухопутной тематикой.

— Что бы человек ни изучал, он изучает в первую очередь самого себя, — загадочно ответил профессор. — Имейте, юноша, в виду, что случайных тем не бывает.

Из уст профессора слова вышли в оболочке папиросного дыма. Столь зримый их облик в соединении с мудростью учителя сыграл свою роль. Соловьев решил не настаивать на морской теме и со всей страстностью принялся за исследование континентальных событий. Получив в аспирантуре предложение заняться судьбой генерала Ларионова, Соловьев вновь пришел к проф. Никольскому и задал ему старый вопрос о выборе темы. Ввиду запрета врачей старик уже не курил. Но в остальном ответ его был тем же, что и несколькими годами ранее.

Изучая судьбу генерала Ларионова, изучал ли Соловьев себя? Это был еще один трудный вопрос, поставленный историком самому себе. Чувствуя, что начинает в воде замерзать, он понимал, что для решения этого вопроса сейчас у него недостаточно времени. Кроме того, неподвижное стояние купальщика в море уже привлекло к нему внимание тех немногих, кто еще оставался на пляже. Соловьев решил оставить вопрос открытым и стал медленно продвигаться к берегу.

От долгого пребывания в воде тело исследователя приняло синюшный оттенок и покрылось гусиной кожей. Его нелепая скованность до купания на обратном пути сменилась и вовсе чем-то механическим, не имеющим отношения к ходьбе. Ни один из соловьевских суставов не сгибался, и только усилием воли молодой человек перемещал свое тело в направлении полотенца. Растершись, Соловьев почувствовал себя гораздо лучше. Ни море, ни воздух в тот вечер не были холодны. Так (думалось Соловьеву) вредна для человека неподвижность.

Солнца на пляже уже не было. Ялтинские пляжи, окруженные горами с запада, солнце покидает довольно рано. Оно садится за горные хребты, но его рассеянный свет еще долго струится над затихающим морем, кабинками для переодевания и клюющими арбузные корки чайками. Городской пляж после шести вечера — это особый пляж. Краски его тусклы, в них сквозит желтизна скрывшегося солнца, как сквозит она в черно-белых фотографиях пляжей минувших лет. Может быть, спрашивал себя Соловьев, вечерний ялтинский пляж и есть остаток того, что видел малолетний Ларионов? Или так: не виденный ли это малолетним Ларионовым пляж — только спустя время, сквозь толщу, так сказать, десятилетий?

Соловьев позабыл взять с собой сухое белье, а потому шорты надел поверх мокрых плавок. В конце концов, он был человеком, не имевшим ни малейшего пляжного опыта. После того как Соловьев присел, чтобы застегнуть сандалии, контур плавок, словно на измятой фотобумаге, проявился сзади на шортах. Этого, впрочем, ему видно не было. Он взял свой рюкзак и задумчиво двинулся в направлении набережной.

Идя вдоль кромки воды, Соловьев поднял глаза и от неожиданности замедлил шаг. На самом краю мола в кресле (очень похожем на то, что он видел на фотографии) кто-то сидел. Этим кем-то была дама. И хотя расстояние не позволяло Соловьеву рассмотреть все детали, было очевидно, что дама очень немолода. Она сидела поларионовски неподвижно, положив ногу на ногу, а бриз легко шевелил подол ее длинного платья. Несомненно, эта дама знала толк в эффектных позах.

Первым движением Соловьева было подойти к даме, но этого движения он не сделал. Он не представлял, о чем ее можно спросить или как заговорить с ней. Более того, он не имел понятия даже о том, как следует подходить к подобным дамам. Следовало ли бы сразу же поцеловать ей руку или достаточно было полупоклона? Не исключено, что данный случай предусматривал молодцеватое щелканье каблуками в соединении с легким наклоном головы. Может быть, Соловьев все-таки решился бы на сближение с незнакомкой, но, вытирая вспотевшие руки о шорты, он обнаружил, что и те, в свою очередь, мокры. След плавок к тому времени успел явственно обозначиться и спереди. Его одежда, сама по себе фривольная, будучи еще и подмоченной, исключала всякую возможность знакомства. Заколебавшись на мгновенье, Соловьев бросился домой переодеваться.

Лестница, по которой он взлетел рысцой, от удивления не успела издать ни звука, в то время как ключ, скользя по набитой вокруг замочного отверстия жести, издавал невообразимый скрежет. Открыв все-таки дверь, Соловьев швырнул рюкзак в угол, сбросил шорты и плавки и через секунду вышел из дома в белых и абсолютно сухих брюках.

Спешил он зря. Уже с набережной было видно, что мол пуст. Еще продолжая по инерции идти, Соловьев недоумевал, как старая дама в таком длинном платье сумела уйти за столь короткое время. Да еще с креслом. Теперь он уже сам не был уверен, что видел ее. Соловьев остановился. Сегодня было 2 августа, день смерти генерала Ларионова. Дата возникла так же внезапно, как незнакомка на молу. Сидела ли она там и в самом деле? В определенном смысле Соловьеву было бы проще расценивать ее появление как обман зрения. По крайней мере, это было бы не так обидно. Учитывая дату события, Соловьев в конце концов предпочел дать ему метафизическое объяснение. Увиденное он решил считать посещением мола душой генерала.

Перед тем как вернуться домой, Соловьев решил пройтись по знаменитой ялтинской набережной. Начинало смеркаться, и на набережной зажглись первые огни. Это были старомодные, в духе тридцатых—пятидесятых, фонари с выпуклыми плафонами, произраставшими на раскидистых чугунных ветвях. Не будучи поклонником причудливого советского ампира, Соловьев тем не менее испытывал к нему интерес, почти симпатию. Его ни на что не похожие и одновременно всё на свете напоминавшие строения пережили свою империю. С видом одичалых старцев из зелени побережья время от времени выглядывали пансионаты, дома творчества и пионерлагеря. Они были последними посвященными в тайны профсоюзного отдыха, лишь они одни и помнили безмятежные запои сталеваров, бодрые голоса процедурных сестер и тяжелые оргазмы партхозактива. Наполнявшие эти стены в полном составе отправились в небытие, подобно тому, как с ялтинской набережной в том же направлении отбыли милиционеры в схваченных ремнем белых рубахах, орденоносцы в вызывающе широких штанах, продавцы сбитня, пионервожатые, стиляги, урки — все те, кого боковым зрением успевал замечать стареющий генерал Ларионов.

Глядя на характерные предметы эпох, Соловьев часто тосковал по не виденным им временам, и это ему самому казалось удивительным. Он не стремился в этих временах жить, он не считал их ни добрыми, ни даже просто интересными, но — тосковал. Напрасно, однако, юноша удивлялся своему чувству: это было тоской по *другому*, горячим желанием сделать его своим, поскольку тех, кто его некогда знал как свое, оно навсегда лишилось. Не отдавая себе в том отчета, Соловьев испытывал отцовское чувство историка, усыновляющего чужое время.

Идя по набережной, Соловьев наблюдал ее отражение в кротком море. Неоновые вывески, аттракционы, фонари дрожали на вечерней ряби, изредка рассекаемые катерами под пронзительные звуки караоке. Под полотняными навесами его ждали торговцы мороженым, воздушной кукурузой и светящимися браслетами. Из-под пальм ему махали фотографы с апатичными обезьянками на поводках. У каждого ресторана его встречали официантки в черных юбках и белоснежных просвечивающих блузах. Юг Соловьеву определенно нравился, но он был сдержанным молодым человеком. Он не посетил ни одного ресторана и не приобрел ни одного светящегося браслета.

Соловьев зашел в Центральный гастроном и купил палку сухой колбасы. Подумав, он купил также хлеба, сыра, масла, оливок и две бутылки пива. Домой шел не по набережной, а по тихой параллельной улице — улице Чехова. Мимо лютеранской церкви. Мимо необычного здания в мавританском стиле. Мимо оклеенного красной бумагой магазина для взрослых. Будучи взрослым, у магазина Соловьев заколебался, но тут же взял себя в руки и прошел мимо. Посещение подобного заведения он счел занятием, недостойным историка.

Дома Соловьев первым делом помыл руки. После уличной духоты вода показалась ему неожиданно холодной. Она текла из трубы с удивительным для юга напором — словно неведомый Соловьеву водопад Учан-Су, на который его успели несколько раз пригласить на набережной. Вытерев руки дырявым, но чистым полотенцем, он приступил к еде.

После купания и прогулки Соловьев здорово проголодался. Он съедал бутерброд за бутербродом и запивал их неохлажденным местным пивом. Включенное им радио транслировало городские объявления. Бесформенным ящиком оно чернело на стене и (*продаются мотоблоки, цены умеренные*) предлагало подобные себе крупные некурортные вещи. Говорило пожилым женским голосом с едва заметным южнорусским акцентом. Примерно так говорило радио и в соловьевском доме на станции *715-й километр*. Лишь изредка (на утренней зарядке и выпусках центральных новостей) переходило на беззастенчивое аканье. Оно и выглядело подобным же образом — эбонитовое, неуклюжее; то говорило, то пело. Главное — никогда не молчало.

Утро следующего дня Соловьев начал с посещения горсовета. Взяв свое аспирантское удостоверение, он отправился на Советскую площадь, 1. В Управлении культуры его приняла спокойная полная женщина с большим бюстом. Она сидела перед Соловьевым, положив свой бюст на руки, руки — на стол. Прочность ее положения, отражавшая, по-видимому, позиции, завоеванные культурой в Ялте, умиротворяла. Забыв все приготовленные фразы, Соловьев непринужденно изложил ей цель своего приезда. Полная дама не перебивала. Подумав, он рассказал об истории своих занятий генералом и — неожиданно для себя — даже об аспиранте Калюжном, чье мечтательное бездействие открыло ему дорогу для этих занятий.

Женщина, управлявшая ялтинской культурой, умела слушать. Все рассказы Соловьева она восприняла столь же доброжелательно, сколь и неподвижно. С лица ее не сходила сдержанная улыбка. Когда красноречие гостя окончательно иссякло, она произнесла ответное и, как тут же выяснилось, запоздалое слово.

Из ее объяснений следовало, что раз в год, в день смерти генерала, в Ялту приезжает Нина Федоровна Акинфеева — женщина, помогавшая ему последние годы его жизни. Нина Федоровна приходит на мол (чиновница освободила одну из своих желеобразных рук и указала в сторону окна) и сидит там несколько часов в память о генерале. Затем она исчезает в неизвестном направлении, чтобы снова вернуться в город через год.

— День смерти генерала был вчера, — сказала женщина.

Провисшая было грудь вновь застыла на подложенной руке, словно компенсируя подвижную природу Акинфеевой. Соловьев расстроился. Он рассказал своей собеседнице, как, находясь от Нины Федоровны (до чего просты у тайн имена!) в нескольких десятках метров, он не рискнул подойти к ней с мокрыми разводами на шортах, как побежал переодеваться — и... От досады юноша ударил себя кулаком по колену и тут же извинился. И удар, и извинение были приняты в одинаковой степени благожелательно.

Дав эмоциям петербуржца излиться в полной мере, представительница ялтинской культуры сообщила следующий важный факт. Акинфеева Н.Ф., несмотря на неустановленное место жительства, от ялтинской жилплощади (26,2 м^2) не отказалась, а прописала туда свою дочь, Акинфееву Зою Ивановну, 1976 г. р., незамужнюю, заочную студентку Симферопольского пединститута.

— Ивановна — отчество условное, — полная женщина улыбнулась. — Этого Ивана никто не видел.

Судя по смуглому лицу девушки, может статься, что был это вовсе и не Иван. Восполняя свое длительное молчание, ответственный работник изложила Соловьеву историю семьи Акинфеевых.

В начале семидесятых в коммуналку генерала Ларионова (как, он жил в коммуналке?!) вселился новый жилец, Н.Ф.Акинфеева. Ордер на комнату был выделен из городских фондов и распределен через Музей А.П.Чехова, в штате которого числилась нуждавшаяся в жилье Акинфеева. К моменту вселения нового жильца генерал давно был вдовцом. Здесь рассказчица тактично помолчала.

О смерти жены генерала в середине шестидесятых Соловьев знал из книги А.Дюпон. За неимением подробных сведений об этой женщине французская исследовательница упомянула о ней довольно кратко. Еще более кратко было сказано о сыне генерала, чью судьбу в зрелом возрасте ученой даме так и не удалось проследить. Эту судьбу — по крайней мере, частично — удалось проследить ялтинской госслужащей. Остановив на Соловьеве немигающий взгляд, она сообщила, что единственный сын генерала спился и ушел из дому. Она никак не могла вспомнить, сначала ли сын спился, а затем ушел из дому, или, наоборот, уйдя из дому, впоследствии спился. Впрочем, даже в отсутствие хронологической ясности оба факта были налицо, и оба вызывали у рассказчицы волнение. Она перестала улыбаться и, откинувшись на стул, машинально поправила под блузкой лямки бюстгальтера. Соловьеву стало казаться, что он смотрит какой-то старый фильм, но при этом не помнит, чем этот фильм кончается.

В начале семидесятых Н.Ф.Акинфеевой было около сорока, и она, подобно генералу, была совершенно одинока. Поселившись в коммуналке, Нина Федоровна неожиданно обрела смысл своего существования. Генерал стал предметом ее почитания и заботы, он занимал все ее мысли, силы и время. Чтением ее стали книги по Белому движению. Они сильно потеснили чеховедение, некогда занимавшее в ее сознании исключительное положение. Мало-помалу коллеги Нины Федоровны по музею стали с тревогой отмечать, что А.П.Чехов больше не стоит в центре ее интересов.

Трудно сказать, что именно послужило причиной духовного перерождения музейной сотрудницы. Сыграло ли здесь роль ее тщеславие (пребывание в одной коммуналке с великим человеком) или, наоборот, жалость (пребывание великого человека в коммуналке)? Было ли это влиянием магнетических свойств самого генерала — человека, некогда повелевавшего армиями и уж наверняка способного подчинить своей воле одинокую музейщицу? Не стояла ли, наконец, за всем происходящим банальная коммунальная интрижка, как склонна была считать часть сотрудников чеховского музея (мнение подкреплялось намеками на непредсказуемый темперамент их коллеги)? Следует, однако, оговориться, что другая часть сотрудников музея возможность двусмысленных отношений с престарелым генералом отвергала категорически. В ходе спонтанно возникшего обсуждения прозвучало даже предположение, что с тем же успехом подобные отношения у Н.Ф.Акинфеевой могли бы развиваться и с А.П.Чеховым.

О том, что связь двух одиноких людей была чисто платонической, косвенно свидетельствует следующий примечательный факт. Одним прекрасным утром (это случилось после ряда лет беззаветного служения генералу) Нина Федоровна обняла предмет своего почитания и, не сказав ни слова, бежала из дому. Вернулась она недели через три в виде неузнаваемом. Лицо ее было в царапинах, а одежда разорвана. Дышала беглянка тяжело. Она привезла с собой запах леса, дешевых папирос и разоренную сберкнижку. Генерал принял ее без единого вопроса. Через несколько недель, разразившись рыданиями, она призналась генералу, что беременна. Сидевший в кресле генерал поднял голову. В протянутую им руку Нина Федоровна вложила свои трепещущие персты, и он их молча сжал.

Никто, включая музей и курирующий его отдел культуры, так и не узнал, через какие чащи влекло Нину Федоровну в дни ее побега. Разбуженное в музейном работнике природное начало толкнуло его к продолжению рода, бросило в объятия извечного, дикого, естественного. Данный случай дирекция музея рассматривала как беспрецедентный и не заслуживающий подражания. Учитывая, однако, что Н.Ф.Акинфеева забеременела на самой грани детородного возраста (в профсоюзной характеристике подчеркивалось, что для члена коллектива это был последний шанс), ей выделили материальную помощь в размере семидесяти пяти рублей. Падшей сотруднице был вручен также сборник стихов директора музея *Каменная нога*.[1] О своей помощи музей впоследствии не пожалел. Годы спустя, когда Акинфеева отбыла из Ялты в неизвестном направлении, место матери в просветительском учреждении заняла дочь.

Дальнейшая жизнь в коммуналке никак не изменилась. Нина Федоровна вернулась к прежним, добровольно на себя взятым обязанностям. Каждый день (рано утром, а порой и вечером) она сопровождала генерала на мол, неся за ним складное кресло и тент. Время после наступления темноты отдавалось подготовке мемуаров. Прежде генерал писал

---

[1] *Урсуляк Г.В.* Каменная нога. Стихотворения разных лет. Симферополь, 1971.

их сам, но после восьмидесяти, когда рука перестала его слушаться, он вынужден был их оставить. С появлением в его жизни помощницы для генерала открылись новые возможности: свои воспоминания он начал диктовать.

Перед самими родами Нина Федоровна спросила у генерала, как ей назвать ребенка.

— Назови его Зоей, — сказал генерал.

Подчеркивал он, соответственно имени, жизнеутверждающий смысл произошедшего или попросту ориентировался на святцы, так и осталось неизвестным. Женщина уточнила лишь, как назвать ребенка, если родится мальчик, но генерал ответил ей, что будет девочка.

Через несколько дней ее отвезли в роддом. Предписав убрать с подоконника иконку св. Пантелеймона, главврач, ввиду возраста прибывшей, принял решение делать кесарево сечение. Все девять месяцев своей беременности Нина Федоровна опасалась осложнений при родах, и тревоги ее, увы, подтвердились.

Осложнения были вызваны пинцетом, забытым по ходу операции в животе роженицы. Следует, однако, отдать должное врачам: услышав жалобы на резь в брюшной полости, из множества возможных причин они безошибочно выбрали правильную (диагноз ставила забывшая пинцет медсестра), что, собственно, и определило успех второй операции.

Из больницы Нина Федоровна вышла дней через двадцать. Когда с Зоей, перевязанной розовой ленточкой, они переступили порог своей квартиры, генерала в ней уже не было. Он умер.

Соловьев смотрел в бездонные глаза работника культуры. В них читались глубокое знание культурной жизни города и готовность этим знанием делиться. Читалось сочувствие к судьбе генерала Ларионова и его окружения.

Вместе с тем — и это выразилось в глубоком вздохе собеседницы Соловьева — влияние ялтинского горисполкома на судьбы человеческие имело свои границы.

5

После обеда Соловьев отправился в Музей А.П.Чехова. Он долго поднимался по раскаленной извилистой улочке. Чтобы оставаться в тени, переходил с одного тротуара на другой. Это восхождение напоминало ему научную работу, которая, как он успел усвоить, никогда не движется по прямой. Ее траектория непредсказуема, и рассказ о ней имеет сотню вставных новелл. Всякое исследование подобно движению собаки, идущей по следу. Это движение (внешне) хаотично, порой оно напоминает кружение на месте, но оно — единственно возможный путь к результату. Исследованию необходимо сверять свой собственный ритм с ритмом изучаемого материала. И если они входят в резонанс, если пульсы их бьются в такт, кончается исследование и начинается судьба. Так говорил проф. Никольский.

Наконец Соловьев увидел то, что искал. Перед ним лежала небольшая площадь, в сплошной ялтинской застройке напоминавшая воронку от взрыва. По ее периметру располагалась компания бронзовых уродцев, изображавших, по мысли скульптора, самых известных чеховских персонажей. Впрочем, скульптуры на прямом отношении к Чехову как бы и не настаивали. Будто стесняясь подойти к дому писателя вплотную, они сиротливо жались у обрамлявших площадь деревьев.

Сам музей состоял из бетонного административного здания и изящного коттеджа начала века (это и был чеховский дом).[1] В бетонном сооружении Соловьев спросил Зою Ивановну. На него посмотрели с любопытством и куда-то позвонили. В ожидании Зои Ивановны Соловьев вышел на воздух. Через несколько минут звякнула калитка чеховского сада, и оттуда появилась смуглая девушка. Шоколадный тон ее кожи и темные волосы не оставляли сомнений: появившаяся и была Зоей Ивановной. Именно ее отчество ставили под сомнение в горсовете. В ней было что-то от мулатки, от карнавала в Рио. Что-то докультурное и уж совершенно точно не чеховское. Ей ничего не стоило бы сыграть в вестерне. Дочь вождя, например. Ее лицо было невозмутимо.

Сквозь тонкое, почти нематериальное платье Зои Ивановны просвечивали самые интимные подробности ее туалета, отчего молодой исследователь почувствовал смятение. Он стал сбивчиво рассказывать о своих занятиях генералом Ларионовым, опять зачем-то упомянув об аспиранте Калюжном. Рассердившись на самого себя, он вдруг перешел к анализу ошибок в книге А.Дюпон и неожиданно закончил ответом проф. Никольского латышским ветеранам.

— Хотите, я покажу вам музей? — строго спросила Зоя Ивановна.

— Хочу, — сказал Соловьев.

Он последовал за Зоей (только не называйте меня Ивановной!), машинально копируя ее легкую индейскую походку. Какая уж тут Ивановна...

В чеховском доме было прохладно. Войдя сюда из ялтинской жары, Соловьев мысленно поблагодарил рус-

---

[1] См.: *Бойко А.* Музей тривоги нашої... (Доповідь про актуальний стан будівель Музею Чехова А.П. та вірогідність їх поступового руйнування) // «Мріє, не зрадь!»: Перспективи культурного розвитку. Львів, 2002. С. 3–59.

скую литературу. Ему подумалось, что прохлада дома отражала живительное, какое-то родниковое начало отечественной словесности. Фраза ему понравилась, и он произнес ее Зое.

— К сожалению, — она коснулась ладонью стены, — здесь было прохладно не только летом.

Зоя рассказала, что и зимой этот дом невозможно было протопить как следует. Его возводил московский архитектор, не знакомый с особенностями ялтинского климата и неспособный, стало быть, построить здесь что-либо удовлетворительное. Тонкие Зоины пальцы красиво скользили по ромбам обоев. Фоном ее рассказа проступал образ бескрайней России, планомерно разрушаемой Москвой. В лице петербуржца Соловьева она имела благодарного слушателя.

Экскурсия оказалась очень подробной. Гость музея побывал во всех помещениях чеховского дома — даже в тех, которые обычно не предназначались для посещений. Ему позволено было снять телефонную трубку, в которой некогда звучал голос Л.Н.Толстого, звонившего Чехову из Гаспры. В спальне он прикоснулся к простыням с вышитой прачечной меткой *АЧ*. С видом фокусника, достающего из шляпы последнего и самого красивого голубя, Зоя усадила его рядом с собой на постели писателя. Сидя на музейном экспонате, Соловьев напрочь забыл о Чехове. Его вниманием владело смуглое тело экскурсовода, просвечивавшее сквозь белизну платья.

Затем они вышли в сад (вышли в сад, прошептал Соловьев). Минуя посаженный Чеховым бамбук, Зоя вывела посетителя к двум скамейкам, буквой «г» вписанным в самый угол сада. По предложению Зои (сдержанный президентский жест) они сели на разные скамейки, словно на переговорах. Соловьев еще раз рассказал о цели своего прибытия в Ялту — на этот раз более спокойно и внятно.

Зоя слушала его, откинувшись почти к самой спинке скамейки, но не прислоняясь к ней. Соловьеву припомнилось, что в кадетских корпусах так было принято вырабатывать осанку. Он также сообщил ей о походе в Ялтинский горсовет, умолчав, правда, о подробностях, касавшихся Зои лично. На рассказе о возвращении Нины Федоровны из роддома Зоя его перебила:

— Когда мы с мамой приехали домой, его комната была подчистую разворована. Новый жилец встретил нас в тапочках генерала.

Для человека, в момент прибытия перевязанного розовой лентой, Зоя оказалась очень наблюдательна.

В комнату генерала въехала семья Козаченко. Они не были ялтинцами. На *русскую Ривьеру* Козаченко попали из каких-то глухих мест — то ли с Тернопольщины, то ли с Львовщины. Сама по себе жизнь в захолустье вряд ли была способна поднять их с места. Она их не тяготила. Просто случилось так, что Петр Терентьевич Козаченко, специалист по гражданской обороне, заболел туберкулезом — болезнью, для подобных специалистов не характерной и несколько даже богемной.

Находясь на излечении в Алупке, Петр Терентьевич сумел выяснить, что ялтинский институт вина *Магарач* срочно нуждается в специалисте его профиля. Предложив свои услуги, он был немедленно принят и на историческую родину вернулся сотрудником винного института. Для семьи П.Т.Козаченко его трудоустройство оказалось полной неожиданностью. Жена Петра Терентьевича, Галина Артемовна, была изумлена самоуправством мужа и переезжать наотрез отказалась. В последовавшей семейной сцене она поместила между собой и Петром Терентьевичем сына Тараса. Указывая на Тараса, она обвинила Петра Терентьевича в безответственности. Десятилетний

Тарас смотрел вбок, и из глаз его катились обильные беззвучные слезы.

В другом случае Петр Терентьевич, возможно, и уступил бы (то есть наверняка бы уступил), но возникшая борьба за переезд неожиданно представилась ему борьбой за его собственную жизнь. Он проявил непреклонность, в отношениях с женой ему в общем-то несвойственную. Под ее ежедневные проклятия он снимался со всех учетов, на которых состоял, увольнялся со своей прежней работы и озабоченно ощупывал лимфатические узлы в области подмышек.

Галина Артемовна, еще до крымской поездки мужа его мысленно оплакавшая (к его болезни она отнеслась со всей серьезностью), упорством Петра Терентьевича была озадачена. С возможной смертью мужа женщину примиряла надежда сохранить за собой ведомственную жилплощадь, предоставленную ему как представителю ГО и, по слухам, некоторых других аббревиатур. Испугавшись его переездной горячки, она потихоньку выяснила свои права на указанную жилплощадь и с горечью установила, что в случае смерти или отъезда мужа недвижимость автоматически возвращается государству. В результате позиция Галины Артемовны смягчилась. Смерти она предпочла отъезд.

При институте *Магарач* семья Козаченко первоначально получила всего лишь комнату в общежитии. Раздосадованный этим, Петр Терентьевич стал искать поддержки в иных ведомствах и даже предложил составлять отчеты о брожении умов в принявшем его учреждении. Соответствующие ведомства реагировали довольно вяло. По информации общавшихся с П.Т.Козаченко ответственных работников, единственным, что бродило в институте *Магарач*, было молодое массандровское вино. Умы института пребывали в состоянии полного покоя. Впрочем, сама по себе бдительность Петра Терентьевича была признана похвальной, и в качестве поощрения ему выделили освободившуюся комнату в коммунальной квартире.

— И они въехали к нам, — вздохнула Зоя.

Она поправила свое прозрачное платье, и взгляд Соловьева невольно остановился на ее коленях. Крон чеховских кипарисов коснулся первый вечерний ветер.

Въезжали Козаченко налегке. Отправляясь в неизвестность, они продали мебель на родной Тернопольщине. В просторную комнату генерала были внесены лишь три раскладушки, несколько тазов разного размера и купленный на ялтинской барахолке фикус. В дальнем от окна углу под рушниками был повешен портрет украинского поэта Т.Г.Шевченко (1814–1861). Оставалось еще очень много свободного места.

Ощущение пространства увеличивалось посредством того, что за день до вселения семьи Козаченко вещи из комнаты генерала были вынесены соседом Иваном Михайловичем Колпаковым. Операция по захвату имущества покойного была проведена по-военному стремительно. В одну из ночей Иван Михайлович отклеил от генеральской двери бумажку с печатью и при пособничестве жены, Колпаковой Екатерины Ивановны, перенес в свою комнату всё вплоть до генеральских очков и книги Г.В.Урсуляка *Каменная нога*. Эту книгу по просьбе Нины Федоровны генерал в свое время согласился пролистать.

Особую сложность представлял дубовый шкаф с резными двуглавыми орлами, поднять который супруги оказались не в силах. После полутора часов бесплодных усилий (за низкую грузоподъемность Екатерине Ивановне был нанесен удар по спине) изрядно покореженный шкаф кое-как протащили на подложенных под него пластмассовых крышках. Пол в генеральской комнате Екатерина Ивановна тщательно подмела.

Разумеется, предпринятые супругами действия оказались слишком наивными, чтобы не быть раскрытыми. Раскрытыми они оказались хотя бы уже потому, что, ввиду величины шкафа, дверь маленькой комнаты Колпаковых не закрывалась. В образовавшийся сектор обзора попадали стоящие друг на друге кровати и связки книг, отродясь Колпаковыми не читавшихся. Заключительная попытка Екатерины Ивановны замести следы уже никого не могла ввести в заблуждение.

Пытливый ум работника гражданской обороны представил ему произошедшее в деталях. Обвинив Колпаковых в присвоении перешедшего к государству имущества, он сообщил им о своем намерении проинформировать государство о нанесенном ему ущербе. Недипломатичный Колпаков тут же нанес Козаченко удар в лицо. Мальчик Тарас, стоявший в дверях выделенной комнаты, заплакал. К присвоению государственного имущества добавлялось нанесение тяжких телесных повреждений.

И.М.Колпаков почувствовал себя загнанным в угол и напился до беспамятства. Каково же было его изумление, когда наутро его разбудил сам Петр Терентьевич с бокалом пива в руке. Глядя на радужный синяк вокруг глаза соседа, Колпаков, возможно, счел его *пришельцем*. Иван Михайлович вначале даже отвел державшую бокал руку. Лишь выпив пиво и справившись с первым волнением, он оказался способен выслушать Козаченко.

П.Т.Козаченко давал И.М.Колпакову понять, что в деле возможны варианты. Загромождавшие колпаковскую комнату вещи покойного — рука Козаченко взмыла над отчужденным имуществом — следовало разделить поровну между конфликтующими сторонами. Шкаф как вещь заметную нужно было бы, во избежание скандала, отдать государству. Кроме того (здесь голос Козаченко обрел прокурорские тона), в качестве компенсации за нанесенные увечья семье Козаченко передавались книги генерала из части Колпаковых.

Козаченковский проект Колпаков безоговорочно одобрил. Вещи были разделены пополам, книги отданы в полное владение Козаченко (за исключением сборника *Каменная нога*, заинтриговавшего Колпакова своим названием), а шкаф предложен государству.

К шкафу государство первоначально проявило интерес, но в конце концов было вынуждено от него отказаться. Будучи внесен в квартиру до уплотнения и связанных с ним ремонтных мероприятий, шкаф попросту не подлежал выносу. Выяснилось, что за истекшие десятилетия советской власти входная дверь уменьшилась. Вещь, препятствующую закрытию двери, держать у себя Колпаков отказался, и после долгих сомнений Петра Терентьевича (которые были связаны с наличием двуглавых орлов) она была водворена на прежнюю территорию.

Более сложной оказалась судьба трофейной литературы. Когда выяснилось, что среди книг генерала нет ни одного издания Т.Г.Шевченко, П.Т.Козаченко потерял к ним интерес и тайно отнес их в букинистический магазин. Впоследствии, когда вернувшаяся Нина Федоровна настойчиво расспрашивала соседей о генеральских книгах, он лишь угрюмо отмалчивался. В конце концов правда вышла наружу, и Нина Федоровна бросилась в букинистический, чтобы выкупить хотя бы то, что осталось. Осталось, к сожалению, не так уж много.

Что касается *Каменной ноги*, то И.М.Колпаков попробовал было ее читать, но быстро разочаровался. Не будучи знаком с основами стихосложения, он не понял, отчего тексты в ней расположены столбиком.[1] В равной степени чужда ему осталась и образность Г.В.Урсуляка, довольно, вообще говоря, незатейливая. Наконец, он так и не выяснил, почему попавшее к нему издание называется именно так. Не сговариваясь с П.Т.Козаченко, он отнес книгу в букинистический магазин, и на том, казалось, истории ее приходил конец, но — *habent sua fata libelli*.[2]

В один прекрасный день в букинистический зашел Г.В.Урсуляк и, увидев на полке *Каменную ногу*, прочел на ней собственноручную дарственную надпись. Директор и поэт Г.В.Урсуляк купил свою книгу и вновь подарил ее Нине Федоровне со словами, что у каждого человека должно быть то, что не продается. Вообще говоря, в его поэтической практике это был не первый случай: время от времени он выкупал у букинистов некогда подписанные им книги и дарил их нерадивым владельцам с пометкой *Повторно*. Наличие в магазине *Каменной ноги* он наловчился определять уже с порога. Продавцы это знали и охотно принимали *Каменную ногу* на комиссию.

— Зоя, мы закрываемся! — крикнули откуда-то из-за пределов сада.

— Мы закрываемся, — грустно подтвердила Зоя.

Открыв калитку, она подождала, пока петербургский гость не вышел, и закрыла ее с уже знакомым Соловьеву звяканьем. Не говоря ни слова, вошла в административное здание. Оставшийся на месте Соловьев смущенно жался у калитки. Его не приглашали войти в помещение, но с ним ведь и не попрощались...

Ему не хотелось быть навязчивым. Ему не хотелось спрашивать, можно ли Зою проводить до дома, хотя проводить, конечно, хотелось. С другой стороны, было бы

---

[1] Об этом см.: *Жирмунский В.М.* Теория стиха. Л., 1975.

[2] Книги имеют свою судьбу (*лат.*).

странно и даже неприятно, если бы Зоя сама об этом попросила.

— Вы еще здесь? — спросила Зоя без всякого удивления.

Соловьев кивнул, и они двинулись к выходу. Зоя направилась не к тем ступенькам, по которым с площади спустился в музей Соловьев. Обогнув административное здание, они вышли к другим воротам. От этих ворот, петляя между корпусами какого-то санатория, уходила пешеходная дорожка.

— А что произошло с воспоминаниями, которые генерал продиктовал Нине Федоровне? — спросил Соловьев. — Они тоже находились в комнате генерала?

Девушка рассеянно пожала плечами.

— Наверное... Тогда была такая неразбериха.

Они спустились к речке Учан-Су и, пройдя вдоль нее с полсотни метров, оказались на каменном мосту. Облокотившись о перила, Зоя наблюдала, как сквозь булыжники и коряги речка Учан-Су неутомимо пробивалась к морю. Она спокойно посмотрела на Соловьева.

— Эти воспоминания для вас очень важны?

— Да.

На противоположном берегу располагался маленький базар. По предложению Зои они купили арбуз и пошли с ним в близлежащий парк. Устроившись на скамейке, Зоя достала из сумочки складной швейцарский ножик. Необходимые предметы у этой девушки всегда были с собой.

Разрезав арбуз пополам, одну половину Соловьев положил рядом на целлофановый пакет. От второй половины он отреза́л аккуратные тонкие полукружия, делил их на более мелкие доли и выкладывал на том же пакете. В его обращении с ножом было что-то изначально мужское, и следящий за его руками взгляд Зои это, несомненно, выражал. Соловьев и сам видел, что всё у него получается ловко, хотя немного этому и удивлялся. Арбуз был по-настоящему сладким.

— Ваша мама не предъявляла прав на имущество генерала?

— У нее не было никаких официальных прав.

— И как же она жила дальше с теми, кто...

— ...кто ее обворовал? Нормально. Это жизнь.

Жизнь справлялась и не с такими вещами. Не только предъявлять претензии, но даже высказывать обиду Нине Федоровне было затруднительно. Так можно было бы поступать, видясь со своими обидчиками в суде или, по крайней мере, встречаясь с ними изредка на улице. Но имея их рядом с собой ежедневно, посещая общий с ними туалет и оставляя кастрюлю с супом на общей кухне, это было совершенно невозможно. Обида Нины Федоровны не то чтобы прошла, скорее — притупилась. Это чувство еще воспламенялось при виде разных генеральских мелочей (многие из которых были ему подарены именно ею), всплывавших то у одной, то у другой супружеской пары, но в целом считалось погасшим.

Более того. Как это ни странно, в свободное от медицинских процедур время с ней начал вести беседы П.Т.Козаченко. Полуприсев на доставшийся ему кухонный стол, он рассказывал Нине Федоровне об изготовлении респиратора в домашних условиях и накладывании шины на перелом, об антибактериальных инъекциях и воздействии паров хлора на верхние дыхательные пути. Никому в своей жизни ничего не даривший, он вдруг подарил ей план эвакуации завода железобетонных изделий, а также собственноручно выполненный макет оголовка запасного выхода. В день рождения Нины Федоровны он даже хотел подарить ей свою коллекцию отравляющих веществ, но, случайно узнав о намерении мужа, этому решительно воспротивилась Галина Артемовна. Кстати говоря, контакты мужа с соседкой она про себя немедленно отметила. Галина Артемовна смотрела на них иронически, но вслух никак не высказывалась. Порой создавалось впечатление, что такое положение вещей ее даже устраивает.

В сущности, волновавшие Петра Терентьевича профессиональные темы Галину Артемовну всегда оставляли равнодушной. Ни подробнейшая классификация нервно-паралитических газов, которой он владел в совершенстве, ни его умение с закрытыми глазами определять тип и размер противогаза не производили на нее никакого впечатления. Возможно, что обращение к Нине Федоровне, вежливо его выслушивавшей, как раз и было поиском того, чего специалисту недоставало в собственной семье. Играло роль, вероятно, и сочувствие Петра Терентьевича позднему материнству Нины Федоровны. Это напоминало ему о том, что и они с Галиной Артемовной смогли завести ребенка, будучи почти сорокалетними.

Что касается супругов Козаченко, то с ними произошли определенные перемены. Их можно было бы охарактеризовать как отдаление друг от друга — если бы, конечно, они прежде были близки. Но близки они не были. Окончательно увлекшись своей болезнью (не такой, судя по всему, страшной, как это показалось супругам первоначально), после работы П.Т.Козаченко обходил ялтинские аптеки. Он сравнивал стоимость лекарств, пытаясь всякий раз выяснить их отпускную цену на базе.

В один из таких вечеров его жена подверглась сексуальной атаке И.М.Колпакова, принявшего ее в состоянии опьянения за собственную жену. Отсутствие со стороны Г.А.Козаченко сопротивления утвердило его в этом заблуждении, и он проделал с соседкой всё, что ему подсказала его небогатая фантазия. С тех пор ошибки Ивана Михайловича стали повторяться регулярно — с той лишь разницей, что теперь уже сама Галина Артемовна подсказывала ему те небольшие изыски, которых она так и не дождалась от специалиста по ГО.

Не подозревая о происходящем, Петр Терентьевич продолжал свое платоническое общение с Ниной Федоровной. По просьбе П.Т.Козаченко ему была пересказана пьеса *Вишневый сад*, живо напомнившая ему любимое стихотворение *Садок вышнэвый коло хаты*. Однажды он даже попросил показать ему Музей А.П.Чехова, о котором (Чехове) он неоднократно слышал. В то время как дядя Ваня (Колпаков) совокуплялся с его женой, П.Т.Козаченко с группой экскурсантов стоял в чеховском кабинете. Со слезами на глазах он внимал рассказу о смертельной схватке Чехова с такой же, как у него, болезнью и в ту минуту чувствовал себя немного Чеховым. В глубине души Петр Терентьевич тоже, возможно, хотел сказать немецкому врачу: *“Doktor, ich sterbe”*,[1] но — немецких врачей в его жизни не было и не могло быть.

Задумавшись в чеховском музее о смерти, он решил заказать себе похороны с музыкой. Это было единственным, что он мог себе позволить в области прекрасного. В составленном им завещании специально для этой цели отводилось пятьсот советских рублей на отдельной сберкнижке. За исполнение Шопена на открытом воздухе сумма казалась ему более чем достаточной. И хотя умирать он вообще-то не собирался, сделанное распоряжение внесло в его жизнь определенные трагизм и возвышенность.

---

[1] «Доктор, я умираю» (*нем.*).

Жизнь его оборвалась не по-чеховски. Вернувшись в один из дней в неурочное время, в своей собственной постели он застал *безобразную любовную сцену*. Такое определение происходящего вырвалось у самого Петра Терентьевича. Вне себя от гнева, он бросился с кулаками на Колпакова И.М. и принялся осыпать его ударами. Находясь под воздействием алкоголя, Колпаков вначале сносил удары довольно кротко. В конце концов он вышел из себя и с нецензурными выражениями отшвырнул Козаченко. Падая, Петр Терентьевич ударился затылком об одну из голов вырезанного на шкафу двуглавого орла и потерял сознание.

Врач скорой помощи, приехавший часа через полтора после вызова, констатировал, что травма П.Т.Козаченко несовместима с жизнью. И.М.Колпаков, не сумевший разобраться в такой формулировке, схватил врача за шиворот и потребовал ответить на простой вопрос: жив Козаченко или мертв?

— Мертв, — коротко ответил врач и уехал, не прощаясь.

Стремясь упредить милицейские расспросы, Иван Михайлович решительно увлек Галину Артемовну к себе. Он уговаривал ее не упоминать о действительной причине смерти мужа. Собственно, уговаривать-то ее особенно и не требовалось. Сомнения в долгожительстве Петра Терентьевича она испытывала уже давно, так что впечатлить здесь ее могла разве что форма смерти, но не ее факт. Протрезвевший Колпаков проявил неожиданные для него ораторские способности. Первые же сказанные им слова оказались выстрелом в *десятку*: он пообещал на вдове жениться.

Без колебаний и даже без особого кокетства она пошла ему навстречу. Приехавшей милиции было сказано, что у ослабленного болезнью Петра Терентьевича закружилась голова. Взмахнув руками, Галина Артемовна показала, как неудачно упал ее супруг. Безутешную вдову усадили на постель (уже заправленную, с тремя — одна на другой — взбитыми подушками) и велели соседям отпаивать ее валерьянкой. В углу комнаты стоял четырнадцатилетний к тому времени Тарас и держал в руках отломившуюся голову орла. Из глаз его капали крупные медленные слезы.

Похоронили П.Т.Козаченко не так, как ему мечталось. Обнаружив у мужа неучтенные пятьсот рублей, Галина Артемовна была до крайности возмущена и похоронила его без музыки. Кроме Тараса и Галины Артемовны за гробом шли Иван Михайлович, Нина Федоровна с малолетней Зоей и представитель некой организации (на все расспросы он таинственно прикладывал к губам палец), с которой, как выяснилось, была связана вся сознательная жизнь П.Т.Козаченко.

Именно эта организация позаботилась о подобающей торжественности события. С учетом того, что покойный был поселен в комнату белогвардейского генерала, смерть Петра Терентьевича от двуглавого орла была расценена как почти геройская и в высшей степени антимонархическая. На могиле Козаченко незнакомцем была установлена алюминиевая тренога со звездой и буденовкой. Представителей основного места работы покойного почему-то не было. Вместе с тем на поминки институтом *Магарач* было выделено пятнадцать литров вина, но, ввиду отмены поминок Галиной Артемовной, все пятнадцать литров были выпиты обручившимся с ней втайне И.М.Колпаковым.

Что касается Колпакова, то тайное он вовсе не торопился делать явным. То ли опасность разоблачения он считал преодоленной, то ли цена вопроса показалась ему слишком уж высокой, только о данном вдове обещании он попросту перестал упоминать. Более того, даже маленькие постельные радости, связывавшие его с Галиной Артемовной, в скором времени прекратились. Контакты свелись к кратким посещениям Колпакова, опохмелявшегося по утрам оставшимся от Петра Терентьевича медицинским спиртом.

Утром же произошла и другая *безобразная сцена*, во многом ускорившая развязку. Ожидая, когда Иван Михайлович освободит умывальник (мылся он подробно, полоща горло, хрюкая и отхаркиваясь), вдова с укоризной заметила, что другим тоже нужно умыться. С возгласом «Умывайся!» И.М.Колпаков плеснул ей в лицо водой из стоявшей здесь же большой жестяной кружки. Вода была холодная, но чистая.

Галина Артемовна почувствовала себя оскорбленной и потребовала объяснений. Она указала грубияну на недопустимость подобных действий, напомнив заодно о его обещании вступить с ней в брак. Со свойственной ему нелицеприятностью Иван Михайлович подвел облитую женщину к зеркалу и предложил вспомнить, сколько ей, вообще говоря, лет. Нарушитель брачного обещания порекомендовал ей думать не о свадьбе, а о похоронах. В ответ на угрозу рассказать в милиции всю правду Колпаков И.М. гомерически расхохотался.

Он недооценил Галину Артемовну. Она действительно не пошла в милицию, ибо что же она могла там сказать после своих красноречивых заявлений? Но фраза Ивана Михайловича о похоронах дала ее уму неожиданное направление. В итоге недолгих размышлений она решила умереть со своим суженым в один день. Дождавшись очередного посещения с похмельными целями (дождаться его было делом несложным), Галина Артемовна развела в спирте мужнину коллекцию отравляющих веществ и вручила раствор И.М.Колпакову. Через несколько минут Иван Михайлович скончался на руках Екатерины Ивановны, своей законной жены, до которой он еще успел дойти. Убедившись в действенности препарата, Г.А.Козаченко выпила весь его остаток.

— Они были похоронены в разных могилах, — закончила свою печальную повесть Зоя. — А Тарас остался совсем один. Он до сих пор живет в нашей квартире.

Коротким, но ровным клином на скамейке вытянулись арбузные корки. Соловьев аккуратно их собрал и перенес в стоявшую неподалеку урну (для вытирания рук в сумочке Зои тут же нашлась пачка бумажных платков). Оставалась еще ровно половина арбуза, которая была положена в целлофановый пакет.

Выйдя из парка, они направились к морю. В вечернем полумраке сигнал маяка всё явственней принимал форму растущего вширь луча. Ритм его мерцания притягивал к себе внимание, заставлял ожидать новой вспышки и невольно отсчитывать секунды до ее появления. Под легким сумеречным бризом стало окончательно понятно, до чего жарко было днем.

— У меня завтра выходной, — сказала Зоя. — Хотите, пойдем на пляж?

— Я не умею плавать.

Он произнес это почти обреченно. Так в постели с видавшей виды дамой сообщают о своей неопытности.

— Я вас научу, — пообещала Зоя после паузы. — Это совсем несложно.

Когда они подошли к Зоиному дому на улице Боткинской, совсем стемнело. Это было двухэтажное здание с высокими готическими окнами. Вот, оказывается, где жил генерал, подумалось Соловьеву. От заросшей виноградом стены дома отделилась фигура, в первый момент незаметная.

— Добрый вечер, Зоя Ивановна. Проходил, увидел, что нет света в окнах, — решил подождать.

Соловьев рассмотрел незнакомца в свете фонаря. Перед ними стоял человек лет за шестьдесят в светлой полувоенного покроя рубахе. Его облик — от тщательно отутюженных брюк до зачесанных назад волос — был образцом особого старомодного лоска, каким он предстает в лакированных *студебеккерах* и *испано-сюизах*, нет-нет, да всплывающих в автомобильном потоке Ялты.

— Всё в порядке, — сказала Зоя без удивления.

Она сделала несколько шагов к двери парадного и, ни на кого не глядя, добавила:

— Спокойной ночи.

6

Когда часам к десяти утра Соловьев и Зоя пришли на пляж, там уже было полно народу. Они осторожно переступали через раскинутые руки, заклеенные носы и блестящие от крема желеобразные попки. На этой ярмарке плоти уже не оставалось целых тел. Наведя потерянный было фокус, у стойки с висящим спасательным кругом Соловьев заметил свободное место. Его как раз хватало для двух полотенец. То, что это место располагалось возле спасательного круга, Соловьев счел несомненной удачей. В критическом для него случае средство спасения было под рукой.

Спасательный круг не потребовался. Совершенно неожиданно для Соловьева Зоя оказалась прирожденным инструктором по плаванию. Войдя с ним в воду, она приказала ему лечь животом на морскую поверхность. Когда непривычное к воде соловьевское тело стало медленно погружаться, Зоя мягко, но уверенно поддержала его обеими руками. Этого странного младенческого положения на руках у девушки он немного стеснялся, хотя не мог при этом не признать, что учеба оказалась делом приятным.

Выйдя из воды, они осторожно пробрались к своим полотенцам. Зоя легла на спину, вытянув одну руку вдоль тела, а другой закрыв глаза от солнца. Соловьев сидел, положив подбородок на колени. Эта эмбриональная поза представлялась идеальной для наблюдателя. Утренний пляж был для Соловьева вещью невиданной и вызывал его любопытство.

Ему были интересны татарки, разносившие на лотках пахлаву и чурчхелу. Они присаживались возле покупателей на корточки, вытаскивали из-за пояса целлофановый пакет и, запустив в него руку, как в перчатку, снимали с лотка свои восточные изделия. На их лицах блестели крупные капли пота. Рассчитавшись с любителями пахлавы, татарки легко, без признаков усталости, вставали и продолжали свой путь по раскаленной гальке. Их крики, слегка приглушенные прибоем, раздавались по всему пространству пляжа. Они смешивались с криками продавцов кваса, колы, пива, вяленых лещей и шашлыков из копченых рапанов.

Соловьев рассматривал человеческие тела. Освобожденные от одежды, почти ничем не стесняемые и никого не стесняющиеся. Он видел мускулистых молодцов того идеального темно-коричневого тона, который граничит со сменой расы. Который достигается неотлучным пребыванием на пляже. Ввиду этой черноты терялись даже татуировки, нанесенные ими в какую-то давнюю допляжную эпоху. Они двигались к воде особой походкой. Это была походка *королей пляжа*: покачивая корпусом и слегка отведя руки в стороны. Когда они выходили на сушу, на липнущих к телу плавках явственно обозначались гениталии. Зная о таком эффекте, *короли пляжа* двумя пальцами отводили резинку плавок и с деловитым хлопком ее отпускали. Плавки тут же теряли свой избыточный анатомизм. На фоне всем очевидных достоинств *короли пляжа* не нуждались в дополнительной рекламе.

Рядом с ними — и в этом заключалось великое пляжное равенство — топтались обладательницы вялых грудей, отважно освобожденных от купальников, безразмерных животов и бесформенных старушечьих ног — мочалообразных, простроченных фиолетовыми нитками вен. Всё то, что родило бы протест в любой другой обстановке, на пляже оказывалось допустимым и по большому счету возмущения не вызывало.

Соловьев откинулся назад и полулежал на локтях. Убедившись, что глаза Зои плотно прикрыты рукой, он стал смотреть на нее. С бритых Зоиных подмышек взгляд скользнул на ее бедра, соединенные тонкой линией бикини. Соловьев залюбовался едва заметным и каким-то безмятежным движением ее живота. Подняв глаза, он встретил Зоин взгляд и от неожиданности улыбнулся.

Когда они снова вошли в воду, Зоя велела ему перевернуться на живот и попытаться делать лягушачьи движения (они были показаны заблаговременно). Крепкие руки Зои, поддерживавшие Соловьева в его лягушачьем движении, скользили по шее, груди и животу обучаемого, касаясь порой — на глубине всё возможно — самых чувствительных точек его тела. Когда телодвижения Соловьева показались Зое недостаточно лягушачьими, она подплыла под него и, синхронизировав ритм обоих тел, показала, как это выглядит на самом деле. Стоявшие на берегу следили за обучением с неприкрытым интересом.

Нетрадиционные, даже, может быть, несколько экстравагантные методы[1] Зои не могли не дать плодов. В результате обоюдных усилий Соловьев проплыл несколько метров, испытывая сказочное ощущение *первого раза*.

Такое ощущение он испытывал в своей жизни лишь дважды. Первый случай произошел с ним лет в семь, когда после утомительного обучения езде на двухколесном велосипеде (уставшая бегать за велосипедом бабушка случайно отпустила седло) он вдруг поехал. Соловьев навсегда запомнил внезапное обретение им равновесия. Плавное, парению родственное, движение на холостом ходу, хруст сосновых шишек под колесом.

Второе подобное ощущение он испытал по окончании своего следующего семилетия. Касалось это сферы, с бабушкиной помощью не связанной, куда более деликатной и совсем уже не велосипедной. Цензура Надежды Никифоровны вынужденно касалась лишь печатных источников, но у запретных сведений были и устные пути распространения. Одноклассники снабдили Соловьева кое-какими подробностями отношений между полами, но представлено всё было в самом грубом и механистическом виде. Образование Соловьева в этом направлении продвигалось столь однобоко и хаотически, что, имея уже представление о сути полового акта, он почему-то не догадывался о том, что в результате именно таких действий появляются дети.

Связь этих двух явлений оказалась для него полной неожиданностью, причем неожиданностью неприятной. Такое светлое и ожидаемое им событие, как появление ребенка, Соловьеву очень не хотелось соединять с отвратительными ритмичными движениями, которые с хохотом

---

[1] Ср.: *Цихлидис Г.П.* Курс молодого пловца. Одесса, 1981.

показывали его одноклассники. Не исключено, что в глубине души ему, платонически влюбленному в Надежду Никифоровну, в это просто не хотелось верить. Трезвый взгляд на вещи подсказывал учащемуся Соловьеву, что по этой линии им с Надеждой Никифоровной иметь детей не суждено.

Потрясенный своим открытием, на одном из школьных собраний Соловьев по очереди представил всех присутствовавших родителей за производством его одноклассников. Пойдя дальше, он представил таким же образом школьных учителей — вплоть до директрисы (*Вий* было ее прозвищем), грузной неулыбчивой женщины со сложенными на голове косами. Основываясь на наличии у них детей, Соловьев пришел к неоспоримому выводу, что каждый из них занимался *этим* — по крайней мере один раз в жизни. Включая директрису, хотя в это и верилось с трудом. Если в отношении остального педколлектива сцены совокупления в большей или меньшей степени вырисовывались, применительно к директрисе фантазия Соловьева оказывалась бессильной. В конце концов подростку удалось представить и ее, но зрелище оказалось устрашающим. Успокоение пришло лишь с мыслью, что грозное явление имело место один-единственный раз и больше никогда не повторится.

Исчерпав имевшиеся возможности, Соловьев покинул пределы своего непосредственного окружения. Его вниманием овладели лица, чьи портреты уже ряд лет смотрели на него с классных стен. Дитя позднесоветского времени, Соловьев располагал не столь уж большим выбором. Центральный и самый большой портрет в классе принадлежал В.И.Ульянову (Ленину). Именно он и привлек внимание подростка в первую очередь.

Чтобы соединить Ленина с его женой Н.К.Крупской, занимавшей в пантеоне скромное место между А.В.Луначарским и А.С.Макаренко, ему приходилось постоянно вертеть головой. То ли фантазия Соловьева успела отдохнуть, то ли это было оптическим эффектом при сведении удаленных изображений, но итоговая картина получилась куда выразительней директорской.

— Были ли у Ленина дети? — спросил как-то Соловьев на уроке биологии.

— Не было, — сказала учительница. — Но разве это вопрос по теме *Амфибии*?

— Да, — ответил Соловьев.

Базедовый профиль Крупской вкупе с мелкими злыми движениями ее партнера придавали паре вызывающе земноводный вид.[1] Ну, разумеется, у них не было детей: их просто тошнило друг от друга.

Заключительным объектом портретного периода оказался Карл Маркс. Как Соловьев ни бился, в его воображении тот соединялся только с Фридрихом Энгельсом. Не догадываясь еще о возможности и такого альянса, Соловьев оставил основоположников в покое.

Первый собственный опыт такого рода Соловьев приобрел на станции *715-й километр*, что, с оглядкой на обстоятельства его жизни, не выглядит столь уж неожиданным. Большинство из того, что происходило с ним в пору его отрочества, так или иначе было связано именно с этой станцией. Исключение составляли лишь отношения Соловьева с Надеждой Никифоровной и его учеба в школе: и то, и другое протекало в полутора часах ходьбы от места его жительства. Само собой разумеет-

---

[1] Ср.: Жизнь животных. Т. 5: Земноводные. Пресмыкающиеся / под ред. А.Г.Банникова. М., 1985. С. 52–107.

ся, тот деликатный опыт, о котором идет речь, не мог быть приобретен ни в школе, ни — тем более — у Надежды Никифоровны. Приобретен он был в доме Соловьева.

Дом был довольно ветхим сооружением. Состоял он из сеней, кухни и примыкавших к ней двух небольших комнат. Окна комнат смотрели на поросшую травой железнодорожную насыпь, в этом месте невысокую. После смерти матери Соловьев, помещавшийся раньше в одной комнате с бабушкой, переселился в комнату покойницы. Он сделал это из безотчетного стремления восполнить пустоту, возникшую с уходом матери. Оттого, что он входил в опустевшую комнату, скрипел ее рассохшимися половицами и спал на материнской кровати, этот уход казался ему не таким безвозвратным. Наконец, пустота комнаты отчасти восполнялась и тем, что, помимо Соловьева и его бабушки, в ней стал бывать еще один человек — Лиза Ларионова.

Лиза и раньше бывала у Соловьевых. На всей станции *715-й километр* она была единственной сверстницей Соловьева, да и единственным, кроме него, ребенком. Возвратившись с Соловьевым из школы, она шла домой обедать, но уже через час появлялась в соловьевском доме. Там они вдвоем принимались за выполнение домашнего задания. Лиза внимательно слушала рассуждения Соловьева при решении задач, почти никогда ему не противореча. Вместе с тем, когда Соловьев испытывал затруднения, она робко, часто в вопросительной форме подсказывала правильный путь решения. Иногда ему казалось, что даже в тех случаях, когда он был не прав, она, чтобы не обижать его, записывала в своей тетради то же, что и Соловьев. Вне всякого сомнения, истина для Лизы не была самоцелью.

Лиза могла бы быть тем, что в прежние времена определялось как первая ученица. У нее была ясная голова, но для карьеры первой ученицы (как, впрочем, и любой карьеры) Лизе недоставало главного — честолюбия.

Их совместные походы в школу и из школы не были проявлением чего-то большего, чем обычные соседские отношения. По крайней мере, первоначально. Вдвоем они ходили с первого класса. Такого рода движение казалось их домашним более безопасным. В лишенных мужчин семьях (Лиза жила с матерью) слово *безопасность* имело особый вес.

Ходить в школу с Лизой маленький Соловьев стеснялся. Самым огорчительным в этих обстоятельствах было определение его и Лизы как *жениха и невесты*. Обычная в таких случаях дразнилка была для Соловьева тем обиднее, что в качестве своей невесты он втайне рассматривал, конечно же, Надежду Никифоровну. В момент приближения к школе Соловьев всячески демонстрировал неизмеримое расстояние, пролегшее между вдвоем, казалось бы, пришедшими людьми. Будущий историк отворачивался, отставал, строил за Лизиной спиной рожи — словом, доходил в своем отчуждении до степеней весьма и весьма высоких, хотя и допускавших еще совместное возвращение домой.

Но особенно строго с Лизой он обходился в присутствии Надежды Никифоровны. Здесь, правда, не было ничего из того, что могло бы быть признано не *comme il faut*: Соловьев знал, что баловства его избранница не потерпит. В библиотеке Лизе доставались ледяные взгляды и короткие ответы скрипучим голосом. К досаде Соловьева, Надежда Никифоровна не понимала, что стараются в данном случае ради нее. Время от времени она сама обращалась к ждавшей Соловьева Лизе. Как ни странно, девочка была также постоянной читательницей Надежды Никифоровны. Несмотря на то что подбор книг для Лизы осуществлялся не так торжественно, как для Соловьева, читала она много. Побольше, может быть, самого Соловьева.

К четырнадцати годам Лиза превратилась в миловидную стройную девушку. Не став первой ученицей, она не стала и красавицей. Данная ей природой внешность — правильные неброские черты, пшеничные волосы и серые глаза — предоставляла широкие возможности в выборе стиля. Если бы Лиза решила стать красавицей, сдержанный рисунок черт придал бы ее облику тот легкий импрессионистический оттенок, которого не хватает *ярким* лицам. Но этого не произошло.

Сказать, что Лиза *не хотела* стать красавицей, было бы неправильно. Это подразумевало бы некую направленную волю, сознательную позицию, занятую ею в вопросе красоты. Лиза вела себя так, словно эта сфера для нее не существовала. Зная Лизину бедность, ей предлагали воспользоваться чужой косметикой, но она вежливо отказывалась. В отличие от других девочек, переливавшихся всеми доступными в русской провинции цветами, Лиза не пользовалась вниманием одноклассников на школьных вечерах. Одноклассники предпочитали тех, кто имел вид загадочный и — ввиду лиловых разводов вокруг глаз — слегка инопланетный. Именно с ними танцевались изматывающие медленные танцы.

Мысль об этих танцах мелькнула в голове у Соловьева, когда однажды, после выполнения домашней работы (занятия, возможно, не самого возбуждающего), он ощутил жгучую эрекцию и неожиданно для себя прижался к Лизе всем телом. Неожиданным это было не потому, что Соловьев не представлял себе подобной возможности. Как раз наоборот: по ночам, когда из соседней комнаты начинал раздаваться бабушкин храп, его фантазия рисовала этот случай во всех деталях. Прикосновения своих собственных рук он явственно ощущал как Лизины и, испытав древнюю, как взросление, смесь наслаждения и стыда, замирал на влажной простыне. Неожиданность заключалась в том, что всё предпринимавшееся им в фантазии никогда не мыслилось реально произошедшим и — однако же — произошло. Мог ли Соловьев справиться со своим возбуждением? При определенных обстоятельствах — да. Например, присутствуй в доме его бабушка. Но ее в тот момент не было.

Чувствуя, как его бьет дрожь, Соловьев взял Лизину ладонь и прижал к своим оттопырившимся спортивным штанам. От запретности происходящего, от соединения начал столь противоположных (ему казалось, что высшая степень противоположности и рождала высшую степень запрета) он почти терял сознание. В тех остатках сознания, которые всё еще не были потеряны, пульсировала мысль о прикосновении Лизы к самому тайному, что только бывает на свете. Никогда впоследствии его так не будоражила разность полов: такого рода соединение противоположностей оказалось во взрослой жизни делом обыденным, а подходя диалектически — и неизбежным. То же, что некогда казалось ему таким скрываемым и недоступным, оказалось на поверку объектом едва ли не самым востребованным. Вручая его Лизе столь настойчиво, будущий исследователь еще не знал о его роли в истории культуры, да и истории в целом. Он действовал без оглядки на предшественников.

Стоя к Соловьеву вплотную, Лиза смотрела на него спокойным и слегка удивленным взглядом. Как и в случае с домашним заданием, только она, казалось, знает правильное решение. И она его действительно знала. Лиза легонько коснулась губами его губ и положила ему голову на плечо. Осмелев, он запустил руку ей под блузку. Он касался ее спины, живота и того, что ниже.

Из скрытых под блузкой крючков он не смог расстегнуть ни одного. Это сделала сама Лиза. Сама Лиза сняла всю остальную одежду и, ведомая Соловьевым за руку, послушно легла на кровать. В продолжение всей сцены он не произнес ни слова. Соловьева натуральным образом трясло, и лишь по его судорожным движениям (единственное, что он сумел выполнить до конца, — это раздеться) Лиза догадывалась, чего в том или ином случае от нее ждут. В целом же особой догадливости здесь не требовалось.

Сопровождаемый отчаянным скрипом пружин (этот скрип в точности передавал состояние его тела), он кое-как взгромоздился на Лизу и замер. Не сумев соединить оба тела сразу же, он уже не понимал, каким именно образом действовать дальше. Лиза и здесь всё взяла в свои руки. Он почувствовал, как его направляют, и с неутомимостью физкультурника стал выполнять те движения, которые так отвратительно показывали его одноклассники. Через несколько мгновений он испытал оргазм. Это был его *первый раз* с женщиной. И это было куда чувствительней, чем езда на велосипеде.

Соловьева удивило отсутствие крови. Когда после Лизиного ухода он рассматривал пятна на простыне, ничего похожего на кровь им обнаружено не было. Он не допускал и мысли, что к моменту их отношений Лиза уже не была девушкой. То, как она проводила свое время, было известно Соловьеву с точностью до минут. Круг общения Лизы был ему также хорошо знаком. Собственно говоря, он и был этим кругом.

О том, что должна быть кровь, на станции *715-й километр* знали все. Даже Надежда Никифоровна, пускавшая под нож любые упоминания о половой жизни, информацию о крови как результате первой брачной ночи оставляла нетронутой. Суровую ее руку останавливала, возможно, мысль, что для того, кто намеревается вступить в половую связь, наличие крови могло бы послужить важным сдерживающим фактором. При худшем развитии событий, т.е. при вступлении в указанную связь, возможное отсутствие крови, по расчету Надежды Никифоровны, разочаровало бы вступившего в предмете его страсти и отвратило бы его от повторных попыток.

К успокоению жаждавшего крови Соловьева, при одном из последовавших занятий любовью простыня заалела. Это произошло в третью или четвертую их встречу в отсутствие бабушки. В предыдущие разы — Соловьев этого, очевидно, не понимал по неопытности — контакт их был слишком судорожным и хаотичным. Когда же неизбежное в конце концов случилось, крови было так много, что простыню пришлось срочно стирать. Соловьев носил из колодца ледяную воду, а Лиза стирала простыню, периодически дуя на окоченевшие пальцы: времени согреть воду уже не оставалось. Сушить простыню также не было никакой легальной возможности, поэтому после стирки ее пришлось вновь застелить. Лишь ночью, когда раздался бабушкин храп, Соловьев развесил простыню на двух стульях, сам же спал поверх одеяла, укрывшись курткой.

Их любовные игры стали регулярными. Бабушкины уходы были вещью довольно редкой, и поэтому время от времени им приходилось переходить в дом Лизы разумеется, когда он бывал пуст. Сложность в этом случае заключалась в том, что появление Лизиной матери, путевой обходчицы, было непредсказуемым. Длительность обходов была на удивление разной и зависела от степени усталости этой женщины, от ее настроения и каких-то высших производственных соображений, суть которых была известна лишь посвященным.[1] Ни Лиза, ни тем более Соловьев к их числу не принадлежали, и предприятие их несколько раз оказывалось на грани провала. Несколько раз их спасал звон пустого ведра, неприметно установленного ими у калитки, но полагаться на такое ненадежное, а главное — привлекающее внимание средство было невозможно. Они вновь вернулись в соловьевский дом.

Дети железнодорожников, Соловьев и Лиза решили в полной мере использовать возможности железной дороги — в современной жизни, кстати, часто недооцениваемые. Безукоризненно владея расписанием пассажирских и товарных поездов, они без труда обнаружили, что несколько раз в день движение составов мимо станции *715-й километр* является почти непрерывным. В наиболее удачных случаях непрекращающийся ход поездов в обе стороны составлял десять–двенадцать минут. Для короткой, но бурной любви этого вполне хватало. Шум поезда поглощал любые звуки, способные возникнуть в подобной обстановке. В первую очередь визжанье пружин. Бабушка Соловьева не имела привычки входить во время их занятий в комнату, но в ответственных ситуациях занимающимися кратковременно использовался крючок.

К вопросу о звуках. Информированность Соловьева о женской составляющей секса *кровью* не ограничивалась. К моменту вступления в половую жизнь он уже имел представление и о *стонах*. В исполнении его одноклассников стоны оказались еще менее привлекательными, чем показанные ими движения. Как бы то ни было, в усвоенном Соловьевым распределении сексуальных ролей его мужским движениям Лиза не отвечала женскими

---

[1] См.: *Григорьянц К.К.* Настольная книга путевого обходчика. Пермь, 1957.

стонами. Будучи однажды убежден одноклассниками, что одно гарантированно вызывает другое, Соловьев не на шутку встревожился. После того как он поделился с Лизой своими сомнениями, она стала потихоньку постанывать. Ревниво прислушиваясь к стонам, Соловьев не находил их убедительными и от этого огорчался еще больше. Иногда ему даже казалось, что Лиза стонет из чувства долга, а не ввиду физиологической невозможности не стонать.

Более того. Временами у Соловьева возникала мысль, что в тех запретных и уж по крайней мере преждевременных отношениях, в которые они вступили, Лиза испытывала гораздо меньшую потребность, чем он. Дело было даже не в том, что маленькие их безумства ею никогда не инициировались (это можно было бы списать на женскую стеснительность), — само ее отношение к соитию было в каком-то смысле бесстрастным. Лизу никогда не приходилось уговаривать, и она уступала сразу же, но — именно уступала, спокойно, доброжелательно, без соловьевского нетерпения и дрожи. Казалось, что и в этой сфере, как и во многих других, она не хотела его огорчать. Вообще говоря, безотказность Лизы казалась безграничной. Порой, когда Соловьеву особенно не терпелось, а возможности уединиться не представлялось, они занимались любовью без особой подготовки и раздеваний. Лиза шла и на это.

Вспоминая впоследствии эти сумбурные и — невзирая на взрослое содержание, — по сути своей, детские отношения, Соловьев не уставал удивляться, что Лиза не забеременела. Единственное, что им было известно в сфере предохранения, — это опасные и неопасные в смысле зачатия дни. Будучи победительницей математической олимпиады, эти дни рассчитывала Лиза. Что до противозачаточных средств, то покупать их в местности, где молодых людей знали все, не было никакой возможности. Соловьев несколько раз ездил в районный центр и, покрываясь от смущения пóтом, покупал презервативы. Презервативы быстро заканчивались, а на поездку в районный центр требовался целый день. Единственным противозачаточным средством, которое всегда имелось в наличии, было умение вовремя разомкнуть объятия. Оно требовало немалых усилий воли и несколько раз давало сбой. Отсутствие последствий Соловьев относил к их исключительному везению: на станции *715-й километр* Лизина беременность была бы катастрофой для них обоих.

То, что везение подростков было и в самом деле исключительным, не вызывает никаких сомнений. Любовью они занимались постоянно — не только в помещении, но и на открытом воздухе. По дороге из школы Соловьев и Лиза иногда заходили в лес и предавались любви на только что пройденных по биологии мхах и лишайниках. Когда, отряхиваясь, Лиза вставала с земли, контуры этой растительности отпечатывались на ее розовой попке. Не раз они занимались *этим* и на снегу — расстелив куцее соловьевское пальто, растапливая горячими пальцами наст. И все-таки основным местом их интимного общения была комната Соловьева. Связь этих встреч с расписанием поездов обусловила не только редкую в таких случаях упорядоченность, но придала им и неожиданный павловский оттенок: проходившие мимо станции составы вызывали у Соловьева непроизвольную эрекцию.

Он почувствовал эрекцию, не связанную с железнодорожным влиянием. Открыв глаза, Соловьев понял, что проснулся. Первое, что он увидел, был направленный на него немигающий взгляд Зои. Соловьев перевернулся на живот. Движением крокодила подгреб к себе горячей гальки и снова зажмурился. Он осознал, что на этот раз проснулся человеком, умеющим плавать. Зоя ему определенно нравилась.

7

Вечером она пригласила Соловьева к себе. Он пришел с букетом цветов, но уже с порога понял, что происходить будет вовсе не то, что он предполагал. Помимо Соловьева в Зоиной комнате находился виденный им вчера старомодный господин, а также худенькая старушка. На ней была черная шляпка с откинутой вуалью и черные же перчатки в сеточку. Через несколько минут позвонили, и в комнату вошел человек богатырского вида. На вид ему было за шестьдесят. Несмотря на возраст, под хлопковой, пенсионерского вида рубашкой навыпуск обнаруживались значительного размера бицепсы. Группа показалась Соловьеву живописной. В первый момент он так и не мог понять, что именно собрало здесь людей, столь непохожих друг на друга.

Их собрал генерал Ларионов. Это выяснилось, когда Зоя представила собравшихся друг другу. В первое мгновение Соловьев подумал, что ослышался. Старушка оказалась княжной Мещерской, хотя и — в голосе Зои послышался как бы оттенок извинения — родившейся уже после революции.

— Это никогда не мешало мне быть княжной, — сказала старушка и подала Соловьеву руку.

Он склонился над протянутой рукой и ощутил на губах сетчатую фактуру перчатки. Руку княжны (как, впрочем, дамскую руку вообще) он целовал впервые в жизни. Как и в случае с пляжем, ни в Петербурге, ни — тем более — на станции *715-й километр* такой возможности ему не представлялось.

Два присутствовавших господина были детьми белогвардейцев, каким-то образом спасенных генералом от смерти. Последнее обстоятельство им позволило, по их выражению, не только глубоко почитать генерала, но и вообще родиться. Из нескольких произнесенных этими людьми фраз Соловьев заключил, что любовь и преданность генералу они перенесли на Зою, бывшую для покойного своего рода приемной — пусть и не увиденной им — дочерью. Это отрадное вроде бы обстоятельство Соловьева насторожило. Вспомнив о вчерашней встрече с Шульгиным (так его, оказывается, звали), он окончательно расстроился. В условиях опеки, понятой столь серьезно, шансов на развитие отношений с Зоей оставалось немного.

Готовясь подать чай, Зоя попросила Соловьева помочь ей, и они вышли на кухню. Там стоял лысоватый человек, лет на пять—семь постарше Соловьева. Его нельзя было назвать в строгом смысле толстяком — он был скорее рыхлым. Расслабленным. Грозящим то ли обрушиться, то ли сдуться. Он и стоял как-то не в полной мере, наискось, привалившись к твердой опоре у себя за спиной. Зоя едва заметно ему кивнула и включила под чайником газ. Чтобы избежать неловкости, Соловьев поздоровался. С ответным «здрасте» (оно было тихим и, пожалуй, даже стеснительным) неизвестный скрылся в своей комнате. Не будучи с ним знаком, Соловьев тем не менее узнал его сразу же: это был Тарас Козаченко.

Пока чайник закипал, Соловьев с интересом рассматривал просторную кухню, на которой ежедневно, в течение более чем полувека, появлялся легендарный генерал.

— Это был *его* стол.

Зоя указала на покрытое клеенкой деревянное сооружение, к которому прислонялся Тарас. Клеенка была мелко изрублена (крошили овощи) и обагрена засохшим соусом. У стакана с увядшим укропом лежал неправдоподобных размеров точильный камень, за ним — как иллюстрация его возможностей — два ножа с месяцеобразно сточенными лезвиями. В самом углу стола, перевязанная марлей, размещалась банка с чайным грибом. Это был *его* стол.

Соловьев осторожно отогнул липкую клеенку и коснулся поверхности стола. Он попытался представить генерала протирающим этот стол тряпкой. Регулирующим пламя примуса, на котором потрескивает яичница-глазунья.

— Генерал почти никогда не готовил, — сообщила Зоя.

По ее словам, во всех бытовых делах генералу помогала Варвара Петровна Нежданова, подселенная в его квартиру в 1922 году. Это была тихая, немногословная девушка, приехавшая в Ялту из Москвы, да так в Ялте и оставшаяся. Устроившись машинисткой в горсовете, она получила комнату в генеральском доме.

— Я могу для вас готовить, — сказала однажды Варвара Петровна.

— Готовьте, — коротко ответил генерал.

Через два года они обвенчались.

За чаем Зоя рассказала присутствующим о Соловьеве. Оказалось, что товарищ Шульгина — его фамилия была Нестеренко — Соловьева уже знал. Будучи по делам в Петербурге, он посетил конференцию в Институте русской истории и слышал там доклад Соловьева *Изучение жизни и деятельности генерала Ларионова: итоги и перспективы*, произведший на всех столь сильное впечатление. Самого Нестеренко поначалу огорчило, что итогов, подведенных молодым исследователем, оказалось гораздо меньше, чем этого хотелось бы истинным почитателям генерала. Разочаровывающее положение в области итогов компенсировалось, однако, обилием намеченных в докладе перспектив. Это в конечном счете и позволило Нестеренко вернуться домой в состоянии, близком к окрыленности.

Говоря на научные темы, вспомнили и о конференции *Генерал Ларионов как текст*, которая должна была состояться через несколько дней в Керчи. Ни Шульгин, ни Нестеренко не понимали, отчего конференция проводится в Керчи, а не в Ялте. Они подробно перечислили основания, почему местом посвященной генералу конференции должна была быть только Ялта. Мещерская, проявив неожиданный для княжны практический ум, предположила, что гостиничные цены в Керчи существенно ниже. Наряду с этим (и здесь обнаружилась начитанность княжны в области семиотики) она сокрушенно признала, что, в отличие от Ялты, Керчь для истории жизни генерала не была местом *знаковым*.[1] Наконец, именно княжна выступила в защиту названия конференции — вопреки нападкам Шульгина и Нестеренко, наотрез отказавшихся представить себе генерала Ларионова в виде текста.

Беседа еще более оживилась, когда присутствующие узнали, что Соловьев собирается на этой конференции выступать. Поскольку не все (в частности, Зоя) имели возможность в дни конференции покинуть Ялту, Соловьева попросили прочесть свой доклад в этом доме. Соловьев — он так резко подвинул чашку, что немного чая выплеснулось на скатерть, — был, конечно же, не против. Читать доклад в таком обществе, а главное — в *таком* доме он считал для себя честью. Поскольку текста доклада на тот момент у него с собой не было (и, как заверили его присутствующие, обратная ситуция была бы странной), договорились, что чтение состоится в один из ближайших дней. О чтении в более *знаковом* месте трудно было и мечтать.

---

[1] См. подробнее: Труды по знаковым системам. Тарту, 1964–2003. Вып. 1–30.

Что касается потенциальных соловьевских слушателей, то им и самим было о чем порассказать. За исключением Зои все они хорошо знали генерала лично. Впрочем, среда, в которой Зоя воспитывалась, снабдила ее сведениями о генерале в такой степени, что во время последовавших за чаем воспоминаний о генерале она позволяла себе дополнять и даже поправлять высказывания гостей. Отсутствие личного опыта сотрудница чеховского музея восполняла прекрасной памятью. Из рассказа лиц, собравшихся в доме генерала августовским вечером, послереволюционная его судьба представала в следующем виде.

Приход красных генерал встретил в стенах своей ялтинской дачи (указывая на стены, княжна Мещерская сделала круговое движение рукой). Во время, свободное от пребывания в бронепоезде, он жил именно там. Удивительным образом генерал не только избежал смерти, но даже не был выселен из дома. Генерал был подвергнут *уплотнению*.

На первом этаже его дачи расположилась местная комсомольская ячейка. Прежде никто и подумать не мог, что это помещение способно вместить такое количество лиц в буденовках. Встречаясь у крыльца, они оправляли гимнастерки и отдавали друг другу честь. На втором этаже комната была отведена уже упоминавшейся Варваре Петровне, комнату дали революционному матросу К.И.Серегину, и одна комната досталась генералу. Ввиду отсутствия на втором этаже кухни под нее была переоборудована размещавшаяся там зала.

Дом с готическими окнами семейством Ларионовых был построен в середине девяностых годов девятнадцатого века. Несмотря на богатые армейские связи семьи, дача строилась усилиями штатских рабочих, оплачивавшихся к тому же из собственных денег Ларионовых.[1] Подобно большинству ялтинских дач, имела она всего два этажа, но каждый из них был высоким. Будущий генерал переступил порог дома уже в том возрасте, когда волшебные слова *art nouveau*, произнесенные его матерью в холле, не были для него пустым звуком. Два французских слова многократно звучали еще в Петербурге. Они сопровождали всё строительство дома и произносились родителями с каким-то особым прогрессивным выражением лица. Показывая дом ялтинским соседям, родители генерала держались несколько по-колумбовски и, строго говоря, имели на это право: не только в Ялте — в самой столице этот стиль был еще почти незнаком.

Незнаком был этот стиль и К.И.Серегину, въехавшему в генеральский дом в 1921 году. Впечатление, произведенное модерном на представителя флота, оказалось удручающим. Первые два дня своего пребывания в доме Серегин, бросив все дела (он входил в краснофлотскую расстрельную команду), занимался переоборудованием доставшейся ему комнаты. Отвергнув замысловатую лепнину как буржуазное излишество, он сбил ее с потолка зубилом. Дубовые панели он закрасил жирной зеленой краской и, найдя такой цвет интересным, прошелся им по дубовому же паркету. За борьбой стилей генерал наблюдал спокойно и не сделал расстрельных дел мастеру ни единого замечания. В сравнении со

[1] Интересно, что даже столетие спустя на знаменитых процессах о генеральских дачах состязающиеся стороны не признали подобную практику дачного строительства устаревшей. См.: *Самойленко Ю.А.* На даче показаний // Человек и закон. 1996. № 12. С. 45–68.

всероссийскими переменами события в его собственном доме уже не могли его взволновать по-настоящему.

Будучи по натуре своей буяном, генерала Серегин, однако же, побаивался. Для него он был явлением не менее, а, может быть, даже более чуждым, чем модерн, но поступить с ним так же, как с потолочной лепниной, он не мог. Несмотря на революционное сознание и пристрастие к кокаину, в своем соседе матрос видел прежде всего генерала.

Холопский его рефлекс был усилен еще и тем, что однажды, предприняв попытку рукопашного боя с генералом, краснофлотец был немедленно сбит с ног, стащен к крыльцу и окунут в бадью с дождевой водой. Некоторое время он отыгрывался на Варваре Петровне как свидетельнице происшедшего, но, увидев благосклонность к ней генерала, бросил и это. Прежде чем окончательно успокоиться, по месту службы он потихоньку выяснил, каковы перспективы генерала на предмет расстрела. Чтобы не обременять товарищей лишней работой, он предлагал выполнить ее самостоятельно — так сказать, на дому. Получив категорический отказ, он по-настоящему удивился и зауважал генерала еще больше. Кстати говоря, именно Серегин был первым, кто задал ключевой для биографии генерала вопрос: почему его не расстреляли?

В генеральском доме Серегин прожил семь лет. Будучи однажды захвачен вихрем революции, этот человек так и не смог вернуться к мирной жизни. Революционное сознание, усугубленное потреблением кокаина, толкало его к действиям и словам (а слова — это тоже действия, как сказал член тройки ОГПУ Л.Б.Уманский), для молодой советской власти неприемлемым. Приговор тройки в отношении Серегина К.И. в исполнение привела его же собственная расстрельная команда. По воспоминаниям товарищей, для него это стало единственным утешением.[1]

В комнату Серегина въехал Л.Б.Уманский, в котором генерал узнал человека, командовавшего красноармейцами при аресте Серегина. Пока красноармейцы скручивали сопротивлявшегося квартиросъемщика, Уманский проверил состояние рам и дверей и уточнил у Варвары Петровны площадь освобождаемой комнаты. Как выяснилось впоследствии, Уманский, у которого в Ялте пока не было жилья, проделывал это при каждом проводимом им аресте. Не приходится сомневаться, что жилплощадь его устроила, поскольку Серегин был расстрелян в самые короткие сроки.

От Серегина Уманский выгодно отличался тем, что не устраивал ночных дебошей. Если порой он и приводил с собой дам, то заставлял их снимать обувь, выдавая специально приготовленные тапочки. Первое время это были комсомолки, умыкавшиеся Уманским из ячейки на первом этаже. Переспавшие с ним считали, что как честный человек Уманский Л.Б. должен на них жениться. Не вдаваясь в обсуждение своей честности, тот резонно заявлял, что при всем желании сразу на всех жениться он не может.

Руководство ячейки, привлеченное регулярными скандалами на втором этаже, начало было рассматривать вопрос об *аморалке*. Порядком струхнувший Уманский Л.Б. вынужден был прийти в ячейку и в присутствии комсомольского актива объяснять, почему брак следует считать явлением отжившим. На актив, сплошь состоявший из мужчин, речь его произвела неплохое впечатление. Женская часть коллектива отнеслась к ней более сдержанно, но на открытые возражения не решилась.

---

[1] См.: *Булыга А.А.* Последний из УДГ. М., 1956. С. 97.

С этого дня в комнату Уманского не ступала нога комсомолки. С одной стороны, девушки из ячейки были слишком обижены, чтобы вновь подниматься на второй этаж. С другой, сам Уманский по зрелом размышлении решил обходиться дамами с набережной — идеологически, может быть, менее близкими, но в смысле владения техникой секса предпочтительными. Марксистское мировоззрение не мешало им в необходимых случаях становиться на колени[1] — в отличие от комсомолок, чья несгибаемость Уманского порядком раздражала.

Собственно говоря, из всех, кого довелось увидеть генералу в коммуналке, он был не самым плохим соседом. В годы соседства Уманского из туалета исчез ядреный запах мочи, появившийся там со вселением в квартиру Серегина. Уманский (обычно в лице одной из посещавших его дам) неизменно принимал участие в поочередном мытье пола на кухне и в местах общего пользования. С точки зрения генерала, внутренняя его нечистоплотность в какой-то степени компенсировалась стремлением к внешней чистоте и упорядоченности.

Генерал считал его прохвостом и особенно этого не скрывал. Вместе с тем в его отношении к Уманскому был и своего рода сентиментальный оттенок. В полной мере этот оттенок проявился впоследствии, когда генерал выразил сожаление в связи с преждевременным освобождением соседской комнаты. Что касается Уманского, то ему льстило, что он живет в одной квартире с лицом столь знаменитым. В какой-то момент, правда, у него возникло искушение расширить свою жилплощадь путем ареста генерала и его жены, но, к чести сотрудника ОГПУ, вкус

---

[1] Ср.: *Ибаррури Д.* Хитроумный идальго. М., 1979. С. 80–190.

к хорошей компании возобладал в его душе над сугубо меркантильными интересами.

Спустя годы, впрочем, выяснилось, что до победы лучших чувств Уманского над его худшими чувствами попытку освободить квартиру он все-таки предпринял. Но — некая таинственная сила воспрепятствовала аресту генерала и на этот раз. Более того, в ходе этой попытки Уманский выяснил также, что казавшийся ему безработным Ларионов числится консультантом в Музее истории города и даже получает за это зарплату.

Зная как никто другой, что генерал почти не покидает квартиры (исключение составляли его прогулки по молу), Уманский не поленился направить в Музей истории города запрос о трудовой деятельности бывшего генерала и о характере даваемых им консультаций.[1] Ответ неожиданно пришел из ведомства самого Уманского и, судя по его тону, дальнейших вопросов не предполагал. Прагматик Л.Б.Уманский, не принадлежавший, в сущности, к категории кровопийц по призванию, на этом остановился. Он решил, что квартиру, в конце концов, можно будет найти и в другом месте; другого же генерала ему найти не удастся.

Движимый этими соображениями, он даже попытался расположить к себе генерала. Интересно, что и генерал, сведший круг своего общения к совершенному минимуму, порой с Уманским беседовал. Будучи людьми полярных темпераментов и убеждений, они, вне всякого сомнения, интересовали друг друга. Они обсуждали тактику ближнего боя и допустимость Брестского мира, целесообразность службы в армии женщин и работу передвижных

---

[1] См.: Бюллетень Музея истории г. Ялты. Симферополь, 1929. С. 15–16.

кухонь в осенне-зимний период, а в минуты философского настроения генерала — и нравственную проблематику *Мертвых душ*, названных Н.В.Гоголем поэмой.

Жизнь вблизи генерала показалась Уманскому столь познавательной, что на некоторое время даже отвлекла его от квартирного вопроса. Когда же по случаю ему представилась возможность переехать в отдельную и весьма благоустроенную квартиру, сотрудник ОГПУ поначалу даже сомневался. После того как его начальник, Г.Г.Пискун, сообщил ему, что для улучшения условий подчиненного был расстрелян целый этаж, не въезжать в освобожденную квартиру Уманский счел уже неловким. Получив ордер, по прежнему месту жительства он устроил прощальный банкет, для которого не пожалел умопомрачительного огэпэушного спецпайка.

Банкет превзошел все ожидания — и по количеству угощений, и по степени своей, так сказать, прощальности. Когда мероприятие близилось к концу, в дверь неожиданно позвонили, и квартира заполнилась людьми в кожаных куртках. Узнав в вошедших своих сослуживцев, виновник торжества счел это остроумной и соответствующей ведомству формой поздравления, растрогался и предложил вошедшим выпить. Будучи повален на пол и уложен лицом вниз, он заметил присутствующим, что шутка зашла слишком далеко, но в ответ никто не рассмеялся. Вопреки ожиданиям Уманского, вывод его из квартиры также не сопровождался весельем — как, впрочем, и расстрел, произведенный самым серьезным образом через неделю после ареста.

Позже стало известно, что непосредственной причиной ареста Уманского Л.Б. оказались приводимые им с набережной дамы. Об этих посещениях сигнализировали бдительные комсомолки, в свое время отвергнутые подследственным. После первой же очной ставки с указанными дамами (а также с комсомолками) он признал свои половые связи беспорядочными и чистосердечно в них раскаялся. В протокол допроса было также внесено его заявление о том, что, несмотря на обилие случайных связей, единственным органом, которому он, Уманский, был предан по-настоящему, являлось ОГПУ.

Проблема, собственно, была не в дамах с набережной. Она состояла в том, что в одно из редких посещений Ялты иностранными судами эти дамы успели пообщаться с сошедшим на берег экипажем и предположительно передать за границу сведения государственной важности. Было также установлено, что задуманные в качестве прикрытия беспорядочные половые связи были фиктивными, а посещавшие Л.Б.Уманского гражданки на самом деле являлись не более чем передаточным звеном между ним и одиннадцатью[1] иностранными разведками.

Уманский возразил было, что связи его были беспорядочными, но не фиктивными (это, кстати, подтверждалось всеми одиннадцатью фигурантками), что единственным, что до него дошло путем передаточного звена, оказался триппер[2], но это не помогло. Раздавленный тяжестью улик, подследственный в скором времени сознался во всем, что ему инкриминировали, и, к приятному удивлению следствия, даже добавил несколько не известных ранее эпизодов.

Генерал Ларионов и Варвара Петровна в эти дни также ждали ареста: факт соседства генерала в глазах следователей сам по себе должен был бы стать одним из важнейших доказательств вины Уманского. Но этого не слу-

---

[1] Следствию удалось выявить одиннадцать посещавших Л.Б.Уманского лиц.

[2] К делу была подшита справка венеролога об излечении.

чилось. Всё объяснялось тем, что начальник Уманского, Пискун Г.Г., первоначально к нему благоволивший и даже освободивший для него большую благоустроенную квартиру, в какой-то момент был раскритикован собственной женой. Она указала на тот факт, что жилищные условия его подчиненного Уманского Л.Б. теперь превосходят соответствующие условия самого Г.Г.Пискуна. Потрясенный этим фактом, Пискун стал искать выход из создавшегося положения. Поскольку кодекс чести учреждения прямого перераспределения жилплощади не предполагал (лодочка плыла, подарок Тимофею не отдала, как заметил член РСДРП с 1903 года В.И.Твердохлеб), Пискун решил Уманского расстрелять. Только после этого, ввиду бесполезности для расстрелянного столь большой площади, он считал возможным въехать в данную тому квартиру. В этих условиях Г.Г.Пискуна не заинтересовали ни принадлежащая генералу комната, ни даже сам генерал.

Вскоре после расстрела Уманского в Ялту приезжала его мать — как ни странно, именно из Умани. Она упаковала вещи сына в три парусиновых чемодана, а то, что не поместилось, сложила в огромную бархатную скатерть, попарно связав ее концы. Добраться до автовокзала ей помог генерал. Неся в руке один из чемоданов, он толкал перед собой детскую коляску соседей с положенным на нее бархатным узлом. Два других чемодана (те, что полегче) несла мать Уманского. Солнечным октябрьским утром 1934 года, осыпаемые листьями тополей, они шли по Московской улице. Мать Уманского время от времени ставила чемоданы на землю и передыхала. В одну из таких передышек женщина сказала, что никогда не одобряла принадлежности своего сына к ГПУ, и с нежностью вспомнила время, когда он был известным в городе Умань карточным шулером. Такой род занятий казался ей более доходным и — несмотря на регулярные побои — не столь опасным.

В начале семидесятых эти осенние проводы слились в памяти генерала с другими, тоже осенними, но происходившими много позже и ставшими типичным случаем дежавю (что, в сущности, и позволило этим событиям слиться). Удивительным образом генерал называл год этих проводов — 1958-й, но сопутствующих им обстоятельств припомнить не мог. Он приводил даже имя провожаемой им дамы: ее звали Софией Христофоровной Посполитаки. Генерал и тогда нес чемодан и толкал коляску — на этот раз с ребенком. На фоне полнейшего молчания ребенка пружины коляски издавали пронзительный, почти истерический визг. София Христофоровна стеснялась этого неприятного, пусть и не ею производимого звука. С растерянной улыбкой она вжимала голову в плечи. Порой, вопреки хронологии, генералу казалось, что и во втором случае он сопровождал мать Уманского, от греха подальше увозившую из Ялты своего маленького и еще не расстрелянного сына.

Чей это был ребенок? По воспоминаниям генерала, вряд ли он мог принадлежать Посполитаки ввиду ее возраста. С достоверностью генерал способен был лишь утверждать, что ребенок этот был не его. На улице Московской на них так же падали тополиные листья. Порывом ветра несколько листьев задуло Софии Христофоровне за воротник демисезонного пальто. Остановившись, генерал извлек листья из-за воротника, и София Христофоровна благодарила его — неожиданно долго и горячо. Кем была эта дама и в связи с чем он ее провожал, генерал сказать затруднялся.

Это обстоятельство навело его на мысль о том, что большинство событий его долгой жизни успело повториться — и не по одному разу. Для того чтобы не дать им слиться окончательно, генерал решил вернуться к брошенному им было труду историка.

— Именно тогда, — сказала Зоя, — он начал диктовать маме продолжение своих мемуаров.

После расстрела Уманского его комната стояла незанятой. Действия Г.Г.Пискуна в отношении своего коллеги были столь стремительны, что последнего просто не успели снять с учета. Вносимая ответственным квартиросъемщиком Ларионовым квартплата заслонила от работников жилконторы кровавую, поистине шекспировскую драму, разыгравшуюся между двумя чекистами. О смерти уроженца города Умань в жилконторе просто не узнали. Большой поклонник Н.В.Гоголя при жизни, расстрелянный Уманский по странному стечению обстоятельств обратился в *мертвую душу*, освободив генерала от грозившего ему подселения. Безмолвное инобытие Уманского Л.Б. в списках жилконторы протекало целых двенадцать лет — вплоть до послевоенной ревизии жилья в 1946 году, когда в квартиру въехал человек, ставший впоследствии отцом И.М.Колпакова.

В свободной от соседей квартире у генерала родился сын. Факт ли освобождения квартиры вдохновил генерала на рождение ребенка, были ли это обстоятельства более личного характера (по слухам, до 30 лет Варвара Петровна была бесплодна), — узнать уже, видимо, не удастся. По мнению княжны Мещерской, не будучи уверен в том, что останется жив, ранее генерал просто не хотел заводить ребенка. Мысль о возможном аресте сидела в его голове так прочно, что, даже обвенчавшись с Варварой Петровной в 1924 году (это было сделано тайно), генерал не стал регистрировать их отношения в советских органах, чтобы не подвергать ее опасности. С другой стороны, — и здесь точка зрения княжны была фактически опровергнута Шульгиным — почему бы именно в середине тридцатых взгляды генерала на собственное будущее должны были измениться? Беспристрастный анализ общественно-политической обстановки не давал к этому ни малейшего повода.

Как бы то ни было, ребенок появился. Встречая Варвару Петровну в холле роддома, генерал с отвращением рассматривал грязно-желтый кафель пола. Мелкий квадрат этого кафеля вкупе с запахом хлорки нес в себе что-то невыносимо советское, лишенное человеческих черт. Генерал пытался вспомнить, чем пахло в виденных им военных госпиталях — там ведь тоже мыли хлоркой, чем же им было еще мыть? — но такого гнетущего запаха почему-то не было. От кровати к кровати неслышно ходили сестры милосердия, волосы их были убраны под белые с красными крестами посередине платки.

Стеклянные, но (разнонаправленные мазки белилами) потерявшие прозрачность двери открылись. Первой из них вышла толстая медсестра со свертком, перевязанным голубой лентой. Из-за ее спины на мужа стеснительно смотрела Варвара Петровна. Генерал взял у сестры сверток и заглянул в него. Он смотрел долго и внимательно, словно в сморщенном, почти уродливом лице новорожденного пытался прочесть его дальнейшую судьбу.

— Похож, — поняла его взгляд по-своему сестра. — Похожей не бывает.

Генерал молча протянул ей пятьдесят рублей. Накануне ему было сказано, что медперсонал благодарят: за мальчика — пятьдесят рублей, за девочку — тридцать. О равноправии полов в 1936 году еще не могло быть и речи.

Нет, мальчик не был на него похож. Точнее сказать, черты его — форма носа, линия губ, разрез глаз — вполне отражали генеральские, но это внешнее подобие лишь подчеркивало всю степень их общего несходства. Так восковые двойники великих не имеют со своими оригиналами ничего общего как раз потому, что не передают в них самого главного — их необъятного силового поля. Когда годы спустя восковая фигура генерала была выставлена в музее мадам Тюссо, он не проявил к этому никакого интереса. Рассеянно взглянув на присланную ему фотографию, генерал вложил ее в какую-то книгу и забыл о ней навсегда. Восковая копия не могла его удивить. Долгие годы он видел ее в своем собственном сыне.

Мальчика назвали Филиппом. Он был рожден в то время, когда, по мнению генерала, мужчиной лучше было не рождаться. По большому же счету лучше было не рождаться вообще.

— Рабское время, — коротко определял его генерал, толкая коляску с Филиппом вверх по улице Боткинской.

Это была та же соседская коляска, на которой вещи Л.Б.Уманского доставлялись на автовокзал. По случаю рождения первенца соседи окончательно передали ее семье генерала. К моменту передачи коляска имела вполне музейный вид, но ведь и генерал тогда уже числился музейным консультантом. При таком положении вещей он не нашел причин отказываться от подарка.

Из своего походного планшета генерал аккуратно вырезал четыре узких полоски и заменил ими истершиеся ремни в крепежах. Из вещмешка тончайшей телячьей кожи он сшил новый полог и приклепал его края к металлическому остову коляски.

— Это не коляска, — повторяла сотрудница молочной кухни Циля Борисовна Прозумент. — Это шедевр прикладного искусства.

На молочной кухне генерала уважали. Ему выдавали самое лучшее молоко, называли его *папочкой*, а Варвару

Петровну *мамочкой*, и генералу это нравилось. В свою очередь, сотрудникам молочной кухни нравилось, что настоящий боевой генерал занимается вещами столь мирными. В этом им виделся символ чего-то такого, что они и сами не умели толком выразить, отделываясь (и что вы скажете за такого генерала?) лишь риторическими вопросами и междометиями.

В отличие от отца, говорить Филипп начал рано. Вместе с тем из всего произнесенного Филиппом в раннем возрасте (как, впрочем, и впоследствии) в памяти свидетелей не задержалось почти ничего. На этом фоне темпераментное молчание будущего генерала было более красноречивым. Справедливости ради стоит отметить, что и Филипп, несмотря на свою раннюю способность говорить, пользовался ею не очень охотно. Речь Филиппа сводилась преимущественно к называнию необходимых ему предметов, а поскольку потребности его всегда были на удивленье малы, соответственно скупыми оказывались и его фразы.

Филипп не был глупым ребенком. При необходимости он справлялся с самыми сложными задачами — в школьном и нешкольном смыслах. Главное отличие его от отца состояло в том, что очень мало задач на свете он осознавал как необходимость. Всё, что ни делал в своей жизни генерал, было для него необходимостью — других причин для своей активности он попросту не имел. Что (спрашивала в свое время А.Дюпон)[1] в генеральской жизни *можно* превращало в *нужно*, что выковывало эту жизнь как непрерывную цепь необходимостей? Чувство долга? Честолюбие? Жажда деятельности? Все эти качества вместе, определяемые как жизненная сила? Это (утверждала

---

[1] *Дюпон А.* Загадка русского генерала. С. 11.

А.Дюпон) было в генерале. И этого (утверждала Зоя) не было в Филиппе.

Подумав, мать отдала десятилетнего Филиппа в филателистический кружок. Мальчика научили брать марки пинцетом, но интереса к филателии у него не возникло.

— Это развивает, — любила повторять Варвара Петровна.

— Это свивает, — сказал однажды генерал.

Собирание марок ему казалось делом убогим. В филателистический кружок Филипп ходить перестал.

Окончив школу, Филипп, по настоянию матери, поступил на заочную учебу в Институт легкой промышленности. Легкая промышленность не была призванием Филиппа и в сферу его интересов (остается неизвестным, существовала ли эта сфера вообще) никогда не входила. Вместе с тем какого-то специального неприятия легкой промышленности Филипп также не проявлял (в самом определении промышленности слышалась ему какая-то воздушность) и против поступления в институт не возражал.

Будучи студентом-заочником, Филипп работал лаборантом в институте *Магарач*. Получив высшее образование, он стал старшим лаборантом. И хотя на этом карьерный рост Филиппа остановился, впервые в своей жизни он обрел настоящее увлечение: это была дегустация вин. Не вполне правы те, кто объясняет это увлечение его якобы изначальной склонностью к алкоголизму. В определенном смысле такая точка зрения основывается на высказывании самого генерала, предположившего однажды, что алкоголизм — удел людей низкоэнергетичных. Сказано это было по другому поводу, без особых пояснений того, что следует подразумевать под энергетичностью, но спустя какое-то время фраза была отнесена к сыну генерала.

На деле же первоначальной страстью Филиппа была именно дегустация. Уже через несколько лет работы в *Магараче* он без труда не только определял на вкус любую марку крымского вина и год урожая, но называл даже точное место расположения виноградника на склоне горы. Сотрудникам института *Магарач* запомнились проводимые им сеансы дегустации, когда он, рассказывая об особенностях сорта, волновал вино легким движением кисти и наблюдал его медленное жирное стекание по стенкам бокала.[1]

На самые ответственные крымские дегустации приглашали именно его. Тихая речь Филиппа, его длинные меланхоличные пальцы производили на партийную элиту неизгладимое впечатление. И хотя под рассказы о голицынских подвалах высокие гости просили выставить заодно и бутылку-другую «Столичной» (вместе с солеными огурцами они предусмотрительно содержались в холодильнике), их уважительного отношения к знаниям дегустатора это не уменьшало.

Филипп действительно спился. Разумеется, это не произошло в одночасье, как склонны утверждать отдельные сотрудники института *Магарач*. Их утверждения объяснимы, поскольку в основе своей являются попыткой развести такие понятия, как дегустация и алкоголизм, и защитить таким образом честь мундира. Называя 1965 год в качестве даты сползания старшего лаборанта к алкоголизму, они закрывают глаза на то, что и до 1965 года потребление им алкоголя очевидным образом выходило за рамки дегустаций.[2] Другое дело, что именно этот год в истории падения Филиппа оказался

---

[1] *Шор И.Я.* Записки дегустатора. Симферополь, 1975. С. 209.
[2] Там же. С. 210.

роковым: в 1965 году умерла Варвара Петровна. Она была единственным человеком, который удерживал Филиппа над давно маячившей пропастью.

Отношение его к отцу было уважительным, но его нельзя было назвать любовью. То есть, может быть, это была и любовь, но любовь, предпочитавшая по возможности со своим объектом не встречаться. Общения с отцом Филипп избегал с самых ранних лет. Генерал никогда не был груб с сыном и даже не повышал на него голоса, но от этого их отношения не становились теплее.

Фрейд был здесь ни при чем. Если Филипп и ревновал отца к кому-то, то, скорее всего, к судьбе, раздающей близким людям такие неравные подарки. Он чувствовал себя тенью своего отца, и это его раздражало. Абстрагируясь от личных особенностей Филиппа, уместно спросить: а можно ли было вообще любить человека, подобного генералу? Варвара Петровна считала, что можно.

В конце концов сложилось даже так, что генерал ночевал в одной комнате, а Варвара Петровна с сыном — в другой. С точки зрения прописки такое разделение представлялось безукоризненным. В одной комнате жило семейство Колпаковых, в другой — генерал и в третьей — Варвара Петровна с Филиппом, чей отец так никогда и не был официально установлен. Впрочем, даже официально установленное отцовство никогда бы не отменило разительного несходства генерала с его сыном.

Смерть Варвары Петровны обернулась еще большим отчуждением между ними. Теперь они уже почти не общались. Возвращаясь с работы, Филипп запирал свою комнату изнутри. О происходившем в комнате можно было судить лишь по ночным его выходам в туалет — с паралитическим шарканьем ног и судорожным ощупыванием беленых стен коридора. О том, что происходило у него на работе, также не было ничего известно, хотя ранние его возвращения домой в холодные дни вызывали неизменные вопросы у семьи Колпаковых. Время от времени знакомые рассказывали генералу, что сын его подолгу сидит на лавках в бывшем Царском саду. Что, навалившись на перила, стоит на мостике через реку Учан-Су или попросту дремлет в буфете автовокзала. Генерал молча кивал в ответ. Встречая своего сына в дневное время на набережной, он понял, что Филипп уже нигде не работает. От предложенной генералом помощи (в том числе — денег) Филипп отказался. В конце концов он исчез.

То, что впоследствии называли исчезновением, было скорее, неожиданным отъездом. Во время обычного похода генерала на мол (это время было всем хорошо известно) Филипп появился в квартире с большим чемоданом. По словам И.М.Колпакова, только что отслужившего в армии, это был типичный дембельский чемодан — с прикрученными к нему алюминиевыми звездами, переводным портретом неизвестной красавицы (производство ГДР) и размашистыми буквами *ВДВ*. По словам Колпакова, Филипп был абсолютно трезв. Он провел в комнате не более получаса, затем вышел со своим чемоданом (купленным, по мнению того же Колпакова, на ялтинской барахолке) и, ничего не говоря, закрыл дверь комнаты на ключ. С тех пор его никто не видел.

— Нет, видел, — поправилась после паузы Зоя. — Он приезжал вскоре после смерти генерала. На него смотрели, как на марсианина.

Комната Филиппа была свободна несколько лет — до тех пор, пока его отсутствие не было официально установлено. Генерал не имел на комнату никаких прав: брак его с Варварой Петровной не был зарегистрирован, и Филипп даже не носил его фамилии. Решением горсовета пустовавшую комнату отдали Н.Ф.Акинфеевой. Слово *пустовавшая* принадлежало жилищной комиссии, приходившей комнату принимать. Когда взломали закрытую Филиппом дверь, смысл слова обнаружился в полной мере. За дверью не оказалось ни мебели, ни книг, ни даже цветочных горшков. В комнате не было вообще ничего.

8

В восемь утра следующего дня в дверь Соловьева позвонили. Это была Зоя.

— Сегодня суббота, — сказала Зоя. — Я иду на пляж. Хотите со мной?

Соловьев никак не мог проснуться. Ему казалось, что он продолжает видеть странный, не вполне, может быть, даже приличный сон, в котором то ли Зоя, то ли Лиза Ларионова будили его рано утром...

— Хочу.

Лиза Ларионова действительно будила его в детстве, и ему это нравилось. Она появлялась беззвучно, как первый снег, выдающий свой приход лишь особым свечением комнаты и неправдоподобной белизной потолка. Прикрывала за собой дверь и молча смотрела на него. От этого взгляда он просыпался.

— Конечно, хочу.

Он собирался пригласить Зою позавтракать и поставил было чайник, но Зоя сказала, что позавтракать можно и на пляже. Она даже отказалась присесть и с полуулыбкой наблюдала, как Соловьев наспех заправлял рубашку в шорты.

На пляже они купили несколько горячих чебуреков и две бутылки колы. Усевшись на полотенца, принялись за завтрак. Чебуреки оказались такими горячими и вдобавок жирными, что Соловьев застыл в позе растерянного — выпрямив спину и разведя руки — ожидания. Маслянистая жидкость сочилась сквозь пальцы и, дымясь, исчезала в гальке. Зоя достала из сумочки бумажные носовые платки, неторопливо, палец за пальцем, вытерла Соловьеву руки и показала ему, как правильно держать чебурек. Сотрудница Музея А.П.Чехова не терялась даже в самых сложных ситуациях.

Зато кола была холодной — очень. И нежирной. Приставив горлышко ко рту, Соловьев наблюдал ее вихреобразное движение в бутылке. То, что бурлило у самых глаз Соловьева, сливалось с прибоем, казалось ему больше и значительнее прибоя, входило в пересохшее горло самой праздничной черноморской волной. Он выпил всю бутылку не отрываясь.

После завтрака было купание. Подойдя к воде (Зоя взяла Соловьева за руку), они сделали несколько шагов по пене уходящей волны и вошли в волну набегавшую. Чувство *первого раза* Соловьева не покидало. Удивляясь собственному безрассудству, он последовал за Зоей на глубину. Его лягушачье барахтанье не шло ни в какое сравнение с пластикой Зоиных движений, но все-таки он — плыл, и плыл без посторонней помощи.

Очевидное превосходство Зои не подавляло Соловьева, скорее, наоборот, привлекало. Может быть, даже немного возбуждало. В конце концов, превосходство в водной стихии еще ни о чем не говорит (на суше всё ведь может развернуться совершенно иначе). Но. Всякая планка, поставленная выше его собственной, рождала в Соловьеве соревновательный интерес, тот интерес, которого — обдумывая дело задним числом — ему не хватало в отношениях с Лизой. Почему Лиза стеснялась своих достоинств?

Солнце перестало быть утренним и, застыв где-то над центральной частью пляжа, жгло вовсю. Зоя достала жидкий крем и с фыркающим звуком выдавила его на раскаленную спину Соловьева. Через мгновение он уже чувствовал его концентрическое расползание по шее, лопаткам и пояснице. Прохладная свежесть крема становилась качеством Зоиных пальцев.

— Знаешь, я всё думаю о том, что маме продиктовал генерал. Тебе ведь хочется это найти?

Она перешла на *ты*. Так естественно.

— Хочется.

Ее пальцы массировали бедра Соловьева. Он чувствовал, как в такт Зоиным движениям безвольно вздрагивают его ноги. Ему казалось, что весь пляж ревниво следит за его удовольствием, не давая ему получить это удовольствие в полной мере.

— Эти листки не могли исчезнуть бесследно. Так не больно? — Ритм Зоиных рук ощущался где-то пониже колена. — Мне кажется, я даже знаю, где они могут быть.

Зоя выдержала паузу. Соловьев, поняв, что на одном выдохе продолжения не последует, повернулся.

— Где?

— У Козаченко. Пока мама возилась со мной в роддоме, эти скарабеи подгребли всё, что могли.

В сознании Соловьева возник перекатываемый супругами навозный шар, по бокам которого то тут, то там мелькали склеившиеся листы генеральских воспоминаний. Зоя считала, что так просто этих листов Козаченко-младший не отдаст. Не потому даже, что они ему нужны (что, в конце концов, он смог бы с ними сделать?), а по незыблемому наследственному правилу не выпускать из рук то, что в них однажды попало.

У Зои (покинув пляж, они медленно шли по улице Боткинской) возник план. Соловьев время от времени смотрел на смоляные, спутавшиеся после купания волосы музейной сотрудницы и открывал ее для себя заново. В том, что она предлагала, от Чехова не оставалось ровным счетом ничего. Зое казалось, что единственным шансом получить манускрипт у Тараса Козаченко было произвести тайный обыск в его, Тараса, комнате. Вытряхивая из сандалии пляжные камешки, Зоя оперлась на плечо Соловьева.

— А может быть... — Соловьев неловко поддержал Зою за талию, — ...может быть, для начала спросить самого Тараса?

— Ни в коем случае. Тогда он окончательно закопает эту рукопись, и больше мы ее никогда не увидим. Наша сила в том, что он не знает, *что* именно мы будем искать.

Соловьев с сомнением посмотрел на Зою, и этот взгляд от нее не укрылся.

— В конце концов, всё задумано ради тебя...

Соловьев чувствовал это в полной мере. Отставая от Зои на полшага, он задевал плечами ветви ив, спускавшиеся чуть не до тротуара, и думал о том, сколь непредсказуема работа историка.

Когда они подошли к Зоиному дому, она попросила его зайти. В субботний день все жильцы были в сборе. Помимо Тараса на кухне стояла и Екатерина Ивановна Колпакова, о которой Соловьев до сих пор только слышал. Несмотря на то что муж Екатерины Ивановны был отравлен матерью Тараса, Козаченко Г.А.; несмотря на его измену Екатерине Ивановне с той же Козаченко и убийство им отца Тараса, Козаченко П.Т.; несмотря, наконец, на то, что в результате всех этих событий Галина Артемовна Козаченко покончила с собой, — отношения оставшихся в живых были вполне спокойными. До некоторой, возможной в условиях коммунальной квартиры, степени эти отношения можно было даже назвать доброжелательными.

Вендетта у русских людей прекращается так же внезапно и немотивированно, как начинается. Вражда глохнет в цепи малоинтересных событий, как глохнет эхо в знойном крымском сосняке, как глохнут в бурьянах могилы на отечественных кладбищах. На кладбище города Ялты — что даже по русским меркам примечательно — Екатерина Ивановна и Тарас нередко ходили вместе. Это было не столько торжеством примирения, сколько делом для обоих удобным, может быть, даже взаимовыгодным. Екатерина Ивановна покупала на три могилы дешевые бегонии, Тарас же вез на тележке двадцатилитровую канистру с водой, которой на кладбище катастрофически не хватало. При посещении родственников (*земляков*, как иногда в шутку называла их Екатерина Ивановна) и бегонии, и вода делились между могилами поровну.

Поздоровавшись с соседями, Зоя и Соловьев остались на кухне. К удивлению Соловьева, спутница его не только вступила в беседу с присутствовавшими, но и попросила его рассказать им об Эрмитаже — ну, то, что ты мне сегодня рассказывал, — после чего отправилась-таки в свою комнату, оставив Соловьева с его странным рассказом посреди кухни. Тарас и Екатерина Ивановна, прислонясь к генеральскому шкафчику, стояли в углу и, как это ни смешно, были действительно готовы внимать повествованию Соловьева. Сообщив о том, что, наряду с Лувром, Эрмитаж является крупнейшим музеем мира, Соловьев заметил, как, невидимая для его слушателей, с пальцем на губах Зоя покинула свою комнату. Под рассказ о количестве экспонатов Эрмитажа (сдержанный стон Екатерины Ивановны) Зоя распласталась вдоль стены и приставными шагами добралась до двери Тараса. От неожиданности Соловьев запнулся. Зоя сделала страшное лицо и, сложив пальцы на манер клюва, показала рассказчику, что речь его не должна прекращаться.

Если возле каждого экспоната стоять тридцать секунд (Зоя исчезла в Тарасовой комнате) и бывать в Эрмитаже ежедневно с утра до вечера, то для того, чтобы посмотреть *все* экспонаты, потребуется восемь лет.

— Восемь? — переспросила Екатерина Ивановна.

Зоя появилась в дверях Тараса и, беззвучно всплеснув руками, снова исчезла в глубине комнаты.

— Не меньше восьми, — подтвердил Соловьев.

Тарас достал из холодильника бутылку ряженки, взболтал ее и налил в пиалу со сколотыми краями. Выбрав благополучный участок, он припал к нему пухлыми губами. Об Эрмитаже Тарас ничего не спрашивал. Он молча слушал Соловьева и время от времени слизывал широкие белые усы. Соловьев же, который по своей воле никогда бы не пошел на проникновение в комнату Тараса, чувствовал себя настоящим заговорщиком. В том хотя бы отношении, что стоявших перед ним лиц требовалось заговорить. Описания его становились всё более эмоциональными, вызывая у слушателей интерес, смешанный с легким удивлением. Удивление это увеличилось, когда внезапно (Зоя неслышно закрыла за собой дверь и проскользнула в свою комнату) рассказ оборвался, а Соловьев, на ходу попрощавшись, скрылся в комнате Зои. У оставшихся стоять возникло ощущение недосказанности.

— Рукописи я не нашла, — сказала Зоя, когда Соловьев закрыл за собой дверь. — Но в одном из ящиков оказалось вот это.

Она покрутила на пальце связку ключей.

— Я уверена, что рукопись у него. В понедельник, когда он уйдет на работу, у нас будет время всё посмотреть внимательно.

— Зоя...

Это оказалось единственным возражением, которое Соловьеву было позволено произнести. Палец с ключами Зоя положила ему на губы и выглянула в коридор. Убедившись, что на кухне уже никого нет, она на цыпочках прокралась к входной двери, открыла ее и поманила Соловьева. Невольно повторяя Зоины движения, он сделал несколько шагов в направлении выхода. Остановился между Зоей и дверью. Ее рука коснулась массивного крюка на петле, приделанного к неподвижной створке двери. Скользя по углублению, образовавшемуся за годы, крюк с готовностью закачался.

— Маятник Фуко, — прошептала она ему в самое ухо. — В понедельник я возьму отгул.

Воскресное утро Соловьев провел в церкви. Это был храм Св. Александра Невского — пятикупольный и изящный, возвышавшийся над улицей Кирова (бывшей Аутской). Поднимаясь по каменной лестнице, Соловьев представил себе входящего в храм генерала.

Во время приездов в Ялту генерал бывал здесь часто. Зимой 1920 года он взлетал по лестнице, как большая хищная птица — с распростертыми над ступеньками полами шинели, с рассыпавшейся по бокам свитой. Летом шел помедленнее, оглядывая, как на плацу, нестройные шеренги нищих, стекавшихся в те дни со всей необъятной России. Шедший за ним в полушаге ординарец бросал им мелочь.

Летом в храме было душно. Ни открытая боковая дверь, ни распахнутые окна не давали прохлады. Оттуда вливался влажный ялтинский зной, пахнувший морем и акациями, мутно дрожавший над неподвижным пламенем свечей. В солнечных лучах, пронзавших полумрак храма, было заметно, как при каждом движении священника с его носа и подбородка слетали крупные капли пота. Даже генерал, обычно почти не потевший, то и дело вытирал лоб и шею шелковым платком. Но и в непростых этих службах ему виделась особая южная прелесть, заключавшаяся в том уже хотя бы, чтобы по окончании литургии пройти сотню метров по Морской, оказаться на искрящейся в прибое набережной и, расстегнув верхние пуговицы кителя, задышать полной грудью.

Он приходил сюда и глубоким стариком. С тростью, в холщовом пиджаке с оттягивавшим карман массивным футляром для очков. Как и в прежние дни, его узнавали. Как и в прежние дни, сторонились, уступая ему дорогу, и низко кланялись за подаваемые им монеты. Он шел с особой твердостью того, кто стремится удержать равновесие (порой его все-таки качало). Временами останавливался и, сложив ладони на кипарисовой трости, рассматривал носки своих туфель. Иногда сидел во дворе на лавке и наблюдал из тени, как деловито вносят в храм младенцев, поправляя на ходу их кружевные чепцы. Как в дальнем конце церковного двора вода из шланга прибивает пыль, а первые упавшие на асфальт капли превращаются в пар. В такие минуты лицо его лишалось всякого выражения и словно бы опадало. Оно напоминало снятую маску и оживлялось лишь едва заметным стариковским пожевыванием.

По виду генерала трудно было понять, замечает ли он всё происходящее, или же, по словам не знакомого ему поэта, его глаза в иные дни обращены. Те, кто в такие минуты за генералом наблюдал (в том числе — и по долгу службы), утверждали впоследствии, что, несмотря на неподвижность лица, взгляд его нельзя было признать остановившимся. Этот взгляд предлагалось квалифицировать как потухший, потускневший, потусторонний, но — никак не остановившийся.

Да, глаза генерала Ларионова были в иные дни обращены. И, несмотря на это, от них не ускользало ничего. Сквозь полувоенный облик нищих образца 1920 года, их гимнастерки с дырами на месте погон, сквозь телеги, доставлявшие к храму бочки с водой (их скатывали с телег на землю по приставленным двадцатидюймовым доскам), эти глаза, несомненно, видели, как за церковной оградой по бывшей улице Аутской бесшумно ехали троллейбусы с прихожанками 1970-х, как на паперти женщинами доставались из сумок сложенные вчетверо платки и торопливо повязывались. Выбившиеся пряди заправлялись большим пальцем. Почему там почти не было мужчин?

Когда в понедельник утром Соловьев появился у Зои, в квартире уже никого не было. Закрыв за ним входную дверь, Зоя со звяканьем опустила огромный крюк.

— Это на всякий случай.

Соловьеву вспомнилось их с Лизой сигнальное ведро, но он не подал виду. Сейчас он испытывал возбуждение совсем другого рода.

Спокойным, даже каким-то заправским движением Зоя повернула ключ в двери Козаченко, открыла ее и жестом пригласила Соловьева войти. Соловьев хотел было продемонстрировать ответный жест, но, подумав, что галантность в этом случае неуместна, переступил порог.

Первым, что он увидел в комнате, был дубовый шкаф с двуглавыми орлами. Об одну из этих голов разбил свою голову старик Козаченко. Двуспальная кровать — центр разыгравшейся драмы. Козаченко-младший ничего, стало быть, из мебели не выбросил. В углу под рушником — вышитый крестиком портрет Т.Г.Шевченко. Справа от портрета (вот тебе и раз, Соловьев сначала даже не понял) две фотографии Зои. Зоя на кухне у генеральского стола, на заднем плане — ваза с хризантемами. Зоя на пляже. Трусики, чуть съехавшие с натянувшей кожу косточки. Соловьев подумал, что в компании таких фотографий жизнь холостяка не могла быть простой. Даже под наблюдением Шевченко.

— Он тебя любит?

Зоя пожала плечами. Стоя у секретера, она выдвигала ящик за ящиком и просматривала их содержимое. Соловьева, если не дрожавшего, то, по крайней мере, чрезвычайно взволнованного, удивляло, с каким спокойствием Зоя производила этот тихий обыск. Стопки бумаги (как правило, чистой) инспектировались большим пальцем, скользившим по ребрам листов. Листы при этом издавали легкий вентиляторный звук, напоминавший также шелест колоды карт перед сдачей. Иногда что-то звенело, иногда — щелкало. Какие-то предметы Зоя выкладывала на секретер и, закончив просмотр очередного ящика, клала на место.

Соловьев ограничивался тем, что рассматривал немногочисленные Тарасовы книги. Большинство их было посвящено Алупке и Воронцовскому дворцу. Выходило так, что Тарас был человеком одной темы. Из неворонцовских книг было представлено лишь издание, описывающее различные системы сигнализаций.

— Кем он работает?

— Охранником в Воронцовском дворце.

Глубоко запуская руку под каждую простыню, Зоя просматривала стопки белья. Белье было ветхим. Даже на доступных обозрению сгибах виднелись вытертые места и дыры. Они, некстати подумалось Соловьеву, могли быть еще результатом активности Колпакова. Вещи зачастую переживают тех, кто ими пользовался. Сохранилось же постельное белье с вышитыми инициалами Чехова. Им до сих пор застелена его кровать в музее. Хотя... Может быть, эти дыры — следствие бессонниц влюбленного Тараса? Соловьев еще раз бросил взгляд на фотографии.

— Нашла.

Зоя сказала это так же спокойно, как искала, но Соловьева передернуло. Неужели это было и впрямь возможно? Вопреки абсолютному неверию Соловьева в успех (он и сам не понимал, почему во всё это ввязался), между двумя цветастыми пододеяльниками желтели мелко исписанные листы.

— Это почерк мамы.

Соловьев приподнял верхнюю часть бельевой стопки, и жестом фокусника Зоя вытащила листы из шкафа. Это была победа. Несмотря на сомнительный способ ее достижения, она оставалась победой — да еще какой! В конце концов, у Тараса на эту рукопись не было никаких прав. В конце концов, его родители эту рукопись просто украли... Недолгая история исследователя Соловьева, разворачивавшаяся преимущественно в библиотеках и архивах, сделала очевидное сальто-мортале и превратилась в историю детективную. Никогда еще поиск научной истины не казался ему таким захватывающим. Выйдя наружу, неведомый миру драматизм исследования принял зримые формы. Соловьев стоял у окна и держал листы на вытянутой руке. Он не читал их. Просто рассматривал бисерный почерк Зоиной матери, чувствуя у своего виска дыхание самой Зои. Время от времени над строками возникали птички, вводившие дополнения и правку другим, очень знакомым Соловьеву почерком. Значит, над продиктованной рукописью генерал впоследствии работал... Откуда-то из самой глубины этих строк — и Зоина рука сжала его локоть — медленно всплыли грустные глаза Екатерины Ивановны. На металлическом мостике, переброшенном к террасе соседнего дома (перилами служили спинки кроватей) Екатерина Ивановна стояла с продуктовой сумкой и безмолвно смотрела на Соловьева сквозь оконное стекло.

Они покинули комнату Козаченко. Зоя закрыла ее на ключ и поспешила сбросить с входной двери крючок. Прижавшись спиной к двери своей комнаты, она прислушивалась к тяжелым шагам Екатерины Ивановны по прихожей и чем-то напомнила Соловьеву княжну Тараканову. Когда Екатерина Ивановна вошла в свою комнату, Зоя тихо выпустила Соловьева из квартиры.

Идя вниз по Боткинской, он с беспокойством подумал о том, что же теперь будет с Зоей. Но это беспокойство было мгновенным, оно было тем, без чего Соловьев, человек совестливый, не смог бы отдаться радости обладания рукописью. Небольшая пачка листов, исписанных мелким четким почерком, принадлежала только ему, она трепетала при каждом взмахе начинавшей загорать руки и (это было невероятно) не вызывала у прохожих ни малейшего интереса.

Соловьеву не хотелось домой. Ему было тяжело оставаться со своим счастьем наедине, как это бывает тяжело тем, чья связь осуждаема, незаконна, а может быть, даже преступна. Они выставляют ее напоказ. Они рвутся с ней на люди и посещают приемы, клубы, спектакли... Соловьев пошел на набережную. Спустившись с верхней ее части, увидел ряды сидений наподобие тех, которыми оборудованы стадионы. Эти зрительские трибуны были обращены к лучшему зрелищу на свете — морю.

Соловьев любовался движением волн и чувствовал себя немножко генералом. Подобно заядлому курильщику, медлящему (особый род сладострастия) поджигать свою сигарету, он не спешил начинать чтение. Радуясь своей добыче на ощупь, поглаживал чуть обмякшие края листов, постукивал пачкой о колени и придавал ей идеально правильный вид.

Воспоминания генерала начинались так: «Десяти лет я был отдан родителями во Второй кадетский корпус». Десяти лет. Описание всего, что происходило до этого, было опубликовано А.Дюпон, предположившей, как известно, существование продолжения. Так научная интуиция позволила исследовательнице предсказать тот сладкий миг, который переживал Соловьев на ялтинской набережной. Он читал лист за листом и перекладывал прочитанное в конец пачки. Удалялся от первого листа и неумолимо к нему приближался. Изредка отрываясь от убористых строк Н.Ф.Акинфеевой, искал глазами горизонт и думал о том, что процесс его чтения сродни кругосветному путешествию, цель которого — вернуться на исходную точку.

9

Десяти лет генерал был отдан родителями во Второй кадетский корпус. Осознав анахронизм предыдущей фразы, мы ее оставляем. В каком-то смысле и десятилетний он был генералом, потому что, строго (хотя и неисторично) говоря, генералом он был всегда. Кто отважится представить его не генералом? В свое время этот вопрос уже был поставлен А.Дюпон. В свойственной ей бескомпромиссной манере она же дала на него ответ: никто.[1]

Диктуя Нине Федоровне воспоминания о годах жизни во Втором корпусе, генерал подчеркивал, что золотое шитье черных мундиров в этом учебном заведении было несколько у́же, чем в других корпусах (например, в Первом, Николаевском и даже Александровском), не говоря уже о том, что брюки у кадетов Второго корпуса, в отличие от ряда других корпусов, были не черными, а синими. Генерал указывал также, что впоследствии, когда в строевых ротах ввели ношение оружия, Второму корпусу было даровано право носить драгунские шашки на портупеях по гвардейскому образцу.[2]

Вставали рано, в шесть утра. По трубе. Летом, в белые ночи, это было еще ничего, а зимой — невыносимо. Летом будущий генерал вставал за полчаса до подъема только для того, чтобы встретить трубу в полном сознании. Чтобы не дать ей трубить в самых сладких своих утренних снах. Зимой так не получалось. Не было сил покинуть нагретую за ночь постель и окунуться в пронзительный холод спальни. Выше десяти градусов температура там никогда не поднималась — это было правилом. В конце XIX века молодым людям не рекомендовалось спать в теплом помещении.

Мылись холодной водой до пояса, а это было похуже трубы. В одних бушлатах выходили на плац. В любую погоду. Возможно, что спартанское это воспита-

[1] *Дюпон А.* Не то что нынешнее племя... // Военно-исторический бюллетень. 1993. №. 2. С. 17–29.

[2] Объективности ради автор отмечал, что шашки полагались и в Николаевском корпусе, и в Донском корпусе имени Александра III, но носились они там на портупеях других цветов. Ср.: *Гиацинтов Э.* Записки белого офицера. СПб., 1992. С. 29–30.

ние и обратило внимание кадета Ларионова на подвиг царя Леонида. Не исключено, однако же, и противоположное: подвиг спартанского царя примирял его со столь суровым распорядком. Фактом остается лишь то, что и спартанское воспитание, и подробное знакомство кадета с ходом битвы весьма и весьма пригодились ему в зрелые годы.

Выходя на утренние построения, он старался не замечать таяния снежинок за воротником. Он думал о том, что у спартанцев, понимавших, вообще говоря, толк в трудностях, не было такой проблемы, как русский холод. Время от времени Ларионов поднимал голову и смотрел на своих однокашников, съежившихся во мраке декабрьского плаца. Маленьких, непроснувшихся, заметаемых ледяным крошевом. В отблесках газовых фонарей виднелись лишь их начищенные до блеска кокарды и покрасневшие носы. От колючего утреннего ветра, от еще не прошедшего сна глаза их слезились. Трудности не ломали их. Наоборот, они их питали, закаляя тело и дух. Они выросли крепкими ребятами и настоящими офицерами. «Все они умерли», — вписал над строкой генерал.

Особое место в тогдашней жизни генерала занимал кадет Ланской. Этого красивого и, судя по описанию, надменного мальчика в своих воспоминаниях он явно выделял. Несколько лет кадеты Ларионов и Ланской держались вместе. Их отношения не были в привычном понимании дружбой. Для возникновения, а впоследствии укрепления этих отношений Ланской не делал ровным счетом ничего. Его вкладом в дружбу было то, что он позволял собой восхищаться.

В определенном смысле Ланской стоил восхищения. Без всяких видимых усилий он учился едва ли не лучше всех. Свои ответы он произносил негромко и как-то даже снисходительно. Преподавателей это раздражало, но придраться было не к чему. Его смелость была отчаянной. Он проплывал на спор между двумя прорубями подо льдом Ждановки. Несмотря на строжайший запрет, перед отбоем он мог покинуть расположение корпуса и вернуться под утро через окно.

Однажды с ним сбежал кадет Ларионов. Переодевшись в штатское, полночи они шатались по заснеженному Петербургу. Ларионов чувствовал себя самым скверным образом. Нарушение дисциплины казалось ему настоящим предательством. Он и сам затруднился бы сказать, *что* именно он предавал, но в том, что имело место предательство, не сомневался. Около половины третьего кадеты зашли в кабак и заказали по полстакана водки. В ту ночь им удалось вернуться незамеченными, но, никогда прежде не болевший, наутро Ларионов заболел. У него поднялась температура. Его била дрожь. Из глаз струились слезы. Это были слезы раскаяния, но об этом никто не знал. Никто, кроме Ланского. На третий день он навестил Ларионова в лазарете и сказал:

— Ты правильный человек, Ларионов. От нарушения порядка ты болеешь. Не надо было тебе со мной сбегать.

Кадет Ларионов ждал, что друг навестит его снова, но этого не произошло. Когда Ларионов вышел из лазарета, Ланской поприветствовал его издали. Ларионов кивнул и не стал подходить. По окончании корпуса они потеряли друг друга из виду.

Большинство предметов (за исключением языков) в корпусе преподавали военные. В день кадетам полагалось шесть уроков, за которыми следовали верховая езда и строевая подготовка. Первое время почти всё внимание Ларионова поглощала верховая езда. Вероятно, именно к этому возрасту следует относить начало длинных генеральских бесед с лошадьми, неоднократно упоминавшихся в литературе.[1]

После ознакомления мальчика с событиями в Фермопилах одним из любимых его предметов стала также тактика. Читая эти строки, Соловьев припомнил карандашный набросок плана битвы, обнаруженный им в одном из петербургских архивов. Путем сопоставления документа с аналогичными набросками[2] удалось бесспорно доказать его принадлежность будущему генералу. Особый интерес находки состоял не только в том, что из всех известных рисунков этот был самым ранним, но и в том, что в правом верхнем углу листа был изображен и сам Леонид — в генеральских погонах, с двуглавым орлом на груди.

Из невоенных предметов кадету Ларионову нравились танцы. При общем умонастроении ребенка такое пристрастие может показаться несколько неожиданным, но — только на первый взгляд. В отличие от более поздних времен, русское офицерство умело и любило танцевать. Русское офицерство было весьма рафинированным. Гармоническое развитие — а именно к нему стремились кадеты Второго корпуса — предполагало не только мужественность. Оно предполагало также элегантность.

Кроме всего прочего, на отношение кадета к танцам повлияла выписка из устава корпуса, взятая в рамку и помещенная в танцевальном зале. Запись гласила, что система преподавания танцев разрабатывалась французской танцевальной школой «на основании принципов красоты, грации и выразительности человеческой фигу-

---

[1] *Буденный С.М.* Хорошее отношение к лошадям. М., 1932. С. 29–30.

[2] Известно по меньшей мере еще восемнадцать планов Фермопильского сражения, атрибутируемых кадету Ларионову.

ры в покое и движении».[1] Этот текст впервые обратил внимание Ларионова на богатые возможности человеческой фигуры.

Еще одной слабостью ребенка было внеклассное чтение. Проводил его воспитатель, читавший своим питомцам вслух произведения русской классики. Обратив внимание на интерес Ларионова к чтению, а также на образцовое произношение кадета, воспитатель нередко поручал читать классику вслух ему. Сам пожилой солдат садился в угол классной комнаты и, прикрыв рукой глаза, слушал чтение своего воспитанника. В такт чтению он одобрительно качал головой, что создавало бы впечатление углубленного внимания, если бы качание это не было неправдоподобно ритмично. Иногда из раздувавшихся его ноздрей, сквозь щеточки жестких волос, раздавался тихий свист. Читали *Полтаву*, *Бородино*, *Тараса Бульбу*, но особенно всем нравился *Певец во стане русских воинов*.

При первых строках Жуковского свист прекращался. «Наш Фигнер старцем в стан врагов / Идет во мраке ночи; / Как тень прокрался вкруг шатров, / Всё зрели быстры очи...» — на этой строфе возникала абсолютная тишина. «Наш Фигнер старцем...» — уже одного этого, по большому счету, было достаточно, чтобы привлечь внимание: это произносилось как одно слово. А он ведь еще и крался. Вкруг шатров...

В 1894-м, предположительно, году Ларионов прочитал вслух принесенный отцом рассказ *Хирургия*. Привыкший к русской классике воспитатель проснулся, но кадета не перебил. Ввиду наличия у воспитателя соб-

---

[1] См.: *Гурковский Г.А.* Кадетские корпуса Российской империи. М., 2005. Т. 1. С. 34.

ственного стоматологического опыта рассказ ему понравился. Узнав, что автор сочинения — Чехов, он написал письмо Л.Н.Толстому с вопросом, является ли Чехов А.П. классиком. Толстой не ответил. Из этого следовало заключать, что в 1894 году Чехов классиком еще не был. Не начиналось даже строительство его ялтинского дома.

Но перечисленными произведениями круг чтения воспитанников Второго кадетского корпуса не ограничивался. Под их матрасами от воспитательских глаз прятались романы мадам Жанлис, стихи г-на Баркова и произведение Н.Г.Чернышевского *Что делать?*, переписанные четкими кадетскими почерками. Вспоминая эти годы, престарелый генерал выражал восхищение фактом переписки романа Чернышевского. Не только переписка, но одно лишь чтение этой вещи представлялось ему родом подвига. Более беспомощного текста, с точки зрения мемуариста, русская словесность не производила.

Во время одной из проверок эти книги в кадетской спальне обнаружил старик-воспитатель. После долгих уговоров со стороны своих воспитанников он оставил им мадам Жанлис. В конце концов согласился закрыть глаза даже на Баркова. Но с трудом Н.Г.Чернышевского смириться так и не смог. Само упоминание этой фамилии вызывало у него приступ ярости. Переписавшего роман он грозился отчислить из корпуса и отдать под трибунал. Личность его тогда установить не смогли (возможно, не захотели), но генералу она была хорошо известна. Назвать ее он счел возможным только восемь десятков лет спустя, когда писавшему уже ничто не угрожало. Это был кадет Ланской.

Реакция воспитателя была объяснима. Во всем, что касалось Чернышевского, Второй кадетский корпус чувствовал долю своей ответственности. В 1853 году, готовя магистерскую диссертацию, Чернышевский поступил в корпус на должность репетитора. Вряд ли именно это обстоятельство послужило началом всех его неприятностей, но чисто хронологически — и от этого было никуда не деться — оно им предшествовало. Более того, впоследствии были установлены не только временны́е, но и пространственные закономерности.

Преподаватель баллистики полковник Пазухин обратил всеобщее внимание на то, что ключевые для писателя-демократа точки города были расположены на одной прямой. Второй кадетский корпус (место работы) → Ждановская набережная, 7 (место проживания) → Петропавловская крепость (место заключения) → Мытнинская площадь (место гражданской казни). Знакомясь с этими закономерностями, кадет Ларионов не мог знать, что в силу связанности всего на свете на той же прямой (Ждановская набережная, 11) будет снимать комнату историк Соловьев, изучающий борьбу генерала Ларионова с последствиями деятельности Н.Г.Чернышевского. Такая непростая мыслительная конструкция заставила Соловьева оторваться от текста и посмотреть на парус далекой яхты. Через мгновение он снова читал.

Поступление в корпус вовсе не означало изоляции будущего генерала от внешнего мира. После того как он сдал экзамен на умение отдавать честь и становиться во фронт, ему было дано право выходить на улицу. Подобно кадетам других корпусов, у питомцев Второго корпуса было лишь одно ограничение: им запрещалось ходить по солнечной стороне Невского проспекта. Возможно, такой запрет рассматривался как часть спартанского воспитания, как необходимая мера по ознакомлению кадетов с теневыми сторонами жизни.

Иногда кадетов водили в театр. Эти походы были для них настоящим праздником. Их время еще не обладало современными развлекательными возможностями. Театр, отошедший ныне к области элитарного, в *индустрии развлечений* девятнадцатого века находился на передовой. Как средство воспитания театр считался явлением неоднозначным и — в зависимости от рода спектаклей — даже опасным. В Великий пост театр закрывали.

Из театров в кадетском корпусе предпочитали Александринский, из спектаклей — *Грозу* А.Н.Островского. По подсчетам будущего генерала, за время его учебы на *Грозе* кадеты побывали шестнадцать раз. Столь явное предпочтение одной пьесы всем прочим объяснялось личными пристрастиями воспитателя.[1] Его сочувствие Катерине проявлялось на спектаклях так зримо, что окружающие начинали оборачиваться. С первой же фразы спектакля стареющий солдат сидел, вцепившись в подлокотники кресла. Возмущенный бесхарактерностью Бориса, он сминал армейскую фуражку и бил себя ею по колену. Во время монологов Кабанихи поднимал свой огромный кулак и медленно, с гримасой отчаяния вдавливал его в малиновый бархат ложи. На словах Катерины «Отчего люди не летают?» черты воспитателя разом оплывали, он закрывал лицо руками и начинал громко, лающе рыдать. Штатские зрители, давно уже смотревшие в зал, а не на сцену, уважительно молчали. Они были потрясены сентиментальностью русской армии.

На каникулах Ларионов возвращался домой. Как ни странно, попытки родителей побаловать ребенка не доставляли ему никакой радости. Кондитерские он посещал больше из сыновнего послушания и, запивая воздушные

[1] См. подробнее: *Гранин Д.А.* Иду на *Грозу*. Л., 1962.

эклеры оранжадом, не выказывал, к удивлению окружающих, прежнего удовольствия. Ему казалось (и в этом было всё дело), что такими поступками он предает воспринятые им спартанские идеалы, что каждый поход в подобное заведение сводит на нет месяцы строевой подготовки, умываний ледяной водой и подъемов до утренней трубы. С посещениями кондитерских кадета примиряло лишь то, что питание и в корпусе было, вообще говоря, неплохим. По мысли начальства, ограничения в еде не входили в спартанский стиль воспитания. Будущие офицеры должны были есть хорошо.

Невоенные разговоры родителей представлялись мальчику странными. В интонациях их бесед ему слышались неопределенность и неубедительность, хотя обсуждавшиеся темы, несмотря на свою штатскую природу (а может быть — благодаря ей?), порой сильно его волновали. Так, кадету запомнилось обсуждение жизненной позиции баронессы фон Крюгер, их дальней родственницы, четырежды вступавшей в брак. Разговоры о баронессе в семье велись и раньше, учащаясь по мере ее вступления в новые браки. Вместе с тем Ларионовы-старшие, дорожа репутацией либералов, прямого осуждения баронессы не допускали и на людях высказывались даже в том духе, что происходящее с баронессой лишь подчеркивает ее требовательность и максимализм.

Критической точкой в отношении Ларионовых к своей родственнице стал тот факт, что баронесса фон Крюгер, собрав всех своих четырех мужей, отобедала с ними в ресторане *Медведь*. Узнав об этом, мать Ларионова разрыдалась и сказала, что отказывает баронессе от дома. На робкие возражения отца, считавшего, что к четырем бракам их родственницы такая встреча уже ничего не прибавляет, мать Ларионова крикнула: «Как ты не понимаешь, что это совершенно, просто шокирующе неприлично?!» Кадет, ставший свидетелем сцены, мысленно дал себе слово не совершать ничего подобного. Представление о шокирующих поступках на долгие годы связалось у него именно с этим случаем.

«Именно с этим слу-...» — так, если быть совсем точным, оканчивалась доставшаяся Соловьеву рукопись. Страницы, на которую было перенесено «...чаем», недоставало, а потому полное слово явилось уже в определенном смысле результатом реконструкции. Соловьев еще раз просмотрел все листы. Сомнений не было: рукопись оказалась неполной. Он думал о том, что даже в своей неполноте она представляла огромную ценность, что публикация новых сведений о детских годах генерала...

И все-таки главным его чувством было разочарование. За время чтения рукописи Соловьев уже успел привыкнуть к ее полноте, точнее, не допускал возможности того, что она — неполная. С ее внезапным обрывом он словно соскользнул с той вершины счастья, на которой первоначально оказался. «Вот она, неблагодарность», — подумал, вставая, историк. От неподвижного сидения ноги его затекли и с трудом преодолели несколько ступенек, ведущих на верхнюю набережную.

Соловьев купил в киоске пластиковую папку, положил в нее рукопись и двинулся по набережной наугад. Пройдя мимо *Орсанды*, оказался у памятника Горькому. Никак не мог вспомнить, что о Горьком говорил генерал, а ведь что-то о нем он определенно говорил... Писатель стоял в косоворотке и смазных сапогах. За ним дорога разделялась на две — нижнюю и верхнюю. О том, что ожидало путника, на мраморном постаменте не было сказано ни слова. По какой дороге пошел бы, спрашивается, сам

Горький? Выбрав нижнюю, Соловьев дословно вспомнил высказывание генерала о писателе: «Он катится по наклонной плоскости» (1930 год). Это был по-настоящему ялтинский образ. Кроме набережной, все плоскости в этом городе наклонны.

В конце нижней аллеи (сплетенные ветви акаций, густая тень) находилось кафе. Там на первое подавали холодную окрошку, а на второе — плов. Плов был так себе, но окрошка — замечательная. Соловьев заказал ее еще раз вместо третьего и ел медленно. Так медленно, как едят то, что не может остыть. Сидел на крытой веранде, глядя, как на свежем ветру трепетали скатерть и неведомое растение в кадке. Соловьев ел окрошку, положив свободную руку на прохладный металлический поручень. За поручнем — без всякого перехода — начиналось огромное голубое море.

Домой он вернулся уже в темноте. Минут через пятнадцать после его прихода раздался звонок в дверь. Соловьев никого не ждал. Зная, что в южных городах по вечерам следует проявлять осмотрительность, он спросил:

— Кто там?

— Зоя.

Этот голос Соловьев не мог спутать ни с каким другим. За дверью действительно стояла Зоя. Легкие просвечивающие платья, которые он видел на Зое все эти дни, она сменила на голубые джинсы и светлую футболку. На плече у нее висела спортивная сумка. Соловьев посторонился, и Зоя не торопясь вошла. В ее новом облике было что-то походное, но он ей, несомненно, шел. Даже села она так, как сидят на вокзале — положив сумку на колени, втянув скрещенные ноги под стул.

— Как рукопись? — спросила Зоя. — Твои надежды оправдались?

— Она оказалась неполной... Прерывается на полуслове, представляешь?

— Вот как?

Замедленным, каким-то даже сонным движением Зоя расстегнула молнию сумки.

— И все-таки эта рукопись очень важна, — спохватился Соловьев. — Я даже мечтать не мог о такой удаче.

— Значит, будем искать дальше, — сказала Зоя, извлекая огромную кисть винограда. — Мы должны найти ее целиком.

— Должны? Но где?

— Надо подумать.

Вслед за виноградом на столе появилась двухлитровая пластиковая бутылка. Вопреки надписи на наклейке, плескалась в ней вовсе не пепси-кола. Густое и волнообразное стекание по стенкам бутылки выдавало в напитке благородство. Так по первому же движению человека можно почувствовать его породу.

— Это массандровское вино, Нестеренко принес, — кивнула Зоя на бутылку. — Его сестра работает на винзаводе.

Бокалов в квартире не обнаружилось, и Соловьев принес из кухни два граненых стакана. Наливая вино, он держал массивную бутылку двумя руками. Вино выливалось неравномерными толчками, время от времени уступая дорогу входящему воздуху. Бутылка казалась Соловьеву живым существом. Оно обиженно хрюкало на вдохе. Пластиковые его бока судорожно ходили под пальцами юноши. Налив себе и Зое по полстакана, он поставил бутылку на пол. Для стола, за которым они сидели, сосуд оказался непропорционально большим, и даже граненые стаканы были не в силах сгладить этот контраст.

— За успех наших поисков, — сказала Зоя.

Вино потрясло Соловьева своими необычными свойствами. И густотой, и букетом оно напоминало ликер, но в то же время оставалось вином. Выпив его, Соловьев представил себе, каким было содержимое амфор. Он ощутил вкус нектара, о котором читал в изучавшихся им античных источниках. У молодого историка не оставалось сомнений: именно эта влага воспевалась древними. Именно она дегустировалась греческими богами в их редкие наезды в Северное Причерноморье.

Зоя видела, что ему нравится вино. Сама она пила его маленькими глоточками, как дама — во-первых, и как человек, избалованный божественным напитком, — во-вторых. Отщипывая виноградины, Зоя не торопясь подносила их ко рту и помещала между передними зубами. В таком положении ягоды удерживались несколько мгновений, обеспечивая демонстрацию как изящной формы зубов, так и их белизны. Потом они исчезали во рту и какое-то время перекатывались за Зоиными щеками. Такое перемещение ягод петербургский исследователь находил эротичным, но вслух об этом сказать не решился. Вне всяких сомнений, помощница Соловьева знала толк в обращении с виноградом.

— Тарас знает, что мы у него сегодня были, — Зоя сообщила это, не меняя позы и не прекращая есть виноград. — Екатерина Ивановна ему всё рассказала.

Соловьев откинулся на спинку стула. Старомодный абажур лампы расслоился в гранях стаканов и смешал свой темно-розовый цвет с бордовым цветом вина.

— Как же ты... — Соловьев взялся за свой стакан (краски вновь разъединились). — Как же ты теперь вернешься домой?

Зоя пожала плечами.

— Черт его знает, этого Тараса. Никогда не угадаешь, чего ждать от такого тихони, — она отщипнула очередную виноградину. — Мне сказали, что он был вне себя.

— Тебе сегодня нельзя домой. Оставайся у меня.

Ягода в ее зубах задержалась дольше обычного, и Соловьев понял, что Зоя улыбается.

— Это будет как-то странно выглядеть... Нет. Сегодня я перекантуюсь на вокзале, а завтра дело забудется. Всё в конце концов забывается.

— Сегодня ты ночуешь у меня.

Зоя промолчала. Она пригубила вина и легким футбольным движением прокатила по столу оторвавшуюся от грозди ягоду. Было слышно, как за окном по бывшей Аутской улице проезжали ночные машины. На огромной скорости в слепящем свете фар проносилась на иномарках бритоголовая крымская элита. Изредка в наступившей тишине были слышны печальные вздохи троллейбуса. Он замедлял ход, где-то в сочленении проводов щелкали штанги, и машина вновь набирала скорость. В слабо освещенном салоне ехали работницы столовых — усталые, неразговорчивые, с пухлыми хозяйственными сумками у ног. Ехали накрашенные ялтинские барышни. В состоянии алкогольного опьянения ехали ветераны разных войн, загодя надевшие медали, чтобы не быть избитыми милицией. Ветераны качались в такт поворотам троллейбуса, и их награды издавали тихий мелодичный звон.

Зоя легла на диване, а Соловьев — на раскладушке. Девушке был предоставлен единственный постельный комплект — тот, на котором спал он сам. Готовность его принять выразила сама Зоя. Распределение спальных мест также принадлежало гостье. Соловьев был, в общем, рад, что всё решается без его участия. И всё же, когда Зоя щелкнула выключателем, он не без грусти осознал, что допускал и другое развитие событий. Допускал ведь. А для девочки из чеховского музея это оказалось неприемлемым.

— Спокойной ночи, — звук стаскиваемой футболки.

— Спокойной ночи.

Лежа в темноте, Соловьев тщетно прислушивался к Зоиному дыханию. Тишина в комнате казалась ему неестественной. Он подумал, что Зоя, возможно, нарочно не шевелится, потому что прислушивается к нему. Сам он боялся даже глубоко вдохнуть: при малейшем движении раскладушка издавала дикий визг. Он не знал, который час, хотя, чтобы узнать это, ему достаточно было повернуться к светящимся электронным часам. Но Соловьев не поворачивался. Он боялся даже открыть глаза.

Когда он их открыл, комната оказалась не такой уж темной. То есть не абсолютно темной. Была это луна или наступающий рассвет, но контуры предметов просматривались довольно четко. Силуэт бутылки на столе. Похожая на гору Аю-даг недоеденная виноградная гроздь. Блеск пряжки Зоиных джинсов на стуле. У Соловьева перехватило дыхание: этот блеск обострял чувства до предела, как когда-то — движение поезда. Может быть, даже сильнее. Он пытался понять, спит ли Зоя. На белом пятне подушки темнела ее голова с заложенными под затылок руками. Так не спят... Под скрип раскладушки Соловьев коснулся низа живота и ощутил влагу. Спала Зоя или нет, она — у Соловьева это почему-то не вызывало сомнений — лежала совершенно голой.

Из открытого окна начинало тянуть прохладой. Значит, все-таки это был рассвет.

— Мне холодно, — спокойно, словно в продолжение разговора, сказала Зоя.

— Я могу закрыть окно, — ответил Соловьев, не двигаясь с места.

— Мне холодно.

В этом повторе не было видимого смысла, не было интонации, в нем не было уже ничего, кроме ритма. Соловьев узнал этот ритм безошибочно. Кошачьим движением он спрыгнул с раскладушки без единого скрипа. Подошел к Зоиной постели и уперся в нее ногами. На своей влажной коже почувствовал Зоины волосы. Через мгновение он лежал рядом с ней.

— Подожди...

Словно из ниоткуда, она достала презерватив и вложила его в горячую ладонь Соловьева. Надевая презерватив, Соловьев не успел как следует удивиться его появлению. Через секунду Зоины ноги сплелись за его спиной с неожиданной силой. Это было несравнимо с застенчивой любовью Лизы. Такой энергии, гибкости и страсти в его жизни не было еще никогда. Никогда еще Соловьев не чувствовал такого безвластия над своим телом. Никогда еще образ лодки среди волн не был ему так близок. Этот образ был последним, что мелькнуло в соловьевской голове перед окончательным погружением в бездну. За внешней флегматичностью музейной сотрудницы скрывался ураган.

10

На следующее утро (оно началось поздно) выяснилось, что именно в этот день Соловьев обещал прочесть свой доклад о генерале Ларионове. Чтение предполагалось в Зоином доме. Несмотря на последние события, мероприятие Зоя считала уместным, что самого докладчика несколько даже озадачило. Еще больше он удивился вечером, когда, войдя в прихожую коммуналки, первым делом столкнулся с Тарасом. Тарас был абсолютно спокоен, даже предупредителен. Он первым поздоровался с гостем, после чего попятился на кухню и в дальнейшем стоял уже там, привалившись к шкафчику генерала. На чтение доклада его не приглашали.

Присутствовали те же, что и в первый раз, — княжна и Шульгин с Нестеренко. Возможно, думалось Соловьеву, появление мощного Нестеренко и удерживало Тараса от повторения вчерашней истерики. Впрочем (лицо Тараса выражало обычную застенчивость), сосед Зои вполне мог успокоиться естественным путем. Мало-помалу успокоился и сам Соловьев. Приход сюда был для него вовсе не так прост, как он дал понять это утром Зое.

Доставая из папки текст подготовленного доклада, он вдруг испытал неловкость. Теперь это было не связано с Тарасом. То, что Соловьев хотел сообщить, в собравшейся компании не могло выглядеть ни важным, ни даже заслуживающим внимания. Все находки и уточнения относительно крымских операций показались ему сущим пустяком в сравнении с тем, что о генерале знали они. Но отступать было поздно. И Соловьев начал чтение.

Строго говоря, это было даже не чтение. Чувствуя, что подобная подача материала здесь неуместна, молодой историк перешел на рассказ — близкий к тексту его доклада, но не лишенный импровизаций. Такое случилось впервые в его научной жизни. Не то чтобы он не мог воспроизвести свои прежние доклады устно — в том, что он писал, была выверена каждая фраза, он знал эти тексты наизусть. Выступать с подготовленным текстом предписывал академический кодекс чести. Лежащая на кафедре пачка бумаги была первым, пусть и самым приблизительным, удостоверением научности сообщения. Все дальнейшие качества произносимого без него как бы не существовали.[1]

Переворачивая один за другим листы своего доклада, Соловьев в них даже не заглядывал. Его охватило ощущение полета — почти такое же, как при первой поездке на велосипеде. Он приводил на память даты боев, численность подразделений с обеих сторон и воинские звания всех старших офицеров, принимавших участие в сражениях.

Разгром генералом Ларионовым кавалерийского корпуса Жлобы — так звучала тема соловьевского доклада. Речь в нем шла о ключевой операции 1920 года, позволившей удержать Крым за белыми до поздней осени. Соловьев начал с того, что кратко коснулся состава войск, располагавшихся по линии фронта в Северной Таврии. Здесь он не мог не сказать о Второй кавалерийской дивизии генерала Калинина (1500 шашек + 1000 штыков), о Третьей кавалерийской дивизии генерала Гусельщикова (3500 шашек + 400 штыков из Донского корпуса генерала Абрамова): эти части располагались от Азовского моря до села Черниговка. Не забыл он, естественно, и о Дроздовской дивизии (она размещалась у села Михайловка), и о Второй кавалерийской дивизии генерала Морозова. Говоря о западном от Михайловки направлении, Соловьев упомянул о Кубанской

---

[1] Единственным известным Соловьеву исключением оказался доклад проф. Никольского на одной из конференций. Профессор стоял, навалившись на кафедру, и монотонно прочитывал фразу за фразой. Выходя покурить после доклада, он попросил Соловьева подержать прочитанные им листы. На них не было ничего, кроме набросанных шариковой ручкой карикатур. Профессор изобразил всех без исключения предыдущих докладчиков. Именно он запретил Соловьеву выступать без написанного текста.

кавалерийской дивизии генерала Бабиева и располагавшейся левее ее по фронту Туземной дивизии. Наконец, в районе Каховки находились Марковская и Корниловская дивизии, в то время как дивизия генерала Барбовича была размещена в нижнем течении Днепра.

Противостояли этим силам дивизии 13-й армии красных, в том числе — Первая и Вторая кавалерийские дивизии сводного корпуса Д.П.Жлобы. Численность одного лишь этого корпуса, включая приданные ему части, доходила до 7500. На количественных данных других поддерживавших Жлобу дивизий (например, Латышской и 52-й стрелковой — они располагались в районе Бериславля) Соловьев, после некоторых колебаний, решил не останавливаться. Окинув своих слушателей взглядом, исследователь почувствовал, что переизбыток цифр может притупить их внимание.

Говоря о планах красных, Соловьев ограничился было указанием намерения корпуса Жлобы атаковать Донской корпус и взять Мелитополь. Поняв, однако, что такая картина будет неполной, докладчик все-таки уточнил, что на участке Жеребец — Пологи были задействованы четыре дивизии из группы Федько, в то время как из района Бериславль — Алешки уже выдвигались 52-я и Латышская дивизии. На группу Федько — и ни у кого из присутствовавших это не вызывало сомнений — Жлоба Д.П. возлагал особые надежды. Федько, однако же, этих надежд не оправдал.

Знал ли о планах красных генерал Ларионов? Доступные исследователям источники (Соловьев тщательно выровнял лежавшую перед ним пачку листов) ответа на этот вопрос не давали. Действовал генерал так, будто планы противника были знакомы ему во всех деталях. Всюду он был раньше красных на полшага, но эти полшага неизменно определяли исход сражения. Самые хитроумные замыслы Жлобы разбивались о принятые белым полководцем меры — независимо от того, были ли они результатом деятельности разведки или гениальным предвидением генерала. Соловьев отдавал предпочтение последнему.

После того как генерал изучил способ мышления своего оппонента (это произошло довольно быстро), он безошибочно угадывал все задуманные им операции. Сила генерала, по мнению исследователя, состояла в абсолютно точной оценке стратегического потенциала Жлобы. Она не была слишком высокой (что естественно), но не являлась и заниженной. Как сказал однажды сам генерал Ларионов, летная школа любого, в том числе и Жлобу Д.П., способна была поднять до среднего уровня. Впрочем, не успев как следует взлететь, волею судьбы Жлоба был брошен на кавалерию. Это смешение в его судьбе земного и небесного вкупе с неблагоприятной, по некоторым данным, генетикой значительно заплело мозги красного командира. К чести генерала Ларионова, в этом хитросплетении он сумел разобраться.

Рано утром он приказывал подать себе крепкого кофе и, присев на ступеньки броневагона, пил его маленькими глотками. За кофе он выкуривал свою первую папиросу. В безветренную погоду пускал дым кольцами, наблюдая за их меланхоличным движением к небу. Когда поднимался ветер, генерал выпускал дым тонкой струйкой и о дальнейшей его судьбе не заботился. Считается, что именно в такие минуты им и составлялись планы, в конце концов погубившие карьеру красного военачальника Д.П.Жлобы.

Полусонное, идущее едва заметными волнами дыхание степи, запах свежей еще травы вселяли в генерала спокойствие и радость. Быстро, как в ускоренной съемке, над горизонтом поднималось солнце, и степь меняла свои краски. Она представлялась генералу в виде калейдоскопа, спешно развернутого вокруг бронепоезда. Неограниченного в своих возможностях, бескрайнего, посыпаемого пеплом его папиросы.

Иногда генерал Ларионов ложился в траву и наблюдал за жизнью ее обитателей. В его глазах эта жизнь представала такой же мелкой, как человеческая. Может быть, не столь жестокой. Жители травы деловито поедали друг друга, но занимались этим по необходимости, сообразуясь с древними биологическими законами. Они не испытывали взаимной ненависти. Ободренные неподвижностью генерала, эти существа бегали по его растопыренным пальцам, между которыми что-то уже проклевывалось, произрастало и колосилось. Можно утверждать, что через его руки прошел не один десяток муравьев, кузнечиков, тлей, жуков и тех многочисленных созданий, которым он затруднился бы дать имя. Находясь в районе ожесточенных боев Белой и Красной армий, они соблюдали строгий нейтралитет. Их умение не замечать общественные катаклизмы достигало абсолютной точки и вызывало у генерала восхищение.

В погруженных в траву генеральских пальцах было что-то посмертное. Если это и было связано с жизнью, то в каком-то широком, извечном смысле превращения человеческих тел в травы и деревья. Прижавшись лицом к примятым стеблям, генерал представлял себя на этом поле мертвым. С распростертыми руками, с присыпанной землей головой. Такими всякий раз он видел своих солдат после боя.

Генерал вспоминал, как однажды, еще кадетом, он отправился летом в военный лагерь. Во время полевых занятий приходилось рыть окопы *на скорость*. Стояла жара. Роя окоп в первый раз, он ужасно устал. К горлу подступала тошнота, ноги начинали дрожать. Он был мокрым от пота. Вырыв окоп, кадет Ларионов лег в него и закрыл глаза. Палящее солнце сменилось сказочной прохладой. Глухо, словно за сотни верст, до него еще доносились крики офицеров, звяканье лопат, топот лошадей по дороге, но это было уже не здесь. В другом, может быть, мире.

— Райская прохлада, — прошептал он, представляя, что лежит в могиле.

— Не время отлеживаться, кадет!

Откуда-то сверху, почти из проплывавших над окопом облаков, на него смотрел офицер.

— Я *смертельно* устал, — сказал мальчик.

Ничего не ответив, офицер отошел. Освобожденное им пространство тут же затянулось небесной, в белых пятнах облаков, занавеской.

— Спасибо, — беззвучно произнес кадет. Он не исключал, что это был ангел.

Генерал продолжал лежать. Он уже ощущал мощный зов снизу. Испытывал то успокоительное чувство врастания в землю, которое, как ему казалось, было знакомо всем убитым в бою. Убитые понимали, что всё для них уже кончилось, и могли наслаждаться пришедшим покоем. Неподвижность генерала была почти нездешней. Только внимательный взгляд часовых — генерал знал, что в целях безопасности за ним наблюдают, — не позволял ему окончательно предаться слиянию с землей.

Говоря о сути произошедшего летом 1920 года, Соловьев не мог не процитировать знаменитое определение М.А.Критского: «Конная масса т. Жлобы, втянутая в течение предшествовавших боев в образовавшийся узкий мешок, вследствие охватывающего расположения стойких фланговых частей русской армии оказалась окруженной со всех сторон. Вследствие получившейся естественной тесноты группа Жлобы утеряла в значительной степени главнейшее качество конницы — подвижность и маневренность».[1]

Естественная теснота, в которую Жлоба вверг вверенные ему части, явилась результатом длительных продуманных действий генерала Ларионова. Словно опытный шахматист, генерал предложил противнику жертву. Это было несколько пешек по центру доски, проглоченных Жлобой с большой готовностью. Выиграв ряд локальных боев, выпускник Высшей авиационной школы не заметил, что места его побед располагаются на определенной оси и имеют четко выраженное направление. Когда, по мнению генерала, Жлоба продвинулся в этом направлении достаточно далеко, победы прекратились. По инерции Жлоба продолжал атаковать, но на этот раз противник и не думал отступать. И хотя армия генерала не контратаковала, все попытки красных пройти дальше разбивались на первой же линии окопов, вырытых, оказывается, более чем за неделю до этого.

Только ознакомившись с тем, сколь основательно была подготовлена в этом месте оборона, Жлоба начал понимать, что его победное шествие было не чем иным, как занятием белыми заранее обустроенных позиций. Полнота понимания пришла к нему в то утро, когда в тылу возглавляемых им войск показались первые цепи белых. В бой их вел лично генерал Ларионов, покинувший ради такого случая обжитый им бронепоезд. Генерал не был тем, кто рискует ради риска. Просто он знал, что иногда войско следует возглавлять самому. Такие моменты он чувствовал безошибочно.

---

[1] *Критский М.А.* Корниловский ударный полк. Париж, 1936. С. 176.

Предупредив своих слушателей, что на время уходит от темы Жлобы, Соловьев напомнил им о знаменитом каховском прорыве. Имелся в виду тот эпизод войны, когда часть армии генерала Ларионова оказалась в окружении. Начались разговоры о сдаче в плен.

Генерал построил свое войско и закурил. Он выпустил несколько колец дыма, и собравшиеся завороженно следили за их парением.

— Это такой вопрос, — сказал генерал, — который я не желаю решать за вас. Кто хочет, пусть сдается.

Генерал двинулся было к своей лошади, но на полпути остановился. Пущенные им кольца всё еще висели в воздухе скорбными нулями. Генеральская лошадь била копытом. От строя отделились несколько десятков человек и угрюмо побрели к линии фронта. Генерал не произнес ни слова. Он смотрел на них без осуждения, скорее — удивленно. Он и сам не мог объяснить своей уверенности в том, что их ждет смерть. Он знал случаи, когда красные расстреливали только офицеров, а остальных ставили под ружье. Все молча смотрели, как уходившие двигались к роще: это была красная роща. Над ней собирались тучи. От движения людей под свинцовым небом прихватывало горло. Когда они наконец скрылись за деревьями, стало легче.

Такая это была странная война русских с русскими, когда солдаты, взятые в плен, на следующий же день могли сражаться за противоположную сторону. Они делали это так же беззаветно, как прежде. Было немало людей, для которых такого рода переходы вошли в привычку. Для кого-то это было единственной в условиях войны возможной работой. Для кого-то — способом жизни, когда по большому счету становилось уже безразлично, за кого воевать. Мирный экзистенс не давал этим людям необходимой остроты ощущений. Того пьянящего военного братства, которое только и доступно, что перед лицом смерти. Останавливала эти переходы, как правило, пуля. Или шашка. Выбор, в сущности, был небольшим.

За рощей, где скрылись ушедшие, блеснула молния. Она была еще далеко, потому что гром подоспел лишь спустя минуту. Еще через минуту из рощи прозвучало несколько пулеметных очередей. И генерал, и его солдаты продолжали молчать. Возможно, были и еще очереди, но они уже не были слышны за дробью дождя, барабанившего по палаткам, каскам и полевым кухням. Это была дробь к выступлению. Под проливным дождем начали служить молебен.

Генерал повел их не к роще. Они двинулись по степи на юго-восток — туда, куда медленно направлялась гроза и где, по представлениям генерала, кольцо окружения было наименее плотным. Шли долго. Вода с намокшей одежды стекала в сапоги и там громко чавкала. За несколько сотен метров до красных позиций он построил солдат в боевое каре. Впереди, во главе с генералом, была выставлена кавалерия. Личному составу были розданы остатки спирта.

Генерал перешел на рысь, на рысь перешла и его конница. Генерал взял шашку наголо, с шашками наголо поскакали и кавалеристы. Он чувствовал, как по его спине сбегали холодные змейки ливня, и это было приятно. В расположение неприятеля — это получилось само собой — они въехали с ударом молнии. Небесное электричество грозно сверкнуло на шашке генерала. «Наш Фигнер старцем в стан врагов...» — припомнилось ему по ходу дела. Наш Фигнер... Молния сверкнула три раза подряд, освещая вялые тени у палаток. Три коротких вспышки не зафиксировали никакого движения оборонявшихся — да они, собственно, и не оборонялись. Сиротливо вжавшись в ближайшие к ним предметы, эти люди пропустили сначала генерала, затем его кавалерию, а потом, конечно, и пехоту. Всё произошло без единого выстрела.

История каховского прорыва являлась, по мнению Соловьева, полной противоположностью тому, что произошло под Мелитополем. Поскольку противоположность в содержании подразумевает определенное сходство в форме (проф. Никольский называл ее историческими обстоятельствами), молодой историк не считал возможным оба случая окружения рассматривать изолированно. Показав пестрящую красными стрелками схему каховского прорыва, Соловьев достал из папки и схему окружения Жлобы. После краткой демонстрации листки были пущены по рукам. Дольше всех их держала княжна. Она водила указательным пальцем по стрелкам и время от времени задумчиво смотрела на докладчика.

Попав, по удачному выражению М.А.Критского, в узкий мешок, Д.П.Жлоба заметался. Он попробовал было уйти от настигавшей его генеральской конницы, но наткнулся на шквальный огонь пулеметов. Тут Жлоба окончательно понял, что окружен. Он снова развернул войска навстречу кавалеристам, но дела это уже не поправило. Появление во главе наступавших легендарного генерала произвело на красных ошеломляющее впечатление. Они начали сдаваться.

Жлоба успел сесть в бронепоезд и с боями начал откатываться на север. Бронепоезду с сопровождавшим его отрядом человек примерно в двести удалось выйти из окружения. Это было всё, что осталось от многотысячного кавалерийского корпуса. Лишенный войска, оружия, бронепоезда (отступая, его в конце концов пришлось бросить), но главное — лошадей, Жлоба впал в жесточайшую депрессию. Единственным, что оставалось в его распоряжении, был старый аэроплан, не использовавшийся им в боях по принципиальным соображениям. Забытая всеми, машина пылилась в одном из ангаров вне зоны боевых действий.

И Жлоба вспомнил о ней. Добравшись до заветного ангара, он с помощью окрестных крестьян выкатил ее наружу. Бабы наскоро вытерли фюзеляж. Кто-то, напрягшись, крутанул винт, и, ко всеобщему изумлению, мотор заработал. Сначала винт вращался судорожно, словно собирая силы для каждого нового движения лопастей. Мало-помалу вращение стало равномерным, и две винтовых лопасти превратились в большую полупрозрачную окружность. Несколько минут машина тряслась и фыркала, но с места не сходила.

— Мотор разогревает, — понимающе кивали мужики.

Они раскуривали самокрутки, чтобы примирить происходящее со своим растревоженным сознанием. Чтобы придать близости летной техники будничный характер. Заправским движением авиатор повернул какой-то рычаг, и машина, сделав резкий рывок, остановилась как вкопанная.

— Пошли вон! — заорал Жлоба, едва не вылетев из сиденья.

В этот крик он вложил всю ненависть к бывшим летным однокашникам. Всю боль за пережитые в разное время обиды. Всю горечь от нанесенного ему поражения. Крестьяне, и без того бывшие на взводе, бросились врассыпную. Аэроплан тронулся с места и, вздрагивая на ухабах, покатился по степи. Через минуту он взлетел.

Сделав круг над обескураженными свидетелями взлета, аэроплан взял курс на юг. Туда, где части генерала Ларионова заканчивали разоружать взятых в плен красноармейцев. Проходило всё мирно, даже как-то рутинно. Полковой писарь составлял список пленных, обозначая в нем также вид отобранного оружия и имя лошади. На запись к писарю экс-красноармейцы стояли длинной безрадостной очередью. После регистрации их группами отводили на обед.

Услышав мотор аэроплана, некоторые из стоявших подняли головы. Все знали, что на вооружении генерала находилось одиннадцать подобных машин, и это должна была быть одна из них. Никто не волновался. Писарь погрузил перо в чернильницу-непроливайку и, сплетя перед собой кисти рук, сладко потянулся. Близоруко и безразлично наблюдал он за растущей в небе точкой. В 1920 году летательная техника сама по себе уже не могла привлечь внимания.

В движении аэроплана было что-то необычное. Наблюдаемый снизу полет был лишен того величавого спокойствия, которое обычно сопровождает в воздухе крупные летающие предметы (организмы) — от воздушных шаров и дирижаблей до орлов и морских чаек. Всё больше голов поворачивалось ему навстречу. Аэроплан кувыркался в воздухе. Он был похож на муху, на рассерженного шмеля, может быть, даже на птицу колибри.

Это не было высшим пилотажем. От самой мысли выполнить петлю Нестерова[1] Д.П.Жлоба был чрезвычайно далек. Это не было даже проявлением крайней взвинченности авиатора, хотя резкость его движений не могла, разумеется, способствовать плавности полета. Причина

---

[1] Об этой фигуре высшего пилотажа см.: *Люмьер Р., Райт Л.* Первая петля. Петроград, 1916.

происходящего состояла в тросах рулевой тяги: от долгого пребывания машины в сыром ангаре они вышли из строя. Стоит ли говорить, что состояние аффекта не позволило Жлобе проверить их натяжку?

Роза ли ветров, энергия ли отчаяния несла Жлобу к цели его полета — только в какой-то момент он действительно оказался над позициями белых. Увидев под собой место своего позора, он забросил руки на фюзеляж и свесился вниз. Потерявший управление аэроплан перестал наконец дергаться и пошел над степью на малой высоте. Нависая над позициями противника — так, навалившись на подоконник, общаются с кем-то на улице — Жлоба проплывал над полевыми кухнями, очередями пленных и табунами потерянных им лошадей. Снизу были хорошо видны его развевающиеся волосы, бледное небритое лицо. От встречного ветра в глазах его блестели слезы. Он был идеальной мишенью. Каждый из стоявших внизу понимал, что воздухоплаватель ищет смерти. И в него никто не выстрелил.

Одну важную свою находку Соловьев, по совету профессора Никольского, приберег к концу доклада. Работая над темой *Разгром генералом Ларионовым кавалерийского корпуса Жлобы*, молодой историк решил составить максимально точное, по возможности — почасовое описание деятельности обоих военачальников на месяц июнь 1920 года.

Многие коллеги Соловьева эту работу считали заведомо невыполнимой, предлагая попробовать для начала расписать его собственную — скажем, прошлогоднюю — июньскую жизнь по часам, а уж затем замахиваться на события семидесятишестилетней давности. Скрывавшаяся в таком совете ирония касалась не только возможности подобных поисков, но и их целесообразности. Эти поиски казались коллегам в некотором роде научным педантством или (что звучало еще обиднее) научным позерством. Единственным, кто безоговорочно одобрил планы аспиранта, оказался проф. Никольский. И этого было достаточно.

Не будучи согласен с иронией коллег, Соловьев и в самом деле составил собственное жизнеописание за июнь предыдущего года. Это оказалось совершенно несложно. Всё время выпускной сессии — а именно она приходилась на июнь — он просидел в Публичной библиотеке. Все остальные перемещения были связаны с экзаменами. Их время легко вычислялось по сохранившемуся у него расписанию экзаменов и зачетов. Из курса источниковедения молодой человек усвоил, что любая, даже малозначительная бумага впоследствии может стать важным историческим источником. Он знал цену документам и никогда их не выбрасывал.

Что касается июня 1920 года, то задача здесь хоть и оказалась сложнее, но отнюдь не была невыполнимой. Для начала Соловьев свел воедино тексты всех мемуаров, касающихся этого отрезка времени. Выяснив общий характер действий генерала Ларионова и Жлобы, исследователь перешел к целенаправленным поискам в архивах. Он просмотрел тысячи письменных приказов, телеграмм и телефонограмм этого времени (зачастую они указывали не только дату, но также час и минуту их отправки) и составил, вопреки сомнениям коллег, довольно подробный перечень происходившего в месяце июне. Результат оказался потрясающим.

Выяснилось, что в ночь с 13 на 14 июня, т.е. еще до начала активных боевых действий, бронепоезда генерала Ларионова и Д.П.Жлобы стояли друг против друга. Это произошло на нейтральной к тому моменту территории, а именно — у поселения немецких колонистов Гнаденфельд. Посредством отправлявшихся обеими сторонами телеграмм историку удалось установить, что бронепоезд Жлобы в 23:30 прибыл на первый путь и, простояв там до 4:45, отправился на север. Временем прибытия генеральского бронепоезда привлеченные источники позволили считать 23:55. Отбыл он в 3:35 в южном направлении. И хотя номер пути, на котором стоял второй бронепоезд, в документах не указывался, методом исключения удалось установить и его: это был путь № 2. На станции Гнаденфельд было всего два пути.

Бывшим своим учеником (а бывают ли ученики бывшими?) проф. Никольский остался очень доволен. Прежде всего, он одобрял результат с точки зрения пути его достижения. При всей любви к смелым умозаключениям профессор считал эмпирические исследования единственно возможной базой всякого научного труда. Более того, он подчеркивал, что любая, даже на первый взгляд бесцельная работа с источником непременно даст свои плоды. В этом, кстати говоря, отношении будущую крымскую конференцию он ставил не слишком высоко. Большинство ее участников он называл *вдохновенными трепачами*, но ехать на нее Соловьева не отговаривал.

— Это тоже нужно увидеть, — сказал он аспиранту на прощанье. — По крайней мере, один раз.

Вторым обстоятельством, вызвавшим интерес профессора к находке Соловьева, было ее значение для истории самой войны. До сих пор не существовало никаких документов, прямо или косвенно подтверждающих личную встречу двух противников. Вместе с тем еще в тридцатом году в эмигрантской печати была высказана догадка о возможности такой встречи.[1] Не имея догадке ни-

---

[1] См.: *Кривич Ю.* Десять лет спустя. Париж, 1930. С. 243–250.

какого фактического подтверждения, ее автор позволил себе пойти еще дальше. Он поставил вопрос о том, не являлась ли гипотетическая встреча попыткой генерала наладить тайную связь с красными. Поскольку вопрос был поставлен в обвинительном тоне, суть предательства генерала оставалась неясной. Как случилось, что в результате сговора с красными он одержал над ними одну из самых убедительных своих побед? И зачем, следовательно, красным был нужен такой сговор? Единственным, что автор теории мог предъявить в ее поддержку, был неизменный вопрос: почему по окончании войны генерал остался жив?

Интересно, что предположение о встрече генерала с Жлобой было впоследствии высказано и с красной стороны.[1] При этом упоминание о сговоре — на этот раз, естественно, в пользу белых — звучало уже не в качестве намека. О сговоре сообщалось как о достоверном, хотя и неподтвержденном факте. Поскольку решением тройки НКВД Жлоба Д.П. к тому времени уже был расстрелян, автор статьи выражал сдержанное удовлетворение, что справедливость в отношении предателя все-таки восторжествовала — пусть и несколько опережая выяснение его вины. На этой саркастической и, с точки зрения Соловьева, не лишенной эффектности фразе он завершил свой доклад.

Княжна Мещерская молча, но доброжелательно кивала. Зоя наблюдала за тем, как Шульгин заканчивал выстраивать из спичек какую-то сложную, хотя и двухмерную, фигуру. Ввиду того, что стол постоянно сотрясали, выполнять фигуру в объеме он считал делом бессмысленным. Нестеренко спал.

---

[1] *Дрель С.П.* У последней черты // Военно-историческое обозрение. 1939. № 7. С. 15–29.

11

Ночевала Зоя снова у Соловьева. В этот раз уже не было мучившей обоих неопределенности, и после легкого ужина с вином они без колебаний занялись любовью. Никакого напряжения не было. Соловьев не торопясь, даже не без некоторого кокетства, разделся и ожидал Зою под простыней. Она снимала с себя одежду, стоя к нему вполоборота. Соловьев любовался ее движениями: Зоя умела раздеваться.

Свои воздушные одеяния она снимала спокойно и изящно, с той неуловимой долей обреченности, которую настоящая женщина просто обязана предъявить своему обладателю. Сняв джинсы, взвесила их на руке и с коротким звяканьем пряжки бросила на стул. Из-под длинной, мужского покроя, рубашки извлекла трусики и осторожно (большой и указательный пальцы) положила их на джинсы. Взялась обеими руками за ворот рубашки, помедлила. Словно в сомнении, расстегнула длинный ряд пуговиц. Рубашка соскользнула с плеч, но край ее остался в Зоином кулачке. На фоне смуглого тела светлое полотно рубашки непринужденно спадало на пол, складывалось в необычный, пахнущий дезодорантом цветок. На упругой Зоиной попке мерцал след от бикини.

В эту ночь она была другой. Обнаружив накануне темперамент, сегодня Зоя демонстрировала не менее выдающуюся технику. В нечеховской этой сфере познания музейной сотрудницы были, к удивлению Соловьева, безграничными. Образ лодки среди волн, пришедший вчера в голову исследователю, померк. Теперь это было что-то другое, что не поддавалось мгновенному определению. На обдумывание же у Соловьева просто не было времени.

Утро было сказочным. Расслабленным, тихим, умиротворенным. Как после бани: полное спокойствие. Абсолютная раскрепощенность тела, наслаждение каждой его клеткой. Или — как после вчерашнего футбола. Приятная боль в мышцах ног и таза, нежелание вставать. Плюс чувство глубокого удовлетворения: Соловьев подумал, что эту фразу он впервые прочувствовал по-настоящему.

Сев на него верхом, Зоя стала делать ему массаж. Начала с волос. Собирала их волнами, сводя на макушке руки в замок. Разминала шею и спину. Сначала касалась самыми кончиками пальцев, едва-едва, словно впускала через них таинственное электричество, заставлявшее Соловьева покрываться гусиной кожей. Затем следовали мощные хватательные движения ладоней. Они превращали соловьевскую спину в желе, в пластилин, лишали ее полученных хрустальных токов, вливая взамен расправляющую мышцы энергию. Время от времени, когда движения Зои были особенно активны, он чувствовал поясницей прикосновение ее интимной растительности. Потом — Зоя пересела на его ноги — массировалась сама поясница, потом — мягкое (какое все-таки удачное название) место. Там оказалось особенно приятно: эта мягкость была создана для массажа. Зоя погружала ладони в покой самых сильных его мышц. Пульсирование ее ладоней повторяло ритм самих этих мышц, имитировало их древнее движение. Перешла к ногам. Растирая их с двух сторон, добилась полной расслабленности. Подготовка футболиста к выходу на замену: с ним тоже так поступают. Ступни. Пятки — втирающим круговым движением. Подробно каждый палец. Апофеоз телесного. В открытое окно врывался свежий утренний ветерок с ароматом можжевельника. Он смешивался с запахом их тел.

После завтрака они отправились на набережную. По дороге Соловьев успел взвеситься и измерить рост. Он подумал, что на петербургских улицах уже не встретишь медицинских весов. Белых, в разводах после перекраски, с тихим звяканьем передвижных гирь. Куда они исчезли? Куда исчезли автоматы по продаже газированной воды? Квас и пиво в бочках? Ни один учебник истории, думалось Соловьеву, не отметил их ухода, так же как ни один учебник не сказал об их появлении. Но они ведь — были. Определяли быт, скрашивали жизнь — в доступной им, разумеется, степени.

Взвешивал Соловьева пожилой человек в очках. Линзы очков были большими и выпуклыми. Такими же казались его глаза, когда он следил за делениями весов. Строго говоря, он за ними и не следил. Вес каждого он мог определить еще издалека. Вместо правой дужки к очкам была привязана резинка.

— Шестьдесят восемь пятьсот. Желаете измерить рост?

— Желаю, — сказал Соловьев.

Он встал на ростомер, и подвижная часть прибора опустилась на его голову с неожиданным стуком.

— Мэтр семьдесят девять. До полной гармонии не хватает полкила.

Соловьев развел руками и расплатился. Под футболкой он почувствовал прохладную Зоину ладонь.

— Я буду тебя кормить, — пообещала Зоя шепотом. Ее губы коснулись соловьевского уха. — До полной гармонии.

Несмотря на яркое солнце, на набережной было свежо. С моря дул сильный ветер. Брызги взмывали над бетонным выступом у воды и ложились где-то далеко на втором ярусе набережной. Их полет сопровождался небольшой аккуратной радугой. Блеснув в последний раз под ногами прохожих, брызги испарялись с неправдоподобной скоростью.

Зоя сняла сандалии, взяла их в руки и пошла босиком. По ее сияющему лицу Соловьев понял, что от него она ожидает того же. Скрывая внутреннее нежелание делать это, он тоже снял сандалии и понес их в руках. Асфальт оказался невероятно горячим, и идти по нему было почти пыткой. Не меньшее страдание брезгливый Соловьев испытывал от предположения, что идет сейчас, с большой вероятностью, по чьим-то плевкам, пусть даже и высохшим. Хотя направление Зоиных мыслей он понимал. Это был непременный кадр романтического кино. Только хождение без обуви там чаще всего сопровождалось дождем. Ступней в этих случаях никто не обжигал, да и выглядело всё, в общем, гигиеничнее.

Зое тоже было горячо. Допрыгав до спуска на нижнюю набережную, она повернула туда. На нижней набережной всё было по-другому. Вода не успевала стекать обратно в море и дрожала на бетоне огромными теплыми лужами. Время от времени их окатывало брызгами прибоя, но это было приятно.

Возле причала они вновь вышли наверх. Это был остаток прежней набережной. Той, которую знал Чехов: с двухэтажными кирпичными домами, витыми перилами балкончиков и пальмами в огромных кадках. Вдали, приподнимаясь над ялтинской зеленью, золотился купол храма Иоанна Златоуста. Зоина рука направила Соловьева в просвет между домами, и они оказались у подъемника. С металлическим ворчанием разворачивались двухместные сиденья, вернувшиеся откуда-то с высоты. Они приближались к платформе дергаными паралитическими движениями и пассажиров принимали на ходу. Пропустив вперед Зою, в последний момент успел сесть и Соловьев. Он тяжело шлепнулся на сиденье, и вся конструкция закачалась. Его волнение Зоя, конечно же, заметила. Но не подала виду.

Поверхность медленно ушла из-под ног. Закончилась деревянная платформа, за ней пошли кусты, дерево с резиновой сандалией на верхушке. Крыши и дворы. Пролетать над дворами было интереснее всего. В них развешивали белье, играли в домино, наказывали детей. Чинили стоящий на деревянных козлах *Запорожец*. Тщательно — палец за пальцем — вытирали руки ветошью, отходили в сторону и задумчиво смотрели на машину. Жизнь представала во всем своем многообразии.

Взяв Зою за руку, Соловьев испытал стойкое ощущение дежавю. Когда-то он любил узнавать прошедшее в настоящем. В этом он видел чуть ли не предназначение историка. Впоследствии под влиянием проф. Никольского он избавился от однонаправленного взгляда на вещи, научившись узнавать и настоящее в прошедшем. «Время, — писал проф. Никольский, — вопреки расхожим представлениям — улица с двусторонним движением. Возможно также, что этого движения вообще нет. Не нужно думать, что...»[1] Соловьев еще раз посмотрел на крыши внизу. Ну конечно, Шагал. Они отражаются в его картине.

Проплывая над бывшей Аутской улицей, Зоя покачала ногами (вот, запоздало мелькнуло у Соловьева, как оказываются на деревьях сандалии). В гладкости кожи ее ног, в их смуглости, особенно в том, как они выглядывали из-под светлых, в бахроме, шортов, было что-то ребяческое. И в то же время взрослое, чисто женское, возбуж-

[1] *Никольский Н.Н.* Избранные работы. Т. 2. С. 317.

дающее. Прямо под их сиденьем скользили по проводам штанги троллейбуса. Крыша машины оказалась неожиданно большой и облупленной. Непохожей на то, что призвано быть обтекаемым воздушными потоками. Есть вещи, которые обычно не видишь сверху.

Соскочил Соловьев не без внутреннего напряжения, но лица не потерял. С места их приземления открывался вид на странное сооружение с колоннами. Его можно было бы считать культовым, если бы не особый его курортный монументализм, неотъемлемая часть южных советских городов. Возможно, это был советский культ. Он представил себя и спутницу комсомольцами. Таинственным коммунистическим ду́хам старшие товарищи приносили в жертву два юных существа. На фоне моря. Волосы присутствующих драматически развевались на ветру. Соловьеву захотелось овладеть Зоей среди этих колонн, но он не подал виду. Ему было достаточно сознания, что она пошла бы на это не задумываясь.

Вершина, на которой они оказались, не была уже, в сущности, Ялтой. Слегка отстав, Соловьев шел за Зоей по лесной тропинке. Ему нравилось ее рассматривать. Зоя это знала и не делала попыток замедлить шаг. В сотый раз он повторял про себя, что эта гибкая девочка принадлежит ему, и в сотый раз испытывал от этого наслаждение.

Лес становился гуще, но в этом лесу они не оставались одни. То тут, то там слышался треск веток, мелькали разноцветные футболки и раздавались ауканья. И то, что они не были одни, доставляло Соловьеву особое удовольствие. Сопровождавшие их лица (они нарочно сходились сюда со всей округи) видели Зоину гибкость. Чувствовали, может быть, ее темперамент. Но только он (только он!) по-настоящему знал ее сводящие с ума, свойственные лиане качества. Даже первые ощущения, испытанные им с Лизой (все дальнейшее Соловьев сравнивал именно с ними), казались ему теперь подростковыми и смешными. Ему стало неловко оттого, что он сейчас вспомнил о Лизе. Неловко не за Лизу (на фоне Зои шансы ее были минимальны) — за себя, вовлекшего ее в такое невыгодное сравнение. Он постарался вытолкнуть Лизу из сознания, как потихоньку выталкивают бабушку, забредшую в разгар вечеринки в гостиную. Через минуту он о ней действительно забыл.

Спускаясь, пересекли асфальтовую дорогу. Пошли мимо заросших виноградом двориков. Эти дворики были еще меньше того, в котором разместился Соловьев. Ограждения их состояли из спинок кроватей, батарей парового отопления, детских колясок и даже дверей микроавтобуса. На одной из таких дверей вызывающе краснел плейбойский зайчик. Судя по надписи под ним, машина имела отношение к Сан-Паули, гамбургскому кварталу развлечений. Соловьев подумал, что судьбы вещей порой удивительнее человеческих. Что видел этот зайчик в своей прежней жизни? Мелкий гамбургский дождь? Блестящие на асфальте огни стриптиз-баров, настырных зазывал, уличных музыкантов, проституток в форменных оранжевых комбинезонах (что возбуждает), попрошаек с собаками, английских матросов, идущих вразвалку во всю ширину улицы? Кого зайчик возил по Сан-Паули? Это, в сущности, не важно. В квартале, где дверь пребывала сейчас, к нему вернулась его невинность. В песочнице играли дети. Для своей новой семьи он был просто зайчиком. Его прошлым никто не интересовался.

Оплетенное плющом, ограждение обретало художественное единство. Эстетику бедного, но честного приморского существования, благодарно всё принимающего, всё сохраняющего и не позволяющего себе разбрасываться кроватными спинками. Соловьев заглянул в один из двориков. Увидел семейный обед под навесом. Женщину, раскладывающую по тарелкам вареную картошку. Мужчину с просветленным лицом, уже отмерившего и готового принять 150 граммов водки. Ребенка на трехколесном велосипеде. Неизвестную ему южную птицу, раскачивающую, не переставая петь, ветку кипариса.

Зоя стояла поодаль и терпеливо ждала. Ее приятель был поглощен той романтикой, которая с детства стала сутью ее быта и для которой у нее имелось другое слово — бедность. Зоя думала, что она знала изнанку этой романтики, а Соловьев — нет. Это было не так. Жизнь этих маленьких миров Соловьев представлял себе очень хорошо. Он сам вырос в одном из них. Он не искал незнакомых ощущений. В этих двориках он видел отражение своего детства.

Домой (к Соловьеву) вернулись ближе к вечеру. По настоянию Зои на обратном пути зашли на рынок и купили мяса и овощей. Теперь Зоя жарила мясо. Соловьев вдыхал его аромат и думал о том, как давно не ел ничего домашнего. Прижавшись к Зое сзади и положив ей на плечо подбородок, смотрел, как с шипением и масляными брызгами обжаривались аккуратные куски свинины. Нарезав салат, Зоя намеревалась приготовить еще что-то, но Соловьев взял неутомимую девушку на руки и унес в комнату. Молодой человек боялся, что очередного ее достоинства он уже не переживет.

Мясо запивали вином, разведенным холодной минералкой. Было очень вкусно. Вино перестало быть нектаром, густой багровый цвет превратился в ярко-розовый, но вкус вина стал ощущаться тоньше. Затем Зоя сварила кофе. Сказала, что сегодня вечером им нужно быть в отличной форме.

— Почему? — спросил Соловьев.

— Потому что сегодня мы отправляемся искать окончание воспоминаний генерала. Я знаю, где оно может быть.

Соловьев внимательно посмотрел на Зою. Она знает. В окно влетела оса и, сделав неуверенный круг над столом, тут же вылетела. Он не нарушал затянувшегося молчания и не спрашивал, куда они пойдут. Это бы только упрочило ту странную гегемонию, которую начала над ним устанавливать Зоя. Если захочет, пусть скажет сама.

Помыв посуду, Зоя стала собираться. Она открыла принесенную вчера сумку и чем-то в ней деловито звякнула.

— Понесешь вот это.

Вечернее время поисков ее очевидным образом не смущало. Хотя (Соловьев бросил взгляд на таинственную сумку) какое время можно считать для подобных поисков естественным?

Из дома они вышли около восьми. Доехав на троллейбусе до автовокзала, пересели на маршрутку. С неожиданным для маленькой машины ревом маршрутка вскарабкалась вверх по серпантину и оказалась на шоссе, идущем параллельно морю. Здесь уже чувствовалась вечерняя прохлада. Кто-то из пассажиров с шумом захлопнул люк. Единственное открытое окно было рядом с Соловьевым, но закрывать его он не собирался. Выставив локоть, наслаждался остывающим крымским ветром.

Маршрутка останавливалась у поселков и пансионатов. Чтобы не удариться о дверную раму, пассажиры выходили, преувеличенно наклоняя голову. Не входил никто. Когда машина остановилась в лесу, кроме Зои и Соловьева в ней уже никого не было.

— Алупкинский парк, — сказал шофер. — Конечная.

Глядя, как, разминая затекшие ноги, пара двинулась по дорожке, он добавил:

— Последняя машина — в половине одиннадцатого.

— Спасибо, — обернулась Зоя. — Мы выйдем с другой стороны.

Маршрутка развернулась здесь же, на аллее парка. Через минуту ее мотор затих за деревьями. В медленном умирании звука отдавалось что-то прощальное, вдобавок, может быть, — и тревожное. То, что испытывал Соловьев, не было в привычном смысле страхом. Было неуютным чувством человека, взявшего билет, как выяснилось, в один конец. Этим концом был огромный засыпающий парк. Плюс эксцентричная спутница. Плюс тяжелая сумка с неизвестным содержимым.

— У графа Воронцова жила любовница-венгерка.

Пауза. К Зоиной манере опускать всяческие вводные Соловьев уже начинал привыкать. Достраивать звенья цепочки, приведшей ее к тому или иному высказыванию, Зоя считала делом собеседника. Точнее, она ничего не считала. Об этом она просто не задумывалась.

— Воронцов был стар, и она завела себе еще одного любовника. Молодого корнета... Это ливанский кедр, — Зоя подошла к раскидистому дереву и погладила его неохватный ствол. — Всё здесь посажено по распоряжению Воронцова.

Кора ливанского кедра состояла из крупных, словно только что приклеенных плиток. По ним бегали такие же крупные муравьи. Метрах в двух от Зоиной руки сидела белка. Рыже-коричневая ее шубка сливалась со стволом, что делало белку почти незаметной. Чуть подрагивал изогнутый хвост. Белка не убегала, оставаясь на месте усилием воли.

— Однажды Воронцов застал их обоих в постели, — теперь Зоя обращалась только к белке. — Когда корнет выскочил из спальни, прикрывшись простыней...

Зоя оторвала руку от ствола, и белка тут же спрыгнула на траву. Мгновение она сидела там, словно раздумывая над услышанным. Соловьев поманил ее движением пальцев.

— Ты замечала: у белок судорожные движения?

Он подошел было ближе, но животное, по примеру корнета, скрылось за ближайшим кедром.

— Венгерка думала, что Воронцов ее сейчас застрелит, — взгляд Зои обрел непреклонность. — Венгерка знала его темперамент. Но он позвонил в колокольчик и сказал прислуге: «Помойте мадам и смените простыни».

Зоя подошла к Соловьеву вплотную и прошипела ему прямо в губы:

— С этого дня она его воз-не-на-ви-де-ла.

Зоя стояла так близко, что не поцеловать ее было невозможно. Это был длинный изматывающий поцелуй, полный благодарности за информацию о Воронцове.[1]

Пройдя мимо пруда с лебедями, они оказались у *Большого хаоса* — величественного нагромождения камней, свезенных сюда по распоряжению Воронцова. Перепрыгивая с валуна на валун, Зоя стала забираться всё выше. Соловьев нехотя последовал за ней. Он тщательно примеривался к каждому прыжку, но несколько раз нога его скользила. Он упорно не спрашивал Зою об их сегодняшних планах. Ее молчание и это нелепое пе-

---

[1] См. подробнее: *Лесков Н.С.* Лорд Уоронцов // Литературное наследство. М., 1977. Т. 87. С. 121–126.

ремещение в камнях начинали его раздражать. Когда пологий подъем закончился, Зоя остановилась. Продолжать лезть вверх было бы безумием. Так казалось даже Зое.

Они сели на один из камней. Солнце давно уже спряталось за деревьями, но камень был теплым, почти горячим. Вокруг не было ни души. Сидя на камне в столь странном месте, на фоне сгущающихся сумерек, Соловьев почувствовал себя заблудившимся. От присутствия подруги легче не становилось. Скорее — наоборот.

Они стали спускаться вниз, когда уже почти стемнело. Из врученной Соловьеву сумки Зоя достала фонарик и направила его свет на ближайшие валуны. Соловьев, чьи глаза перед этим привыкли было к темноте, окончательно потерял ориентацию. Фонарик искажал форму камней. Едва заметные вмятины казались из-за угла подсветки огромными впадинами, в то время как настоящие щели между камнями Зоиным лучом совершенно игнорировались. Всё это усугубляла причудливая игра теней: показывая Соловьеву направление, Зоя время от времени взмахивала фонариком. Соловьев придерживал болтавшуюся на плече сумку и мало верил в благополучный спуск. Когда они все-таки спустились, он был совершенно мокрым.

Внизу фонарик оказался гораздо полезнее. Он обнаруживал внезапно выросшие деревья (час назад их здесь не было), змеившиеся по тропинкам корни, а также — валуны, разбросанные тут и там неутомимым Воронцовым. На одном из валунов Зоин фонарик выхватил из мрака бронзовую табличку. Валун был надгробным памятником воронцовской собаке. Через минуту они увидели ее призрак. Метрах в десяти — там, куда фонарик почти не доставал, — стояло неопределенное четвероногое существо. В его инфернальном взгляде отражались остатки Зоиного света. Судя по росту, животное могло быть даже котом.

Соловьев давно уже понял, куда они идут. Может быть, уже тогда понял, когда Зоя впервые упомянула о продолжении поисков. Собственно говоря, и фантазии здесь особенной не требовалось. Дома у Тараса они всё подробно осмотрели. Если и было что искать в дополнение к найденному (где, помимо дома, может что-либо хранить такой человек?), делать это оставалось лишь на его рабочем месте. При свете вышедшей луны место работы Тараса открылось во всем своем ориентальном великолепии. Это был Воронцовский дворец, вид снизу.

Искатели рукописей перелезли через ограду и поднялись ко дворцу-кентавру. Свернув за угол, оказались в английской его части, которая Соловьеву особенно нравилась. Он не был здесь ни разу, но на улочке, ведущей к главному входу, свободно ориентировался даже ночью. На этом узком пространстве была снята добрая половина советских исторических фильмов. Соловьев почувствовал себя немного д'Артаньяном. Человек европейского образа мыслей, он предпочел бы попасть во дворец именно с этой стороны.

По-другому смотрела на дело Зоя. Показав Соловьеву дворец со всех сторон (в представлении музейной сотрудницы взлом не отменял экскурсии), она повела его к мавританскому, выходящему на море фасаду. Слева от мозаичной, блестящей при свете луны арки по стене тянулся провод. Достав из кармана перочинный нож, Зоя его обрезала.

— Сигнализация? — шепотом спросил Соловьев.

Зоя молча кивнула. Они прошли несколько метров вдоль западного крыла и остановились у стеклянной двери. Здесь Зоя попросила его снять сумку. Соловьев, первые минуты испытывавший страх, почувствовал вдруг полное спокойствие. Происходящее очевидным образом покидало пределы реальности. При свете фонарика Зоя достала два предмета, из которых Соловьев узнал только один — стеклорез. Но начала Зоя не с него. Взяв второй предмет (три резиновых круга, вписанных в треугольник), она приставила его к стеклу, отвела какой-то рычаг, и конструкция осталась висеть на стекле. Это были присоски.

Потом пришла очередь стеклореза. Им Зоя прочертила овал вокруг прилипших к стеклу присосок. Наблюдая за тем, как ловко специалистка по Чехову владеет стеклорезом, Соловьев подумал, что в случае их поимки статья о взломе по предварительному сговору к ним применена не будет: предварительный сговор у них с Зоей отсутствовал. О своих планах она так и не обмолвилась ни словом. А он ни о чем не спросил.

Ручкой стеклореза Зоя несколько раз легонько стукнула по стеклу. Затем взялась за присоски, беззвучно вынула начерченный на стекле овал и передала его Соловьеву. Запустив руку в образовавшийся проем, она щелкнула изнутри задвижкой. Дверь открылась.

Зоя взяла из рук Соловьева присоски и, положив на землю, отлепила от них стеклянный овал. Присоски со звяканьем вернулись в сумку. Из всего происходящего едва ли не больше всего Соловьева поражало Зоино самообладание. В царство Воронцова она вошла первой.

Даже с выключенным фонариком во дворце покойного графа Зоя ориентировалась безошибочно. Взяв Соловьева за руку, она провела его через несколько комнат, в которых (странная это была экскурсия) он только и увидел, что блеск нескольких ваз да безжизненное мерцание пожарной сигнализации. Темнота усиливала звук: скрип пола, визжание дверных петель и даже — это было у самого уха Соловьева — трение сумки о плечо.

Они оказались в служебных помещениях. Соловьев понял это по размеру комнат, а главное — окон. В одной из комнат они остановились. Зоя сжала руку Соловьева и замерла. Внезапно зажегся свет. Привыкнув к освещению, Соловьев увидел, что они стояли у стены. Свободная рука Зои лежала на выключателе. Она улыбалась.

— Это комната Тараса.

Помещение было крохотным. Закрытое железными ставнями окно. Подвесная полка, заваленная каким-то техническим хламом. Стул. Стол. На столе Зоина фотография.

— Я уверен, что он тебя любит.

Откуда-то издалека, словно из другого мира, раздался пароходный гудок.

— Любит, — Зоя поставила фотографию вверх ногами. — Разве меня можно не любить?

Она повернула стул и, сев на него верхом, один за другим выдвинула боковые ящики стола. Все они были пусты. Все они с шумом были отправлены на место. Центральный ящик оказался полон бумаг. Зоя вынула их охапкой и небрежно свалила на пол. Обтекая ножку стула, Тарасовы бумаги разъехались бесформенной массой. Соловьев присел рядом на корточки. Прежде чем он успел рассмотреть лежавшие бумаги, Зоя выхватила из них пластиковую папку.

— Есть!

Сквозь прозрачную папку просматривался знакомый Соловьеву почерк Зоиной матери. Зоя подставила щеку и постучала по ней пальцем.

— Умница, — сказал Соловьев, целуя Зою.

Остальные бумаги они запихнули в ящик. Ящик вначале не закрывался, так что Соловьеву пришлось еще раз вынуть бумаги и сложить их на столе в компактную пачку. Прежде чем выключить свет, Зоя как бы задумалась.

— Хочешь, займемся любовью в спальне Воронцова?

Свет погас. Тишине вернулись ее глубина и гулкость. Соловьев почувствовал Зоину руку на своем ремне.

— А ты уверена, что ты этого хочешь?

Рука легонько дернула за ремень. Это был жест разочарования. Короткое *эх, ты* беззаветной сообщницы. И Соловьев это понимал. Но ему действительно *не хотелось.* Чувство опасности подавляло в нем другие инстинкты. В отличие от Зои. Музейная работница была устроена прямо противоположным образом.

Не включая фонарика, они прошли несколько комнат (Соловьеву показалось, что они идут иначе, чем пришли). В одной из них остановились. Колено Соловьева уперлось во что-то мягкое. Кровать. Бесформенным пятном над ней нависал балдахин.

— Ты собираешься меня трахать или нет?

Эхо Зоиного вопроса прокатилось по всем дворцовым покоям, вернулось в спальню и коротким толчком в плечо швырнуло Соловьева на кровать. Утонув в воронцовской перине, он замер. В следующую секунду на него обрушилась Зоя. Несмотря на легкий шок, Соловьев отметил, что девушка успела раздеться. Стащить одежду с него (ну, что ты трупом прикинулся?!) ей не удавалось из-за избытка сил. Соловьеву ничего не оставалось, как уступить. Джинсы были спущены. Зоя убедилась, что сравнение с трупом неправомерно.

Ничего подобного Соловьев до этого не испытывал. Даже вчерашняя ночь, казавшаяся ему абсолютным потрясением, померкла. Ощущая ягодицами шелк дворцового покрывала, он видел пляшущий контур Зои на фоне громадного балдахина. Может быть, именно балдахин, не Зоя, придавал ощущениям ту остроту, которой Соловьев прежде не знал. Столь интимные отношения с прошедшим его как исследователя возбуждали. В этот миг он не чувствовал себя в истории гостем. Он был ее малой, но неотъемлемой частью. Его слияние с Зоей казалось ему слиянием с прошлым. Ставшим доступным, проникаемым, перед ним раздевшимся. Это был оргазм настоящего историка.

Разбросав руки, Зоя лежала на бескрайней постели Воронцова. Дыхание ее почти восстановилось, но сердце (Соловьев положил голову ей на грудь) продолжало стучать ускоренно и гулко. У дверей раздался скрип половиц.

— Слышала? — прошептал Соловьев.

Она не пошевелилась. Скрип повторился, и Соловьев сжал Зоину руку.

— Я думаю, это призрак Воронцова, — Зоя говорила, не понижая голоса. — Ничего страшного. В конце концов, мы занимались его любимым делом.

Одним рывком она села на кровати.

— Пора.

Соловьев услышал шлепанье босых ног и шорох надеваемой одежды. Застегнув ремень, он также встал. Он испытывал приятную слабость и нежелание двигаться. Задача незаметно уйти, важная для любого вменяемого взломщика, казалась ему теперь малозначительной.

— Расслабляться рано, — сказала Зоя.

Она заметила его апатию. Вручив Соловьеву сумку, Зоя вновь провела его по темным комнатам. Почему она знала этот дворец так хорошо? Они оказались в том же помещении, через которое вошли. Отсюда было видно море с лунной дорожкой. В самом углу комнаты мигали разноцветные огоньки.

— Странно, — пробормотала Зоя, — я ведь отключила сигнализацию. Почему это здесь горит?

— Дверь и так открыта. Мы можем уходить.

— Можем, конечно...

Ни слова не говоря, Зоя подошла к мигавшему щиту и дернула за рубильник.

Первые секунды Соловьев даже не осознал, что это — сирена. Звук был оглушающим. Возникшим из ниоткуда, из предельной тишины. Только с тишиной этот звук мог сравниться в силе. Этот звук был тишиной наоборот. Как все противоположности, они обладали общими свойствами. О посягательстве на дворец оповещалось всё южное побережье Крыма.

Зоя схватила его за руку, и они бросились бежать. У одного из знаменитых воронцовских львов Соловьев обернулся. Поочередно — почти по-киношному — во дворце зажигались огни. Ничего так не хотел бы он в эту минуту, как превратиться в каменного льва и со спокойным (лапа на шаре) достоинством встретить бегущую милицию, собак, добровольцев. Всех, кто бы ни бросился защищать имущество покойного графа. Вслед за Зоей он легко взлетел на металлическую ограду. Уже спрыгивая, зацепился за что-то ногой и покатился вниз по склону. В него впивались камни, его цепляли корни. По лицу и по груди его била Зоина сумка с инструментами для взлома и генеральской рукописью. Остановился он в каких-то кустах. Пребольно напоследок уколовшись.

— Цел? — спросила спутница.

Зоин силуэт всё еще кружился, но сирена уже не работала. Зачем она ее включила? Зачем они побежали вниз, где нет ничего, кроме моря, и где их гораздо легче поймать? Лучше уж было пробираться наверх, на шоссе. Там, по крайней мере, они могли бы остановить машину. Соловьев покорно трусил за Зоей. Вопреки обстоятельствам, она пребывала в приподнятом настроении. Бодрым голосом указывала, куда сворачивать. С веселым уханьем прыгала с парапетов. Чему она так радовалась?

Они выбрались на открытую площадку над морем. Здесь дул сильный ветер, не ощутимый в парке. Волны накатывали на огромные валуны, образовывавшие нечто вроде бухты. В свете луны клочья пены смотрелись довольно зловеще.

— Это купальня Воронцова, — показала Зоя вниз. — Где-то в этих камнях должна быть лодка.

Они спустились по лесенке и пошли вдоль камней налево. Между двух валунов действительно находилась лодка. В десяти метрах от лодки, с внешней стороны ограждения, волны тяжело шлепались на камни и сползали с них с обиженным хрюканьем. Еще подростком Соловьев усвоил из книг, что самое опасное для спасшихся в кораблекрушении — это причалить. Или отчалить — как сейчас. Волна бросает шлюпку на скалы и разбивает в щепки. Всё.

Соловьев оставил сумку на берегу и прыгнул на ближайший к лодке валун. Он еще смутно надеялся, что в лодке не окажется вёсел. Нет, они лежали на дне. Уцепившись за причальную скобу, Соловьев наклонился над водой.

— Лодка прикована цепью, — он произнес это почти торжественно. — С замком.

Зоя достала из сумки молоток и зубило и молча протянула их Соловьеву. Сила предвидения его спутницы поразила Соловьева едва ли не больше прибоя. Он вытащил часть цепи на камень, выбрал одно из звеньев и ударил по нему со всей силой отчаяния. Размахнувшись, ударил еще раз. Наносимые цепи удары высекали из камня искры, но к цели не приближали. Изделие было прочным. Раз Соловьев промахнулся молотком по зубилу и пребольно ударил себя по суставу. Прикусив губу, он терпел боль молча, хотя сидевшая рядом Зоя, похоже, всё видела. Ему показалось даже, что она улыбается. Наконец обрывок цепи со звяканьем съехал с камня. Они могли (могли!) плыть.

Сев за вёсла, Соловьев подал было руку Зое, но она прыгнула в лодку самостоятельно. Лодка закачалась и отплыла от камня, к которому была прикована. Зоя села на корму. Соловьев несмело погреб к предполагаемому выходу из купальни.

— Не туда!

Зоя показала на две небольших скалы. Между ними уже не было воды — только пена. Но именно там лодка и прошла. В этом месте вода не имела выраженного направления. Здесь не было подводных камней. Соловьев сумел выгрести из купальни и отплыть от нее на безопасное расстояние. Только после этого он отважился поднять голову. Покинутый ими берег был спокоен, и видимых знаков преследования не наблюдалось. Нависавшая над купальней площадка была пуста. Светящимся прямоугольником выделялся на горе Воронцовский дворец.

Соловьев расслабился рано. Увидев корму лодки в воздухе, он понял, что они находятся на гребне волны.

— Носом на волну! — скомандовала Зоя. — Греби правой! Еще правой!

Лодка слушалась плохо. Она казалась Соловьеву громоздкой и неповоротливой, слишком большой для одного гребца (почему Зоя ни разу не предложила грести вдвоем?). С другой стороны, он ощущал всю хрупкость и незначительность лодки в сравнении с ночными волнами. Приноровившись, он стал грести ровнее. Движения Соловьева уже не были судорожными, а вёсла всё реже загребали воздух. Они шли вдоль берега на удалении от него примерно в сотню метров. Волну встречали носом. Выравнивали лодку по основному курсу.

Часа через полтора Соловьев почувствовал, что стер ладони. Зоя дала ему свой носовой платок, и он обмотал им одну руку. Для другой руки он приспособил свою футболку. Кроме того, Соловьев устал. Поначалу он делал много лишних движений, и теперь, когда греблю его можно было назвать образцовой, у него оставалось очень мало сил. Он попробовал грести поочередно двумя способами. Двигая вёсла лишь силой рук, давал передохнуть спине. И, наоборот, оставляя руки неподвижными, толкал лодку вперед движениями спины. Это помогало, но незначительно.

В промежутке между большими волнами Соловьев отдыхал. От усталости и качки его начинало тошнить. Ему хотелось лечь на дно лодки, как в свое время кадету Ларионову хотелось лечь на дно окопа, и — насладиться покоем. Он был настолько измотан, что волнение моря уже не вызывало у него страха. Единственным, что мешало ему это сделать, было присутствие Зои.

— У меня больше нет сил, — сказал наконец Соловьев.

Они причалили к какому-то пляжу. Нос лодки уже ткнулся в гальку, а Соловьев всё еще не верил в окончание этого плавания. Он сидел, согнувшись, с руками на веслах и не чувствовал в себе сил выйти на берег. С Зоиной помощью — своего состояния он больше не стеснялся — тяжело перемахнул через борт и сделал несколько шагов по прибою.

Зоя попыталась оттолкнуть лодку от берега, но она тут же вернулась. Взяв лодку за обрывок цепи, Зоя подвела ее к волнорезу. Движение воды было там другим. Сиротливо покачиваясь у бетонной стены, лодка начала медленно дрейфовать в сторону открытого моря.

Под одним из пляжных навесов угадывались лежаки. Не говоря ни слова, Соловьев добрел до ближайшего. Он отключился прежде, чем успел на него свалиться.

Утром их разбудил смотритель пляжа. Он тряс Соловьева за плечо и говорил кому-то (Зое?), что после завтрака в пансионате сюда придут отдыхающие.

— Каком еще пансионате? — спросил Соловьев одними губами.

Из-под головы он вытащил футболку с бурыми пятнами. Их оставили стертые в кровь ладони.

— *Голубая волна*, — ответил смотритель.

Обняв колени руками, на соседнем лежаке сидела Зоя. Соловьев подошел к воде и умылся.

Минут через пятнадцать они уже были на шоссе. Там они сели на маршрутку до Ялты. Придя домой, Соловьев сразу же уснул и проспал до самого вечера. Проснувшись, он не поверил в происходившее ночью. При первой же попытке встать с кровати он понял, что всё — правда. И встал со второй попытки.

Главной его мыслью была мысль о тексте. С таким трудом добытом и им даже не просмотренном. Из сумки с инструментами взлома он извлек измятую, в десяти местах пробитую пластиковую папку. Состояние находившихся в ней листов было плачевным.

Но главным огорчением было не это. Листов было всего три. На них подробно объяснялось, в чем, собственно, состояло неприличие поведения баронессы фон Крюгер, отобедавшей в ресторане *Медведь* с четырьмя своими бывшими мужьями. Все мужья баронессы оказались офицерами. В своих пристрастиях родственница генерала была на редкость последовательна. Мужьям давалась подробная характеристика — вплоть до их воинского звания и места службы. При окончательной правке текста генералом на полях были также указаны год смерти и место захоронения (а похоронены они были в разных местах) каждого из участников знаменитого обеда. Кратко касаясь меню, генерал особо выделял наличие на столе устриц и — естественно — устричных ножей. «Знают ли офицеры нынешней армии, — риторически спрашивал генерал, — что такое устричный нож?» Оставив в первоначальном тексте свой вопрос без ответа, в окончательном варианте генерал дал его на полях: «Нет».

О других событиях речи в обнаруженном тексте не шло. Предполагать возможное продолжение этих воспоминаний не приходилось. Текст оканчивался на середине страницы, под ним стояли число (13.07.74) и лаконичное: «Продиктовано мной. Ген. Ларионов». Что заставило Тараса держать на работе именно эти три листа? Во всем деле это было, может быть, самым загадочным.

12

Утром следующего дня Соловьев отправился на конференцию. До автовокзала его провожала Зоя. Посадив Соловьева на симферопольский троллейбус, она отправилась в музей. Накануне Зое звонили и настоятельно просили появиться на работе. Ввиду небольшого штата сотрудников, ушедших частично в отпуск, рассказывать посетителям о Чехове было некому.

Дорога до Керчи не была короткой. Крым, который Соловьеву прежде казался маленьким, обнаруживал неучтенные пространства, и их преодоление требовало времени. Такого рода открытия, думалось в полудреме Соловьеву, и отличают исследование на местности от кабинетной работы. Где-то возле Никитского ботанического сада он заснул. Когда он открыл глаза, троллейбус уже ехал по Симферополю.

В Симферополе Соловьев перекусил. Он купил на вокзале копченый окорочок и съел его без хлеба, запивая холодным пивом. Это было вкусно, пусть и неизысканно. Вытер руки и рот салфеткой. Кость бросил подошедшей собаке — в южных городах очень много бродячих собак. Взяв недопитую бутылку, отправился на платформу. До ближайшей электрички на Керчь оставалось около часа.

На платформе уже были люди. Две женщины с детьми. В поникших на жаре ситцевых платьях. Одна в панаме, другая — в съехавшей назад соломенной шляпе. Обе с чемоданами. Соловьев сел на скамейку, сделал глоток из бутылки и поставил ее рядом с ногой. Крестьянин с мешком на плече. Сразу видно, что крестьянин. Сборщица бутылок. В одной руке целлофановый пакет, в другой — палка для проверки урн. Синие веки. Алые губы. Загар человека, всё свое время проводящего на воздухе.

— Бутылочку позволите?

Соловьев кивнул. Дама взболтнула то, что оставалось на дне, и прильнула к горлышку. Села на соловьевскую скамейку (бутылка со звяканьем отправилась в пакет). Откинулась на спинку. Выудив из урны окурок, с наслаждением закурила.

Из мешка крестьянина выскочил поросенок и с визгом стал бегать по платформе. Спрыгнуть боялся. Не теряя достоинства (они это умеют), крестьянин поймал поросенка. Положил в мешок и завязал. Закурил.

— Вот и вся демократия, — сказала сборщица бутылок.

Она не обращалась ни к кому конкретно.

Как-то почти незаметно подъехала электричка. Старая, с облущившейся на солнце краской, с фанерой вместо выбитых стекол. В нее вошли все, кроме сборщицы бутылок. Та продолжала сидеть на скамейке: эта платформа была местом ее работы. Может быть, и домом заодно. Вагон тронулся, и она исчезла. Навсегда, подумал Соловьев, засыпая. Навсегда...

Примерно через час он проснулся и снова заснул. Ему казалось, что после алупкинской ночи он не отоспится никогда. В ту ночь он одолжил у самого себя сил на месяц вперед и теперь медленно их отдавал. Ладони его (накануне Зоя смазывала их облепиховым маслом) попрежнему болели. Итак, Зоя поехать не смогла. Он поймал себя на мысли, что рад этому.

Владелец поросенка сидел против Соловьева. Соловьев наблюдал тоскливое шевеление мешка на полу и сочувствовал поросенку. Крестьянин, задумавшись (или не думая ни о чем?), смотрел в окно. В лице крестьянина было что-то древесное, растрескавшееся. Оно излучало неподвижность. Вековую неподвижность русского крестьянства, сформулировал молодой историк. Это она делает взгляд таким долгим, пристальным и отсутствующим.

Разместили Соловьева в гостинице *Крым*. В сером граните облицовки просматривалась сдержанная торжественность конца 50-х. Судя по всему, это была главная гостиница города. И — первая в жизни Соловьева.

Ключ он получил у заспанной администраторши («Портье», — прошептал Соловьев, ему хотелось представлять себе это так).

— На ночь закрывайте окно, — сказала администраторша. — В комнаты запрыгивают коты.

— Коты?

Пройдя через холл, он обернулся:

— Я люблю котов.

Но администраторши уже не было.

Он поднялся на второй этаж. Отягощенный деревянной грушей, ключ поворачивался в замке с трудом. Внутри замка он преодолевал (Соловьев прииалег на дверь) какие-то невидимые миру препятствия. Происходящее в замке сопровождалось глухим скрежетом и ударами груши о дверь.

И все-таки дверь открылась. Войдя в небольшую прямоугольную комнату, Соловьев осмотрелся. Окно выходило не то чтобы в сад — в неопределенную зеленую среду, где все предметы (остовы кроватей, барные стойки, автопокрышки) служили подпорками для растений. По заросшей плющом стене действительно прогуливались коты.

Оставив вещи в номере, Соловьев вышел в город. Он с удовольствием втянул ноздрями вечерний керченский ветер. Море Керчи не было курортным ялтинским морем. С ним здесь были совсем другие отношения. Оно и пахло по-другому. Это был древний портовый аромат, включавший в себя легкий привкус разложения — водорослей на волнорезах, рыбы в ящиках, раздавленных при перевалке фруктов.

Соловьев шел по главной улице города, и она ему нравилась. «Улица Ле...» — прочитал он на полустертой табличке. За этим могло бы следовать какое-нибудь французское продолжение. Ему казалось, что и сама улица была немного французской. Кроны старых акаций сплетались над ее трехэтажными домами, отчего она напоминала бесконечно вытянутую беседку. В густой, переходящей во мрак тени было прохладно. Улица Ле... Соловьев догадывался, каким было полное название улицы.

Он купил себе желтой черешни. Увидев в одном из дворов колонку, завернул туда, чтобы черешню помыть. Для этого пришлось сделать несколько движений рычагом колонки (чугунным, со львом на рукоятке), а затем быстро перебежать к трубе и подставить под нее целлофановый пакет с ягодами. Набрав воды, Соловьев медленно выпускал ее из перевернутого пакета. Вода исчезала в почерневшей металлической решетке. Туда же укатилось несколько ягод.

Черешня оказалась вкусной. Ягоды были спелыми, но упругими. Соловьев брал их парами за сросшиеся черенки и мягко — одну за другой — снимал с черенков губами. Перекатывал ягоды во рту. Наслаждался их формой. Осторожно надкусывал, ощущая особую (желтую) сладость черешни. Мякоть легко снималась с косточки, а косточка, словно сама собой, двигалась к губам и небрежно соскакивала на ладонь Соловьева.

Когда он вернулся в гостиницу, было уже темно. Еще до того как включить свет в комнате, он заметил в ней какое-то движение. Включив свет, Соловьев увидел на подоконнике кота. Кот не скрывался и не бежал. Он спокойно, даже как бы колеблясь, уходил. Если бы Соловьев к нему обратился, он бы остался. Дымчатый его хвост подрагивал. На молнии соловьевской сумки висел дымчатый же клок шерсти.

— Значит, ты рылся в моей сумке? — спросил Соловьев и стыдливо вспомнил, как сам рылся в вещах Тараса.

С деланым безразличием кот смотрел в окно. Боковым зрением он наблюдал за Соловьевым и пытался понять, что может следовать из подобного тона. Следовать могло всё что угодно. Когда Соловьев сделал шаг в сторону окна, кот спрыгнул с подоконника на карниз.

Почувствовав себя после дневного переезда усталым, Соловьев решил ложиться. Он заснул сразу же и спал без снов. На рассвете его разбудило тяжелое шлепанье об пол. Приоткрыв один глаз, он увидел рядом с кроватью двух котов. Соловьев сонно махнул рукой, и коты с достоинством удалились. Он подумал, что нужно бы все-таки закрыть окно, но тут же заснул.

Регистрация участников конференции *Генерал Ларионов как текст* началась в девять часов утра. Происходила она в театре им. А.С.Пушкина — торжественном, с намеком на классицизм, здании на центральной площади Керчи. Для изучения генерала Ларионова как текста город предоставил лучшее, что имел.

Войдя в прохладный холл театра, Соловьев увидел столик регистрации. Рядом с ним на винтовом барном стуле сидела девушка с красными волосами. В носу ее тускло блестела серьга.

— Соловьев, Петербург, — сказал Соловьев и подумал, что девушке не меньше тридцати.

— Вау! — Она сделала полный оборот на винтовом стуле и снова оказалась лицом к лицу с Соловьевым. — Дуня, Москва. Я вас зарегистрирую, Соловьев.

Дуня спрыгнула со стула (в другом конце холла, у барной стойки, Соловьев заметил такие же), что-то отметила в своих бумагах и протянула ему папку участника с программой. Открыв программу, Соловьев медленно двинулся в сторону зрительного зала.

— Бэйдж, — проблеяла вслед ему Дуня.

Соловьев обернулся. Дуня снова сидела на своем стуле и держала в руке табличку с его фамилией.

— Му*с*чина, вы забыли свой бэйдж, — она поманила его к себе. — Я вам его сама прикреплю.

Не вставая со стула, Дуня пристегнула табличку к рубашке Соловьева и, подышав на ее пластмассовый глянец, потерла подолом своей юбки. Несколько секунд Соловьев рассматривал незагорелые Дунины ноги.

— Спасибо.

Он тронулся было с места, но Дуня вежливо взяла его за локоть.

— А папка?

Папка действительно осталась лежать на столе.

— Вот какой рассеянный муж Сары Моисеевны, — Дуня покачала головой. — Ты нуждаешься в опеке.

За Соловьевым уже стояло несколько человек, и он поспешил уступить им место. На ходу он заглянул в программу. Его доклад был поставлен во второй — заключительный — день конференции.

До начала утреннего заседания оставалось еще минут сорок, и Соловьев решил пройтись. За это время ему удалось осмотреть памятник Ленину, почту и универмаг *Чайка*. Вернувшись к театру, он увидел у его колонн Дуню. Она курила.

— Пора? — вежливо спросил Соловьев.

— Пора сматываться. Открытие — самая пустопорожняя часть. Вот так, юноша, — Дуня погасила сигарету о шершавую поверхность колонны. — Лучше-ка угости даму кофе. Я знаю тут одно местечко.

К театру подъехала *Волга*. Из нее вышел толстяк в светло-коричневом костюме и, заправляя на ходу рубашку в брюки, направился ко входу.

— Местное начальство, — прокомментировала Дуня. — С рассказом о консервном заводе, который нас спонсирует. Интересуешься?

Соловьев пожал плечами. На слове *консервный* Дуня сделала такое лицо, что интересоваться было уже как-то неловко.

Идя вслед за энергичной Дуней, он сердился на себя за свою нерешительность. Во-первых, он все-таки хотел увидеть открытие конференции. Во-вторых — Соловьев вдруг осознал это со всей ясностью, — усталость от Зои была главным его ощущением. Начиналась вторая серия какого-то странного фильма, в котором он вроде бы и не соглашался участвовать.

Пройдя полквартала, они оказались в темном сводчатом подвале. Там, где сходились подвальные своды, на огромном крюке висела люстра в виде рулевого колеса.

— Эта забегаловка напоминает мне *Гамбринус*, — сказала Дуня. — Я открыла ее вчера.

Соловьев заказал два кофе с ликером *Шартрез*. Ликер подавали в граненых водочных стопках. Половину стопки Дуня вылила в кофе, половину — выпила одним глотком.

— Когда выступает академик Грунский? — спросил Соловьев.

— Думаю, как раз сейчас. Ни академика Лихачева, ни академика Сахарова сегодня, увы, не будет. Так что можешь расслабиться, — Дуня закурила, и дым стал красиво подниматься к рулевому колесу. — Не советую тебе увлекаться академиками: звание сильно девальвировалось. А Грунский — тот просто глуп.

— Как же он стал академиком?

— Обладал достаточной подвижностью. Связями, — она выпустила дым тонкой струйкой. — Ну, заодно облизал задницы всего академического начальства.

Дунин настрой показался Соловьеву слишком категоричным, и он промолчал. Он отказывался представить себе глупого академика.

Когда они вернулись, заканчивался перерыв. В театре было многолюдно. Приглушенный гул собравшихся напоминал антракт в оперетте. Это впечатление усиливала декорация, изображавшая средневековый замок в горах. Колеблющаяся на сквозняке готика с темой конференции хоть и не соотносилась, но создавала, по мысли организаторов, умиротворяющий романтический фон.

Слева от стены замка Соловьев разглядел на сцене маленького толстяка. Засунув руку в карман (поза не для коротконогих), он стоял у председательского стола вполоборота к залу. Свободной рукой бережно набрасывал волосы на лысину. «Акад. П.П.Грунский» — гласила табличка на столе. Ничего из сообщенного Дуней на табличке не значилось.

Что-то неестественное и в этом смысле театральное было даже в облике слушателей конференции. Несмотря на стоявшую жару, они прогуливались в костюмах, раз за разом проводя руками по лацканам своих немодных пиджаков. Дело было даже не в жаре. Костюмы вопиюще не соответствовали своим владельцам. Их шершавым, лишенным мимики лицам. Прижав руки к туловищу, эти люди робко ходили по театру. В фойе смотрелись в зеркала. Причесывались, смочив расческу в фонтанчике перед театром. Это были работники консервного завода, присланные начальством для обеспечения массовости мероприятия. По мысли организаторов конференции, доклады о генерале должны были быть услышаны самыми широкими слоями населения.

Два работника консервного завода подошли к Грунскому и попросили автограф. Это было слышно благодаря многочисленным оснащавшим сцену микрофонам. То тут, то там они свисали откуда-то сверху неподвижными черными лианами. Подведя просителей к столу, Грунский утомленно, но с видимым удовольствием расписался на двух протянутых ему программах. Автограф у него просили впервые в жизни.

Соловьев с Дуней сели в партере. Из выданной ему папки Соловьев достал программу. Наклонившись к его плечу, Дуня провела ногтем по фамилии, стоявшей после перерыва второй.

— Тарабукин — жуткий вредина, но большой работяга. Один из немногих, кто здесь что-нибудь скажет по делу. Сидит справа от меня.

Соловьев не торопясь повернул голову. Левша Тарабукин что-то нервно отмечал в пачке бумаг, лежавшей на его коленях. Его скрюченные, в бесчисленных суставах пальцы производили, может быть, даже большее впечатление, чем писание левой рукой. На пальцах правой руки Тарабукин грыз ногти, то и дело задумчиво их рассматривая.

— До обеда... — Грунский постучал ногтем по микрофону, и от густого барабанного звука зал вздрогнул, — ...до обеда у нас остался еще один доклад, прошу сосредоточиться. Слово предоставляется профессору Таракубину. Доклад *Ларионов и Жлоба: текстологическая коллизия*.

— Тарабукину, с вашего позволения, — запротестовал Тарабукин, но его голос потонул в общем шуме.

Дуня молча тряслась от смеха. Между тем Тарабукин уже энергично пробирался к сцене. Он жестикулировал на ходу, всем своим видом выражая возмущение — то ли неправильно произнесенной фамилией, то ли невозможностью пробиться к месту выступления.

— Прошу тишины, — Грунский еще раз постучал по микрофону. — Еще один доклад до обеда. Докладчик приготовил хэндауты, сейчас их вам раздадут.

Тарабукин взобрался по лесенке на сцену и, продолжая жестикулировать, пошел под висящими микрофонами.

— ...аный пижон! Какие еще *хэндауты*? В русском языке...

Услышав, что его транслируют, Тарабукин осекся. Теперь он пересекал сцену молча — маленький, взъерошенный, — без тени сожаления о сказанном. Когда Тарабукин уже стоял за трибуной (при его росте он оказался действительно *за* ней), на сцену стала подниматься грузная женщина с уложенными на голове косами. Поднималась она медленно, тяжело ставя ноги на ступеньки и напоминая Соловьеву его школьную директрису по прозвищу *Вий*. Судя по протянутой в направлении Грунского руке, она ему что-то говорила, но слов ее не было слышно.

— Кто — сопредседатель? — переспросил в микрофон Грунский. — Вы — сопредседатель? А где вы были раньше?

Преодолевая последние ступеньки, женщина ему снова что-то ответила. Академик пожал плечами и заглянул в программу.

— Мне никто не говорил о сопредседателе.

Вышедшая на сцену повернулась к залу и (поднимите мне веки) показала Грунскому на кого-то в партере. Это действительно была не директриса.

— А можно я начну? — саркастически спросил Тарабукин, но на него не обратили внимания.

— Член-корреспондент Байкалова, — Дунино лицо выражало наслаждение. — Фиеста с боем быков.

— Здесь даже нет второго стула, — для наглядности Грунский приподнял свой стул за спинку. — Я не знаю, где вы сядете.

— Кто-то из нас должен оказаться рыцарем, Петр Петрович, — сказала Байкалова.

Она уже находилась в зоне действия микрофонов. Грунский развел руками:

— Вот тебе, бабушка, и Юрьев день.

Байкалова отвесила Грунскому поясной поклон и повернулась лицом к залу. Тарабукин страдальчески закатил глаза. Работники консервного завода, стесняясь, заулыбались.

Грунский подошел к краю сцены и сделал кому-то знак, чтобы принесли второй стул. Мужчина в пенсионерской, с накладными карманами рубахе вскочил со своего кресла и потряс его, демонстрируя Грунскому, что оно прикручено не только к соседним креслам (тряслись все сидевшие в этом ряду), но и к полу. Грунский сделал понимающий жест и вернулся к столу.

По лесенке, ведущей на сцену, спешно поднимались два человека в комбинезонах. Они скрылись за кулисами, но через минуту снова появились, со скрежетом волоча массивный трон. Они подтащили его к столу и что-то объяснили Грунскому, предусмотрительно державшемуся за спинку своего стула. Грунский кивнул и галантным жестом показал Байкаловой на трон. Смерив Грунского злобным взглядом, она тяжело двинулась через сцену.

На трон (под за́мком он не выглядел чем-то чужеродным) Байкаловой пришлось в буквальном смысле взойти. Сначала она встала на приделанную к его основанию ступеньку, а затем, держась за львиные головы подлокотников, не без усилия взгромоздилась на сиденье. Как вещь, для сидения за столом не предусмотренная, трон оказался довольно высоким. Ноги Байкаловой до пола не доставали. Под тонкой крышкой стола они покачивались бесформенными колбасными изделиями. Ниже под крышкой — и это было также видно из зала — быстро-быстро, словно на финишной прямой, двигались ноги академика. В этом маленьком соревновании он, безусловно, пришел первым.

— Прошу вас, коллега, — обернулся Грунский к Тарабукину.

— Да, пожалуйста, — сказала Байкалова, посмотрев на Грунского сверху вниз.

— Большое спасибо, — отозвался Тарабукин. Подумав, он произнес это раздельно: — Большое. Спасибо.

Откинувшись на дальний по отношению к Грунскому подлокотник, Байкалова оперла щеку о ладонь. Ее губы разъехались по лицу малиновой диагональю.

Свой доклад Тарабукин начал обиженно. Вводные фразы, сами по себе не содержавшие ничего худого (в них давался перечень использованных Тарабукиным источников), произносились с горькой, почти обличающей интонацией. Именно им, источникам, было поставлено в вину неуважительное отношение к исследователю. С них спросилось за его исковерканную фамилию, за нелепое ожидание на сцене — за всё то, что начисто выбило исследователя из колеи. Но даже в этом непростом для докладчика состоянии духа о двух изученных им источниках он сказал особо.

Первым из них были *Наброски к автобиографии* генерала Ларионова.[1] Лишь только речь зашла о них, Тарабукин забыл о своих обидах. Характеризуя издание

[1] Генерал Ларионов. Наброски к автобиографии / Вступ. статья и комм. А.Дюпон. СПб., 1996.

А.Дюпон (и отозвавшись о нем в высшей степени похвально), докладчик перешел на необычный, словно предваряющий важное сообщение тон. Так оно и оказалось. Имелся в виду второй привлеченный им источник — ранее неизвестный рапорт Д.П.Жлобы о вступлении его войск в Ялту в ноябре 1920 года. Этот источник был найден в Архиве Министерства обороны самим Тарабукиным.

Но открытие исследователя состояло не только и даже не столько в его счастливой находке. Движимый шестым чувством (без которого, как известно, не делаются открытия), он сопоставил рапорт Жлобы с детскими воспоминаниями генерала Ларионова, и здесь обнаружились невероятные вещи.

При первом же взгляде на розданные Тарабукиным материалы становилось очевидным, что два текста между собой теснейшим образом связаны. Тексты были созданы очень непохожими людьми и описывали совершенно разные времена. Именно поэтому их сходство поражало. По притихшему было залу прокатился гул изумления.

В предложенных докладчиком распечатках (не желая произносить слово *хэндауты*, он называл их *подручниками*) были приведены наиболее яркие совпадения рапорта Жлобы с воспоминаниями генерала. Наслаждаясь произведенным впечатлением, Тарабукин медленно зачитал первое из совпадающих мест:

ФРАГМЕНТ № 1

Ген. Ларионов ***Наброски к автобиографии***	**Жлоба Д. П.** ***Рапорт о вступлении в г. Ялта***
На въезде в город нас встретила группа молодых	... когда мы въехали в город, нас встретил верховой

татар. Все были верхом, все нарядны. При виде наших экипажей они стреляли в воздух и что-то кричали по-татарски. *Maman* и моя гувернантка *Dolly* очень испугались, но *papa* объяснил им, что они нас так приветствуют. *Maman* сделала им ручкой. Один из них подъехал к дамскому экипажу и, отцепив что-то от своего седла, передал потрясенной *Dolly*. «Кумыс, — заулыбался татарин. — Пей на здоровая». *Maman* хотела расплатиться, но татарин только замахал руками. Они еще постреляли и ускакали в горы по своим татарским делам. *«Charming»*, — сказала *Dolly*.

отряд. Сплошь татары, форма одежды — национальная. При виде нашего броневика начали палить в воздух. Русского не понимали. Я забеспокоился, но наш комиссар, тов. Землячка Р. С., объяснила, что это ихнее приветствие. С ружей, короче, палить. Я отдал им честь. Один из них подъехал к тов. Землячке и передал ей бидон. «Кумыс, — сказал татарин. — Пей на здоровая». Тов. Землячка сигнализировала ему, что кумыс мы примем на безвозмездной основе. Татарин замахал руками. Они развернулись и поскакали в горы. «Очень симпатичные товарищи», — сказала тов. Землячка.

Член-корреспондент Байкалова, которой тарабукинских *подручников* не досталось, перевалилась на ближайший к Грунскому подлокотник и, демонстративно щурясь, вглядывалась в бумаги на столе. С преувеличенной любезностью академик подвинул их в сторону Байкаловой, но они остались на прежнем месте. Байкалова, глядя в зал, развела руками.

— Вы сидите слишком высоко, — сказал Грунский также в зал. — И в этом ваша беда.

Когда Тарабукин перешел к чтению второго фрагмента, в зале стояла абсолютная тишина.

ФРАГМЕНТ № 2

Ген. Ларионов
Наброски к автобиографии

На углу Аутской и Морской, у храма св. Александра Невского, собиралось много нищих. Это была странная и разнообразная публика. Наряду с замотанными в черное старухами там сидели молодые женщины с детьми, спившиеся мастеровые и *босяки*, впоследствии описанные Горьким. Не удивлюсь, если там сидел и сам Горький... Все они истово крестились. Выходя со службы, *maman* подавала всем без исключения. Ее любимцем был высокий одноногий старик. Он сидел, выставив свою деревяшку на всеобщее обозрение. Когда мы спускались из храма по ступеням, приветственно махал костылем. Иногда — кланялся. Улыбался нам беззубо. И одноного.

Однажды *maman* забыла деньги и очень расстроилась. Поняв это, старик незаметно подошел к ней и дал ей всё, что у него было: рубль с полтиной мелочью. Он не хотел,

Жлоба Д. П.
Рапорт о вступлении в г. Ялта

У церкви, на углу улиц Аутской и Морской, нами был обнаружен деклассированный элемент. Пол преимущественно мужской. Все сидевшие занимались попрошайничеством. Одно из упомянутых лиц напоминало внешностью пролетарского писателя Горького А.М. Что это был сам тов. Горький, я не допускаю мысли ввиду нахождения последнего на о. Капри. Все крестились. Тов. Бела Кун строго их предупредил насчет крещения и изъял мелочь из шапок как нетрудовой доход. Особое внимание тов. Б.Куна привлек одноногий старик. Он улыбался нашим товарищам и махал им костылем. Тов. Б.Кун заподозрил его в том, что он — двуногий, и приказал ему встать и предъявить для осмотра отсутствующую ногу. Когда одноногий стал отнекиваться, Б.Кун ударил его своей ногой по лицу и заставил вывернуть карманы, где, помимо отобранного ранее, также оказа-

чтобы она уходила огорченной. «Ну, не прекрасно ли это?» — спросила *maman*, раздавая деньги нищим.

лась мелочь. «Что я говорил?» — спросил присутствующих тов. Б.Кун, и все с ним согласились.

Тарабукин сделал паузу, и в зале стал слышен храп. Звуки были приглушенными, как дальний гром, но от этого не менее явственными. Академик Грунский, приложив козырьком ладонь ко лбу, смотрел на соседку по столу. Иногда он прикрывал ладонью глаза и покачивал головой, как бы скорбя о доставшемся ему сопредседателе. Храпела действительно Байкалова. Щурясь на розданные тексты, она не заметила, как заснула, и теперь висящий над головой члена-корреспондента микрофон транслировал ее храп в зал. Храп был первоклассным — с рокотом на вдохе и свистом на выдохе. С перекатами, переливами, с жалобами и угрозами, задушевными вздохами и насмешкой. К несчастью для Байкаловой, Тарабукин не мог найти нужный ему пример и лихорадочно переворачивал лист за листом. Беспощадный академик взял настольный микрофон и, обойдя на цыпочках стол, поднес его к самому носу сопредседателя. Зал сотрясся от громового раската. Храпевшая проснулась и ошалело посмотрела на протянутый академиком микрофон.

— Соблюдаем регламент, — сказала Байкалова непрочищенным голосом.

Жестом конферансье Грунский показал на Байкалову и вернулся на место.

— Вот мерзавец, — засмеялась Дуня.

— Я не буду... — Тарабукин всё еще перекладывал листы, — ...я не буду, за неимением времени, зачитывать все примеры, у меня их 23... Но фрагмент № 19... ага, вот он... я все-таки приведу.

ФРАГМЕНТ № 19

Ген. Ларионов

Наброски к автобиографии

Однажды я *исчез*. Лет примерно в шесть. Ничего никому не сказав, я вышел из нашего дома и пошел куда глаза глядят. Зачем я это сделал? Не знаю. Никаких определенных целей у меня, помнится, не было. Я спускался по Боткинской и рассматривал окружающее. Грузчики ставили огромный резной шкаф на подводу, а ломовая лошадь перебирала ногами. Часто подрагивала крупом. И подвода, и даже лошадь в сравнении с шкафом казались маленькими. Подвода тяжело тронулась вверх, и грузчики поддерживали шкаф с обеих сторон. Сооружение двигалось не плавно, а в такт шагам лошади, рывками. С печальным скрипом. Я смотрел им вслед, пока они не скрылись за углом. И даже там, невидимые, они продолжали какое-то время скрипеть.

Потом я оказался на набережной. Стоял, прислонившись к ограде Царского сада, и смотрел на уличных музы-

Жлоба Д. П.

Рапорт о вступлении в г. Ялта

О том, что генерал не стал эвакуироваться, мне уже доложили. Его искали по всему городу. Во главе передового отряда я подъехал к генеральскому дому, но там его не было. «Исчез он, что ли?!» — закричал тов. Б.Кун. «Исчез, — подтвердила горничная. — Вышел час назад. Ничего не сказал». Тов. Землячка ткнула ее в бедро перочинным ножом, и мы поскакали вниз по ул. Боткинской. Группа трудящихся грузила на подводу шкаф с двуглавыми орлами. «Генерала не видели?» — спросил я у грузчиков. «Видели, — сказали грузчики. — Он проходил здесь в 1888 году. А сейчас 1920-й». «Ах, так! — крикнул я. — Это ваша шутка? А вот — моя». Я хлестнул их кобылу нагайкой, и она рванула с места. Шкаф упал на мостовую, но не разбился. Прочная вещь. Грузчики молча ушли за подводой. Шкаф я приказал внести в дом генерала.

кантов. Виолончель, две скрипки и флейта. Они еще много лет там играли, я видел их всякий наш приезд в Ялту. Спиной чувствовал прохладные ромбы ограды. Любовался их древними еврейскими лицами, узловатыми пальцами с волосками на фалангах, их черными пыльными одеждами. Руководил ими старый скрипач. Длинные седые пряди ветром прибивало к его губам. Он отдувал их или отбрасывал кивком головы. Играя, делал страшные гримасы, а я не отрываясь смотрел на него. Все знали, что это выражение преданности музыке. Никто не смеялся. Музыканты играли по заказу публики и просто так. В раскрытый скрипичный футляр сыпались медяки. Не было того, чего бы они не смогли сыграть. До сих пор при слове *музыка* я думаю прежде всего о них. Я слушал музыкантов долго — всё время, что они там играли. Я не двинулся с места даже во время их церемонных поклонов. Лишь когда инструменты оказались в футлярах, магия кончилась. Я понял, что больше не раздастся ни звука.

У Царского сада мы увидели музыкантов. Я остановил отряд и заслушался. Играли на двух маленьких скрипках и одной большой. Плюс духовой инструмент флейта. «Сердца солдат огрубели от войны, — сказал я музыкантам. — Сыграйте им что-нибудь чувствительное». Вперед вышел скрипач и сказал: «Солдаты, слушай полонез Огинского». Он взмахнул смычком, и музыканты одновременно заиграли. Главный скрипач, играя, изменился в лице. «Переживает», — сказал тов. Б.Кун присутствующим. По щеке его самого текла крупная слеза. Под проникновенную музыку полонеза я подумал, что генерала мы все-таки упустили. Не мог он в здравом уме остаться в г. Ялта.

Мы оставались там довольно долго. Некоторые бойцы спешились и слушали музыкантов сидя на земле. Я не мешал им. И ничего не сказал. И товарищ Б.Кун тоже ничего не сказал, хотя вначале и хотел. Так мне показалось. А кони стояли неподвижно и не били копытами, потому что животное — оно всё понимает,

Я продолжил свой путь по набережной. Тогда набережная была узкой — не такой, как сейчас. Я шел у самых чугунных перил, за которыми начиналось море. Моя рука скользила по их нижней перекладине — черной, с висящими серебряными каплями. Я собирал эти капли ладонью, и они, струясь по руке, затекали мне за рукав. Это было приятно.

Я свернул на Морскую и оказался у знакомой аптеки. В аптеке было прохладно. Пахло дубовыми шкафами и лекарствами. «Что вам угодно?» — спросил аптекарь и погладил меня по голове. Кончик носа у него был раздвоен. Я был горд, что пришел сюда один. Я молчал, потому что в тот момент мне не было нужно ничего. Показав мне на кресло, аптекарь скрылся в соседней комнате. Это было огромное, в кожаных складках, кресло. Оно напоминало старого бульдога. Никогда больше я не видел такого хорошего кресла. Аптекарь вынес мне леденец от кашля. Я сунул его в рот и вышел на улицу.

В конце концов я оказался у входа на мол. Я ступил на даже музыку. Это медицинский факт. Кони меня никогда не подводили, тоже факт. А люди — неоднократно подводили. На них мало надежды.

Потом мы поехали по набережной. Из-за того, что она узкая, мы на ходу перестроились в колонну по двое. Лошадь любит такое построение. А я ехал молча. Я вообще на ходу молчу, чтобы не отвлекаться от мыслей. И смотрю лошади в гриву — если не в бою. Рукою гриву перебираю. Другой раз и лицом в гриву зароешься. У гривы запах особенный.

С набережной мы свернули на Морскую и зашли в аптеку. Я и товарищ Гусинь. Ему понадобился новый бинт, потому что старый пропитался кровью. Выступавшую кровь слизывала с бинта тов. Землячка. «Что вам угодно?» — спросил аптекарь. Этого человека с обветренным лицом, мне показалось, что я где-то видел. «Перебинтуйте», — сказал я аптекарю и показал на Гусиня. Пока аптекарь бинтовал Гусиня, я сидел в кресле. Мне было прохладно и спокойно. Я мог бы остаться здесь навсегда. «Старайтесь не тенего, потому что так, мне казалось, лежит дорога. Дошел до конца мола и увидел, что с трех сторон меня окружает море. Пока шел, не понимал этого. А остановившись — увидел. Мокрые зеленые камни сотрясались от волн, где-то вверху на маяке гудел ветер, а дороги — и это было главным — дороги дальше не было. Я стоял, прижавшись спиной к маяку, и мне было страшно. Мне казалось, что мол тронулся с места и стал уходить из-под ног. Ощутив качку, я застыл от ужаса. Встав на четвереньки, вжавшись в теплую шершавую стену, переполз к противоположной стороне маяка. Лишь там я осмелился подняться на ноги и медленно, шаг за шагом, направился к началу мола. Подняв голову, увидел моего отца — его взволнованное лицо, распахнутые для объятия руки. Я знал, что теперь эти руки не дадут мне погибнуть. Остаток расстояния пробежал. Я бежал к отцу и плакал. Я бросился в его объятия.

рять крови, товарищ, — сказал на прощанье Гусиню аптекарь. — У человека ее всего шесть литров». «Две трехлитровых банки», — пошутила тов. Землячка.

Мы снова поехали по набережной. Когда меня товарищ Кун кнутовищем по ноге — раз! — коснулся. Легко. И кнутовищем же на мол показывает. Я вгляделся, глазам не верю: генерал. Своей собственной персоной. Стоит, короче, на краю, руки на груди. Генерал!

У входа на мол уже дежурили наши матросы. Потому мы не торопились. Генерал уже никуда не мог деться — только что в воду. Тов. Кун предложил связать генерала вместе с двумя тяжелоранеными белыми и бросить в море, но тов. Землячка осудила такой метод как архилиберальный и бескровный. Тов. Кун обиделся и впоследствии топил тяжелораненых, не консультируясь с тов. Землячкой. Они поскакали на мол, а я остался на набережной. Генерал медленно шел им навстречу.

Заканчивая фрагмент № 19, Тарабукин налил себе из графина воды. Он пил жадно и с легким постаныванием, как человек, которому еще многое предстоит сказать.

Почувствовав настрой докладчика, со своего стула встал Грунский: это был красноречивый призыв к окончанию. Помещенной на трон Байкаловой такие жесты были недоступны, и она ограничилась демонстративным поглядыванием на часы. Тарабукин, стоявший до этого вполоборота к сопредседателям, немедленно отвернулся в противоположную сторону и результаты интертекстуального анализа стал излагать ложе второго яруса (левая сторона).

А заключались эти — в высшей степени парадоксальные! — результаты в следующем.

Первое. События, описанные генералом (1888 год), хронологически предшествуют тому, о чем рассказывал Жлоба (1920 год). При этом, однако, время подготовки рапорта Жлобы предшествует времени создания генеральских воспоминаний (предположительно конец 1950-х — начало 1960-х годов).

Второе. При очевидном сходстве указанных сочинений текстуального заимствования со стороны ни одного из авторов установить не удалось. Более того. С точки зрения исследователя, не было даже намека на знакомство одного автора с текстом другого.

Третье. Оба текста невозможно возвести и к общему источнику, поскольку, несмотря на их близость, повествуют они (здесь докладчик ударил кулаком по кафедре) о разных событиях.

Тарабукин снова налил себе из графина. По-прежнему стоя спиной к председательствующим и боком к залу, он принялся за второй стакан. Из динамиков в зале, словно гигантский метроном, раздались звуки глубоких глотков Тарабукина. Севший было Грунский снова встал и постучал по микрофону.

— Соблюдаем регламент, — сказала Байкалова, чтобы не уступать инициативу академику.

Не в силах игнорировать происходящее, Тарабукин резко повернулся к сопредседателям и локтем задел графин. Через замедленное, почти бесконечное мгновение полета графин рассыпался по сцене мелкими осколками.

— Я понимаю, — тихо, но трагически сказал Тарабукин, — что стоять между человеком и его обедом — дело неблагодарное, но у меня есть еще четвертый пункт. И я прошу его выслушать.

Будто в финале какой-то пьесы, Грунский и Байкалова безмолвно смотрели в одну дальнюю точку. Падение графина их несколько сблизило. И они, и находившиеся в зале понимали, что докладчика лучше дослушать. С выражением покорности обстоятельствам Грунский сел.

Четвертый пункт Тарабукина оказался самым длинным. Развивая идеи А.Н.Веселовского[1] и В.Я.Проппа[2] (но в то же время и полемизируя с ними), разговор о сходстве текстов генерала и Жлобы исследователь перевел в область соотношения мотивов. К несчастью для Тарабукина (как, впрочем, и для присутствующих), он увяз в выяснении причин своего согласия и несогласия с предшественниками. Тарабукин хорошо понимал ненужность здесь этих деталей, но, всеми силами стремясь вернуться к теме общих мотивов, он уходил от нее всё дальше и дальше.

Волнение докладчика — а с ним и волнение зала — нарастало с каждой минутой. Затаив дыхание, все следили за его трагическим барахтаньем в водовороте научной мысли, но спасательного круга всё не было. Из президиума его бросить не хотели, из зала — не могли. Работники консервного завода (наиболее сочувствовавшая Тарабукину часть аудитории) были готовы аплодировать, но для

---

[1] *Веселовский А.Н.* Историческая поэтика. Л., 1940.

[2] *Пропп В.Я.* Морфология сказки. М., 1969.

этого докладчик должен был остановиться или как минимум сделать паузу. Он не останавливался. Вжав голову в плечи, он говорил всё быстрее и невнятнее, словно в потоке речи надеялся отыскать то золотое слово, которое сразит его оппонентов наповал.

Подняв лицо от кафедры, Тарабукин увидел всепрощающие глаза Грунского. Байкалова задумчиво рассматривала свои ногти. Для докладчика это стало последним потрясением, и он разрыдался. В зале раздались бурные аплодисменты. Все отправились обедать.

13

Вышедшую из театра колонну возглавил директор консервного завода. Отогнав примкнувших было к колонне заводских, он вел исследователей в столовую № 8 на улице Ленина. Именно там для участников и гостей конференции был накрыт обед. По правую руку директора завода шел Грунский, по левую — Байкалова. Руки директора были полураспахнуты как бы навстречу летящему ветру, а полы его пиджака то и дело прибивало к сопредседателям утреннего заседания, старавшимся от него не отставать. Острие колонны перемещалось посреди пешеходной улицы Ленина и рассекало встречных на две равных, обтекающих колонну части. Директора консервного завода в городе знали все. Независимо от отношения к его продукции (она вызывала споры), пешеходы уже издали уступали дорогу ему и его ученым.

В столовой стоял запах хлорки и невкусной еды, въедавшийся в стены учреждения десятилетиями. Примененные по просьбе директора баллончики с освежителем воздуха (работники столовой направляли их на искусственные цветы на столах) только усугубили ситуацию. Не уничтожив старого запаха, они добавили к нему тошнотворный сладковатый оттенок.

Расстановка прямоугольных столов напомнила Соловьеву столовую его бывшей школы. За каждым таким столом, покрытым бумажной скатертью, помещалось по четыре человека. Он уже было сел за один из них, но в последний момент заметил, как с противоположного конца зала ему машет Дуня. Она стояла у большого, непохожего на все остальные дубового стола. Поколебавшись, Соловьев двинулся к ней через зал. Дуню как члена оргкомитета конференции посадили за один стол с директором консервного завода, Грунским, секретарем Грунского, Байкаловой и человеком, страдавшим косоглазием. Дуня решила пригласить своего нового знакомого.

Последним в столовую вошел Тарабукин. Закончив свое выступление, он первоначально не допускал мысли о еде. Идти со всеми в столовую Тарабукин категорически отказался. Он спустился в партер, упал в кресло в четвертом ряду и несколько минут просидел в нем неподвижно. Немного успокоившись, Тарабукин ощутил голод и после некоторых колебаний решил все-таки пойти в столовую.

Уже с порога ему показалось, что свободных мест нет. Он почувствовал, что его здесь никто не ждет. Непростое решение пойти на обед вдруг оказалось никому не нужным, по сути — осмеянным. Его трагическая фигура в дверях заставила всех замолчать.

— Мест, как и следовало ожидать, нет, — тихо произнес Тарабукин.

Но свободные места были, как выяснилось, еще за тремя столами. Пока Тарабукин (он немного смутился) выбирал, куда ему сесть, директор консервного завода привстал и, прижимая к животу галстук, громко пригласил опоздавшего за свой стол. Приглашение было принято. Тарабукин сделал гимнастическое движение плечами и засеменил к директорскому столу.

Разносить обед по столам работникам столовой помогали женщины с консервного завода. На цветастых пластмассовых подносах они выстраивали пирамиды тарелок, поднимали их одним рывком и тяжело перемещали по залу. Ставили на угол стола. Аккуратно, с помощью сидевших за столом, разгружали. Первое и второе подавались в одинаковых тарелках с надписью *Общепит*. Третье помещалось в чашках с той же надписью и отбитыми для предотвращения воровства ручками. С той же целью алюминиевые ложки были закручены спиралью. На вилках спирали не было, поскольку их доставили с консервного завода ради конференции (в столовой № 8 пользование вилками не предусматривалось). Ножей не оказалось даже на консервном заводе.

Несмотря на типовую посуду, питание присутствующих не было одинаковым. Соловьев заметил, что, в отличие от других столов, на их столе появились нашпигованные креветками оливки, а из общепитовской, с щербатыми краями, салатницы стыдливо поблескивала черная икра. Перехватив взгляд Соловьева, Дуня едва заметно изобразила вздох. Как человек информированный, она знала, что равенства на земле нет.

— Хочу вам представить Валерия Леонидовича, — обратился Грунский к директору завода. — Он один из руководителей фонда имени Соловьева.

Директор перестал намазывать икру на хлеб и посмотрел на Валерия Леонидовича.

— А я хочу представить самого Соловьева, — улыбнулась Дуня.

— В столь юном возрасте... — начал было директор, но неожиданно замолчал, взял нож и закончил намазывать икру на хлеб.

— А почему конференцию перенесли из Ялты в Керчь? — спросила у Валерия Леонидовича Байкалова. — Город генерала все-таки — Ялта.

Незаметно для Байкаловой Грунский закатил глаза. Такое же выражение промелькнуло на лице его секретаря, темноволосого молодого человека с пробором посередине.

— Вам что, здесь плохо? — спросил директор, обведя стол широким жестом.

— А я вам отвечу, почему перенесли, — сказал Тарабукин. — На Ялту у фонда попросту не хватило денег.

Валерий Леонидович потер кончик носа. Комментировать заявление Тарабукина он, похоже, не считал нужным. Один глаз его был направлен на Байкалову, другой — на директора консервного завода. Тарабукину показалось, что на него даже не смотрят. На деле это было совсем не так.

— Да откуда, собственно говоря, эти деньги могут взяться, — продолжил Тарабукин с нарастающей злостью. — Откуда, спрашиваю я вас, они могут взяться, если фонд арендует полдворца в центре Петербурга? Если зарплата у тех, кто *помогает науке*, такая, что не приснится даже нобелевскому лауреату? Заметьте, пока я говорю только о легальной стороне их деятельности...

Тарабукин перешел на горячий шепот, и все сидевшие за столом разом перестали есть.

— Простите, как вас зовут? — спросил Валерий Леонидович Тарабукина, и директор завода с Байкаловой одновременно представились по имени и отчеству.

Секретарь Грунского хихикнул.

— Валерий Леонидович спросил имя и отчество Никандра Петровича, — невозмутимо произнесла Дуня.

— Никандр Петрович, — сказал Валерий Леонидович. — У меня к вам просьба: никогда не считайте чужих денег. Никогда. Это может плохо кончиться.

— Вы мне угрожаете? — медленно спросил Тарабукин.

Сидевшие за соседними столами стали оборачиваться. Глаза Валерия Леонидовича разошлись по разным концам зала. Секретарь Грунского вздохнул и подложил себе креветок в оливках.

— Молодому организму нужны креветки, — сказал Грунский.

— А вы правда — Соловьев? — спросил директор консервного завода.

— Правда, — ответил Соловьев.

Он почувствовал, как под столом Дуня наступила ему на ногу. Директор вынул из кармана визитную карточку и вручил ее Соловьеву.

— Вы не жалеете, что конференция состоялась в Керчи?

— Нет, — сказал Соловьев. — Не жалею.

После обеда оставалось еще часа полтора свободного времени. Дуня предложила Соловьеву пойти на гору Митридат. Дуня считала, что ему, как историку, это должно быть интересно. Соловьев задумчиво кивнул.

На гору они шли по пыльным, трущобного вида улочкам. На вывороченных булыжниках мостовой скользила нога, и один раз Дуня едва не упала. После этого она взяла Соловьева под руку. С последними домами кончились деревья, булыжник под ногами сменился крошкой известняка, а дорога незаметно превратилась в тропу. Соловьев подумал, что они переходят вброд нависающее над дорогой море полыни. Застывшее, неподвижное море. В этом образе было что-то библейское, не соответствующее прогулкам после обеда, и он постарался незаметно избавиться от Дуниной руки. Дуня, правда, заметила. Но не подала виду.

Дуня рассказывала о городе Пантикапее и о царе Митридате. С неожиданной горячностью она описывала сложные взаимоотношения Пантикапея с современной ему сверхдержавой. Они подошли к развалинам дворца Митридата. На обломке колонны сидела большая ящерица.

— Когда Митридата предал его собственный сын, он приказал рабу заколоть себя мечом.

Дуня сделала эффектный колющий выпад, и ящерица недовольно спустилась на землю. Она не любила резких движений.

Соловьев присел на один из обломков. Он был горячим. Над остальными обломками зримо поднимался разогретый воздух. Соловьеву казалось, что с мутновато-прозрачными струйками солнце испаряло из камней остатки древней истории, которые каким-то немыслимым образом задержались в них до его прихода. Мог ли Митридат класть ладонь на эту колонну? Вечером, когда с моря уже веяло прохладой, а колонна всё еще была теплой? Приказав всем удалиться — наложницам, растиральщикам, телохранителям — да мало ли кому? А самому положить ладонь на эту колонну и стоять? И ощущать ее пористую поверхность? И любоваться гаснущим проливом? Не отрываясь, до рези в глазах смотреть туда, где солнце превращается в море? Мог, конечно. Так чем же тогда его история отличается от истории генерала? Оба воевали в Крыму. Оба Крым не удержали. Все наступают на одни и те же грабли.

Вечернее заседание носило многообещающее название *Другой генерал*. Председательствовали опять Грунский и Байкалова, в этот раз сидевшие рядом на двух одинаковых стульях. На сцене не было не только трона, но и прежних декораций. Вместо средневекового замка за спинами сопредседателей покачивалась корчма на литовской границе. По мнению директора консервного завода, такой фон ориентировал аудиторию на неформальный характер заседания.

Объявляя первый доклад, академик Грунский выразил надежду, что послеобеденные выступления представят свежий взгляд на проблему и в *генераловедении* станут, возможно, новым словом. Слепое следование источнику академик назвал крохоборством и пообещал свою поддержку всем, кто не боится рвать с традицией. Попутно он вспомнил о предложенной проф. Никольским (Соловьев вздрогнул) классификации исследователей и объявил ее методологически несостоятельной.[1] Осудив традиционализм как явление, председательствующий предоставил слово докладчику по фамилии Кваша. Пока Кваша выходил на сцену, Байкалова сказала, что присоединяется к словам коллеги, и выразила уверенность, что нетрадиционная ориентация маститого ученого может быть хорошим стимулом для многих молодых людей, посвятивших себя науке. Зал, не сговариваясь, посмотрел на секретаря Грунского.

— Это ему за трон, — прошептала Дуня Соловьеву.

Кваша уже стоял за трибуной. Коротко стриженный, смуглый, довольно мрачный. Попросив прощения за каламбур, он начал с того, что у его новаторства (доклад назывался *Генерал Ларионов как юродивый*) есть своя традиция. Речь, разумеется, шла о статье А.Я.Петрова-Похабника, опубликованной еще в 1932 году.[2]

---

[1] *Никольский Н.М.* Архивисты и ораторы // Тыняновский вестник. СПб., 1993. Вып. 31. С. 10–59.

[2] *Петров-Похабник А.Я.* Юродство генерала // Феноменология юродства. Прага, 1932. С. 40–123.

В этой статье перечислялись некоторые черты и поступки генерала, не укладывавшиеся в общепринятые представления как об армейской жизни в целом, так и о высшем офицерском составе в частности. Среди прочего упоминались неоднократные беседы генерала с лошадьми, его патологическое, на взгляд автора, пристрастие к железнодорожному транспорту, а также проживание в генеральском вагоне четырех птиц (журавля, ворона, ласточки и скворца), документально подтвержденное оче-видцами.[1] Помимо этих фактов полунамеками сообщалось о каких-то якобы странных распоряжениях генерала непосредственно перед захватом Ялты красными. Ничего конкретного об этих распоряжениях не говорилось, кроме того, что его подчиненные, услышав их, были в высшей степени удивлены. Именно тогда будто бы применительно к генералу впервые и прозвучало слово *юродивый*.

Критику работы А.Я.Петрова-Похабника Кваша начал с подробностей биографии ее автора. Как удалось установить Кваше, до эвакуации из Крыма Петров-Похабник А.Я. во вверенной генералу армии значился на должности конюха,[2] впоследствии же, переехав из Константинополя в Чехию, жил переписыванием набело работ Пражского лингвистического кружка. Втянувшись в процесс переписывания, Петров-Похабник и сам не заметил, как написал свою первую статью по актуальному членению предложения, чем вызвал неподдельное изу-

---

[1] См.: *Воронов А.А.* Голубой вагон // Материалы к истории Гражданской войны. М., 1994. Т. 18. С. 12–25.

[2] Этим обстоятельством, по мнению исследователя, могло объясняться как ревнивое отношение А.Я.Петрова-Похабника к генеральским беседам с лошадьми, так и его очевидная нелюбовь к железнодорожному транспорту.

мление Р.О.Якобсона. Вследствие откровенно соссюровского понимания проблем синхронии и диахронии Петров-Похабник в начале тридцатых годов был вынужден кружок покинуть. Члены кружка были бы готовы простить ему всё что угодно — только не следование Фердинанду де Соссюру.

Именно в этот период, переписывая набело сборник статей *Феноменология юродства*, бывший конюх готовит и сдает в него свою работу о генерале. Человек, без остатка отдававший себя материалу, в какой-то момент А.Я.Петров-Похабник и сам стал понемногу юродствовать. В любое время года — и об этом в Праге вспоминают до сих пор — он ходил по улицам босиком, шокируя прохожих заявлениями о том, что подлинно научных исследований по юродству до него просто не было. Иногда бросал камни в окна Пражского лингвистического кружка.

Основная претензия Кваши к своему предшественнику состояла, как ни странно, в непонимании *феноменологии юродства*. Увлечение последнего внешними атрибутами юродивых (сказавшееся, среди прочего, в проклятиях, посылавшихся А.Я.Петровым-Похабником своим оппонентам) не позволило ему проникнуть в суть этого явления по-настоящему. Сосредоточившись на эксцентрической стороне дела, Петров-Похабник, с точки зрения Кваши, не разглядел в юродстве самого главного — его духовного смысла.

Этому сопутствовало недопонимание пражским исследователем некоторых церковнославянских текстов. В конце концов, заметил безжалостный Кваша, прежний род занятий Петрова-Похабника не предполагал его знакомства с церковнославянским языком. Сам Кваша знал этот язык в совершенстве, что позволило ему не только свободно цитировать церковнославянские тексты, но и вполне их понимать. Кратко коснувшись истории изучения юродства в целом,[1] Кваша призвал к расстановке

[1] См.: *Прыжов И.Г.* Сказания о кончине и погребении московских юродивых. М., 1862; *Аристов Н.* Симбирские юродивые // Исторический вестник. 1880. Т. 1. Ноябрь. С. 566–575; *Тихомиров Е.* Юродивые Христа ради и их благотворная для общества деятельность // Душеполезное чтение. 1884. Сентябрь. С. 98–114; *Сергий, архиеп.* Святый Андрей Христа ради юродивый и праздник Покрова Пресвятыя Богородицы. СПб., 1898; *Ковалевский Иоанн, свящ.* Юродство о Христе или Христа ради юродивые Восточной и Русской церкви: Исторический очерк и жития сих подвижников благочестия. М., 1895 (книга неоднократно переиздавалась в России и за рубежом; см.: М., 1900; М., 1902 (репринт: М., 1992); Scarborough, 1984; М., 2000; и др.); *Кузнецов Иоанн, протоиерей.* Святые блаженные Василий и Иоанн, Христа ради [юродивые], московские чудотворцы: Историко-агиографическое исследование // Записки Московского археологического института. М., 1910. Т. 8; *Алексий (Кузнецов), иеромонах.* Юродство и столпничество: Религиозно-психологическое, моральное и социальное исследование. СПб., 1913 (репринт: М., 2000); *Федотов Г.П.* Святые Древней Руси. Париж, 1931 (переизд.: М., 1990). С. 198–209; *Иоанн (Кологривов), иеромонах.* Очерки по истории русской святости. Брюссель, 1961. С. 239–250; *Будовниц И.У.* Юродивые Древней Руси // Вопросы истории религии и атеизма. Сборник статей. М., 1964. Т. 12. С. 170–195; *Лихачев Д.С., Панченко А.М.* «Смеховой мир» Древней Руси. Л., 1976. С. 91–183 (раздел о юродстве «Смех как зрелище» написан А. М. Панченко); *Лотман Ю.М., Успенский Б.А.* Новые аспекты изучения культуры Древней Руси // Вопросы литературы. 1977. № 3. С. 148–166; *Thompson E.* 1) Russian Holy Fools and Shamanizm // American Contribution to the VIII International Congress of Slavists. Columbus, 1978. P. 691–706; 2) Understanding Russia. The Holy Fool in Russian Culture. Lanham, 1987; *Лихачев Д.С., Панченко А.М., Понырко Н.В.* Смех в Древней Руси. Л., 1984. С. 72–153 (раздел о юродстве написан А. М. Панченко); *Сабирова Л.М.* Житие Василия Блаженного — памятник древнерусской агиографии XVI века (Проблемы текстологии и литературной истории произведения): Автореф. дисс. ... канд. филол. наук. СПб., 1992; *Иванов В.В.* Безобразие красоты. Достоевский и русское юродство.

правильных акцентов и перешел к рассмотрению проблемы применительно к генералу.

Наличия элементов юродства в поведении генерала Кваша не отрицал. Более того, основываясь на исследованиях житий юродивых, автор показал, что воспоминания современников о генерале зачастую ориентируются на древнерусские образцы. Одним из ключевых пунктов такого сопоставления докладчику представлялось описание юродства как *умертвия миру*. «Житийный герой, — прочитал Ква-

Петрозаводск, 1993; *Иванов С.А.* 1) Византийское юродство. М., 1994; 2) Блаженные похабы: Культурная история юродства. М., 2005 (Studia historica); *Ivanov S.A.* From "Secret Servants of God" to "Fools for Christ's Sake" in Byzantine Hagiography // Византийский Временник. 1998. Т. 55 (80), ч. 2. С. 188–198; *Pyykkö R.* Yurodivye as a Russian Cultural Phenomenon // Laughter Down the Centuries / Ed. by S.Jäkel, A.Timonen. Turku, 1995. Vol. 2. P. 207–221; *Недоспасова Т.А.* Русское юродство XI–XVI вв. М., 1997; *Рыков Ю.Д.* Неизвестный старообрядческий писатель XIX в. Петр Юродивый и его эсхатологические сочинения // Старообрядчество в России (XVII–XX вв.): Сб. науч. трудов / Отв. ред. и сост. Е.М.Юхименко. М., 1999. С. 149–189; *Молдован А.М.* Житие Андрея Юродивого в славянской письменности. М., 2000; *Лавров А.С.* Юродство и «регулярное государство» (конец XVII — первая половина XVIII в.) // Труды Отдела древнерусской литературы (ТОДРЛ). СПб., 2001. Т. 52. С. 432–447; *Понырко Н.В.* Автор стихов покаянных и распевщик юродивый Стефан // ТОДРЛ. СПб., 2003. Т. 54. С. 220–230; Русские юродивые и блаженные: Справочно-биографическое издание / Сост. Н.Рубина и А.Северский. Челябинск, 2003; *Юрганов А.Л.* Нелепое ничто или Над чем смеялись святые Древней Руси // *Каравашкин А.В., Юрганов А.Л.* Опыт исторической феноменологии. Трудный путь к очевидности. М., 2003. С. 211–290; *Ottovordemgentschenfelde Natalia.* Jurodstvo: eine Studie zur Phänomenologie und Typologie des Narren in Christo: Jurodivyj in der postmodernen russischen Kunst. Frankfurt am Main, 2004; *Velculescu C.* "Narr in Christo" (*salós*, [*j*]*urodivyj*) und die Rumänische Tradition // Revue des études sud-est européennes. Bucarest, 2004. T. 42 (1–4). P. 87–97; *Руди Т.Р.* О топике житий юродивых // ТОДРЛ. Т. 58. СПб., 2008. С. 443–484; и др.

ша, поднеся к глазам очки, — изымается из обыденной ситуации, из жизни в "родном" социуме и переходит в социум иной или, с точки зрения прежнего, — "чужой", как бы переставая для него (прежнего социума) существовать и, таким образом, переходя в нем в статус "мертвого"».[1] Закончив цитату, исследователь привел красноречивые примеры того, как генерал покидал свой социум.

Прежде всего он обратился к сообщениям о проживании в генеральском вагоне птиц и в качестве параллели назвал рассказ о св. Исаакии Печерском, в котором толчком к юродствованию Исаакия послужил случай с вороном.[2] Вместе с тем на вопрос о том, началось ли юродствование генерала с появления в вагоне указанной птицы, докладчик ответил отрицательно.

В продолжение птичьей темы Кваша вспомнил также о параллелях, более близких генералу как по времени, так и по роду занятий. Имелись в виду факты биографии русского фельдмаршала А.В.Суворова, в случае объективной необходимости не считавшего для себя зазорным кричать петухом. Так, объявив во всеуслышание, что поляки под командованием Костюшки будут им атакованы с первыми петухами, он ввел их (поляков) в заблуждение. На самом

---

[1] См.: *Руди Т.Р.* О топике житий юродивых. С. 482.

[2] «Единъ же поваръ <...> рече, посмѣяся: "Исакие, оно сѣдить вранъ черн, и иди, ими его". Онъ же поклонився до земля, и шедъ, ятъ врана, и принесе его пред всѣми повары. И ужасошася вси о бывшем, и повѣдаша игумену и братии, и начаша оттоле братиа чтити его. Онъ же, не хотя славы человѣчьскиа, нача уродство творити и пакостити нача: ово игумену, ово же братии, ово мирьским человѣкомъ, друзии же раны ему даяху. И нача по миру ходити, и тако урод ся сътвори». Цит. по: Киево-Печерский патерик / Подготовка текста Л.А.Ольшевской, перевод Л.А.Дмитриева, комментарии Л.А.Дмитриева и Л.А.Ольшевской // Библиотека литературы Древней Руси. СПб., 1997. Т. 4. С. 478.

же деле, не дожидаясь утренних петухов, фельдмаршал прокукарекал вечером самолично. При этом он бил себя по бокам руками, добиваясь внешнего сходства с птицей. Его войска выступили с вечерней зарей и разбили противника наголову. В более спокойных обстоятельствах великий полководец, случалось, кукареканьем будил солдат.

Кроме того — и это было самой близкой параллелью к поступку генерала — в Великий пост Суворов распоряжался засыпать одну из комнат своего дома песком, расставлял в ней кадки с елками и соснами и запускал туда птиц. После Пасхи, с приходом тепла, птицы выпускались на волю.

Само собой разумеется, докладчик упомянул знаменитые беседы генерала с лошадьми, рассматривавшиеся в свое время и Петровым-Похабником. Освещение этого сюжета предшественником Кваша счел подробным, но тенденциозным.

Не вполне для высшего офицерского состава традиционным признавал Кваша и катание генерала на подводе с песком по замерзшему Сивашу. Несмотря на то что катание объяснялось проверкой крепости льда, метод проверки не мог не вызывать вопросов.

Работая с материалами Крымского сельскохозяйственного архива, Кваша сумел обнаружить также сообщение о том, что в свободное от боев время генерал приказал солдатам и офицерам помогать крестьянам распахивать землю. В качестве обоснования этого приказа указывалось, что, экспроприировав у крестьян лошадей для кавалерии, армия была обязана помочь им (крестьянам) по крайней мере таким образом. Раздраженные выполнением не свойственных им функций, офицеры, по словам обнаруженного документа, «предались ворчанию». С этим странным распоряжением примиряло их лишь то, что генерал лично впрягался в хомут и тащил за собой плуг, сопровождаемый растерянно улыбающимся землепашцем. Анализируя приведенный факт, докладчик предостерег присутствующих от того, чтобы считать это осложненной формой толстовства.[1] Несмотря на особое место в творчестве Л.Н.Толстого как темы лошади (*Холстомер*), так и темы железной дороги (*Анна Каренина*), позиция писателя в вопросах религиозных была генералу не близка.

Среди обширного материала, привлекавшегося Квашой к рассмотрению, особое место занимал знаменитый случай фотографирования генерала в гробу. Вопреки устоявшейся исследовательской традиции, докладчик не был склонен объяснять этот поступок одной лишь эксцентричностью генерала. С точки зрения Кваши, генеральское стремление к *умертвию миру* получило в данном случае одно из зримых своих выражений. При этом докладчик напомнил слушателям, что некоторые святые избирали гроб постоянным местом своего жительства.

Напряженное внимание к теме смерти являлось, по мнению Кваши, отличительной чертой генерала. Будучи составной частью его профессии, смерть, казалось бы, должна была стать для него делом привычным («Хотя можно ли привыкнуть к смерти?» — спросил Кваша, оторвав на мгновение взгляд от кафедры) и в каком-то смысле будничным. В пору службы генерала в действующей армии, вероятно, так оно и было. Его, если можно так выразиться, живейший интерес к смерти стал проявляться уже после Гражданской войны, с годами только нарастая.

Генерал собирал сведения о жизни, но еще более тщательно — о смерти — своих соучеников, однополчан

[1] Как известно, землепашество Л.Н.Толстого не предусматривало замену лошади человеком.

и даже противников, по крайней мере тех, кто ему был небезразличен. Он даже завел две папки, надписав их соответственно *Живые* и *Мертвые*. Каждая из папок — в зависимости от состояния интересующего генерала лица — хранила лист с краткими сведениями о его, лица, жизни или смерти. Папка *Живые* первоначально была невероятно пухлой, в то время как папка *Мертвые* казалась почти невесомой. С течением времени положение изменилось. Всё чаще и чаще генералу приходилось перекладывать листы из одной папки в другую. Так продолжалось до тех пор, пока в папке *Живые* не остался один-единственный листок. Это был листок, озаглавленный *Генерал Ларионов*.

И тогда генерал усомнился в аккуратности ведшихся им записей. Он разуверился в том, что жив лишь он один, а все остальные умерли. Это выглядело нелогично. «Отчего, — записал генерал на единственном оставшемся листе, — я, которого должны были расстрелять еще в 1920 году, жив, а те, кого расстреливать не собирались, — мертвы?» Ситуация представилась ему настолько вызывающей, что все листы из папки *Мертвые* он перенес в папку *Живые*. Подумав, он вложил свой лист в папку *Мертвые*. Только так, — Кваша снова поднял взгляд на зал, — можно было не допустить смешения живых и мертвых.

Отдельно от прочих известий исследователем были рассмотрены два устных рассказа о генерале, записанные фольклорной экспедицией в крымском селе *Изобильное*. В первом из них речь шла о том, как якобы без разрешения главнокомандующего Белой армией А.И.Деникина генерал взял Перекоп и отправил ему телеграмму следующего содержания: «Слава Богу, слава нам, Перекоп взят, и я там». Второй рассказ описывал рождественский ужин, состоявшийся в севастопольской ставке главнокомандующего. На вопрос Деникина о том, почему, сидя за столом, генерал Ларионов не ест, тот отвечал: «Так ведь пост, батюшка: до первой звезды нельзя». А.И.Деникин будто бы тут же распорядился вручить генералу звезду.

Оба рассказа подверглись в докладе Кваши как фактологической, так и источниковедческой критике. Сводилась она вкратце к следующему:

1) главнокомандующим в рассматриваемый период был уже не А.И.Деникин, а барон П.Н.Врангель;

2) Перекоп генерал Ларионов не брал, а, наоборот, защищал;

3) прецедентными текстами для обоих сообщений являлись рассказы об А.В.Суворове.

В первоначальном рассказе о стихотворном донесении речь шла не о Перекопе, а о турецкой крепости Туртукай, при этом письмо адресовалось не кому иному, как фельдмаршалу П.А.Румянцеву. В рассказе о вручении звезды Суворов обращался не к П.Н.Врангелю (и уж тем более не к А.И.Деникину), а к Екатерине Второй, называя ее, соответственно, «матушкой». Самым интересным в обоих фольклорных произведениях Кваше показалось то, что между генералиссимусом Суворовым и генералом Ларионовым народное творчество не делало никакого различия. Это обстоятельство исследователь назвал симптоматичным.

В заключение своего доклада Кваша посетовал на то, что, не считая глухих намеков А.Я.Петрова-Похабника, о странных поступках генерала во время сдачи Ялты так ничего и не известно. Докладчик призвал своих коллег приложить все усилия, чтобы уточнить, о каких, собственно, поступках могла идти речь. С его точки зрения, прояснение этих обстоятельств не только добавило бы красок в портрет генерала. Это могло бы пролить свет и на вопрос, до сих пор остающийся без ответа: как, вообще говоря, генерал остался жив?

Казалось, Кваша хотел еще что-то добавить, но Грунский постучал по микрофону. Кваша развел руками, сложил бумаги в папку и спокойно (по крайней мере, в сравнении с Тарабукиным) спустился в зал. Бесконфликтный уход докладчика Грунского приободрил. Он объявил следующий доклад и призвал выступающего придерживаться регламента. Всем было понятно, что суровый тон председателя относится к предыдущему докладчику.

И этот, и последовавший за ним доклад Соловьев слушал невнимательно. У него начала болеть голова. Вероятно, от избытка дневных впечатлений, подумал он. Или из-за прогулки по раскаленному Митридату (солнечный удар?). Стремление понять, что именно хочет сказать выступающий, увеличивало эту боль, расширяло ее и заставляло чувствовать каждую клеточку мозга.

— Название операции было *знаковым*, — сказал докладчик Копалеишвили.

Кавказский акцент докладчика не позволял сосредоточиться. Речь шла об операции *Окоп*, которой Соловьев и сам немного занимался. Перед решающим штурмом Перекопа красными генерал приказал вырыть два дополнительных ряда окопов, словно их количество могло еще что-то изменить.

— Словно эти окопы заменят мне боевой дух, который потеряла моя армия! — крикнул копавшим генерал.

Он шел вдоль оборонительных линий, и земля из-под его сапог осыпалась в свежевырытые траншеи.

— Мне хочется лечь в ваш окоп, чтобы все меня оставили в покое! — крикнул генерал в другом месте.

Копавшие не знали, что это было старой мечтой генерала. Они молча продолжали свою работу, недоумевая, зачем ему в этом случае такой большой окоп.

— Название операции было *знаковым*, — повторил Копалеишвили. — Прочтите его задом наперед, и вы поймете, что этим хотел сказать генерал.

Копалеишвили не без удовольствия наблюдал, как по залу прокатился шепот совместного чтения.

— Этим словом, — выступавший помахал ладонью, — генерал как бы прощался...

Зал соображал непозволительно долго.

— Это слово — *пока*, — сказал, улыбаясь, Копалеишвили.

Шепот незаметно перешел в гул. Движением головы докладчик вернул на место непослушную челку. Байкалова что-то написала на листке и показала это Грунскому. Написанное Грунский прочел, переводя от буквы к букве указательный палец. Точно так же он прочел это в обратном направлении. Пожал плечами.

— Но в слове *окоп*, — озабоченно сказала Байкалова в микрофон, — первая буква — *о*...

Копалеишвили оперся на кафедру и откинул голову к плечу. Его лицо не выражало ничего, кроме усталости. Пригладив волосы, он стал медленно перекладывать на кафедре страницы. Байкалова поднялась с места и вопросительно смотрела на докладчика.

— Я проверю вашу информацию, — сказал после молчания Копалеишвили.

Соловьеву хотелось на воздух. Для этого ему нужно было что-то объяснять Дуне, но он не находил слов. Кроме того, момент смены докладчиков был упущен, и выходить теперь было неудобно. Соловьев досадовал на свою нерешительность. Выступала Алекс Шварц, специалист по гендерным исследованиям из Бостона. Говорила приятным мужским баритоном. Тщательно подбирая слова, отдавала предпочтение именительному падежу и инфинитиву. Головная боль Соловьева становилась всё сильнее.

Свое сообщение о генерале Шварц начала с подробного рассказа о знаменитой кавалерист-девице Надежде Андреевне Дуровой (1783–1866). Американская исследовательница напомнила присутствующим, что пробиться в русскую армию на переломе XVIII–XIX веков женщинам было нелегко. Уделом женщины (Шварц продемонстрировала несколько вышивающих движений) считалось рукоделие. Кухня (резка воображаемых овощей). Постель (движения всадника).

Но. У юной Надежды с рукоделием ничего не получается. Кружево она — рвать (иллюстрация). Портить (иллюстрация). Путать (иллюстрация). «Два чувства, — процитировала докладчица Дурову, — столь противоположные — любовь к отцу и отвращение к своему полу, — волновали юную душу мою с одинаковою силою, и я с твердостию и постоянством, мало свойственными возрасту моему, занялась обдумыванием плана выйти из сферы, назначенной природою и обычаями женскому полу».[1]

Девочку отдают для воспитания фланговому гусару Астахову. Он учит ее владеть шашкой (иллюстрация). Стрелять (иллюстрация, звукоподражание). Ездить верхом (иллюстрация, совпадающая с постельной). Заметив, что Байкалова встала, докладчица адресовала ей успокаивающий жест:

— Вам интересно, как всё это связано с генерал?

— Мне интересно, — сказала Байкалова.

[1] *Дурова Н.А.* Записки кавалерист-девицы. Цит. по: Арбатовский вестник. 1995. № 1. С. 23.

Шварц вышла из-за кафедры, подошла к Байкаловой и полуобняла ее:

— Просто генерал был женшина. Как Надежда Андреевна. Как мы с вами. Ви не знал?

Байкалова предпочла промолчать. Она всё еще находилась в объятиях Шварц.

— Почему Жлоба его не расстрелить?

— Почему? — осторожно спросил Грунский.

— Он знал тайну генерал. Он его *лубил*.

Соловьев встал и, ни на кого не глядя, стал пробираться к выходу. Только оказавшись на свежем вечернем ветру, он почувствовал, что его рубашка была мокрой от пота. Он расстегнул две или три пуговицы и отлепил рубашку от груди. Сзади подошла Дуня и положила ему на плечо подбородок.

— Пойдем?

Соловьев едва заметно повел плечом.

— Голова болит.

— У меня в номере есть таблетки, — она потерлась носом о его шею.

Не отрываясь, Соловьев смотрел на универмаг *Чайка*.

— Голова болит из-за тебя.

Дуня не сказала ни слова. Она развернулась и исчезла за колоннами театра. Соловьев медленно пошел к гостинице.

14

Утро не предвещало скандала. Лишенная ряби морская поверхность казалась полированной. На смену дувшему вечером ветру пришли умиротворяющие воздушные волны. Утреннюю прохладу они соединяли с едва различимым запахом рыбы, и эта смесь Соловьеву очень нравилась. Но скандал состоялся.

Утреннее заседание вели Кваша и Шварц. Точнее говоря, вела его Шварц, а Кваша сидел рядом. С самого начала она взяла микрофон и уже не выпускала его из рук. Кваша не протестовал. Вначале он рассматривал хрустальную люстру зала, а затем стал что-то быстро записывать на лежавших перед ним листах.

Еще перед выходом первого докладчика на сцене появился невысокий человек в спортивном костюме. Слегка покачиваясь, он дошел до председательского стола и оперся на него рукой. Какое-то время стоял неподвижно, глядя в пол.

— Ви кто? — доброжелательно спросила его Шварц.

— Я? — человек помолчал. — Ну, допустим, осветитель.

Он опустился на корточки и положил локти на стол.

— У вас ошень усталый вид, — сказала Шварц.

Назвавшийся осветителем кивнул. Потянувшись к графину, он налил себе воды и выпил.

— Просто я немного устал.

Он поднялся на ноги и медленно удалился. Внизу, у лестницы, уже стоял московский исследователь Папица, ожидавший освобождения сцены. Окинув осветителя презрительным взглядом, маленький Папица взлетел по ступеням. Он был в смокинге и при бабочке, которая лишь изредка выглядывала из-под длинной, словно не по размеру подобранной бороды. Сосульки усов угрожающе разлетались в стороны. Это делало его похожим на Дон Кихота, Сальвадора Дали и Феликса Дзержинского одновременно. Взятые поодиночке, перечисленные лица не имели с Папицей ничего общего. И борода, и смокинг, и резкие движения докладчика напомнили Соловьеву кукольный театр, приезжавший в его школу перед каждым Новым годом.

Он любил эти представления за нарядные костюмы кукол, за блестки на занавесе, за аромат елки, уже поставленной в углу актового зала, но еще не украшенной, и за мысль о приближающихся каникулах. Он любил эти представления даже в старших классах, когда его интересовали совсем другие вещи, когда, находясь в зале, он потихоньку сжимал Лизину руку и думал, что их, сидящих на детском спектакле, связывают недетские отношения, и это невероятно его заводило.

Соловьев осторожно повернул голову и нашел глазами Дуню. Она сидела через два ряда от него. Сидела прямо, как-то даже несгибаемо, и не отрываясь смотрела на сцену. Так и должна сидеть изгнанная женщина, подумал Соловьев. Он впервые почувствовал к ней что-то похожее на симпатию.

Доклада Папицы ждали с нетерпением. Это не было связано с каким-то особым положением исследователя в исторической науке. Такого положения Папица не имел. Это не было связано даже с бородой Папицы, делавшей его устные выступления гораздо привлекательнее письменных. Причина интереса состояла в основном вопросе генераловедения, вынесенном в заглавие доклада: *Почему генерал остался жив?*

Одновременно с началом доклада возникло движение на балконе осветителя. За стальными конструкциями показалось лицо человека, выходившего на сцену, и через мгновение один за другим стали зажигаться прожекторы. Поскольку подсветка осуществлялась только с правого балкона, на сцене образовались зловещие черные тени. На председательствующих были направлены два цветных луча — зеленый и синий.

Свой доклад Папица читал в энергичной манере — с жестикуляцией и притоптыванием на месте. Он читал его в буквальном смысле — не отрывая глаз от текста. Его узловатые пальцы скользили по краю кафедры, иногда — отрывались от нее, иногда — замирали. Время от времени Папица наваливался на микрофон, оглушая зал шуршанием бороды. Затем резко отжимался от кафедры, тело его вытягивалось в струну, наклонялось и под этим неестественным углом застывало.

Папица тщательно перечислил причины, по которым генерала должны были расстрелять. Их, по оценке исследователя, было двадцать семь. В то же время возможностей избежать расстрела существовало только две. Ни одной из них (подразумевались бегство в Константинополь и уход в подполье) генерал не воспользовался. Из этого следовало, что существовала третья, до сих пор неизвестная возможность. Этой возможностью избежать расстрела — докладчик выпрямился и посмотрел в зал — было сотрудничество с красными.

Аргументация исследователя была не нова. Он повторил догадки о встречах генерала с Д.П.Жлобой, высказанные в свое время как в эмигрантской, так и в советской печати,[1] но не привел этому никаких дополнительных доказательств. Пойдя дальше своих предшественников, Папица также предположил, что еще в 1918 году генерал Ларионов был завербован Дзержинским (в это мгновение докладчик чрезвычайно напоминал Дали)

[1] См.: *Кривич Ю.* Десять лет спустя. Париж, 1930. С. 243–250; *Дрель С.П.* У последней черты // Военно-историческое обозрение. 1939. № 7. С. 15–29. Докладчик не знал также результатов работы Соловьева, установившего, что в ночь с 13 на 14 июня 1920 года с 23:55 до 3:35 бронепоезда генерала Ларионова и Жлобы стояли друг против друга на станции Гнаденфельд.

и с тех пор в точности выполнял все задания ЧК. Громкие победы генерала исследователь объяснял тактическими соображениями. Он полагал, что предпринимались они с целью отвлечь внимание от решающего боя на Перекопе, якобы по договоренности проигранного генералом осенью 1920 года. Все бои, ведшиеся до этого, Папица назвал постановочными и призвал не принимать их всерьез.

— Всю Гражданскую войну, от начала и до конца, генерал Ларионов был агентом ЧК, — заключил докладчик. — Вот вам и ответ на вопрос, почему его не расстреляли.

— Врет, — раздался из зала женский голос.

По центральному проходу партера в сторону сцены двигалась дама. На балконе осветителя раздался щелчок, и Папица оказался в центре красного луча.

— Позвольте, — сказал председательствующий Кваша, — но у генерала были и лучшие возможности помочь красным. Зачем же, спрашивается, ему было дожидаться ноября 1920-го?..

Шедшая по залу дама поднялась на сцену и приблизилась к выступавшему. Когда она повернулась к залу, Соловьев ее узнал. Это была Нина Федоровна Акинфеева.

— Он врет, — повторила Нина Федоровна в микрофон.

Она была ровно на голову выше докладчика. Папица провел рукой по алой бороде.

— Я доступен для контраргументации. Докажите мне, что я не прав.

Не говоря ни слова, Нина Федоровна взяла его за бороду и вывела из-за кафедры. Папица не сопротивлялся. Когда они шли через партер, зажегся еще один прожектор, следовавший за ними до самого выхода. Лицо Нины Федоровны выражало гнев. На лице Папицы (оно было обращено вверх) выражение отсутствовало. Когда пара скрылась за бархатной шторой выхода, Алекс Шварц объявила доклад Соловьева. Эмансипация русских женщин превзошла все ее ожидания.

Соловьев чувствовал, что близок к отчаянию. Это был второй раз, когда он видел Акинфееву, и второй раз она от него ускользала. Уже начиная свой доклад, он то и дело поглядывал на бархатную штору, надеясь, что Нина Федоровна все-таки вернется. Но она не возвращалась.

За кафедрой Соловьев держался спокойно. Он прочитал этот доклад в узком ялтинском кругу и теперь уже не чувствовал волнения. Он даже не заглядывал в текст. Выступая, замечал всё, что происходило в зале и на сцене. В первом ряду партера его словам сочувственно кивал директор консервного завода. Шварц иногда говорила что-то Кваше, а тот пожимал в ответ плечами. Где-то между прожекторами еще раз мелькнуло лицо осветителя и, влекомое посторонней силой, навсегда исчезло с балкона. Папица, незаметно вернувшийся в зал, сидел в задних рядах. Не было только Нины Федоровны.

Закончив доклад, Соловьев еще раз осмотрелся. Ему всегда было интересно, как чувствуют себя на сцене актеры. Слышат ли скрип сидений? Кашель? Шепот в партере? Слышат: теперь он это знал. Видят, как на полусогнутых кто-то выходит из зала. Это раздражает. По кивку Кваши Соловьев сошел с кафедры. Как человек, которому некуда спешить, — неторопливо и с достоинством.

Пройдя половину рядов партера, Соловьев услышал другого докладчика. Он подумал, что нужно остаться в зале еще на несколько минут — хотя бы из вежливости.

Подумал, но не остановился. Он чувствовал усталость. Не сбавляя шага, Соловьев прошел до конца партера и вышел наружу. У одной из колонн нервно курила Нина Федоровна. Она сосредоточенно смотрела на входную дверь, считая, очевидно, что Папица слишком легко отделался. Раздумывая, не повторить ли впечатляющий выход с исследователем еще раз.

Соловьев почувствовал себя в невесомости. Ему казалось, что его унесет первым же порывом морского ветра и встреча его с Ниной Федоровной опять не состоится. Но его не унесло. Ощутив под ногами твердую почву, Соловьев сделал шаг в сторону пожилой дамы. Он коснулся ее руки, и это был жест поймавшего жар-птицу. Он знал, что теперь она уже не исчезнет.

— Как вы его... Здорово.

Соловьев растерянно улыбнулся. Он долго ждал этой беседы, но начало ее представлял себе не таким.

— Ага.

Негодование сменилось удивлением. Нина Федоровна сделала глубокую затяжку.

— Я пишу диссертацию о генерале... Мне нужна ваша помощь.

Словно боясь, что Нина Федоровна откажет, Соловьев заговорил быстро и сбивчиво. Он рассказал ей о том, что им уже было сделано в Петербурге, и даже назвал большинство из поправок, внесенных им в данные А.Дюпон. Нина Федоровна слушала его сочувственно, хотя и слегка отсутствующе. За обилием приводимых Соловьевым цифр она явно не успевала. Подойдя к урне, Нина Федоровна (Соловьев подошел вместе с ней) потушила окурок о бетонный край и двумя пальцами выстрелила им на манер катапульты в жерло урны. Когда Соловьев начал рассказывать о своих ялтинских разысканиях, Нина Федоровна снова закурила. Во время рассказа о совместных с Зоей поисках лицо ее заметно оживилось. После некоторых колебаний Соловьев решил описать всё.

Выслушав его до конца, Нина Федоровна сказала:

— Но воспоминания о детстве генерала лежали у нас дома. Зачем вам понадобилось лезть к Козаченко?

Соловьев внимательно посмотрел на Нину Федоровну. Она не шутила.

— Просто Зоя говорила, что...

— Зоя — трудная девочка, — Нина Федоровна улыбнулась. — Я сама была такой. Не верите?

Соловьев не ответил. Подумав, он спросил:

— Значит, ничто из воспоминаний генерала не пропадало?

— То, что генерал диктовал *мне*, — сохранилось...

Нина Федоровна замолчала. Ее тон предполагал дальнейшие расспросы.

— А что же пропало?

— Вскоре после смерти генерала приезжал его сын. Он спросил, что осталось от отца. Я отдала ему тетрадку, написанную самим генералом, — Нина Федоровна прислонилась к колонне и закрыла глаза. Уголки ее губ приподнялись.

— А где его сын сейчас?

— Не знаю.

Соловьев прислонился к колонне напротив. Атлант и кариатида. К нему вернулась усталость.

— Вспомнила: он уехал в какой-то поселок. Адрес оставлял, — Нина Федоровна по-прежнему не открывала глаз. — Не поселок даже — железнодорожная станция. Платформа.

Соловьев почувствовал, как колонна за его спиной зашаталась.

— А как... — он слышал себя уже со стороны. — Как называлась станция?

— Не помню. Пожалела его там какая-то баба, вот он и остался, — Нина Федоровна открыла глаза, и лицо ее стало серьезным. — Она его просто пожалела.

— Может быть — *715-й километр*?

Из-за клумбы с настурциями показалась поливальная машина. В висящих над цветами каплях начинала угадываться радуга.

— Может быть... Очень похоже. Туда он и уехал.

Соловьев вернулся в зал. Остальные доклады он слушал невнимательно. И выступавшие, и конференция, и сам Крым вдруг потеряли для него интерес. Он думал о единственной точке на земле, где сошлось всё, что в разное время было в его жизни значимо: рукопись генерала, Лиза Ларионова (Лиза *Ларионова*!), наконец, его собственный дом. Он думал о станции *715-й километр.*

Соловьев понимал, что это совпадение не случайно. Оно было уже не совпадением — соединением. Чем более невероятным соединение казалось, тем более неслучайным оно становилось. Эта неслучайность доказывала правильность открывшегося направления поисков, а важность — вдруг до дрожи осознанная им важность Лизы в его жизни — была главным доказательством. Кроме всего прочего (Соловьев вспомнил это в последний момент и почувствовал на лбу капли пота), Лиза была — *Филипповной*. Это последнее доказательство было уже ненужным, оно было избыточно, но Соловьев с благодарностью принимал и его. Он не понимал, почему за все эти годы ни разу Лизе не написал. Это было необъяснимо.

Что бы человек ни изучал, он изучает самого себя. Так говорил проф. Никольский. То, что линия поиска всё более приближалась к линии жизни самого Соловьева, завораживало его. Он был потрясен переплетением материала исследования с его собственной судьбой, их неразделимостью и гармонией. Если когда-нибудь он любил Лизу по-настоящему, то происходило это именно сейчас.

Поглаживая подлокотник автобусного кресла, Соловьев представлял себе ее руку. Ощущая виском прохладу оконного стекла, вспоминал свежесть ее губ. Всю дорогу до Ялты он думал только о Лизе. Ему хотелось ее как никогда. Ее — как внучку генерала. Как превращавшую его в родственника ее великого деда. И, конечно же, как Лизу, свою первую женщину. Соединенность исследователя с материалом достигала своего апогея.

Что он знал о родителях Лизы? Мать — путевая обходчица. Усталая женщина с жесткими, как проволока, волосами. Они всегда выбивались из-под платка. Когда Лизина мать входила с мороза, на них блестели растаявшие снежинки. У Лизы другие волосы. Очень мягкие. Пахли сладким дымом, потому что она их сушила над печью. Лизина мать пахла мазутом. Обходила пути в зависимости от настроения. Могла уйти на весь день. Могла — на час. Время ее отсутствия невозможно было предугадать. Это он придумал ставить сигнальное ведро у калитки. Его нельзя было использовать постоянно: это вызывало подозрение.

Отец... Его он помнил смутно. Помнил, что высокий. Небритый. Все фразы начинал с *ну*. Ну, здравствуйте. Ну, метель. Не ахти какая особенность: никто бы не заметил, если бы не бабушка. Не нукай (говорила бабушка). Он улыбался. Просил три рубля до получки. Не запряг (говорила бабушка). Она давала ему три рубля. Отсчитывала по рублю, слюнявя пальцы. Реже давала одной бумажкой. Купюры больше рубля вызывали у нее опаску. Иногда из ее пальцев выскакивала мелочь, и он собирал ее по полу. Случалось, просил разрешения посидеть на лавке. Ну, отдохну малость, ладно? От него пахло алкоголем. Соловьев еще не знал, что это алкоголь. Это был запах Лизиного отца. Лизин отец не шел домой. Он садился на лавку, не раздеваясь. Кроличья шапка съезжала ему на лицо. Он спал, и ему было спокойно. В конце концов он куда-то исчез. Вообще исчез.

В Ялту Соловьев прибыл поздно вечером. Пока он стоял на остановке троллейбуса, начался дождь. В усыпанном звездами небе вроде бы не было облаков, но дождь тем не менее шел. Соловьев раздумал дожидаться троллейбуса и отправился домой пешком. После дневной жары дождь был приятен. Он не был сильным. Мелкие его капли напоминали сильно сгустившийся туман. У городского рынка Соловьев свернул на улицу Кирова, бывшую Аутскую. С набережной доносилась музыка, и время от времени где-то вверху появлялся луч прожектора. Луч скользил по верхушкам кипарисов и мокрым куполам церкви св. Александра Невского.

На улице Пальмиро Тольятти всё было так же, как два дня назад. Скрипящая лестница, слабая лампочка под козырьком. Похоже на возвращение домой, подумалось Соловьеву. Через много лет. Другим человеком возвращение. Включая свет в комнате, он помедлил, словно боялся увидеть в ней что-то неожиданное. Нет, всё по-прежнему. Всё.

Соловьев снял с плеча сумку. Она была тяжелой. Прощаясь, директор консервного завода вручил ему образцы своей продукции. Он еще раз назвал Соловьева *тем самым* Соловьевым и сказал, что гордится знакомством. Что значит тот самый, не уточняли ни директор, ни Соловьев. Для себя Соловьев всегда был тем самым. Он взял консервы, чтобы не обижать директора. Теперь он решил их попробовать.

Соловьев вытащил наугад одну из банок и открыл ее консервным ножом. Прямоугольная банка с взметнувшейся над ней крышкой напоминала рояль. Это были бычки в томатном соусе.

В дверь позвонили.

Позвонили еще раз. Соловьев продолжал сосредоточенно смотреть на бычков. Их неброское томатное бытие казалось верхом упорядоченности. Оно не допускало даже мысли о наличии в жизни хаоса. Но хаос существовал. Он врывался в жизнь Соловьева и захватывал его в свой вихрь. Швырял в квартиру Козаченко, в музей Воронцова, в безумную ночную греблю среди бушующих волн. Этим хаосом была Зоя. В том, что звонила именно она, Соловьев не сомневался. Он встал и посмотрел на свое отражение в серванте. Подошел к двери. Выслушав еще один звонок, отодвинул задвижку. В дверях стоял Тарас.

— Я знал, что вы дома. Я следил за окнами.

Соловьев молча пригласил его войти. Судорожно, словно приставными шагами, Тарас переместился к центру комнаты. Взялся за спинку стула. Стоял кособоко, пригнув голову к плечу.

— У меня к вам просьба, — сказал Тарас. — Уезжайте.

Соловьев продолжал молчать. Где-то на улице открыли дверь, оттуда выплеснулись музыка, крики гостей и звон посуды. Через мгновение всё стихло.

— Уезжайте. Ее невозможно выдержать. Вы с ней пропадете.

— А вы?

Тарас промолчал.

— Вы знали о поисках в вашей комнате? — спросил Соловьев.

— Я сам положил листы туда, куда она сказала.

Тарас медленно опустился на стул. На мгновение Соловьев испугался, что Тарас теряет сознание, но это было не так.

— О том, что мы пойдем в Воронцовский дворец, вы тоже знали?

— Конечно. В ту ночь я был там.

Тарас впервые посмотрел Соловьеву в глаза. В этом взгляде не было ничего, кроме грусти. Соловьев отвернулся.

— Зачем же вы согласились?

— Так она хотела.

Пальцы Тараса коснулись консервной банки. Они скользили по ободу крышки, словно символизируя непростой путь самого Тараса. Соловьев чувствовал, что оказался свидетелем какой-то драмы — не вполне ему понятной, но, безусловно, драмы, — и ему стало жаль сидящего перед ним человека.

— Хотите чаю?

— Я взял вам на завтра билет до Петербурга.

Тарас сказал это, не отрывая взгляда от бычков в томате, да и сам он (думалось Соловьеву) был, в сущности, одним из них. За что ему такая Зоя? Такой размах страстей? Поколебавшись, Тарас достал из нагрудного кармана билет и положил его перед Соловьевым. Свернувшийся в трубочку. Не желавший распрямляться.

— Я еду не в Петербург, — Соловьев воткнул билет обратно в карман Тараса. — Но я уезжаю. Завтра. И с Зоей постараюсь не встретиться.

Тарас молча подал ему руку. Она была рыхлой и влажной. С такими руками на Зоину любовь он, конечно же, рассчитывать не мог.

Соловьев вышел из дома рано утром. Он действительно уезжал. Оплаченные им дни еще не кончились, и должником он себя не чувствовал. Ключ от комнаты он оставил у соседей.

Вместо того чтобы пойти на троллейбус, Соловьев свернул на улицу Чехова. Несмотря на тяжесть сумки, какую-то часть пути до автовокзала ему хотелось пройти пешком. Он прощался с Ялтой. Сам того не зная, Соловьев шел тем же путем, каким шел генерал Ларионов августовским вечером, числа примерно 24-го, 1938 года. Шел в брюках военного образца, хотя и без лампасов. В гимнастерке. Своей одеждой генерал в толпе не выделялся. В тридцатые годы по-военному одевались многие. Это было модно.[1]

Генерал шел без лампасов, но всем, конечно же, было понятно, что идет генерал. В посадке его головы, в развороте плеч, в том, как уверенно он ступал с пятки на носок, чувствовалась армейская выправка. Военная косточка. Высший офицерский состав. Руки его двигались в такт ходьбе — легко, уверенно, но не размашисто. В любом своем действии генерал проявлял сдержанность.

На углу Боткинской и Чехова он остановился у киоска с газированной водой. Вода без сиропа стоила десять копеек, с сиропом — тридцать. Генерал спросил воды с сиропом. Он принял мгновенно запотевший стакан и несколько секунд наблюдал за бурлением газа. Пена на поверхности взрывалась тысячами мельчайших капель — едва ощутимых, если поднести стакан к щеке. Генерал любовался тем, как за толстым граненым стеклом, зарождаясь в каждой из его граней, поднимались пузырьки. Сквозь них, как в волшебном фонаре, розове-

---

[1] См.: *Устинов Д.Ф. Милитари* как эпохообразующий стиль // Семантика костюма: эпохи и стили. Сб. статей / Отв. ред. М.А.Суслов. М., 1976. С. 235–258.

ли цветы олеандра. Проскальзывали прохожие. Проехал велосипедист. Подвода с молочными бидонами. Резкий запах лошади.

Несмотря на вечернее время, в Ялте жарко. Генерал с наслаждением пьет газированную воду. Его кадык ходит в такт глоткам. Достав из кармана гимнастерки платок, он вытирает им вспотевший лоб. Беззвучно ставит стакан на деревянную стойку. Вытянутые контуры годовых колец хранят остатки краски. По круглым сиропным разводам ползают осы. Генерал снова поднимает свой стакан и, медленно его перевернув, накрывает одну из ос. И он, и продавщица воды наблюдают за поведением насекомого. Оса медленно взлетает, делает под стеклом несколько кругов и с жужжанием касается верха. Падает. По стенке вновь взбирается вверх и замирает. Генерал (жест выпускающего голубей) переворачивает стакан, позволяя осе вылететь. Оса не торопится. По спирали добирается до края стекла. Улетает с достоинством. От проехавшего грузовика стаканы мелко дребезжат. Продавщица воды вытирает руки о передник.

— Еще стаканчик?

Генерал задумчиво смотрит на продавщицу. Небрежно уложенные волосы, крахмальная наколка. Он смотрит сквозь продавщицу.

— Нет, — взгляду генерала возвращается фокус. — Не нужно.

Да, это 24-е августа. Никаких сомнений. 1938-й. Судя по вечерней духоте, ночью будет гроза. Над гостиницей *Ореанда* собираются первые тучи. На храм Иоанна Златоуста солнце роняет последние лучи. Генерал идет по улице Чехова. Он смотрит на курортников с пляжными сумками, с зонтиками от солнца и полотенцами на плечах. Некоторые в пижамах.

Танго. Легко, как бы издалека. Нарастает. Над оркестром парит высокий мужской голос. За морщинистыми стволами акаций открывается эстрада. Блестят духовые. Блестит инструмент банджо. Музыканты в белых костюмах, в белых же латиноамериканских шляпах. Солирует трубач. Он дарит трубе весь свой воздух, он едва успевает вдыхать. Олицетворение выдоха. Щеки его карикатурны, но губы — тонки и чувственны.

У эстрады танцующие. Мало-помалу они расступаются, уступая место одной паре. Он. Хищник с волосами цвета воронова крыла. Вызывающе правильный пробор. Просторная, в складках, рубаха спадает на узкие брюки. На спине влажная полоса. Она. Голубка в белом платье. Когда он ее кружит, голова ее чуть откидывается назад. В меру безвольна. Вся в его руках. Его нога погружается в пену ее платья. Ей всё еще удается от него ускользать.

С улицы Чехова генерал выходит на улицу Морскую. Слева от него с грохотом сворачивает двуколка. На полированных булыжниках ее колеса слегка заносит. Сквозь каменный желоб водостока пробивается трава. Улица ведет к морю, и сердце генерала наполняется радостью. Он с детства любит улицы, ведущие к морю. В том, как между двумя рядами домов невзначай появляется синева, ему видится повод для надежды.

Генерал подходит к аптеке. Она занимает первый этаж двухэтажного приземистого дома. Дубовая дверь, медная ручка, колокольчик. Стиль модерн. Скрипя, пружина тянет тяжелую дверь обратно. После улицы аптека кажется прохладной. И тихой. Генерал ценит прохладу и тишину. Он ждет, когда на звук колокольчика выйдет аптекарь Кологривов. За толстыми стеклами шкафов — пробирки, коробочки и склянки. Запах микстур и зубного порошка *Экстра*. С аптекарем Кологривовым генерал хочет поговорить о причинах смерти. Смерти вообще.

Кологривов приветствует генерала. Тихий седой человек с мясистым носом. Кончик носа как бы раздвоен. Голубые глаза. Генералу приятно спокойствие Кологривова, он приходит сюда отдыхать. Генерал обычно садится в кресло за ширмой и слушает, как Кологривов продает лекарства. Вошедшим в аптеку требуются йод, мазь Вишневского, средство от поноса, вата, бинты, сушеная ромашка, презервативы, марганцовка. Реже — касторовое масло и рыбий жир. Требуются советы. Аптекарь Кологривов дает их негромким голосом (никогда не повышает голоса). Генералу уютно. Он чувствует себя так же, как в детстве, когда, спрятавшись в прихожей среди пальто и шуб, слушал тягучие беседы прислуги. Случалось, засыпал. Случается, генерал засыпает, и, чтобы его не будить, в разговорах с клиентами Кологривов переходит на полушепот.

Девять часов вечера. Кологривов запирает аптеку и приглашает генерала в смежную комнату. Там развешены учебные плакаты, изображающие человеческое тело в разном возрасте. Возрасты до тридцати лет и после тридцати разделены изображением Давида Микеланджело. Отдельно помещены пособия, демонстрирующие систему кровообращения, систему пищеварения, нервную систему и мужской скелет (вид спереди). С указкой в руках аптекарь Кологривов намерен рассказать о каждой из систем, но начинает свой рассказ со скелета.

Скелет, на котором всё держится, состоит из 206 костей. Череп — он всегда казался генералу чем-то цельным — из 29 (итого — 235, машинально отмечает генерал). Пытаясь представить себя скелетом, он ощупывает пальцем глазницу. Он поступает так уже не в первый раз, и аптекарю это известно.

— Говорят, перед смертью человека на его лице проступают контуры черепа, — перебивает Кологривова генерал.

— Так происходит, когда смерть наступает естественным путем.

Генерал кивает и задумчиво смотрит на скелет. Он спрашивает:

— А если смерть наступает неестественным путем?

— Тогда контуры черепа проступают уже после смерти.

На улице темнеет. Кологривов рассказывает о кровообращении. Перед ним пожелтевшая схема большого и малого кругов кровообращения. Артерии обозначены красным цветом, вены — синим. Генералу нравится такое сочетание цветов. Он расстегивает рукав гимнастерки и рассматривает свои синие вены. Это не укрывается от взгляда аптекаря. Он продолжает рассказ о крови, которой у человека в среднем 5–6 литров. Ее качает сердце (вес — около 300 граммов),[1] состоящее из двух половин — левой и правой. Каждая половина имеет предсердие и желудочек. Кологривов обводит их указкой. Предсердие принимает кровь, желудочек — выталкивает.

— «Ты холодным штыком мое сердце горячее...» — тихо декламирует генерал.

— Самый совершенный в мире насос.

— Пронзить такое продуманное, — генерал подбирает слова, — тонкое и жизненно важное творение — это ли не преступление?

— Мгновенная неестественная смерть.

— Что может быть неестественнее...

---

[1] См.: Детская энциклопедия. Т. 7. М., 1966. С. 59–87.

Генерал замолкает. В последнем произнесенном им слове он обнаруживает целых шесть *е*.

О системе пищеварения и о нервной системе аптекарь Кологривов рассказывает кратко. По просьбе генерала он переходит к рассмотрению естественной смерти. На передний план выставляются плакаты, изображающие тело в разном возрасте. После небольшого колебания Кологривов достает пособие, изображающее внутриутробное развитие человека, и вешает его рядом с остальными. Чешет затылок.

— Я не вижу пособия по зачатию, — говорит Кологривов.

— Вы хотите сказать, что зачатие — начало естественной смерти?

— Возможно. Подозреваю, что его взял наш рассыльный.

О зачатии Кологривов рассказывает без пособия. Обращаясь к внутриутробному периоду, показывает положение эмбриона. Эта поза генералу знакома. Осенью 1920-го так сидели на Перекопе его солдаты. Из последних запасов хвороста генерал приказал разводить костры. Он заставлял солдат через них прыгать. Как безумный, он метался по ледяной пустыне, спасая остатки своей армии. Он пытался расшевелить солдат, он толкал их под ребра, бил по щекам...

Можно ли расшевелить эмбрион? Слушая аптекаря Кологривова, генерал чувствует, как задним числом к нему приходит понимание. Его солдаты уже не жаждали победы. Они не мечтали о женщинах. О деньгах. Они не мечтали даже о тепле. Их усталость была глубже таких желаний. Больше всего на свете его солдаты хотели вернуться в материнскую утробу.

Превращение розового, в складках, существа в ребенка. Подростковый возраст. Оволосение лобка, увеличение члена (у мужчин), мутация голоса. Пробуждение половых инстинктов.

— В этом возрасте я вдруг осознал, что тоже умру, — говорит генерал. — Это было время первых ночных поллюций.

— Бессмертие уходит вместе с невинностью, — аптекарь вновь переводит указку с плаката *Подросток* на плакат *Ребенок*. — Дети не верят в то, что умрут.

Полная перестройка организма. Интенсивный рост скелета и мышечной массы. Изменения в гормональной сфере, в процессе обмена веществ и т.д. У тела появляется запах — особенно у ступней. Носки следует менять как можно чаще. Прыщи. Ни в коем случае не выдавливать их грязными руками. Мягкие детские черты оттачиваются, выступают скулы. Начинают расти борода и усы (преимущественно у мужчин). Лет до тридцати — Кологривов подходит к изображению Давида — человеческое тело развивается.

— А потом? — спрашивает, любуясь, генерал.

— Потом оно тоже развивается, но в противоположном направлении.

Вздохнув, Кологривов указывает на плакат *Человек в возрасте 40–50 лет (Мужчина. Вид спереди)*. Утолщается жировая прослойка под кожей. Кожа растягивается. Лицо дрябнет и оплывает. Тело аккумулирует запасы жира, особенно — на животе и боках. Торс в сравнении с ногами кажется непропорционально большим, даже карикатурным. На ногах и на руках начинают образовываться круглые жировики. На других частях тела — тоже. Они искажают прежнюю строгость линий и говорят о неблагополучии с обменом веществ. Наблюдается усиленный рост волос на спине, груди, надбровных дугах, в (на) ушах и носу.

Дальше — больше. Волосы седеют. Появляется запах горького старческого пота. Кожа увядает и собирается в складки. Старение организма сопровождается склеротическим утолщением артерий. Они становятся тугими, хрупкими и грозят разрывом. Постепенно выпадают зубы. Дело отчасти можно поправить посредством вставной челюсти (сделанная небрежно, она делает произношение слегка присвистывающим), но даже такая мера не способна переломить общей негативной тенденции. Сплющиваются межпозвоночные диски, позвоночник перестает быть эластичным и проседает. Человек уменьшается в росте. Органы изнашиваются до невозможности. Мозг начинает содержать избыточное количество воды, и его работа затрудняется. В конце концов человеку становится тяжело жить. Он умирает.

За окном слышны гудки последних вечерних катеров.

— Значит ли это, — спрашивает генерал, — что основной причиной смерти человека является его жизнь?

Аптекарь Кологривов садится на стул и спокойно смотрит на генерала.

— Можно, ваше высокопревосходительство, сказать и так.

15

В районный центр Соловьев прибыл рано утром. Ему сказали, что до станции *715-й километр* по железной дороге он не доберется. Теперь там не останавливались даже электрички. Соловьев поехал на автобусе.

Автобус был старым — таким же, как в его детстве. В Петербурге этих машин Соловьев уже не видел. На ухабах автобус трясся — долго, судорожно, будто в астматическом кашле. Открывая на остановках двери, издавал звук давимого стекла. В деревне, где была его школа, Соловьев вышел. Дальше нужно было идти пешком.

Соловьев отправился было по знакомой дороге, но, остановившись, развернулся и быстрым шагом направился к школе. На входной двери висел замок. Каникулы, вспомнил Соловьев. Это каникулы. Он подошел к одному из окон и прижался лбом к стеклу. За отраженными в стекле тополями смутно проявился кабинет русской литературы. Откинутые сиденья парт. Любой ответ начинался их стуком, стуком же и оканчивался.

— Почему военная трилогия называется *Живые и мертвые*? Так... — поиск пальцем по классному журналу, — Соловьев!

Сиденье откинулось. В сущности, у генерала было только две папки. Узнав, что все, с кем он учился, умерли, он перенес их из папки *Мертвые* в папку *Живые*. Вот и всё. Поступил ли бы так сам Соловьев? Это уже другой вопрос. Но отсутствие его одноклассников за партами было зияющим. Оно было как смерть. Хуже смерти, потому что, явственно отсутствуя, его одноклассники где-то (скорее всего, недалеко) симулировали свое существование. Их тени посещали стекольный завод. Пронизанный сквозняками коровник. Может быть, межколхозную станцию по ремонту комбайнов.

— На чьей стороне автор *Тихого Дона*? Есть у кого-то на сей счет соображения?

Ни у кого. Они не знают достоверно, на чьей он стороне. И кто, вообще говоря, автор. На учительском столе — классные журналы и учебники. На полке *Разда-*

точный материал — пухлые папки. Есть ли там папки *Живые* и *Мертвые*? Ведется ли школой такой учет?

Незаметно для самого себя Соловьев дошел до библиотеки. Несколько минут он стоял на крыльце. О чем стал бы он говорить с Надеждой Никифоровной? Можно рассказать о том, что было вчера. Ну, допустим, неделю назад. Жизнь рассказать невозможно. Несколько лет в Петербурге очень изменили его, а для нее он прежний. *Прежний*. Вспомнив свои детские мечты, Соловьев почувствовал неловкость. Он решил не входить.

И все-таки вошел. На месте Надежды Никифоровны сидела молодая женщина. Соловьев ее не знал.

— Желаете записаться? — спросила женщина.

— Я уже записан.

Женщина неуверенно кивнула, и Соловьев понял, что она здесь недавно. На ее руке не было перстня с камеей. Было маленькое колечко с изумрудом. При соприкосновении с полкой хорошего звука оно не издаст. Тихого пластмассового звука.

— Что вас интересует?

Соловьева интересовало, где Надежда Никифоровна, но он этого не сказал.

— У вас есть *Одиссея капитана Блада*?

Соловьев подождал, пока она не скрылась за шкафами, и на цыпочках вышел из библиотеки. Он боялся, что, вручая ему книгу, новая сотрудница сообщит ему о смерти Надежды Никифоровны.

Он пошел в направлении леса, за которым находилась станция *715-й километр*. В лесу его удивило, что широкая прежде двухколейная дорога захирела, сузилась и превратилась в тропинку. Придорожный папоротник, всегда примятый и чахлый, выпрямился. Он покачивался на теплом, пахнущем колхозной фермой ветру. По этой дороге они с Лизой ходили в школу. По ней — и это было очевидно — сейчас уже мало кто ходил.

Здесь Соловьев мог идти с закрытыми глазами. Мог легко повторить все слова, сказанные им и Лизой в этом лесу. Что и где было сказано, он помнил с точностью до каждой встреченной ели. Вернее, он забыл это, но, увидев деревья, вспомнил. Ему казалось, что когда-то он оставил эти слова висеть здесь, а теперь просто собирал их на ходу с пушистых ветвей.

Соловьев думал о том, что́ скажет Лизе при встрече. Он ощущал себя перед ней виноватым за молчание, но его чувство к ней было таким полным, что перед встречей он не испытывал никакого страха. То горячее, что поднималось волнами в соловьевской груди, способно было — он в этом не сомневался — переплавить и его вину, и ее возможную обиду. Возможную. В глубине души Соловьев не допускал, что Лиза может на него обидеться.

Лес стал редеть, и Соловьев увидел первые дома. Это были дома его и Лизы — дорога выходила на них. Через минуту-другую справа показались еще четыре дома, а слева — платформа станции. Соловьев обратил внимание, что на платформе больше не было вывески *715-й километр*. Никто из пассажиров дальнего следования больше не мог узнать, какую именно станцию он проезжает.

Выйдя из леса, Соловьев пошел медленнее. У самого его дома тропинка окончательно исчезла. Высокая трава вилась вокруг ног и цеплялась за застежки сандалий. Она пыталась удержать его. Предотвратить неожиданное возвращение. Что ждало его за плотно сдвинутыми, выгоревшими на солнце занавесками? Он остановился и посмотрел на свой дом. Он не был здесь шесть лет.

Калитка не открывалась, и Соловьеву пришлось через нее перелезть. Оказавшись по ту сторону калитки, он стал вырывать проросшие сквозь кирпичи дорожки траву и чертополох. Чертополох Соловьев притаптывал ногами, а потом, взявшись за изломанный стебель двумя пальцами, осторожно отбрасывал вбок.

Когда калитка открылась, Соловьев втащил во двор сумку. Двор превратился в джунгли. Растения стояли неподвижно, как на фотографии, и даже ход товарного поезда (ноги чувствовали дрожание земли) не нарушал их покоя. *Страна дремучих трав*, вспомнилась Соловьеву детская книга. Он читал ее по совету Надежды Никифоровны, превратившейся, возможно, также в траву. Приминая высокие, по-августовски хрупкие стебли, Соловьев пробирался к крыльцу. Из-под его ног вылетали белые парашюты одуванчиков.

На крыльце росла дикая вишня. Она пробилась сквозь разошедшиеся половицы и уже раскинула свои ветки к перилам. Соловьев коснулся ствола деревца, провел по нему указательным пальцем. Ствол был нежным и гладким, будто полированным. С уходом поезда установилась тишина. Это была полная, абсолютная тишина, дальше — только небытие. Соловьев почувствовал свое врастание в природу. Его дом и двор уже стали природой. Теперь приходила его очередь. Соловьев вытащил деревце одним рывком и почувствовал себя убийцей. Он понимал, что другого выхода у него не было.

Соловьев пошарил за дверным наличником и достал оттуда ключ. Он сделал это еще до того, как вспомнил, что ключ лежит именно там. Это движение помнила его рука. Ключ действовал. Вначале он как-то вхолостую провернулся, не справился с заржавевшей механикой замка, но уже на втором обороте раздался знакомый щелчок, и дверь открылась. Со скрипом.

Он вошел в прохладный полумрак. Всё оставалось таким же, как в день его отъезда. Всё, кроме одного: идеальной чистоты, которая бывает только в оставленных домах. Шесть лет назад Соловьев уезжал впопыхах. Он ехал сдавать вступительные экзамены и упаковывал чемодан, попросту отшвыривая ненужные вещи. Потом начал было распихивать всё по шкафам, но его остановила Лиза. Она сказала, что всё уберет. Она смотрела на него, полуприсев на подоконник. Соловьев запомнил движение ее пальцев, поочередно касавшихся доски подоконника, словно игравших никем не слышимую пьесу.

Он прошел в комнату и раздвинул на окнах занавески. По углам потолка не было ни пауков, ни паутины (ее сметали веником, обернутым марлей). Потому что не было мух. Соловьев понял это, когда, жужжа, с улицы влетела муха. Она была единственным живым существом, до сих пор встретившимся ему на станции *715-й километр*. Муха неуверенно пробежала по застиранным пятнам скатерти и перелетела на дверную ручку.

Ручки с обеих сторон двери соединяла плотного материала тряпка. Тряпки привязывала бабушка, чтобы двери не открывались сквозняком. Под колченогие столы подкладывала картонки. Трещины на стеклах заклеивала газетными полосками. Это была изобретательность старости. Находчивость бессилия. Общего бессилия что-либо в жизни изменить. Уезжая после смерти бабушки из дома, Соловьев уезжал и от этой неизбывности. Он боялся, что вместе с домом ему достанется в наследство и она.

На крыльце раздались шаркающие шаги. Они были нарочито громкими и стремились привлечь внимание. В стоявшей тишине это было лишним. Соловьев медленно повернулся:

— Егоровна!

— Вернулся, мой хороший...

Егоровна просеменила в комнату и прижалась к Соловьеву. Он неловко, не сгибаясь, прихватил ее рукой и почувствовал, как по шее потекли ее прохладные старческие слезы.

— Как вы живете, Егоровна?

— Живем? — она отстранилась недоуменно, почти обиженно. — Доживаем! Я и Фирсова Евдокия. Помнишь Евдокию? — ее плюшевый, в седых волосках подбородок запрыгал. — Две доживалки. Две на всю станцию.

— Егоровна, а где Лиза?

— Лиза... — Егоровна перестала плакать, и от этого Соловьеву стало еще страшнее. — Так Лиза уехала. Мать ее умерла, вот она и уехала. А ты не знал?

— Куда уехала?

— А Бог ее знает, видно, как ты, — учиться. Еще год назад. Может, больше года.

Егоровна достала из кармана тряпку и высморкалась.

— Мать ее сильно болела, так она за ней ухаживала. Как умерла ее мать-то, я для нее покойницу обмыть хотела, а она — сама. Сама и обмыла. Похоронила у нас тут. А потом собралась и уехала...

Егоровна удалялась. Перебирая руками по перилам, она спустилась с крыльца, но монотонная речь ее всё еще звучала. Откуда-то издали, затихая, Егоровна продолжала рассказывать Соловьеву о Лизе, которую он, похоже, потерял навсегда. Соловьев опустился на бабушкину кровать, и голова его утонула в огромной пуховой подушке. Сил не было.

В комнате резко потемнело, потому что темным стало небо. Вьюн на оконной раме затрепетал, и прямо на Соловьева слетел невесомый цветок, лежавший у иконы. Где-то далеко, за лесом, ударила молния. Гром слился со звуком проходившего поезда. Когда поезд ушел, стало слышно, как по козырьку над крыльцом барабанят крупные капли.

Соловьев уже не понимал, смотрит ли он, как в детстве, на грозу, снится ли гроза ему, лежащему на бабушкиной кровати. Или действительно он находится в детстве, лежит на бабушкиной кровати и смотрит на грозу. За окном, в разрезе полузакрытых занавесок блещут молнии. На потолке отражается прыгающее пламя лампадки. Бабушка кладет земные поклоны. В дверях стоит Лиза и улыбается. Прикладывает палец к губам. С ее волос стекает вода. Это не сон. Лиза на самом деле пришла. Она приблизилась к нему и держит его за руку.

Соловьев открыл глаза. На краю кровати сидела Егоровна.

— Картошка с грибами. Съешь, пока горячая.

Она протянула ему жестяную миску.

— Спасибо.

Бессмысленно глядя Егоровне в спину, он сел на кровати. Лизы не было. Он проснулся с этой мыслью и теперь не мог к ней привыкнуть. Лизы не было.

— Остынет ведь, — сказала Егоровна уже с порога.

Соловьев кивнул и взялся за принесенную Егоровной ложку. Он давно не ел картошки ложкой, и вначале ему даже показалось, что сон продолжается. Но сон ушел.

Ему захотелось после сна умыться. Он подошел к колодцу и, опустив журавль, попытался было набрать воды. Когда Соловьев поднимал ведро, дно его отвалилось и, матово мерцая, исчезло в глубине. В сарае он нашел другое ведро и проволокой прикрутил его к журавлю. Он набрал воды, умылся и попробовал воду на вкус. Вода была такой же свежей, как в его детстве.

Снова выглянуло солнце, и Соловьев удивился долготе этого дня. Долготе и разнообразию. Был тихий летний вечер, в какие они с Лизой часто сидели на крыльце. Иногда гуляли. Гулять можно было по единственной улице, по платформе, по лесу или по кладбищу. Больше на станции *715-й километр* мест для прогулок не было. Соловьев надел свежую футболку. Он подошел к шкафу с зеркалом и причесался. Он был готов к выходу из дома.

Улица встретила его абсолютной тишиной. Даже те шесть домов, из которых улица состояла, жили некогда своей жизнью. Их жизнь не была бурной, она была просто жизнью — с перекрикиванием через забор, лаем собак, пением петухов и звуками транзисторных приемников. А сейчас не было ничего, кроме шума листвы. Шороха трав. Это была жизнь после ядерного взрыва.

У платформы Соловьев остановился. Лестница, ведущая на платформу, в высокой траве угадывалась по перилам. В будке регулировщика, где когда-то стояла его мать, росла молодая рябина. Нащупывая ногой ступеньки, он взобрался на платформу. Трава на ней была пониже и росла затейливыми узорами, пролегшими по трещинам асфальта. Соловьев подошел к скамейке. В строгом смысле слова это было лишь полскамейки. Из трех чугунных секций одна, укрытая переломанными рейками, лежала на боку. На устоявшую часть он осторожно сел. Откинулся на спинку. Закрыл глаза.

Если представить, что вместо рябины в будке регулировщика находится его мать (рельсы тихо загудели), если представить, что скамейка цела и на ней сидит Лиза (он всё еще не открывал глаз), то происходящее можно признать тихим летним вечером его детства. Гул рельсов нетренированному уху был недоступен. Это был пока и не гул — беззвучное напряжение металла, готового нести далекий еще поезд. Но Соловьев его слышал. Он даже знал, что это за поезд. 20:32. Москва–Сочи.

Как ни странно, это был действительно поезд Москва–Сочи. Вопреки всем переменам в расписании и в стране в целом, он проехал через станцию ровно в 20:32. В сущности, Соловьев не удивился. Даже если и предпринимались попытки что-либо подправить в расписании, необходимость возвращения к 20:32 была очевидной. Для проезда через станцию *715-й километр* лучшего времени не было.

Из обступавших станцию лесов веяло свежестью. Трава, скошенная на железнодорожной насыпи, распространяла изысканный и чуть резкий аромат. Он смешивался с запахом разогретых солнцем шпал. С шелестом плакучей ивы над платформой. Это дерево росло как бы из ниоткуда, никто не видел, где оно начиналось. Его корни терялись внизу, в высоких травах. Может быть, их у него и вовсе не было. У него не было даже ствола: одна только крона над платформой.

Проходящие поезда объявляла Лиза. Объявляла, сложив ладони лодочкой и зажав обе ноздри: получалось, как в микрофон, только тише. Такие объявления они слышали в райцентре, на станции *715-й километр* ничего не объявляли. Разрешение на следование поездов через станцию давал Соловьев. Копируя движение матери, он поднимал палочку правой рукой. Так же устало смотрел сквозь поезд. Через какое-то время он добился такого же взгляда и от Лизы. Все проезжавшие должны были знать, что эта работа для них — рутина.

В 20:32 Соловьев всё еще сидел с закрытыми глазами. С приближением поезда ему показалось, что Лиза все-таки успела его объявить. Он был уверен, что в 20:32 она сидела рядом с ним на скамейке. В будке регулировщика стояла мать. Ее там не могло не быть в это время.

Им всем нужно взять себя в руки. Выдохнуть, не двигаться. Если это мгновение не спугнуть, оно останется. Так для раненного в бою есть момент, когда важно не умереть. Преодолев критические секунды, тело снова привыкает к жизни. Это говорил человек, оказавшийся Лизиным дедом. Если правильно повести себя здесь, на платформе, жизнь снова нащупает свое прошлое. Зацепится за него. То, что казалось умершим, внезапно обнаружит свой пульс, и они вернутся домой втроем — Соловьев, мать и Лиза. Всё, произошедшее позднее, — смерть матери и бабушки, его отъезд, учеба в университете — окажется недоразумением, необдуманным уходом из уюта этого вечера.

Они вернутся домой. Мать (звяканье вентиля на газовом баллоне) поставит чай. Нальет в таз воды и заставит его сполоснуть ноги. На дне — треугольник сбитой эмали. Он положит в таз пробковый парусник. Бабушка будет читать вслух *Робинзона Крузо*. Лиза возьмет чашку двумя руками. Он будет медленно водить ногами в тазу. Парусник закачается на волнах. Откуда-то издали раздастся свисток тепловоза. Нет, Лиза, конечно, не вернется. Соловьев поднял глаза на будку регулировщика. Особенно — мать. Его обдало ветром от проходящего локомотива. 21:47, С.-Петербург—Кисловодск. Поезд прошел необъявленным.

Только включив свет в прихожей, Соловьев понял, что уже темно. Он сварил привезенную с собой вермишель и открыл очередную консервную банку. Это были опять бычки в томатном соусе. Их пребывание здесь казалось почти абсурдным. Бычки грустно смотрели на Соловьева, и от этого он чувствовал себя еще более несчастным. В окно кухни бились ночные бабочки. Не переставая работать крыльями, они судорожно цеплялись за раму, поднимались по стеклу и снова соскальзывали вниз.

Соловьев вошел в свою комнату — ту, которую он занял после смерти матери. На фоне общего порядка в доме его комната составляла исключение. Она была не то чтобы неприбранной, скорее — нетронутой, и это сразу же бросалось в глаза. У ножки кровати лежал раскрытый учебник русского языка. Обложкой вверх — так, как он положил его в утро отъезда. Соловьев присел на корточки, взял книгу. Попробовал закрыть. Она не закрылась — согнулась. С трудом. С неподатливостью окоченевшего тела. Он положил книгу на стол, и она снова открылась на прежней странице. Написание частицы *не* с глаголами — вот что интересовало его в то утро. Всегда — отдельно. Идиот, подумал Соловьев и медленно растянулся на кровати. Кровать привычно заскрипела. Стащив футболку и джинсы, он бросил их на пол. Обхватил обеими руками подушку и зарылся в нее лицом. Перестал существовать.

Соловьев проснулся от звяканья набалдашников на спинке кровати. За окном шел бесконечный товарный поезд. Шел медленно, ожидал переключения дальнего семафора. Устало приседал на стыках рельсов. Соловьев чувствовал его вибрацию всем телом. Руки его всё еще обнимали подушку. Животом он ощущал сбившееся в комок одеяло. Один товарный поезд сменился другим, направлявшимся в противоположную сторону. Тот шел заметно быстрее. Он продолжал ускоряться, доводя ритм своих колес до пределов возможного. Этот ритм Соловьев когда-то слушал вместе с Лизой. У верхней своей границы грохот оборвался. Во внезапной тишине звук уходящего поезда показался эхом. Соловьев откинулся на спину. Вытаскивая из-под себя одеяло, он ощутил его липкую влажность.

Рано утром Соловьев отправился на кладбище. На плече он нес небольшую тяпку, найденную им в сарае. В руке — гладиолус, с необъяснимым упорством проросший на бывшей клумбе. Кладбище находилось в лесу, минутах в двадцати от дома. Дорога к нему едва угадывалась.

Соловьев помнил первые виденные им похороны. Его удивляло, что всю дорогу перед гробом разбрасывали цветы. Он видел, как несшие гроб станционные мужчины наступали на пунцовые головки астр, ему казалось, что он слышит их хруст. Он остановился и смотрел вслед удаляющейся процессии. Рядом с ним осталась стоять Лиза. Когда все скрылись в лесу, они с Лизой стали поднимать цветы. Многие из цветов оказались целыми. На некоторых не было даже дорожной пыли. Бабушка Соловьева не позволила держать их в доме. Этот букет ее тогда очень огорчил.

Соловьев и Лиза часто бывали на кладбище — особенно летом. Они сидели на узких поминальных лавочках, на каменных цоколях, теплых от рассеянного лесного солнца. Иногда (балансируя) — на металлических, крашенных под серебро оградах. После сидения на оградах белые Лизины ноги пересекали розовые полосы.

На могилах стояли кресты, порой — железные обелиски со звездами. Памятники на кладбище были редкостью. Их привозили из района на грузовике, осторожно проносили мимо могил и, обстукивая с разных сторон мастерком, *клали на раствор*. Такой способ установки вызывал уважение. В самом его обозначении было что-то заправское, родственное постукиванию мастерка или ввинчиванию окурка в рыхлую глину. Да и устанавливали их не сразу после похорон, а спустя время — через год или два — после *усадки земли*.

Однажды на кладбище поставили памятник со стихотворной надписью. Это была могила начальника станции, попавшего под скорый поезд *Москва–Севастополь*. Текст Соловьеву очень понравился:

Не говорите мне: он умер — он живет.
Пусть жертвенник разбит — огонь еще пылает,
Пусть роза сорвана — она еще цветет,
Пусть арфа сломана — аккорд еще рыдает.

Скорбим.
Руководство N-ского железнодорожного узла

Долгое время, ввиду общей подписи под текстом, Соловьев считал, что красивые стихи написало руководство железнодорожного узла. Как выяснилось, однако, впоследствии, из всего вырубленного на плите, помимо подписи, железнодорожникам принадлежало лишь слово «Скорбим». Уже учась в Петербурге, Соловьев узнал, что автором запомнившихся ему строк был поэт С.Я.Надсон (1862–1887). Как бы то ни было, в день установки памятника Соловьев сказал Лизе, что в случае смерти хотел бы, чтобы на его могиле также установили памятник с вырубленными на нем стихами. Соловьев сказал: *в случае его смерти*. В глубине своей детской души он такого случая не допускал.

Обелиски Соловьеву не нравились. Очень скоро они приходили в негодность. Краска с них облущивалась, а железо ржавело. Мало-помалу обнажались крепежные шипы, и обелиски начинали крениться, обнаруживая свою полую суть. При касании издавали непривлекательный жестяной звук.

Другое дело — деревянные кресты. К ним Соловьев относился иначе. Кресты на раствор не клали. Их вкапывали в аккуратные круглые ямы и долго притаптывали вокруг них землю, не ожидая ее усадки. В этом некладбищенском, танцевальном даже движении маленькому Соловьеву виделась легкость, отчасти примирявшая его с загробным существованием. В конце концов он даже сказал Лизе, что хотел бы лежать под крестом, а не од тяжелым памятником. Лиза согласилась. Добавила, правда, что в могиле человек ничего не чувствует. Но — согласилась.

Соловьев помнил, как хоронили его мать. Как опустили в мерзлую зимнюю могилу. Как не смогли вытащить из-под гроба зацепившиеся веревки и с сожалением смотрели на них с глинистого отвала. Лезть за веревками в могилу на станции *715-й километр* не хотел никто. Их концы просто бросили вниз, и они ударились о гроб звонкими серыми сосульками.

Вернувшись с кладбища, Соловьев сказал Лизе, что они в тепле, а его мать в заледеневшей могиле. Лиза снова ответила, что люди в могилах ничего не чувствуют, но Соловьева это не успокоило. Он не мог заснуть. Всю ночь Лиза сидела у изголовья его кровати, а он думал о том, как, должно быть, холодно его матери в могиле. Особенно если учесть ее высокую температуру в последние дни.

В тот день он понял истинную сущность кладбища. Он стал бояться, что таким же морозным утром туда могли отнести и его бабушку — и кладбище приняло бы ее с тем же гостеприимством. Ему было страшно оттого, что мир расползался. Уходил, как песок сквозь пальцы, и ничего с этим нельзя было поделать. И все-таки тогда он еще не был смертен.

Осознание того, что он умрет, пришло к нему однажды летом. После занятий любовью в лесу они с Лизой зашли на кладбище. Их ноги мягко ступали по мху, в котором время от времени хрустели сосновые шишки. Они присели на одну из оград, и Соловьев спросил:

— Ты понимаешь, что в конце концов мы тоже умрем?

Лиза удивленно посмотрела на него. Кивнула.

— А я только сейчас догадался.

— После того, как мы занимались... *этим*?

— Не знаю... *Этим* мы занимаемся постоянно, а подумалось сейчас.

Почему после *этого* они пошли на кладбище?

Соловьев стоял у могил мамы и бабушки. В сущности, это была одна могила — в одной ограде, под одним крестом. Даже оба холмика за прошедшие годы слились в один. Соловьев положил гладиолус у самого креста и сделал несколько осторожных движений тяпкой. Трава на кладбище пололась легче травы во дворе его дома. В ней не было упругости и насыщенности солнцем, она выросла в тени. С коротким сочным звуком под тяпкой Соловьева ложился пучок за пучком. Мало-помалу обнажились могилы: их соединенность оказалась мнимой. Могильный холм матери был чуть выше, потому что в разное время его подсыпали.

В течение первого года после смерти матери Соловьев бывал на ее могиле часто. Шепотом он рассказывал ей обо всем произошедшем за день и спрашивал совета. Он делал так еще при ее жизни, когда мать прекращала разговаривать с ним в наказание за провинности. Она молчала до того момента, пока он не спрашивал у нее совета. Соловьев мучительно выдумывал вопросы и задавал их с серьезным видом. Мать отвечала, не чувствуя подвоха (или чувствуя подвох). Но только при жизни. После смерти она не ответила ни на один его вопрос.

И хотя Соловьев продолжал ей обо всем рассказывать, ходить к ней у него со временем получалось всё реже, а событий в его жизни становилось всё больше. Он задыхался как от обилия событий, так и от их невысказанности. Чувствуя себя в долгу перед матерью, он попытался рассказывать ей хотя бы основное, но и здесь долг его рос с невероятной скоростью. Он понял, что безнадежно отстает.

— Жизни не расскажешь, мама, — прошептал он ей однажды и расплакался.

С тех пор он ей ничего не рассказывал. Он утешался мыслью, что она и так все знает.

В год смерти матери Соловьев пытался представлять ее в могиле. Когда наступила весна, он подумал, что в гроб проникли грунтовые воды и его мать лежит в холодной ванне. Летом он уже был уверен, что кожа ее почернела, а глаза провалились. О коротких белых червях, виденных им на трупах животных, он старался не думать и — не мог. Через полтора года, когда земля на могильном холме резко осела, он догадался, что крышка гроба прогнила и провалилась. Несколько лет спустя, когда, по представлениям Соловьева, в могиле остался только скелет, ему стало легче.

Выбрасывая за ограду выполотую траву, Соловьев еще не знал, что в будущем ему предстоит найти записную книжку генерала Ларионова, где подробно перечислены все стадии разложения человеческого тела — от синюшных пятен до полного обнажения скелета. Некоторые заметки возникли в результате конспектирования генералом специальной литературы.[1] Бо́льшая же часть записей основывалась на его личном опыте и отражала результаты обходов им поля боя. Поскольку бои не прекращались сутками, а порой и неделями, степень разложения трупов к приходу похоронной команды оказывалась разной. Это существенно увеличивало исследовательскую базу генерала.

[1] Ср.: *Данилевский Н.И.* Эксгумация и вскрытие. Вопросы теории. Могилев, 1955.

Соловьев прочитал заупокойную молитву. Она срослась в его памяти с голосом читавшей ее бабушки, и теперь ему было странно слышать свой собственный голос. В кронах сосен шумел ветер. Могила, у которой стоял Соловьев, была на этом кладбище единственной ухоженной могилой.

Придя домой, он поставил тяпку в сарай. В дверях сарая остановился. Вернулся, взял тяпку и вышел со двора. Пройдя вдоль забора, остановился у соседней калитки. Это был двор Лизы. Калитка открылась с трудом. Несмотря на то что Лиза уехала лишь год с небольшим назад, двор ее зарос так же, как и соловьевский. К ее крыльцу Соловьев пробивался с не меньшим остервенением, чем в первый день — к своему. Правда, в этот раз он был вооружен инструментом.

Ключ от Лизиного дома был спрятан там же, где и ключ от его дома, — за наличником. Войдя в дом, Соловьев сразу же ощутил его нежилой запах. Точнее, отсутствие запаха. Такого с этим домом не было никогда. Здесь всегда чем-то пахло, чаще всего — едой. Лизина мать любила готовить. Она готовила бефстроганов, индейку в сливках и мясо по-французски — вещи, которые кроме нее в этих краях не готовил никто. На станции *715-й километр* питались сытно, но без изысков.

Особенный запах стоял в Лизином доме на Пасху. Это был запах святыни и торжества, радости и подарков. В нем соединялись ароматы творога, свежего теста и — почему-то — ладана. В отсутствие на станции церкви Лизин дом в пасхальные дни казался Соловьеву храмом. Вспоминая его запах, Соловьев подумал, что сын генерала мог появиться на станции именно в Пасху. Тогда понятно, почему он здесь остался.

Соловьев прошел в Лизину комнату. Протянул руку к полке над письменным столом и наугад вытащил книгу. Это был прошлогодний справочник для поступающих в вузы. Соловьев сел на кровать и тщательно его перелистал. Никаких указаний на то, в какой вуз собиралась поступать Лиза, в справочнике не было. В книге не обнаружилось ни одной загнутой страницы и ни одной птички на полях. К огорчению Соловьева, Лиза была очень аккуратна.

В одном из ящиков стола он нашел пачку тетрадей. Это были его собственные школьные тетради разных лет — от первых, с крупным, еще без наклона почерком до небрежных предвыпускных. Соловьев опустился на стул и стал просматривать Лизину коллекцию листок за листком. Замерев над сочинением пятого класса, он наблюдал, как по шершавой бумаге расплывается влажное, вобравшее синеву чернил пятно.

Соловьев и сам не знал, зачем продолжал эти поиски. В Лизином доме он сидел уже более трех часов, но ни на что из того, что могло бы натолкнуть его на мысль, где искать Лизу, так и не наткнулся. Соловьев давно уже понял, что ни о Лизе, ни о ее отце ничего нового здесь уже не узнает. Он просто перебирал Лизины бумаги, касался ее книг, и от этого ему становилось спокойно.

В книжном шкафу обнаружил папку с бумажными самолетиками. Самолетики-записки, он посылал их ей через забор. В прошлой жизни посылал. Ранним утром: кое-где строки размыты росой. Всё мог, конечно, через забор сказать, но предпочитал авиапочту. Ему нравилось писать, нравилось смотреть, как его слова взмывают в воздух. А она всё сохранила. Где ее теперь искать?

Соловьев поймал себя на мысли, что Филипп Ларионов интересовал его не столько как сын генерала, сколько как отец Лизы. Ему хотелось бы увидеть его еще раз, поставить рядом с Лизой, залюбоваться их родством, поразиться тому, как из древнего ларионовского рода вышла бесконечно любимая, необходимая ему Лиза.

Лиза вышла не из ларионовского рода. Точнее, из ларионовского, но — другого. Род генерала Ларионова не имел к ней отношения. Осознание возникло без всякого перехода — внезапно, как далекая молния. Филипп, сын генерала, не был Ларионовым. Сведения, записанные в Зоиной квартире, всплыли в памяти Соловьева со всей очевидностью. Генерал Ларионов с Варварой Петровной Неждановой брака официально не регистрировал. Их общий сын Филипп был Неждановым.

На следующий день Соловьев уехал в Петербург. Закрывая свой дом, он подумал, что закрывает его навсегда. Старался не оглядываться. Оставшиеся керченские консервы отнес Егоровне. Та снова плакала. Соловьев тоже плакал, потому что и прощание с Егоровной было — навсегда. Выйдя на улицу без консервов, он осознал, какую тяжесть носил в своей сумке. И — улыбнулся.

Запоздалое озарение в Лизином доме не повергло его в уныние. Как ни странно, оно стало даже облегчением. Лизина связанность с генеральским родом — и с каждой минутой Соловьев ощущал это всё отчетливее — несла в себе тяжелый груз. Это родство придавало Лизе некую избыточную ценность, в которой она не нуждалась. Она была его любовью, его забытой и вновь открытой радостью. Он знал, что будет ее искать.

16

Прибыв в Петербург, Соловьев понял, что наступила осень. Она отражалась в окнах Царскосельского вокзала, покрикивала голосами носильщиков, неслась по платформе забытой газетой. В дождь приход осени не был бы так очевиден. Но светило солнце, бессильное и бесповоротно осеннее. В том, что лето здесь уже кончилось, не оставалось никаких сомнений.

Соловьева охватила радость возвращения. Он вдыхал резкий петербургский воздух и чувствовал, что именно его ему и не хватало. По Гороховой он дошел до Фонтанки и свернул направо. От темной воды веяло холодом. Река была подернута рябью. Соловьев обратил внимание, что в рубашке с короткими рукавами был только он один.

Соловьев жил на Петроградской стороне. Как уже говорилось, он снимал комнату на Ждановской набережной, которую для него через знакомых нашел проф. Никольский. Профессор же объяснил ему, что к Жданову А.А. набережная не имела никакого отношения. Свое название она получила от реки Ждановки, увековечившей подьячих Ждановых, прежних владельцев этих земель. Фамилия Жданов, в свою очередь, восходит к слову *ждан*, обозначавшему долгожданного ребенка. Слово *неждан* обозначало (соответственно) нежданного ребенка. Таким ребенком был, судя по всему, дальний предок Филиппа Нежданова. Об этом думал Соловьев, входя под арку дома № 11 по Ждановской набережной.

Дом № 11 был особым. Это выражалось не только в его архитектуре — помпезном сталинском ампире: во дворе этого дома размещалась мастерская инженера М.С.Лося из романа А.Н.Толстого (1882–1945) *Аэлита*. М.С.Лось собирался лететь на Марс и искал себе попутчика. А.Н.Толстой жил здесь же, на Ждановской набережной, в доме № 3. Он поселился по соседству с Федором Сологубом (1863–1927) и никуда лететь не собирался. Незадолго до этого он вернулся из-за границы.

Дом № 11 был построен в 1954 году. Он стоял на месте того дома и двора, которые были описаны А.Н.Толс-тым. Таким образом (рассуждал Соловьев, поднимаясь по лестнице), творчество писателя-фантаста принимало во внимание реальные особенности прежнего дома № 11. И не принимало во внимание особенностей дома № 11 нынешнего — ввиду смерти А.Н.Толстого в 1945 году. В этом смысле художественный вымысел романа *Аэлита* отвечал действительности двадцатых годов в большей степени, чем объективная реальность годов девяностых. Вывод следующий: если вынести за скобки время, граница между вымыслом и реальностью исчезает. Соловьев вытер ноги о коврик и захлопнул за собой дверь.

Квартира, в которой жил Соловьев, была двухкомнатной. Это был благополучный вариант коммуналки, не доведенной, ввиду малого ее населения, до полного развала. Дополнительное ее благополучие состояло в том, что сосед Соловьева в этой квартире почти не жил. Раз в два-три месяца он внезапно приезжал на несколько дней то ли из Мурманска, то ли из Сыктывкара — и так же внезапно уезжал. В эти дни к нему заходили его подружки. Впрочем, и их Соловьев видел только мельком, когда поздно ночью, замотанные в полотенца, из соседской комнаты они пробегали в душ.

Окна квартиры выходили на обе стороны дома — во двор (включая часть Офицерского переулка) и на набережную. Во двор смотрели окна кухни и соседской комнаты. Из комнаты же Соловьева (и это было ее изумительной особенностью) открывался вид на Ждановку, кусочек Петровского острова со стадионом *Петровский* и — дальше, за деревьями острова, — на Малую Неву. Эту картинку, по мнению Соловьева, очень портил стадион, но тут уж ничего нельзя было поделать.

Стадион не только портил вид. Он осложнял жизнь. Существование рядом со стадионом имело свои теневые, а во многих закоулках двора — влажные стороны: болельщики футбольной команды *Зенит* мочились самозабвенно. Они мочились под аркой, в парадных и у оград, мочились во время игр основного состава и дубля, до и после матчей. Они мочились так, как если бы *Зенит* был чемпионом, но команда в то время не входила даже в тройку призеров.

После болельщиков оставались груды мусора: пивные банки, пакетики от чипсов, рыбные головы, кукурузные початки и распластанные по асфальту газетные кульки. Всё это густо посыпалось семечной шелухой. Кружась в легких, идущих от реки торнадо, шелуха поднималась над крышей дома № 11, над Ждановской набережной, Офицерским переулком и всей Петроградской стороной.

Соловьев приехал в день матча. Он не был болельщиком и к футбольным матчам относился с раздражением. Вместе с тем в том, как они проходили, было и что-то такое, что его привлекало. Его будоражил многотысячный рев стадиона — иногда глухой, как отдаленный водопад, иногда (после забитого гола) взрывающийся. Но всегда — мощный.

Соловьев сидел на подоконнике и смотрел, как после матча расходились зрители. Тягучей неразлепляемой массой они перетекали через широкий мост над Ждановкой, и этот мост находился прямо под его окном. Медленное, лишенное всего персонального шествие, глухой, не распадающийся на отдельные фразы рокот казались ему воплощенной поступью истории. Величавой и бессмысленной, как всякое совместное движение.

Глядя на пеструю толпу за окном, он вспомнил черно-белые толпы революционных хроник. Судорожные движения идущих. Комичное раскачивание стоящих: при современной съемке не замечаешь, что стоящие тоже двигаются. Облачка пара. Возникают внезапно, как приставленные. Внезапно исчезают. Так же — папиросный дым. Таким вот манером шли они мимо 2-го Кадетского корпуса (ныне — Военно-космической академии), где когда-то учился генерал.

Мимо 2-го Кадетского корпуса шли болельщики в кепках команды *Зенит*. Тысячи синих кепок. Тысячи синих шарфов. Они его сильно раздражали. И они не знали, что здесь учился генерал. От обилия людей Соловьеву стало одиноко.

Чувство было для него новым. В Петербурге он еще никогда не чувствовал себя одиноким. Даже в отсутствие друзей его наполнял этот город со странной аурой и не похожим на остальную Россию народом. Оставаясь наедине с собой, раньше он не ощущал себя брошенным. А сейчас — ощутил. Ему пришло в голову, что он брошен Лизой, хотя на деле всё было наоборот. Соловьев взял в руки книгу и выглянул в окно.

За воротами до набережной Ждановки лежал пустырь. За рекой неясными очертаниями стояли деревья Петровского острова. За ними догорал и не мог догореть печальный закат. Длинные тучи, тронутые по краям его светом, будто острова, лежали в зеленых водах неба. Над ними зеленело небо. Несколько звезд зажглось на нем. Было тихо на старой Земле.[1] И хотя о зелени неба немотивированно

[1] *Толстой А.Н.* Аэлита. Гиперболоид инженера Гарина / Библиотека фантастики. М., 1986. С. 32.

упоминалось дважды, это было единственное место *Аэлиты*, которое Соловьеву по-настоящему нравилось. Иногда ему даже казалось, что дальше можно было не продолжать.

Когда закат догорел, Соловьев вышел на улицу. Интересно, где здесь все-таки был пустырь? Или это было фантазией А.Н.Толстого, писавшего свой роман еще в Германии? Соловьев задел ногой пивную банку, и она со звоном покатилась с тротуара. Видел ли этот пустырь Н.Г.Чернышевский? Если видел, можно утверждать, что его не мог не видеть и кадет Ларионов.

На следующий день Соловьев пошел в институт. Еще на подступах к знаменитому зданию с колоннами он увидел академика Темрюковича. Темрюкович шел в плаще *макинтош* покроя пятидесятых — с широкими рукавами (один из рукавов был вымазан в известке), с прямыми когда-то, а ныне сдувшимися и смявшимися плечами. Конец незавязанного пояса волочился по земле. Соловьеву не хотелось обгонять Темрюковича. Элементарная вежливость потребовала бы указать академику на вымазанный рукав и волочащийся пояс, но что-то подсказывало аспиранту, что делать этого не стоит. Соловьев замедлил шаг и пошел вслед за академиком.

Соловьев относился к Темрюковичу с уважением, и тому была особая причина. Усилиями Темрюковича в советское время вышло полное собрание сочинений С.М.Соловьева. Не приходясь С.М.Соловьеву родственником, аспирант Соловьев верил в свое духовное с ним родство и чувствовал расположение ко всем, кто так или иначе был связан с его великим однофамильцем.

Как ученый Темрюкович звезд с неба не хватал, но в данном случае они и не требовались. Для задуманного им издания необходимы были усидчивость, внимательное отношение к делу и до некоторой степени — мужество. Издание С.М.Соловьева не было в Советском Союзе делом само собой разумеющимся. Как награду за успешное окончание работы Темрюковича выдвинули в академики. На то, что его выберут, не рассчитывал никто. В первую очередь — выдвинутый Темрюкович.

— Академиками не были ни Бахтин, ни Лотман, — сказал он сам себе в утешение. — Не были даже членами-корреспондентами.

Но дела у Темрюковича сложились не так, как у М.М.Бахтина и Ю.М.Лотмана. В отличие от двух последних, судьба была к нему благосклонна. Выразилось это в том, что члены Академии однажды не договорились о кандидатуре. Безотказный обычно механизм, превращавший в академиков директоров институтов, членов правительства, олигархов и просто уважаемых людей, — дал сбой. Недоговорившиеся академики интуитивно голосовали за того, кто, по их представлениям, не имел никаких шансов пройти. Почти единогласно они выбрали Темрюковича.

Ко всеобщему удивлению, радость новоизбранного академика оказалось умеренной. Не такой она бывала у тех, кто, добиваясь поставленной цели, годами окучивал членов Академии, кто этаж за этажом утюжил высотное, со странной надстройкой здание Президиума, называемое в народе *Одеколон*. Да, Темрюкович вежливо принимал поздравления, он выражал удовлетворение выбором академиков, но, как заметил член-корреспондент Погосян, присутствовавший при объявлении результатов выборов, мыслями он был далеко.

И это была чистая правда. Коллеги нового академика вдруг припомнили *явную отрешенность*, сопровождавшую Темрюковича несколько последних лет. Если вначале его состояние еще можно было определять как *глубокую задумчивость*, то со временем ничто кроме *явной отрешенности* определить положение вещей уже не могло. Но это было еще не худшим. Сотрудники Темрюковича стали замечать, что он разговаривает сам с собой. Первым на это обратил внимание кандидат исторических наук И.И.Мурат.

— Посмотрю, что за книга, — сказал однажды Темрюкович, подойдя к книжному шкафу. — Дрянь, наверное.

Заинтересовавшим академика изданием была книга И.И.Мурата.[1] По ту сторону шкафа, невидимый для Темрюковича, стоял автор. Он только что погрузил в стакан электрокипятильник и готовился выпить чаю. Услышав, что академик взял его книгу, Мурат замер. Взгляд его сосредоточился на кипятильнике. Выключить его беззвучно было уже невозможно. Мурат немо слушал, как, поплевывая на указательный палец, академик листал его труд.

— Говно, — Темрюкович со вздохом поставил книгу обратно. — Говно высшей категории.

Вода в стакане с шумом закипела, и Темрюкович заглянул за шкаф. Там он увидел бледного И.И.Мурата.

— Я слышал, *что* вы сказали о моей книге, — прошептал Мурат.

— Ничего я не говорил, — невозмутимо ответил Темрюкович. — Разве что подумал.

Мурата это несколько успокоило.

Однако странности с академиком продолжались. Первое время он еще считался с сотрудниками и наиболее острые высказывания позволял себе, лишь полагая, что находится в одиночестве. Впоследствии же он не то чтобы

---

[1] *Мурат И.И.* Революционно-демократическое движение на левобережной Украине в 1861–1891 гг. СПб., 1995.

перестал замечать окружающих, но, по выражению заместителя директора по науке Гребешкова П.П., перешел грань между речью внутренней и внешней. Адресуясь к слушателям, Темрюкович говорил выразительно и четко. К самому себе он обращался негромкой скороговоркой — так, как в пьесах произносят тексты с ремаркой *в сторону*.

Именно в этой форме он обвинил в нечестности завхоза В.Б.Масло, осуществлявшего многолетний ремонт институтского здания. Споткнувшись однажды о стойку строительных лесов, академик предположил вполголоса, что В.Б.Масло — вор и что якобы поэтому ремонт столь изнурителен и безрезультатен. Произошло это при свидетелях. В отличие от Мурата, Масло тут же обратился к директору с требованием уволить Темрюковича из института по причине его, Темрюковича, невменяемости. Мысль о том, что Масло может присваивать государственные средства, показалась безумной и директору. К чести последнего, он Темрюковича не уволил.

— Темрюкович — действительный член Российской Академии наук, — сказал директор, — и, рассуждая формально, у меня нет причин сомневаться в его вменяемости.

Так членство в Академии наук помогло Темрюковичу избежать увольнения. Как и сорок предыдущих лет, он продолжал посещать институт в присутственные дни.

Войдя в институт, Темрюкович направился к гардеробу. Гардеробщик перегнулся через стойку, чтобы принять у академика плащ.

— Прислонились где, Михаил Сергеевич? — спросил гардеробщик.

Темрюкович посмотрел на измазанный рукав и ничего не ответил. Обращаясь к самому себе на лестнице, он сказал:

— Разве что-нибудь приятное услышишь?

Когда Темрюкович скрылся за поворотом, Соловьев поднялся на второй этаж. Он шел к директору, чтобы сообщить об окончании командировки. Собственно говоря, в этом не было большой необходимости: письменного отчета было бы вполне достаточно. Но тот факт, что командировка проходила в августе и в Ялте, не давал Соловьеву покоя. Он вспоминал прощальный взгляд директора, и ему казалось, что взгляд был ироническим. О своих находках — и в первую очередь об обнаруженном тексте — Соловьев хотел рассказать директору лично. Пластиковая папка с воспоминаниями генерала в его руках плавилась, становилась скользкой и два раза едва не упала на пол. Соловьеву хотелось реабилитации. Может быть, даже поощрения.

Дверь директорского кабинета была приоткрыта. Самого директора видно не было, был слышен только его голос. Он кого-то отчитывал:

— Из всех чувств у вас существует лишь хватательный рефлекс.

Подумав, директор повторил по слогам:

— Хва-та-тель-ный ре-флекс.

В ответ послышалось вялое возражение. Слов было не разобрать (какими они в таком случае могли быть?), оставалась лишь интонация. Заискивающая и скучная одновременно. Говорила женщина. Она несколько успокоила директора.

— Нельзя жить одними рефлексами, — сказал он примирительно. — Нельзя быть такой, простите, рептилией.

Момент для визита оказался неподходящим. В одно мгновение Соловьев устал. Он подумал, что ему даже не интересно узнать, к кому именно обращался директор. Соловьев медленно пошел в сторону Отдела истории XX века, его отдела. Кого могли назвать рептилией?

В конце коридора он все-таки оглянулся. Из директорского кабинета выходила аспирантка Тина Жук. У нее был очень громкий голос, и Соловьев удивился, что только что она говорила так тихо. Получается, Тина могла это делать, когда старалась. Ее научным руководителем был академик Темрюкович. Академик не любил свою аспирантку, и это в институте знали все. Ее никто не любил.

В Отделе истории XX века у Соловьева взяли сто рублей на подарок сотруднице Бакшеевой. Кандидат исторических наук Бакшеева родила ребенка, и теперь ей дарили электрочайник. Приняв от Соловьева деньги, председатель профкома Новосельцева решила показать ему электрочайник. Она приложила палец к губам, раскрыла картонную коробку и достала оттуда подарок. На время, пока ей не будет возвращена сумма за электрочайник, Новосельцева вложила свои собственные деньги. Она показала Соловьеву список сдавших: собирать деньги на уже купленную вещь всегда большой риск. Соловьев щелкнул по чайнику ногтем. Звук получился неожиданно низким и глухим. В Отделе было пусто. Многие еще не вернулись из отпусков.

На втором этаже Соловьев снова увидел Темрюковича, который направлялся в сторону дирекции. Слегка отстав, за ним шла Тина Жук. Увидев Соловьева, она показала на Темрюковича и покрутила пальцем у виска.

— Змеей подколодной назвал, — прошептала она Соловьеву. — Представляешь? Совсем уже неадекватный.

Соловьев наблюдал, как одновременно с движением губ у аспирантки Жук начинал шевелиться нос. Раньше он этого не замечал. Возможно, это объяснялось тем, что аспирантка была взволнована. Из ближайшей двери появился завхоз Масло.

— Соловьев, — сказал он, не здороваясь. — Через час начнем разбирать леса. Потребуется ваша помощь.

Соловьев кивнул Тине. Как бы что-то вспомнив, Темрюкович развернулся и пошел в обратную сторону. Увидев его, Масло тут же скрылся за дверью.

— Наворовал и прячется, — пробормотал Темрюкович, глядя в пол. — Отдыхает на Майорке. А я, действительный член Академии наук, — в городе Зеленогорске. Спрашивается, почему?

— Потому что жадный, — ответила Тина Жук, когда академик удалился. — Просто жадина. И маразматик.

Выйдя на улицу, Соловьев направился в сторону Университета. Это были знаменитые *Двенадцать коллегий* — длинное красное здание, стоявшее торцом к Неве. В этом здании Соловьев надеялся что-то узнать о Лизе. Судя по тому, что говорила Егоровна, Лиза уехала более года назад. Если Лиза уехала поступать, она должна была сейчас учиться на втором курсе. Соловьев подумал, что не знает факультета, на который Лиза могла бы поступить. Кроме того, не было никаких данных, что она поступила именно в Петербургский университет. Строго говоря, не могло быть уверенности даже в том, что Лиза вообще куда бы то ни было поступила.

В секретариате его встретили с удивлением. Они не обязаны были предоставлять ему сведения об учащихся.

— Мне это очень важно, — сказал Соловьев.

В конце концов, Соловьев и сам был недавним студентом. Ему пошли навстречу. В Университете оказалось три Ларионовых. Ни одна из них не была Елизаветой. Первая училась на географическом факультете, вторая — на родном ему историческом и третья — на журналистике. На всякий случай (ошибка в ведомости?) Соловьев решил встретиться со всеми тремя.

На географический факультет он отправился, не выходя из здания *Двенадцати коллегий*. По расписанию он нашел, где занимается второй курс, и в перерыве вошел в аудиторию. На стене висела карта полезных ископаемых Сибири, испещренная красными точками. Ископаемых было много. Очень много.

Соловьев приблизился к первому столу и спросил, где мог бы он найти Ларионову. Ему показали. Уже издали он понял, что это не Лиза, и думал уйти, не подходя к ней. Сделал было шаг, но зачем-то еще раз посмотрел на Ларионову — ее лицо было усыпано прыщами. Напоминало карту Сибири. Возможно, это и удержало Соловьева от немедленного ухода. Поступи он так, рассуждал молодой историк, однокурсники Ларионовой решили бы, что его оттолкнула ее внешность. Ларионовой — пусть и не Лизе — он не хотел доставлять дополнительных страданий.

Он подошел к ней и хотел было объяснить, *что* произошло, но Ларионова не дала ему сказать ни слова. Она взяла его под руку и вместе с ним вышла из аудитории. В коридоре Ларионова продолжала держать Соловьева за руку, но глаз не поднимала. Несмотря на прыщи, у нее было милое лицо.

— Я ищу девушку по фамилии Ларионова, — сказал Соловьев, — но получается так, что это не вы.

Ларионова кивнула. Так всегда получалось в ее жизни.

Вторую Ларионову он разыскал на следующий день. Она писала курсовую по античным тактикам боя, но о своем выдающемся однофамильце ничего не знала. Соловьева это удивило. В первый момент у него мелькнула даже мысль рассказать ей о генерале и его фермопильских пристрастиях. Ларионова с истфака была высокой и широкоплечей. Из всех виденных Соловьевым Ларионовых она, вообще говоря, больше остальных заслуживала быть внучкой генерала. Несмотря на это обстоятельство (а может быть, как раз-таки ввиду его), Ларионова-вторая Соловьева не воодушевила. Он не стал ей ничего рассказывать и свел беседу к необходимому минимуму.

Больше всего хлопот оказалось с Ларионовой номер три. На факультете журналистики Соловьеву сказали, что Ларионова больна, и он отправился к ней в общежитие. Постучавшись в комнату Ларионовой, Соловьев получил ответ не сразу. Судя по звукам из-за двери, в комнате что-то праздновали. В общежитии Соловьев прожил несколько лет. Звуки и запахи общежития он знал так хорошо, что по особенностям их сочетания мог с большой долей вероятности определить повод торжества. Чаще всего в общежитии праздновали дни рождения, свадьбы и сдачу экзаменов. Иногда просто пили водку, но при этом не было вкусных запахов. В таких случаях обходились хлебом, колбасой и маринованными огурцами.

Экзаменов сейчас не сдавали. Свадьбу (Соловьев приоткрыл дверь) не праздновали. Оставался день рождения.

— Входите! — крикнуло сразу несколько гостей.

Соловьев вошел. За двумя сдвинутыми письменными столами сидело человек десять. Двое — на стульях, один — на тумбочке, остальные — на двух кроватях. Одну из кроватей пришлось немного придвинуть к столу. Над той кроватью, которую двигать было не нужно, во всю стену висел портрет Фиделя Кастро.

В одном из сидевших на кровати — как раз под Фиделем — Соловьев неожиданно узнал ведущего теленовостей Махалова. Махалов, слегка пьяный, задумчиво покачивался, положив голову на плечо темноволосой девушки. Когда Соловьев изложил причину своего появления, выяснилось, что именно она и была Ларионовой. Звали ее Екатериной.

Екатерина праздновала день рождения. В стеклянной салатнице посреди стола стоял салат оливье. К салату примыкала тарелка с оливками. Из напитков была преимущественно водка, которую пили из пластмассовых стаканчиков. Соловьев хотел было уйти, но его уговорили остаться и выпить за Екатерину. Уговаривали темпераментно и громко. Потом о нем забыли.

Время от времени Махалов целовал Екатерину в губы, и всякий раз раздавался звук, похожий на тихое чавканье. Это, а также салат на их губах придавали поцелуям пикантный гастрономический оттенок. Махалов называл девушку полным именем — Екатерина, — и, следуя ему, так же называли ее все, даже те, кто, по всей видимости, ее давно и хорошо знал.

Соловьев сидел на кровати рядом с Махаловым. Как ни странно, ему не хотелось уходить. Не потому, что ему здесь нравилось (он, пожалуй, не мог бы так сказать), а потому, что не знал, куда ему теперь идти. Определив, что ни одна из трех Ларионовых не имеет к Лизе отношения, он обессилел. Он понял, что поиски могут быть бесконечными. Почему, собственно, он искал Лизу только в Университете? И почему только в Петербурге?

Один из гостей описал, как он и его девушка занимались любовью на ночном пляже в Гурзуфе. В какой-то момент им показалось, что за ними наблюдает целая компания. Они прервали свои занятия и подошли к наблюдавшим. Каково же было их удивление, когда они обнаружили, что это камни. Дальше они занимались любовью на этих камнях. Девушка оказалась Екатериной.

Махалов сказал, что телевизионные новости, как правило, ложь. Причем не само их содержание (он выпил и, сложив губы бантиком, втянул ноздрями воздух), а то, как оно подается: объем, очередность, выбор лексики и т.д.

Соловьеву в очередной раз налили водки. Его пластмассовый стаканчик оказался наполненным до краев. Неожиданно для себя Соловьев выпил его залпом и закусил оливками. Раздались аплодисменты. Бросив взгляд на свой стаканчик, Соловьев увидел, что он снова полон. Соловьев уже не был уверен, что предыдущий был им и в самом деле выпит.

— Как это ни печально, но путь на телевидение лежит через постель, — сказал Махалов.

— Не верю! — крикнула Екатерина.

— Представьте себе, — вздохнул Махалов, и Соловьев почувствовал его руку на своем колене.

Потом пришел человек с бутылкой коньяка *Метакса*. Соловьеву пить уже не хотелось, но все стали его убеждать, что *Метаксу* он должен обязательно попробовать. Соловьев попробовал *Метаксу*.

Неожиданно Махалов громко пукнул, и некоторые из сидевших захихикали.

— Перезимуем, — сказал Махалов.

Екатерина кивнула с выражением спокойной уверенности. Гости снова выпили. Их движения становились всё хаотичнее, да и сами они в какой-то момент распались на составные части — глаза, руки, рты и пластмассовые стаканчики. Сам того не желая, Соловьев откинулся назад и ударился о стену головой. Последним, кого он видел перед ударом, был Фидель.

Очнулся Соловьев глубокой ночью. О том, что ночь была глубокой, он догадался по темноте в комнате и отсутствию гостей. Когда же глаза его привыкли к мраку, он понял, что, помимо него, в комнате есть еще по меньшей мере двое. На соседней кровати происходила легкая возня.

Соловьев разглядел там два силуэта — один лежащий, другой — сидящий. Сидящий безуспешно пытался реанимировать лежащего. Он тряс его голову, шептал ему что-то в ухо, но лежащий лишь вяло оборонялся. Лежащий говорил сдавленным шепотом и неразборчиво, но из общего тона его ответов следовало, что он хочет спать. По ряду косвенных признаков Соловьев догадался, что атакующей стороной была виновница торжества. Это подтвердилось, когда потерявшая терпение Екатерина вдруг сказала громко и с горечью в голосе:

— Если меня не хочешь любить ты, это сделают другие.

Соловьев напрягся, предчувствуя недоброе. Он надеялся, что развития по этому сценарию лежавший не допустит. Но голос в ответ прозвучал так же громко:

— Желаю успеха.

Это был голос Махалова. В нем не было ни капли ревности.

Начинающая журналистка с шумом перепрыгнула на кровать Соловьева. Соловьев изо всех сил сжал веки. Екатерина потрясла его за плечо, но он не проснулся. Через мгновение он почувствовал ее пальцы на молнии своих джинсов. Соловьев мог не просыпаться, но сопротивляться он как спавший права не имел.

— Объективно, — сказала Екатерина, — он уже готов заняться со мной любовью, и это — несмотря на глубокий сон. В отличие от тебя, бодрствующего.

Было слышно, как кто-то в туалете слил воду и, стуча шлепанцами, вернулся в свою комнату.

— Не обольщайся, — пробормотал Махалов. — Ты тут ни при чем. Ему снится другая Ларионова.

17

В сентябре и октябре Соловьев напряженно работал в архивах. Закончив раздел о событиях первой половины 1920 года, он обратился ко второй половине того же года. 1 октября молодой историк подошел к октябрьскому периоду Гражданской войны, и это показалось ему хорошим знаком. Он начинал входить в резонанс со своим материалом.

Октябрь, один из самых несчастливых для России месяцев, оказался несчастлив и для Белого движения в Крыму. Белая армия отступала. Потерпев поражение под Каховкой, она с боями покидала Северную Таврию. Путь ее лежал к Перекопу, с которым у генерала Ларионова были связаны определенные планы.

Численность Белой армии, принимавшей участие в оборонительных боях, оценивалась Соловьевым примерно в 25–27 тысяч (в то время как А.Дюпон неоправданно завышала ее, говоря о 33–35 тысячах).[1] Силы красных, по мнению историка, насчитывали около 130 тысяч (А.Дюпон пишет о 135–140 тысячах).[2] Эти цифры, однако, не вполне учитывали потери, понесенные белыми при обороне Северной Таврии, что Соловьевым отмечалось особо. Исследователь подчеркивал, что с большей или меньшей определенностью можно ручаться за данные лишь по некоторым армейским частям:

Сводный гвардейский полк	400 штыков и сабель, 3 орудия

[1] См.: *Дюпон А.* Загадка русского генерала. СПб., 1995. С. 237.

[2] Там же. С. 238.

13-я пехотная дивизия	1530 штыков и сабель, 20 орудий
34-я пехотная дивизия	750 штыков и сабель, 25 орудий
Корниловская дивизия	1860 штыков и сабель, 23 орудия
Дроздовская дивизия	3260 штыков и сабель, 36 орудий
Марковская дивизия	100 штыков и сабель, 21 орудие

Четырех-пятикратное превосходство красных над белыми Соловьев объяснял сепаратным договором о мире, заключенным за спиной у генерала между красными и поляками. Договор развязал красным руки. Сняв крупные силы с западного фронта, они бросили их на юг против Белой армии. Положение белых становилось критическим.

Из всей огромной страны для Белой армии оставался лишь клочок земли, окруженный морем. С материком его связывал узкий перешеек, к которому стремились отступающие войска. От того, кто окажется первым на перешейке, зависела судьба Белой армии: будучи отрезанной от Крыма, она не имела ни малейших шансов на спасение. Но дело было не только и не столько в армии. С гибелью белых войск смертельной опасности подверглись бы тысячи тех, кто отступил с этими войсками в Крым. Они не успели бы эвакуироваться.

Генерал торопился. У него было небольшое преимущество во времени, и он боялся его потерять. Не дав своим войскам передышки после боев под Каховкой, он двинул их через Северную Таврию на юго-восток. Он еще не складывал рук. Перебирая в уме эпизоды каховских сражений, он еще надеялся на силу отчаяния своих солдат, на особое мужество обреченных. Но когда начался этот странный марш-бросок, генерал впервые почувствовал близость конца.

К Перекопу двигалась не армия. По заледеневшему пространству Северной Таврии перемещались нестройные колонны сомнамбул. Свесившись с седла, генерал заглядывал в лица своих солдат и видел на этих лицах выражение *смертельной усталости*. Он знал это выражение. Он видел его на лицах тех, кто замерзал в сугробах. Тех, кто, встав во весь рост, шел на пулеметную очередь. Но никогда еще он не видел этого выражения на всех лицах. Генерал начинал понимать, что сейчас им был проигран не отдельный, пусть и очень важный, бой. С каждой минутой ему становилось всё яснее, что проиграна война в целом.

Его армия больше не могла воевать. Причина состояла не в плохом обмундировании (а оно было действительно плохим) и не в нехватке боеприпасов (их и впрямь не хватало). Дело было даже не в деморализации армии: боевой дух солдат генералу удавалось восстанавливать и после худших поражений. Причиной было то, что армия *исчерпала свой ресурс*. Именно это выражение генерал использовал в телеграмме иностранным посланникам, данной им на полпути к Перекопу. В ответной телеграмме посланники потребовали срочной встречи. Им нужны были объяснения генерала. Но какой смысл был в такой встрече? Что, собственно говоря, он мог им объяснить?

Бросив поводья, генерал достал из планшета лист бумаги и карандаш. Лошадь перешла на шаг. Он подумал и написал посланникам, что в глазах его солдат больше не было гнева. Радости не было. Не было испуга. Не было даже страдания. В них не было ничего, кроме бесконечного желания покоя. Как случается, спрашивал генерал, что вещь вдруг теряет свои качества? Почему размагничивается магнит? Почему соль перестает быть соленой? Перечитав написанное, генерал аккуратно сложил листок вчетверо и разорвал его на части. Они опустились за его спиной большими снежными хлопьями.

Солдаты не могли согреться. Под тонкое сукно своих шинелей они набивали солому, но это не помогало. Иногда солдаты поджигали перекати-поле, чтобы хоть минуту подержать над ним окоченевшие пальцы. Порывами ветра перекати-поле уносило с места, и в наступивших сумерках по степи разлетались маленькие огненные шары. В лицо идущим этот ветер бросал колючее ледяное крошево, он забирался под шинели и отнимал то немногое, что еще излучали изнемогшие солдатские тела.

Солдатам хотелось спать. После двух суток непрерывного боя некоторые засыпали на ходу. Убаюканные мерным шагом колонны, они непроизвольно закрывали глаза и продолжали идти во сне. Артиллеристы присаживались было на лафеты, но генерал это запретил. Засыпая, они падали с лафетов и попадали под колеса.

Генерал не позволял ложиться на телеги. Он поднимал с телег раненых, еще способных передвигаться, и заставлял их идти. Проклиная генерала и его приказы, они шли. Держались за борта телег, оставляли на снегу кровавый след, но шли. За ними волочились их бинты. И они остались живы. Тяжело раненные, лежавшие без движения, не могли согреться. Они кричали, что замерзают. Их укрывали шинелями, матрацами и ветошью, и все-таки они не могли согреться. К концу перехода большинство из них замерзло.

Поправляя на одной из телег свесившуюся шинель, генерал коснулся твердого продолговатого предмета, на котором шинель держалась. Это была рука замерзшего солдата. Шинель она держала мертвой хваткой. Генерал резко отъехал и какое-то время наблюдал, как шинель волочилась за телегой.

Походные кухни не имели провианта. То немногое, что еще оставалось, генерал приказал давать раненым. Но оставался лишь жидкий суп. Этот суп не мог насытить раненых: он не мог их даже согреть. Лежа на подводах, они неотрывно смотрели вверх и не чувствовали ничего, кроме холода. Это был космический холод, исходивший от далеких безразличных звезд.

Солдатам казалось, что они не согреются уже никогда — такой это был холод. Не согреются и не отоспятся. Многим хотелось умереть, и генерал это знал. Он запретил своим солдатам мечтать о смерти.

— Кто из вас умрет, — сказал генерал, — тот окажется в могиле несогретым.

Ответа не было.

— Он будет мерзнуть вечно, — сказал генерал.

Солдаты шли в полном молчании. Они боялись, что с произнесенными словами уйдут последние остатки тепла. Раздавался лишь мерный конский топот, скрип подвод и хруст инея под колесами лафетов. И стоны раненых. Спустя время (а чувство времени притупилось) к этому примешался негромкий стеклянный звук. Генерал отъехал вбок и увидел, как о прибрежные камни трется лед. Отступавшие вышли к Сивашу. Соленое озеро было затянуто тонкой ледяной коркой.

Где-то вдали раздался взрыв. Затем ближе. Снова вдали. Это был артобстрел красных. Создавалось впечатление, что красные стреляли наугад. Отступавшие войска не сбавляли шага. Иногда снаряды ложились в нескольких десятках метров от колонн. Они вздымали в море водяные столбы, коротко и мрачно мерцавшие в лунном свете. Порой они разрывались с оглушительным сухим хлопком, и генерал понимал, что в этих местах Сиваш промерз до дна. От этого открытия ему стало не по себе.

— Генерал Винтер, — прошептал генерал Ларионов. — Он явился на месяц раньше положенного.

Часа в два ночи они увидели далекие костры. Отступавшим они не сулили ничего хорошего, и генерал это знал. Эти костры означали, что отдельным частям красных удалось обойти его армию с востока и выйти на перешеек первыми. Возможно было также, что в каких-то местах Сиваш промерз настолько, что красные смогли его перейти со стороны деревни Строгановка. Теперь они ожидали войска генерала на пути их отступления. Эти костры означали смерть, но движение продолжалось.

Генерал не исключал такого развития событий, но считал его маловероятным. Он догадывался, что красные захотят перехватить его, но рассчитывал здесь на Сиваш, который обычно не замерзает. Расчет не оправдался. Оставалось надеяться на то, что переправиться успел лишь передовой отряд красных.

Генерал не мог себе представить, чтобы по первому тонкому льду смогла переправиться кавалерия и — тем более — артиллерийские орудия. Он не мог себе представить, чтобы за время нечеловеческого марш-броска белых здесь сумели бы оказаться сколько-нибудь значительные силы противника. И все-таки — сколько бы их ни было — красные пришли на перешеек первыми. Несмотря на мороз. На едва замерзший Сиваш. А его армия была как загнанный конь. Он загнал ее, надеясь спасти. Впервые в жизни генерал подвергал солдат такому испытанию. Впервые в жизни он чувствовал неизбежность поражения.

В который раз он всматривался в солдатские лица, словно ища себе подсказки. Мороз разгладил черты этих лиц и лишил мимики. На усах и бровях лежал иней. В глазах его солдат не было ничего, кроме горящих впереди костров. Догадывались ли они, что значили эти костры? Если даже и догадывались, притяжение огня было столь сильным, что остановить движение к нему было уже невозможно.

Да генерал и не пытался. Останавливаться здесь было равнозначно гибели. На голой и ничем не защищенной равнине его войска были бы сметены превосходящими силами красных. Единственным шансом на спасение оставалось занятие позиций на хорошо укрепленном Перекопе. Для этого сейчас требовалось невозможное: атака.

— К бою, — сказал генерал, и его слова утонули в начинавшейся метели.

Генерал сказал это громко, и его никто не услышал. Он понял, что повторять бесполезно. Он пришпорил коня и поскакал к головной колонне.

Почему красные жгли костры? Почему не продолжали двигаться к Перекопу? Не могли? Сделали краткий привал, чтобы согреться? Это останется одной из загадок войны. По мнению Соловьева, красные тоже не предполагали, что противник способен оказаться на этом участке так рано. По всем мыслимым расчетам, генерал со своей армией мог появиться здесь не раньше завтрашнего утра. Возможно, красные не ожидали, что генерал совершит немыслимое, и спокойно жгли свои костры. Но даже если они жгли их и неспокойно, без костров в такую ночь было просто не выжить.

Невероятную беспечность красных Соловьев относил на счет их полной замороженности. Сужения сосудов головного мозга в результате переохлаждения.

Именно так историк объяснял тот факт, что красные не выставили даже охранения. Белую армию они увидели лишь тогда, когда из окончательно разыгравшейся метели перед ними возникла фигура всадника.

— Кто идет? — спросили у костра.

— Свои, — ответил генерал.

Он медленно подъехал к ближайшему костру, и сидевшие его узнали. Его нельзя было не узнать. Даже в 1920 году, в отсутствие телевидения и глянцевых журналов, генерал был одним из немногих, кого в лицо знали все. При взгляде снизу он казался огромным. Казался памятником.

У костра никто не шевелился. Так задерживают дыхание при появлении шаровой молнии. Так притворяются несуществующими в надежде на ее исчезновение. Но генерал не исчезал. Рос с каждой вспышкой костра — он и его лошадь. Из темноты вышел командир красных. Замер. Рука сама потянулась отдать честь.

— Ваше высокопревосходительство...

— Вольно, — сказал генерал.

За спиной генерала проходила его армия, а он смотрел на сидевших у костров. Они по-прежнему не двигались и смотрели, в свою очередь, на генерала. На то, как перебирала ногами его лошадь, как изредка подрагивал ее круп. Гнедая лошадь на глазах становилась белой. Белым становился генерал — шинель, башлык, поводья в руках. Лицо тоже было белым. Никогда они еще не видели такого белого генерала. Медленно, словно преодолевая донную муть, перед их глазами проплыла в поземке кавалерия. Прошла пехота. Проехали тяжелые орудия. Это длилось долго, но никто так и не понял — сколько. Время остановилось. Когда прошел последний пехотинец, генерал молча кивнул и скрылся в темноте.

К Перекопу подошли на рассвете. Генерал распорядился снести все остававшиеся там строения и соорудить из них костры. Из Джанкоя по железной дороге уже двигался состав с продовольствием и дровами. Генерал проверил состояние укреплений и приказал натянуть колючую проволоку там, где она была оборвана. Он хотел было разбить палаточный лагерь, но понял, что сейчас это уже невозможно. Он приказал лишь, чтобы никто не лежал на снегу. Через мгновение спали все, кроме выставленных постов. Посты должны были сменяться каждый час. На большее у людей просто не было сил.

В Джанкое генерала ждали иностранные посланники. К посланникам генерал не испытывал ничего, кроме презрения. На встречу с ними он не возлагал больших надежд. И все-таки он решил поехать. Это решение определила мысль об эвакуации армии. Оставив вместо себя генерала Шаталова, он отправился в Джанкой.

В бронированном вагоне генерал ехал по выстроенной им железной дороге. Тепло вагона и стук колес кружили голову. Генерал почувствовал себя так, как чувствовал только в детстве. Это было чувство радости и бессмертия.

— Радости и бессмертия, — произнес генерал.

В последнее время это чувство приходило к нему несколько раз, и генерал подумал, что, должно быть, скоро умрет. Это было последним, что он успел подумать перед тем, как заснул.

Проснулся генерал от протяжного паровозного гудка. Гудел проходящий мимо поезд. Они стояли на станции.

— Джанкой? — спросил генерал у денщика.

— Джанкой, — ответил денщик.

В одной руке он держал мыльницу, в другой полотенце.

Генерал подошел к рукомойнику. Даже в теплом вагоне вода почему-то была холодной, и генерал вспомнил, как по утрам обливался водой в кадетском корпусе. Как его тело и тела его товарищей покрывались гусиной кожей. Тогда у него было другое тело. Взял у денщика полотенце и растер им лицо до красноты. Совершенно другое.

Сотрудники иностранных дипломатических миссий собрались в небольшом зале городской управы. Они сидели на венских стульях по обе стороны от вытертой ковровой дорожки. Начиналась дорожка от дверей и вела к длинному дубовому столу. Когда в сопровождении эскорта появился генерал, все встали. Эскорт остался у дверей, а генерал, ни на кого не глядя, прошел через зал. Он расстегнул шинель и полуприсел на стол.

— Мы покидаем Крым, — сказал генерал одними губами. — Мы будем держать Перекоп столько, сколько это потребуется для всеобщей эвакуации.

Сотрудники дипломатических миссий без выражения смотрели на генерала.

— Мне нужно спасти мою армию, — продолжил генерал. — Мне нужна ваша помощь.

— Замечательно, что свои решения вы принимаете без консультаций с союзниками, — сказал английский посланник.

Генерал достал из кармана портсигар и открыл его с мелодичным звуком.

— Я обратился к вашему королю с вопросом, какое количество людей он примет в случае нашей эвакуации.

Увидев, что генерал достал папиросу, вестовой поднес ему спичку.

— Он мне даже не ответил, — слова генерала смешались с папиросным дымом и прозвучали глухо.

Английский посланник хотел что-то возразить, но генерал упреждающе поднял руку.

— Я обращаюсь ко всем: примите моих солдат. *Товарищи* не оставят в живых никого, — генерал раздавил папиросу в массивной мраморной пепельнице. — Никого. Честь имею.

Он медленно прошел по ковровой дорожке, но перед самой дверью остановился.

— Полгода назад Англия помешала мне установить минные поля в акватории Одессы. Почему?

Стоял, опустив голову. Не оборачиваясь.

— Мне это неизвестно, — сказал английский посланник.

— А мне известно. Сейчас английские транспорты вывозят оттуда зерно, купленное за бесценок у большевиков. Это зерно пропитано кровью русских крестьян.

На Перекоп генерал вернулся поздно вечером. Начальник разведки доложил ему, что за прошедший день противнику удалось подтянуть к Перекопу значительные силы. Генерал кивнул. Он уже чувствовал ритм красных и утром ожидал их наступления.

Побудку генерал дал за час до рассвета. Когда сыграли зарю, он не стал объявлять построения. Он приказал лишь ярче разжечь костры.

— Прыгать через костры! — крикнул генерал, и его голос слабым эхом отозвался в криках командиров полков.

— Прыгать через костры! — крикнул он еще раз в наступившей тишине.

Несколько человек обозначили легкое движение и тут же растворились в общей неподвижности. Очевидным образом армия впадала в летаргию. Генерал бросился к ближайшему костру и стал трясти сидевших. Один за другим они вставали и смотрели на него бессмысленными слезящимися глазами. Никогда еще он не видел свою армию *такой*. Впервые в жизни генералу стало по-настоящему страшно.

Он метался между кострами, пытаясь вернуть свою армию к жизни. Бил солдат по лицу и под дых. Кричал, что их перережут, как свиней.

Он раздал им по полстакана водки, но водка подействовала на них усыпляюще. Приказал играть марш, но у музыкантов на морозе не двигались пальцы. Он закрыл лицо руками и скрылся в палатке главнокомандующего.

Когда к палатке подошли другие генералы, он сказал:

— Эта армия умерла. И никогда не воскреснет.

При этих словах раздался отдаленный гром. Это начала обстрел красная артиллерия. Красные стреляли часто, но плохо. Их снаряды ложились то до укреплений, то далеко за ними. Отсутствие кучности в стрельбе показывало полную несостоятельность красных стрелков. Если генерал чего-либо и мог опасаться, то лишь шального снаряда.

С началом боя генерал успокоился. Словно забыв о своей минутной вспышке, он руководил расчетами артиллеристов, определявших направление ответного удара. Единственным надежным ориентиром служили обнаружившие себя тяжелые орудия красных. Этот ориентир был использован в полной мере. Через двадцать минут красная артиллерия была подавлена.

В наступившей тишине генерал еще раз прошел вдоль укреплений и убедился, что приказ об их починке был выполнен. В некоторых местах подломившиеся колья были вырыты. На их место установили целые, только что привезенные из Армянска. Оборванную проволоку снимать не стали, но рядом с ней пустили новую.

— К приему *товарищей* всё готово, — сказал генерал.

Товарищи не заставили себя ждать. Словно сгустившись из поземки, вдали возникла их первая цепь и стала приближаться к линии обороны. Белые не стреляли. Красные — тоже. Они шли ссутулившись, как ходит человек, еще не способный распрямиться ранним утром. Холодным ранним утром у гнилого залива. Так ходили они, бывало, в прежней жизни на завод. Уже видны были их пепельные невыспавшиеся лица. (И по-прежнему никто не стрелял.) За поясом у некоторых были плоскогубцы для резки колючей проволоки, и это еще больше придавало идущим сходство с толпой мастеровых. Но это были не мастеровые.

За первой цепью возникла вторая, за ней — третья, четвертая... Генерал сбился со счета. Казалось, что эти цепи двигались от самого горизонта. Наползали с безразличием вулканической лавы. С неразделимостью саранчи. Это была единая глухая сила. Революционная масса в ее высшем проявлении. Она производилась где-то в глубине большой страны и вдавливалась сюда, на узкий перешеек. Генерал знал, что этой массы хватит на десять белых армий, что в конце концов она накроет и его проволоку, и его пулеметы.

Он чувствовал на себе взгляды обороняющихся и ожидание его команды. Ему даже показалось, что ввиду смертельной опасности его войско немного взбодрилось. Возле своих *максимов* уже присели пулеметчики. Они поправляли ленты и гладили дула. В их движениях не было напряжения, в них было, напротив, что-то хозяйское, и это раздражало генерала. Он посмотрел на часы, но так и не понял, который час. Собственно, это было и не важно.

Пулеметы поражали на двух тысячах шагов, а красные были уже гораздо ближе. Они шли нестройной хромающей походкой, уставившись в мерзлую траву. Солдаты пытались обмануть смерть, которая уже расположилась за заграждением. Они не смотрели ей в глаза, чтобы не привлекать ее внимания, как не смотрят в глаза бесноватым. Смерть ждала молодых и потому казалась этим солдатам обезумевшей. Они видели ее и отводили взгляд. Дула их винтовок были полуопущены. Они не воюют, они по другому делу. Просто идут, подпрыгивая на кочках. С севера на юг.

Генерал знал, что эта цепь обречена. Он хотел дать этим солдатам лишнюю минуту. Хотел в последний раз увидеть их живыми. Не мог на них насмотреться. Налюбоваться их неловким движением вперед, потому что их движение было признаком жизни. Даже их деревянные шаги, даже судорожные взмахи их рук были тем, что отличало жизнь от смерти. Через минуту это у них отнимется. Сменится полным покоем, отличающим смерть от жизни.

Всё произойдет по его приказу. За первой цепью двигалось еще несколько десятков цепей, предназначенных к переходу из жизни в смерть. Скорость их перехода зависела от скорости стрельбы его *максимов*. Замерших в готовности. Всё произойдет и без его приказа. Эти армии уже не могли друг без друга.

Генерал лихорадочно пытался вспомнить, на чьей стороне он воюет. Он знал, что это бесполезный трюк сознания, уход от другого, главного вопроса, и все-таки никак не мог вспомнить. Окружение смотрело на него с удивлением, переходящим в тревогу. Смотрели кавалерия и пехота. Смотрели артиллеристы. Не было слышно ничего, кроме ветра.

— Огонь, — прошептал генерал.

Его команда была лишь облачком пара. Она не содержала голоса. Но уже в следующую секунду по передовым цепям красных ударили пулеметы. По арьергарду *заработала* артиллерия. Генералу казалось странным, что к таким последствиям могло привести одно короткое слово. Которого они даже не слышали. Которое они сами себе произнесли. Он видел, как ловко управлялись с лентами пулеметчики. Как со спокойной, какой-то даже муравьиной сосредоточенностью ящики со снарядами обслуга подносила к пушкам. Залп следовал за залпом. И это не вызывало в нем подъема. В нем больше не было радости боя. Он знал (залп), что теперь у него уже другая армия. А может быть (залп), это он был другим. Может быть, армии передалась его собственная (залп) опустошенность, и армия перестала существовать. Умерла.

Все в первой цепи падали по-разному. Одни — взмахнув рукой. Другие — схватившись за живот. С нечеловеческими криками катались по земле. Третьи замирали и, постояв в нездешнем уже спокойствии, молча валились на землю. В образовавшиеся зияния входили другие люди. Эта первая цепь была давно уже не первой. По мере ее приближения пулеметы становились всё точнее и выкашивали всю цепь целиком. На место погибшей первой цепи приходила первая цепь живая, и это было, по мысли генерала, очень странным торжеством жизни.

Некоторые отрывались от цепи и добегали до проволоки. Они пытались достать свои плоскогубцы, чтобы перед смертью перерезать хотя бы одну нитку проволоки. Они не успевали этого сделать. Их убивали прицельными выстрелами сразу из нескольких винтовок. Стрелявшие одобрительно кивали друг другу. Они понимали, что убитые были героями.

Лица пулеметчиков были потными и строгими. Такими, думал генерал, они должны быть у ангелов смерти. В этом страшном оркестре пулеметчики играли первую скрипку. В охлаждающие емкости своих *максимов* они вливали воду, ковш за ковшом, но вода не успевала остужать металла. Его температура чувствовалась даже сквозь рукавицы.

У красных было много людей, они не считались с потерями. Никогда еще генерал не видел, чтобы командиры так спокойно жертвовали своими солдатами. В течение уже многих часов красные вели фронтальную атаку. С точки зрения военной науки, эта атака была бессмысленной. Что они могли? Принять в себя все пули? Укрыть своими телами всю проволоку? С точки зрения страшной реальности, эта атака была бесспорной. Такой атаке нельзя было противостоять бесконечно.

Это знали красные, пошедшие на невиданные жертвы. Это знал генерал, никогда бы себе таких жертв не позволивший. Он видел, что вместе с красными приходит новая, устроенная на иных основаниях действительность. Он уже плохо понимал ее и оттого отвергал с еще большей страстью. И продолжал ей сопротивляться.

С ранними осенними сумерками атака красных прекратилась. Растворилась в полумраке. Схлынула, как вода во время отлива. Незаметно. Беззвучно. Открывая всё, что хранилось на дне. На месте красных цепей повсюду — сколько было видно в наступающей темноте — лежали тела. Они лежали поодиночке. Они лежали друг на друге. Они висели на проволоке. Некоторые шевелились. Генерал послал санитарную команду собрать живых. Хоронить мертвых он предоставлял уже красным. Генерал готовился к сдаче Перекопа.

Подробнейшим образом Соловьев описывал подготовку генерала к его последней военной операции. Операция заключалась в обеспечении отступления войск к портам. Речь в данном случае шла уже не об организаций блистательной победы, как это бывало раньше. Генерал занимался спасением жизни солдат. По словам историка, это была организация поражения с наименьшими потерями — в своем роде не менее блистательного, чем прежние победы.

Прежде всего генерал продиктовал особое распоряжение, передававшее Белой армии весь приписанный к крымским портам флот. Он назначил также пять портов, из которых следовало осуществить эвакуацию. Это были Севастополь, Ялта, Евпатория, Феодосия и Керчь. Но главным и потрясшим всех был приказ о марше белой пехоты на юг.

Выступать следовало немедленно — не поднимая шума, не гася костров, взяв минимум обмундирования. Основная и наименее маневренная часть армии тайно отправлялась к портам и начинала грузиться на транспорты. Оставались кавалерия, пулеметные расчеты и часть артиллерии. Они прикрывали уход пехотных полков Белой армии. В момент, когда последний полк достиг бы порта, защитникам Перекопа надлежало бросить позиции и на рысях мчаться к портам. Таков был план генерала. Он изложил его своему окружению, и ему никто не возразил. Ему никогда не возражали.

Генерал медленно шел вдоль линии обороны и вглядывался в лица тех, кто остался висеть на проволоке. На этих лицах еще присутствовало страдание. Генерал знал, что через несколько дней это выражение с них сойдет. Сойдет всякое выражение. Особенно если потеплеет.

Это был странный смотр и странный строй. Строй нарушался на каждом шагу. Осматриваемые стояли, подогнув колени, вывернув пятки, забросив на проволоку руки. Они стояли как могли, и большего от них требовать не приходилось. Генералу казалось, что эти люди были еще как бы не совсем мертвы. Их еще не коснулось разложение. В чертах их лиц он еще надеялся уловить хотя бы тень того, что отделяет жизнь от смерти.

Генерал остановился у убитого курсанта, мальчика лет шестнадцати. Упасть ему не дал воротник шинели, зацепившийся за проволочный шип. Будто на настоящем смотре, генерал поправил курсанту воротник. Теперь воротник смотрелся почти естественно: он был поднят со всех сторон. Щека и подбородок курсанта были разорваны: прежде чем повиснуть на воротнике, он упал лицом на проволоку. В правой руке продолжал сжимать плоскогубцы.

Человека, стоявшего рядом с курсантом, генерал узнал сразу. Несмотря на десятилетия разлуки, он не мог его не узнать. Он помнил его голос — намеренно тихий, помнил его взгляд — снисходительный. Теперь этот взгляд был скорее удивленным. Это был взгляд только одного глаза, потому что второго глаза у стоявшего не было. На месте глаза зияло кровавое углубление. Генерал помнил зимнюю питерскую ночь, водку в трактире. Ощущение невесомости, уют сбежавших от всех. Обостренное единство сообщников. Невыносимый стыд того, кто пренебрег своим долгом. Перед ним стоял Ланской.

Ланской стоял, припав головой к столбу. Обе руки его были заброшены на проволоку. Генерал подумал, что они висят по-настоящему безжизненно. В этом было что-то от кукольного театра. От куклы, разговаривающей со зрителем. Сравнение показалось генералу неподобающим, но точным.

Что мог сообщить публике Ланской? Что был героем? Что, презирая смерть, бросился на проволоку? Но это было бы неправдой... Ланской бросился на проволоку, презирая жизнь. Вероятно, по этой же причине он пошел к красным. Генерал приблизился к Ланскому вплотную и попытался закрыть его единственный глаз. С едва слышным хрустом осыпались ресницы, но глаз не закрылся. Генерал обнял Ланского. Он прижался к его уцелевшей щеке. По щеке Ланского потекла слеза и тут же замерзла. Это была слеза генерала.

— Похоронить, — приказал генерал.

Его войска уходили почти беззвучно. Скрип сапог, приглушенный порывами ветра. Прощальная симфония, подумалось генералу. С той лишь разницей, подумалось, что его люди не гасят огней: количество костров должно было оставаться прежним.[1] Уменьшение количества исполнителей зрителю до времени не раскрывалось. В этом состояла суть произведения генерала.

Он подошел к одному из костров. Костер поддерживал капитан медицинской службы Кологривов. Капитан был одним из тех, кто оставался на Перекопе до конца.

— Здравия желаю, ваше высокопревосходительство, — вытянулся перед генералом Кологривов.

— Вольно, капитан.

Он сел против Кологривова. Прогоревшее с одной стороны полено подвинул ближе к центру костра.

— Меня интересует переход из жизни в смерть, — сказал генерал.

— Он, ваше высокопревосходительство, неизбежен.

От бликов костра лицо Кологривова меняло свой цвет и очертания.

— Это я знаю. Как он происходит?

— Есть два пути — естественный и неестественный. Естественный...

---

[1] *Вишневский Г.П.* Приемы внемузыкального воздействия в творчестве Й.Гайдна // Пожарное дело. 1980. № 2. С. 27–49.

— Естественный нам сейчас не грозит, — перебил генерал. — Расскажите о втором пути. Пойдемте.

Он взял Кологривова под локоть и повел его к проволоке. Проходя мимо штабной палатки, генерал снял висевший на ней керосиновый фонарь. Теперь их движению предшествовал широкий, но тусклый круг.

В той части заграждения, к которой они подошли, атакующим удалось повалить одну из опор. Она висела на проволоке, почти касаясь земли. Рядом с ней висело три тела. Они принадлежали красным курсантам (уже не принадлежали, подумал генерал). Еще несколько тел курсантов лежало на земле. На этом участке обороны дело дошло до ближнего боя.

Генерал осветил одно из тел на проволоке. Это тело висело как-то особенно безутешно — раскинув руки, головой почти касаясь земли. Кологривов взялся за плечо убитого и перевернул его на спину. Два других тела со скрипом закачались.

— Перерублена аорта, — показал на трупе Кологривов. — Из него вытек не один литр крови.

— Не один — это сколько? — спросил генерал. — Три? Пять? Десять?

— У человека всего пять-шесть литров крови. Из него вытекло не меньше двух с половиной.

Генерал направил фонарь на землю под проволокой. Она была багровой. Кровь замерзала по мере вытекания. Концентрическими кругами. Как лава. В теле она была еще теплой, а на земле замерзала.

— Кровь — это особая жидкая ткань, — сказал Кологривов. — Она движется по кровеносным сосудам живого организма.

— Чего не хватает этому организму, чтобы быть живым? — спросил генерал.

— Полагаю, что крови. Примерно двух с половиной литров. Пользуясь случаем, укажу, что кровь составляет 1/13 веса человеческого тела.

— Можно изучить совокупное действие органов, но для меня из этого еще не выводится жизнь, — генерал очертил фонарем круг. — Жизнь как таковая.

— А в ста граммах крови содержится приблизительно семнадцать граммов гемоглобина.

— Но даже если вы дадите этому курсанту два с половиной литра крови, он уже не оживет.

— Не оживет, — Кологривов присел перед одним из лежавших на земле. — А этого человека шашкой ударили по черепу. Посветите, ваше высокопревосходительство... Так и есть, рассечена правая височная доля.

— Вы объяснили мне причину их смерти, но для меня до сих пор нет ясности... — генерал мучительно подыскивал слова. — Возможно, всё дело в том, что вы не объяснили мне причину их жизни.

— Жизнь человека необъяснима. Объяснима только смерть, — Кологривов погладил убитого по волосам, ставшим проволокой. — В правую височную долю шашка вошла сантиметров на пять. На мой взгляд, у него не было шансов. Интересно, что правая височная доля отвечает за либидо, за чувство юмора, за память о событиях, звуках и изображениях.

— Значит ли это, что, умирая, солдат уже не помнил ни событий, ни звуков, ни изображений?

— Он не обладал даже чувством юмора. И у него отсутствовало либидо. Эта смерть относится к категории неестественных.

Где-то вдали глухо, словно спросонья, ударила пушка. Ее эхо прокатилось по небу и смолкло.

— В сущности, — сказал генерал, — кто из нас знает, что естественно, а что — нет?

— Замечу *à propos*, что мозг человека весит в среднем 1470 граммов.

— Может быть, естественна как раз та смерть, которая приходит к человеку в расцвете сил?

— При том, что объем его составляет 1456 см^3.

— Может быть, в смерти на высшей точке есть своя логика?

— И состоит он на 80% из воды. Это так, к сведению.

— Но зачем же ждать момента, когда тело становится дряхлым, почти распавшимся?

Капитан встал на ноги.

— Затем, ваше высокопревосходительство, что такого тела уже не жалко.

Генерал внимательно посмотрел на Кологривова. Подошел к нему и обнял за плечи.

— Ну, конечно: смерть приходит только к телу человека. Просто я забыл о самом главном.

18

Поиски Лизы Соловьев продолжил. Неожиданные сложности, с которыми он столкнулся в Университете, его не остановили. Они сделали его осторожнее. Исследователь понял, что непосредственный контакт с обладательницами дорогой ему фамилии таит свои опасности. Обращаясь в другие учебные заведения, во главу угла он уже ставил работу с бумагами: их внимательный анализ позволял свести личное общение к минимуму.

Не зная, в какой из университетских городов могла уехать Лиза, Соловьев решил попытать счастья и в

Москве. В пользу Москвы до некоторой степени его настраивало и то, что путь обращения здесь предполагался почтовый. С учетом непростого опыта поисков этот путь показался молодому историку наиболее безопасным.

Ректору Московского университета Соловьев написал большое письмо, в котором просил отнестись к его просьбе с пониманием. Письмо он составил в неформальном духе и даже рассказал о своей детской дружбе с той, которую (увы, во многом по своей вине!) он потерял. Чтобы быть более убедительным, Соловьев упомянул и о читательском треугольнике, состоявшем из него самого, Надежды Никифоровны и разыскиваемой Елизаветы. Не желая производить впечатление человека легкомысленного, о своих видах на Надежду Никифоровну Соловьев не обмолвился ни словом.

На обращение в МГУ Соловьев почему-то очень рассчитывал и с нетерпением ждал ответа. Он не знал в точности, сколько идут письма из Петербурга до Москвы, но полагал, что не очень долго. Из университетского курса русской литературы ему запомнилось, что письма Достоевского из Германии шли четыре-пять дней. Учитывая этот факт, а также совершившуюся техническую революцию, на дорогу письма из Петербурга до Москвы Соловьев клал дня два. На обратный путь предполагалось столько же. Дня три-четыре Соловьев отводил московскому ректору для выяснения его вопроса.

К его удивлению, через десять дней ответ не пришел. Не пришел он и через двадцать дней, и даже через месяц. Соловьеву хотелось отправить письмо в Москву повторно, но он боялся быть навязчивым. Чтобы не упускать время, он решил поискать Лизу в других учебных заведениях Петербурга. Открыв справочник для поступающих в вузы, Соловьев обомлел. Количество вузов превышало всякие разумные пределы.

В первую очередь Соловьев обратился в Педагогический университет им. А.И.Герцена, еще недавно называвшийся институтом. Учреждение, возможности которого после переименования расширились, не только обнаружило в своих рядах Елизавету Ларионову, но и позволило Соловьеву ознакомиться с ее личным делом.

Входя в деканат филологического факультета, Соловьев услышал биение своего сердца. Эхом оно отдавалось из-под потолка, где в такт ему двое рабочих прибивали кабель. Соловьева попросили подождать. На случай сличения анкетных данных у него были годы начала и окончания Лизиной учебы в школе. Это были и его годы. Что еще могло входить в анкету? Чтобы приглушить удары сердца, он скрестил на груди руки. Рабочие тоже сбавили темп. По розовой стене они тянули зеленый кабель, и лица их были грустны. Сотрудница деканата внесла тонкую папку и протянула ее Соловьеву.

— Она?

Анкетные данные Соловьеву не понадобились: в левом углу формуляра была приклеена фотография. Она была небольшой, но для полной ясности большей не требовалось.

— Нет.

Соловьев не опускал рук. Он обращался во все — даже самые невероятные — учреждения. Случалось, справку ему давали по телефону, иногда требовали приехать. Нередко предлагали не морочить голову и клали трубку. В таких случаях Соловьев просил. Настаивал. Несколько раз покупал конфеты сотрудницам ректоратов. Одна из сотрудниц в шутку спросила у Соловьева, в какой мере она могла бы ему Лизу заменить. Ему казалось, что список вузов не кончится никогда.

Спустя еще две недели студентка Елизавета Ларионова отыскалась в Институте физической культуры им. П.Ф.Лесгафта. Услышав об этом по телефону, Соловьев поймал такси и поехал в институт. Думать о Лизиной связи со спортом у него просто не было времени.

В ректорате его встретила пожилая широкоплечая женщина, очевидно, бывшая спортсменка. Смерив Соловьева взглядом, она спросила о его росте.

— Метр семьдесят девять, — ответил Соловьев.

За время поисков Лизы он отвык удивляться.

— Рост нашей Елизаветы — два метра четыре сантиметра, — сказала женщина. Помолчав, она добавила: — Значит, вы не спортсмен?

По ее лицу Соловьев понял, что она не смеется.

— Я — историк. Два метра четыре сантиметра — это рост Петра Первого. У Елизаветы большое будущее.

— Хорошая девочка. Член сборной команды города по баскетболу.

Она поправила лампу на столе. Ее лицо было попрежнему серьезно.

В самом конце октября пришло уведомление на заказное письмо из Москвы. Вернувшись из библиотеки, Соловьев обнаружил его в своем почтовом ящике. Для получения письма он приглашался с паспортом на почту. Закрывая ящик, Соловьев подумал, что такая торжественность сама по себе уже кое-что значит, что отправлять заказным письмом отрицательный ответ не было никакого смысла.

Он был у почты за десять минут до ее открытия. Сердце получателя билось как никогда прежде. Расписавшись за письмо, он разорвал конверт прямо у окошка и принялся читать. Подписано оно было проректором по общим вопросам (фамилия была женской) и сообщало, что в МГУ действительно учится Ларионова Елизавета Филипповна. Вслед за этим, однако, высказывалось предположение — здесь тон письма становился менее формальным, — что это не та Елизавета, которую искал петербургский историк. Елизавете московской было 39 лет, и получала она второе образование. В конце письма женщина-проректор желала Соловьеву успехов в поисках и выражала надежду, что свою Елизавету он непременно найдет. Судя по проставленной дате, это пожелание было высказано ровно месяц назад.

Соловьев вышел было на улицу, но затем вернулся и потребовал заведующего почтой. Когда тот появился, Соловьев молча показал ему на штемпель отправки. Из кармана рабочего халата заведующий достал очки и внимательно изучил штемпель.

— Месяц, — сказал заведующий. — Бывает и дольше. Бывает, вообще не доходит.

Соловьев смотрел поверх заведующего и чувствовал кипение своей ненависти. Ненависти и отчаяния. Стрелка настенных часов водила их по кругу.

Письма Достоевского из Германии шли пять дней, — проинформировал собеседника Соловьев.

— Достоевский был гений, — возразил заведующий.

Спустя несколько дней Соловьев прибегнул еще к одной возможности. В московской и петербургской газетах объявлений он опубликовал краткое обращение к Лизе и просьбу позвонить (указывался телефон). В последовавшие за публикацией дни звонков было довольно много. Звонили четыре Лизы, из них две — Ларионовы. Звонила Таисия Ларионова, сказавшая, что готова при необходимости отзываться на *Лизу*. Звонила женщина, не назвавшая своего имени. Она предложила приобрести со скидкой порцию *Гербалайфа*. Примерно через неделю звонки прекратились.

Всю силу своего стремления к Лизе, всю обиду, накопившуюся за время бесплодных поисков, Соловьев направил на диссертационное исследование о генерале. Так много и страстно он еще никогда не работал. Он находил документ за документом, но это ни на шаг не приближало его к Лизе. Поймав себя на этой мысли, Соловьев понял, что на такое приближение он подсознательно надеялся. Почему?

В один из дней он столкнулся в институтском коридоре с Темрюковичем.

— Вы, кажется, занимаетесь генералом Ларионовым? — спросил Темрюкович.

— Занимаюсь, — подтвердил Соловьев.

Он сделал несколько шагов навстречу Темрюковичу.

— В свое время я читал один фольклорный текст, — сказал Темрюкович. — И мне пришла в голову странная мысль: а не связан ли он с генералом?

Темрюкович замолчал. Соловьев не мог ни подтвердить мысли академика, ни даже ее опровергнуть. Он мог лишь уважительно кивнуть. Темрюкович подошел к нему вплотную, и Соловьев ощутил его испорченный выдох.

— Как вы относитесь к странным мыслям? — спросил Темрюкович.

— Хорошо... — Соловьев слегка отодвинулся. — А вы не помните, где встречали этот текст?

— Где встречал? — неожиданно захохотал Темрюкович. — Не помню ли я? Ну, конечно, помню: *Полный свод русского фольклора. Записи 1982 года.* Второй полутом. Страница, предположительно, 95 и далее.

Лицо Темрюковича стало грустным. Он медленно повернулся и пошел по коридору.

«Может быть, мое указание этому юноше поможет», — услышал Соловьев.

Вопреки предположению академика, в полезности полученных сведений юноша сомневался. Но, оказавшись в Публичной библиотеке, вспомнил о них и решил посмотреть *Полный свод русского фольклора*. Каково же было его удивление, когда во втором полутоме записей 1982 года он и в самом деле обнаружил упоминавшийся Темрюковичем текст. Начинался он, в полном соответствии со ссылкой, на странице 95-й, а оканчивался на 104-й. Записан он был участниками фольклорной экспедиции со слов Тимофея Жженки, восьмидесяти девяти лет, жителя деревни Березовая Гать Новгород-Северского района Черниговской области.

Участникам фольклорной экспедиции Тимофей Жженка рассказывал о событиях какой-то давней войны. В примечаниях к тексту говорилось о невозможности (как то обычно и бывает в фольклоре) выяснить, о какой, собственно, войне идет речь. Время действия издатели были склонны рассматривать как эпическое, хотя при этом честно отмечали, что для такого вывода имеется определенное препятствие.

Имелось в виду упоминание железной дороги, в эпических текстах, как правило, отсутствующее. Более того, повествование открывалось несвойственным фольклору указанием железнодорожной станции — *Гнаденфельд,* — где и развернулись описываемые события. Уже одно это название заставило Соловьева обеими руками вцепиться в тисненый переплет *Полного свода русского фольклора*.

В причудливых диалектных выражениях Тимофей Жженка описывал летнюю ночь, в которую на указанной станции почти одновременно остановились два бронепоезда. Из двух бронепоездов — и это выглядело вполне по-фольклорному — вышли два генерала. Каждый из них полагал, что станция находится в руках его войск, и задумчиво (*им было об чем подумать*, пояснял Тимофей Жженка) прогуливался вдоль своего бронепоезда. Внезапно в свете станционного фонаря один генерал (*который наш*, по скупому определению Тимофея) узнал другого. Не выходя из темноты, он сделал знак сопровождавшему его денщику, и под вагоном они перебрались ко второму бронепоезду.

Между тем второй генерал, затушив папиросу носком сапога, стал подниматься в свой вагон. Уже стоя на вагонной площадке, он разрешил охране отправляться спать. Дважды ее просить не пришлось: она исчезла в соседнем вагоне. Охраняемый вошел к себе. Через минуту в его дверь постучали.

— Ну, чего еще?!

Он резко распахнул дверь, и его втолкнули внутрь вагона.

— Встретились все-таки, — сказал вошедший.

Ко лбу хозяина вагона он приставил дуло нагана и приказал денщику отобрать у того оружие.

— Я вас не боюсь, — произнес разоружаемый.

— Сядьте.

Вошедший кивнул на стул, стоявший у небольшого круглого стола. Под чернильницей-непроливайкой на нем лежало несколько листов бумаги. Отчего-то не было пера. Хозяин вагона неловко (*неуютно*, определял Тимофей) съехал по спинке стула на сиденье. Примостившись на краю, положил руки на листы.

— Вы не посмеете выстрелить.

— Почему?

— Потому что на выстрел прибежит моя охрана.

Его лоб покрылся каплями пота.

— Не думаю, — вошедший достал из нагрудного кармана часы и открыл их с едва слышным звоном. — Очень скоро по станции пройдет поезд с нашими ранеными. Это очень длинный поезд...

— Плевать я на вас хотел.

— Никто ничего не услышит.

Щелкнув, часы снова вернулись в карман. Под ногами уже ощущалось легкое дрожание.

— Чувствуете? Это едут наши раненые. Там, конечно, много и покойников.

Звук нарастал. Глаза сидевшего за столом застыли на чернильнице. Санитарный поезд достиг станции, и станция утонула в его грохоте. Войдя с поездом в резонанс, чернильница тронулась в неспешный путь по столу. Ее била дрожь. Она вращалась вокруг своей оси и неумолимо продвигалась к краю. Когда чернильница должна была свалиться, сидевший за столом схватил ее и изо всех сил швырнул в стену.

— Да почему же вы, мать вашу, не стреляете?!!

Во все стороны брызнули осколки. Тысячей мелких стекол чернильница осы́палась на пол. Она взорвала этот невыносимый шум. За окном прогрохотал последний вагон санитарного поезда. На поставленный вопрос генерал ответил в абсолютной тишине:

— Потому что смерть не способна ничему научить.

Он пропустил вперед денщика и вышел вслед за ним. Беззвучно закрыл за собой дверь.

Оказавшись на улице, Соловьев почувствовал себя переполненным новым знанием. Он боялся расплескать его. Для этого знания он казался себе слишком хрупким и, подобно чернильнице, запросто мог разбиться.

Записывая фольклор, такой текст и в самом деле можно было принять за фольклорный: всё зависело от силы ожидания. Повествование велось хорошим народным языком. От многократного повторения оно приобрело ритм. Да, собственно говоря, что, кроме фольклора, и могло быть записано в деревне Березовая Гать?

Так рассуждали те, кто издал текст. В комментарии к публикации они призывали читателя не беспокоиться относительно некоторых деталей нового времени, несомненно, присутствующих в рассказе. Сюжет исследователи определяли как в высшей степени древний. Уточняя свою мысль, указывали, что в качестве прецедентного текста в данном случае они рассматривают повествование об убийстве израильским судьей Аодом моавитского царя Еглона.[1]

Несмотря на бескровный финал повествования Жженки, авторы комментария обращали внимание на высокую степень его сходства с повествованием библейским. В качестве примеров приводился и высокий статус действующих лиц, и проникновение в их апартаменты, и полное неучастие охраны. Было бы наивным полагать, указывали авторы комментария, что столь древний текст при воспроизведении не претерпит никаких изменений.

Подобный ход рассуждений был правомерен. Он мог, казалось бы, удовлетворить самых требовательных исследователей, не говоря уже о многочисленных специалистах в области *деконструкции* текста. Он не удовлетворил Соловьева. Историк знал то, чего не знали писавшие комментарий фольклористы: в 1920 году Тимофей Жженка был денщиком генерала Ларионова.

Соловьев решил идти домой пешком. Он раздумывал над тем, может ли фольклорный текст считаться историческим документом. И был ли, строго говоря, этот текст

---

[1] Ср.: Книга Судей, 3:16–30.

фольклорным? Подобная постановка вопроса автоматически причисляла фольклор к области вымысла. Остановившись на Дворцовой площади, Соловьев спросил себя, в какой степени является вымыслом собственно история. На главной площади империи такой вопрос казался вполне естественным.

Для начала ноября вечер был теплым. Теплым и по-питерски сырым. Опустив голову, ангел смотрел на блестящую брусчатку. Соловьев смотрел на ангела. В лучах направленных на колонну прожекторов дрожало серебряное марево. То, что Тимофей Жженка благоразумно не назвал имен действующих лиц, еще не делало его рассказ вымыслом. Может быть, он был совсем не так прост, этот Тимофей. Кто в советской России опубликовал бы мемуары денщика генерала? (Писал ли денщик мемуары? Писал ли он вообще?) Похоже, Тимофей Жженка нашел остроумный способ рассказать потомкам о виденном. Не сомневался в том, что жизнь генерала когда-нибудь будут изучать. Открывая зонт, Соловьев улыбнулся своим мыслям. *Sapienti sat.*[1] Так примерно мог думать Тимофей.

Когда Соловьев подходил к дому, дождь усилился. Откуда-то сверху он стекал длинными холодными струями, барабанил по жести карнизов и с ревом вырывался из окленных объявлениями водостоков. Зонт спасал только отчасти. Он не укрывал от ветра, насквозь пропитанного водой. Ветер налетел внезапно, его порывы были хлесткими, как удар мокрой тряпкой. Он выворачивал руку с зонтом и гнул спицы, выставляя наружу изнаночную и вызывающе сухую сторону ткани. Когда на углу Ждановской набережной и Большого проспекта

[1] Умному достаточно (*лат.*).

зонт едва не улетел, Соловьев был вынужден его закрыть. Он почувствовал холодные ручейки под рубашкой и даже сквозь шум ливня услышал противное чавканье в туфлях. Ему не оставалось ничего другого, как побежать.

Дома Соловьев разделся и встал под душ. Теперь вода проявляла себя совсем по-другому, ее потоки были горячи и дружественны, объятия — щекочущи и нежны. В этом было что-то от прикосновения Лизы, и оттого ее отсутствие чувствовалось еще острее. Лиза не знала о его сегодняшнем открытии. А ему было так важно кому-нибудь об этом рассказать.

Выйдя из ванной, он набросил халат и набрал номер проф. Никольского. На том конце провода к телефону никто не подошел. Соловьев набрал номер еще раз и подождал подольше. Он почти слышал трескучий старый аппарат в профессорском коридоре. Опоздав к первому звонку, профессор спешит ко второму. Так бывает со стариками. Старики просят не класть трубку как можно дольше. Профессор пробирается сквозь захламленный коридор. На ходу теряя тапки. Придерживая соскальзывающие с носа очки. (Соловьев испытывает неловкость, но трубку не кладет.) Рукавом профессор цепляется за дверную ручку. За гвоздь, торчащий из книжной полки. Ногой задевает стопку журналов на полу. Она разъезжается никого не освежающим веером.

В конце концов профессор не ответил. Соловьеву хотелось позвонить еще кому-нибудь, но больше звонить было некому. Он понял это, когда длинные гудки, словно устав, сменились короткими. Ему не хотелось класть трубку, и он продолжал слушать короткие гудки. Они звучали так, как могли бы звучать сигналы с Марса. Для дома на Ждановской, 11 такая связь была, в сущности, органичной. Контакты с планетой Земля в этот вечер исключались.

Отсутствие проф. Никольского Соловьева обеспокоило. Утром он отправился в Университет и там узнал, что профессор в больнице. На вопрос о том, что с ним, сотрудница деканата отвечала неохотно. Давать такого рода справки было не принято.

— Что-то с легкими... Обследуется.

Больница, в которой обследовался проф. Никольский, лежала на севере города. По дороге туда Соловьев купил апельсинов. Подумав, купил также пачку немецкого печенья. По его представлению, это были продукты, не способные навредить легким профессора.

Отделение пульмонологии Соловьев нашел без труда. В нем не ощущалось обычного смрада русских больниц. Возможно, болезни легких не предполагали запаха. В углу коридора сидела дежурная медсестра. Медленно выводя букву за буквой, она что-то записывала в журнал. Соловьев спросил, в какой палате лежит профессор. Сестра ответила, не поднимая головы. Рядом с журналом лежало ее вязание. По ее задумчивости было понятно, что вязание она отложила только что.

— А что с профессором Никольским? — спросил Соловьев.

Ее авторучка двигалась с безмятежностью спицы.

— Ничего хорошего.

У проф. Никольского была маленькая, но отдельная палата. Когда Соловьев постучал в нее, никто не ответил. Он нажал на ручку и осторожно приоткрыл дверь. Проф. Никольский полулежал на кровати. Это была та необычная поза, о которой сам профессор когда-то рассказывал на лекциях о петровском времени. Именно так — полусидя (полулежа?) — в то время считалось полезным спать, чтобы кровь не приливала к голове. Так полулежал (полусидел?) в своей палате проф. Никольский. Глаза его были закрыты.

Направленный взгляд Соловьева оказался действеннее стука. Профессор открыл глаза. Возможно, он и не спал. Скорее всего (Соловьев это понял по спокойствию профессора), он и стук слышал. Всё еще не переступая порога, Соловьев поздоровался.

— Входите, дружок.

Едва заметным жестом профессор показал на стул у кровати. В жесте сквозила его обычная доброжелательность, но теперь — не только она. То, что Соловьев вначале принял за спокойствие, было, несомненно, чем-то другим, для чего привычные слова не годились.

— Вот, я тут... Принес.

Соловьев достал из сумки апельсины. Идя сюда, он собирался спросить профессора о здоровье, но теперь не мог этого сделать. Вспомнил о печенье и вытащил его.

— И вот...

Обескураженный собственным красноречием, Соловьев протянул пакеты профессору.

— Спасибо.

Он положил пакеты на одеяло. Вместе с одеялом теперь они едва заметно двигались в такт его дыханию. Дыхание — так, по крайней мере, казалось Соловьеву — было частым и прерывистым. За оттопырившейся пижамой была видна бледная безволосая грудь профессора. На ней блестел алюминиевый крестик. Соловьев подумал, что никогда еще не видел его тела. Он не помнил профессора без галстука. Никольский взял его за руку.

— Как диссертация?

— Я ее почти закончил.

— Молодец. Привезите мне ее, ладно?

Диссертация лежала у Соловьева в сумке. Он кивнул.

— Как вы себя чувствуете?

— Так себе... И все-таки — лучше, чем ваш генерал, — профессор попытался сесть выше, и апельсины съехали на край кровати. — Вам удалось найти окончание его воспоминаний?

— Пока нет. Но я нашел кое-что другое.

И Соловьев рассказал о своей вчерашней находке. Никольский выслушал его, не перебивая.

— Правда чудеснее вымысла...

В палату вошла сестра и протянула профессору пластмассовую крышку с несколькими таблетками. Привычным, каким-то даже залихватским движением забросив все таблетки разом в рот, он запил их водой. На сестру это не произвело никакого впечатления.

— Знаете, — Соловьев подождал, пока дверь за сестрой закроется, — как раз сейчас, когда почти всё сделано, у меня возникло какое-то необычное чувство. Может быть, неудовлетворенность. Мне трудно это выразить...

— Неудовлетворенность — *обычное* чувство. Особенно в конце работы.

Никольский сказал это несколько вяло, и Соловьев подумал, что среди таблеток было снотворное.

— Я имел в виду другое. Неудовлетворенность... жизнью генерала. Может быть, жизнью вообще. Ладно, это такие материи...

— Нет, продолжайте.

Руки профессора на одеяле сложились в замок.

— Ну представьте: существует себе генерал. Умница. Герой. Живая легенда. Потом — как короткое замыкание в судьбе. После яркого света — мрак. Нищенская советская пенсия. Коммунальный туалет. Как-то даже глупо.

— Почему?

Соловьев пожал плечами.

— Странная мысль: может быть, для него было бы лучше оказаться расстрелянным?

Снова вошла сестра — на этот раз со шприцем на подносе.

— Поворачивайтесь.

Профессор медленно повернулся набок и приспустил пижамные штаны. Соловьев подошел к окну. В ноябрьских сумерках улица почти не просматривалась. Плохо вымытое стекло отражало лишь медсестру и профессора. Но профессор об этом не знал.

— Расслабьтесь. Я вам говорю: не зажимайте ягодицы.

Никольский зашелся в кашле. На подносе что-то стеклянно звякнуло, и сестра вышла из палаты. Он вытер выступившие от кашля слезы.

— Я мог бы сказать, что и мне нужно было бы умереть пораньше, в каком-нибудь более приятном месте. И не загибаться здесь...

Соловьев хотел возразить, но профессор погрозил указательным пальцем.

— А я так не скажу. Не потому, что мне нравится происходящее. Просто смысл жизни не в достижении пика. Скорее уж этот смысл в ее целом, — он уперся ладонями в матрас и вернулся в полусидячее положение. — О чем больше всего пишет ваш генерал?

— Не знаю. О детстве, наверное.

— Вот видите. Это так далеко от всех его побед, а для него — самое главное. Он ведь потом всё своим детством мерил... — Никольский поднял глаза на Соловьева. — Вам это кажется надуманным?

Соловьев резко подошел к окну и присел на подоконник.

— Нет, черт побери... Простите. Я вдруг понял, почему совпадали два описания... Детские воспоминания генерала и рапорт Жлобы о вступлении в Ялту — представляете, они совпадали до мелочей! Я услышал это летом, на конференции... Мне нужно будет всё проверить, но, кажется, я понимаю...

Никольский сидел, наклонив голову к плечу. Соловьеву показалось, что внимание профессора рассеивается. Никольский поднял голову, и это впечатление ушло.

— Я сейчас подумал о пике в жизни генерала. Конечно же, это то, что вы нашли вчера. (Профессор перешел на бормотанье.) Получается, что он прожил более полувека после этого. После или вследствие этого? Хороший вопрос. Вероятно, и то, и другое...

В приоткрытой двери Соловьев увидел медсестру. Она строго смотрела на него и даже качала головой. Соловьев кивнул, что всё понял. Он повернулся к профессору, чтобы с ним попрощаться, но профессор спал. Ему снилась статья, которую он начал писать перед тем, как попасть в больницу.[1] Несмотря на то что статья открывалась подробнейшим рассмотрением категории прогресса, существенных признаков последнего исследователь в истории не усматривал. Периоды подъема имелись у большинства народов, но достигались они, как правило: а) за счет других народов и б) на весьма ограниченное время. Взаимодействие этих взлетов и падений являлось суммой поглотивших друг друга векторов и составляло суть всемирной истории. Общего вектора у нее

---

[1] См.: *Никольский Н.М.* О христианском понимании истории // *Никольский Н.М.* Неоконченные статьи. СПб., 2007. С. 3–29.

не было. При таком положении вещей оставалось неясным, в чем состоял принимаемый ныне как аксиома исторический прогресс. Не в умении ли — снился профессору риторический вопрос — с каждым веком уничтожать всё большее количество людей? Отвечать на этот вопрос он не счел нужным, но даже во сне не забыл сослаться на исследования по сходной проблематике.[1] При таком положении дел события всемирной истории проф. Никольский отказывался оценивать по степени их прогрессивности. Для их оценки он допускал один-единственный критерий — нравственный. Объявляя понятие прогресса фикцией, спящий историк отмечал, что жизнь народа по структуре своей очень напоминает жизнь личности и что оканчивается она таким же непрогрессивным образом — смертью. Это дало ему повод перейти к проблеме соотношения истории и личности. Традиционному выяснению роли личности в истории проф. Никольский предпочел вопрос о том, как история позволяет личности сыграть свою роль. В трактовке исследователя история, по сравнению с личностью, представала чем-то вторичным, в определенном смысле — вспомогательным. История виделась ему рамой — иногда бедной, иногда роскошной, — в которую личность помещала свой портрет. Другого предназначения истории исследователь не предполагал. Словно пытаясь эту раму нащупать, его пальцы едва заметно скользнули по складкам одеяла. При переходе к следующему пункту статьи профессору приснилось, что он ее, пожалуй, никогда не допишет.

---

[1] См.: *Бердяев Н.А.* Смысл истории. Париж, 1969; *Карсавин Л.П.* Философия истории. СПб., 1993.

19

На рассвете стал раздаваться тихий свист. Соловьев приоткрыл глаза. Самую малость приоткрыл — чтобы не упустить сон. Он не исключал, что свистели во сне. Сон был приятным. Уходя, сон пытался удержаться за дрожащие соловьевские ресницы. Соловьев не сумел бы пересказать сна, он не мог даже приблизительно вспомнить, о чем был этот сон, но продолжал чувствовать его настроение. Настроение было единственным, что осталось от сна, и Соловьев понял, что проснулся. Несмотря на раннее утро, в комнате не было темно. Соловьев узнал этот свет. Это был свет первого снега. Свежестью первого снега тянуло из открытой на кухне форточки.

Свист раздавался наяву. Тихий, осторожный свист, скорее — посвистывание. Соловьев привстал на локте и осмотрелся. Свист исчез. В комнате не было ничего необычного. Соловьев снова лег, и свист возобновился. Он влез в тапки и отправился на кухню. В дверях кухни остановился. На дверце посудного шкафа сидела синица.

Она явно следила за ним, но зачем-то делала это, сидя к Соловьеву боком. Был виден лишь один ее глаз, и это придавало птице неуместно кокетливый вид. Она влетела через открытую на ночь форточку. Почему она через форточку не вылетела? Не нашла? Не захотела? Соловьев подумал, что они могли бы жить вместе. Он сделал шаг к птице, но она вспорхнула на люстру. В тишине кухни звук ее крыльев оказался неожиданно громким. Мелькнула даже мысль, что слово *вспорхнула* — звукоподражательное. Именно так звучали крылья птицы.

Соловьев пожал плечами и подошел к окну. Помимо морозного воздуха в форточку вливалась барабанная дробь. Вначале она была чистым ритмом — едва угадываемым и почти лишенным звука. Этот ритм раздавался из Офицерского переулка, за которым начиналась Военно-космическая академия. Она располагалась в зданиях бывшего Второго кадетского корпуса.

Соловьев стоял, прижавшись лбом к стеклу, и удивлялся необычности места своего нынешнего жительства. Его выраженной военно-космической ориентации. Он смотрел, как неправдоподобно медленно колонна курсантов двигалась к арке его дома. Вероятно, им хотелось отсалютовать тому месту, где стоял дом инженера Лося. Ведь если они поступили в Военно-космическую академию, им, должно быть, очень хотелось на Марс.

Несмотря на внешнюю неспешность (и в этом состоит монументальность движения массы), передовая колонна успела покрыть значительное расстояние. В мутной поземке Соловьев уже различал нескольких возглавлявших колонну барабанщиков. Впереди барабанщиков маршировал человек со знаменем. Его ноги поднимались до уровня пояса, и с каждым впечатанным в снег шагом на пике знамени отчаянно взлетала кисточка. Возможно, он был тем, кому на Марс хотелось больше других.

За спиной Соловьева раздался свист. Синица опять сидела на шкафу. В этот раз она смотрела на него не сбоку. Ярко-желтая ее грудка была развернута в сторону Соловьева. Встав на цыпочки, он открыл форточку пошире. От неуверенности заговорил с птицей в полный голос:

— Если не хочешь оставаться, лети.

Демонстративно отошел от окна и показал рукой на форточку. И интонация, и жест показались ему в высшей степени фальшивыми. Синица предпочла не двигаться (на ее месте он бы тоже не полетел). Когда Соловьев попытался приблизиться к шкафу с другой стороны, она подлетела к окну и несколько раз с глухим звоном ударилась о стекло. Упала на пол, взлетела и снова ударилась о стекло. Соловьев бросился к окну, и птица, описав по кухне полукруг, улетела в комнату.

Соловьев, помедлив, также отправился в комнату. Птица сидела на книжной полке и была готова к дальнейшей встрече со стеклом. Ее глаза светились непреклонностью камикадзе. На пороге комнаты, прислонясь к дверному косяку, Соловьев остановился. Ему было жаль птицы. Ему было жаль стекла, которое могло не выдержать. Но по-настоящему невыносимым для него был звук удара. Продолжительный, гудящий. Звук столкновения живого с неживым.

— Послушай, птица...

Он подумал, что таким голосом обращаются к стоящему на карнизе. К тому, кто оплел себя взрывчаткой. Это был неестественно спокойный голос. Голос для трудных случаев.

— ...окно заклеено на зиму. Но я его открою, чтобы ты могла улететь...

Птица слушала. Соловьев медленно двигался вдоль противоположной стены. Добравшись до окна, с усилием отвернул шпингалеты и дернул за ручку. Рама подалась с сухим треском. На ветру затрепетали клочья отлепившейся ваты. Затаив дыхание, Соловьев прокрался обратно к двери. Когда он все-таки выдохнул, изо рта его вышел пар. Синица удивленно наблюдала таяние снежинок на паркете. Первая колонна курсантов успела пройти под аркой и теперь барабанила со стороны открытого окна.

— Летишь?

Птица поколебалась и перелетела на подоконник. Соловьев сделал несколько осторожных шагов к окну. Птица шагать не умела. Запрыгав по подоконнику, она переместилась к открытой створке окна. Села на оконную раму, как на раму картины. Застыла крохотным желтым мазком. В смешении воздушных потоков за птицей дрожали башни освещения, под ними — псевдоклассические колонны стадиона. Внизу, у самой рамы, на ведущий к стадиону мост желеобразно перетекали курсанты. Игнорируя колебательный закон, они продолжали барабанить и маршировать на мосту. Птица удивленно покрутила головой. Не дожидаясь обрушения моста, она улетела.

Когда Соловьев пришел в Институт, ему сказали, что его спрашивала какая-то женщина из Москвы. Сейчас она сидела в институтской библиотеке. Соловьев направился было в библиотеку, но на полпути столкнулся с Темрюковичем.

— Послушайте, Соловьев... — сказал Темрюкович, но его перебила подошедшая сзади Тина Жук.

— Не помешала? Я только хотела сказать...

Ладонь Темрюковича неожиданно легла на губы Тины Жук.

— Просто для сведения: у вас очень громкий голос. Для академического учреждения — недопустимо громкий.

Он развернулся и засеменил по коридору. Состроив жуткую гримасу, Жук устремилась за Темрюковичем.

— Громкий и неприятный, — вздохнул про себя Темрюкович. — С таким голосом лучше молчать.

— Я хотела сказать, что вас искал ученый секретарь, — с вызовом произнесла Жук.

Но ученый секретарь уже и сам подходил к Темрюковичу. Он взял академика под локоть и что-то горячо зашептал ему в ухо. Темрюкович продолжал движение, время от времени свирепо посматривая поверх головы собеседника. У дверей библиотеки они остановились.

— Слышал, как наш маразматик отличился в Доме кино? — поинтересовалась у Соловьева Тина Жук.

Она даже не старалась говорить тихо.

— Хорошо, что в данном случае требуется от меня? — раздраженно спросил ученого секретаря Темрюкович и освободил свой локоть.

Обойдя академика с противоположной стороны, ученый секретарь взял его за другой локоть. С Темрюковичем он говорил подчеркнуто терпеливо. Соловьев сообразил, что в библиотеку попасть не удастся, и теперь искал возможность избавиться от Тины.

— Он приперся на закрытый показ в Дом кино, куда пускают только по членским билетам... — Жук закатила глаза.

Поравнявшись с мужским туалетом, Соловьев с извинением в него вошел. Тина Жук осталась снаружи. Как ни странно, подумал Соловьев. Как ни странно. Он остановился возле умывальника и открыл воду. Посмотрев на свое отражение в зеркале, смочил руки. Убрал со лба волосы. Когда уже собирался выходить, в туалет влетел Темрюкович. Не заметив Соловьева, он бросился к кабинке и с грохотом захлопнул за собой дверь.

— Единственное место в институте, где дышится легко, — донеслось из кабинки.

Конец фразы сопровождался яростным журчаньем.

Выйдя из туалета, Соловьев направился в институтскую библиотеку. Помимо пожилой библиотекарши (до чего же она не была похожа на Надежду Никифоровну!), в читальном зале сидел лишь И.И.Мурат. При появлении Соловьева он поднял голову, и Соловьев поздоровался.

— Ищете кого-нибудь? — спросил Мурат.

Поколебавшись, Соловьев сказал ему об исследовательнице из Москвы.

— Была какая-то, — подтвердил Мурат.

Дверь в читальный зал открылась, и показался Темрюкович. Не отпуская дверной ручки, он молча застыл на пороге. Библиотекарша улыбнулась. Темрюкович вышел, оставив дверь открытой.

— Мне рассказали про него хорошую историю, — Мурат достал из кармана коробку мятных леденцов. — Хотите?

— Нет, спасибо.

— Ну, вот: премьера в Доме кино. Легкая давка у входа. Все показывают членские билеты и пригласительные... Точно не хотите?

Соловьев покачал головой. Тремя толстыми пальцами Мурат зачерпнул несколько леденцов и отправил их в рот.

— Вдруг из маминой из спальни... Короче говоря, появляется Темрюкович. Без всяких там объяснений проходит контроль. Ему вдогонку: «Член Дома?» Он: «Нет, с собой»...

Соловьев взглянул на библиотекаршу: она смеялась. Какими разными бывают библиотекари.

— Вы не знаете, куда эта исследовательница могла пойти? — спросил Соловьев у обоих.

Мурат пожал плечами.

— Скорее всего, обедать, — сказала библиотекарша. Ее сумка осталась здесь.

Подходя к институтскому кафе, Соловьев услышал голос Тины Жук и остановился. В конце концов, он не был уверен, что встреча с московской исследовательницей ему нужна. И все-таки он вошел.

Первой Соловьев увидел Тину. Сидя за столиком с институтским охранником и двумя сотрудницами отдела новейшей истории, она что-то рассказывала. Сотрудницы хохотали. Судя по их лицам, история была новейшей.

Охранник сидел к Тине вполоборота и слушал с достоинством сильного. Время от времени стряхивал крошки с камуфляжной формы.

За соседним столиком пила чай московская исследовательница. В кафе она была единственной, кого Соловьев не знал. Лет пятидесяти. Жокейская жилетка. На голове немотивированный бант. Когда он приблизился к ее столу, она сама спросила, не Соловьев ли он. Соловьев подтвердил. Исследовательница назвалась Ольгой Леонидовной (приглашение садиться) и сказала, что работает в Румянцевской библиотеке. Она привезла ему какие-то материалы по Гражданской войне.

— Они у меня в читальном зале, — Ольга Леонидовна улыбнулась. — Я только допью чай, ладно?

— Не торопитесь.

Соловьев тоже улыбнулся. Этот бант ей, в сущности, шел.

— Вам передала их Лиза Ларионова. Как я понимаю, вы должны ее знать.

От соседнего столика отъехал стул, и Соловьев подумал, что это поплыло у него в глазах.

— А у меня, между прочим, тоже — с собой, — сказал, вставая, охранник.

Он одернул брюки и подмигнул присутствующим. Вслед за ним засобирались две другие соседки Тины Жук. По стене медленно плыло окно.

— Вы видели в Москве Лизу?

— Я с ней работаю в одном отделе библиотеки.

— И... как она?

— В прошлом году поступала на филфак, но не поступила. Работала на каком-то заводе...

— Говорят, поступление в Москве стоит восемь тысяч *зеленых*, — сказала Тина Жук. — Как минимум.

Ольга Леонидовна удивленно посмотрела на Тину.

— Очевидно, у нее не было восьми тысяч.

— Очевидно, — подведя перед зеркальцем губы, Тина встала. — Общий привет.

В читальном зале было пусто, но Ольга Леонидовна перешла на шепот.

— В этом году Лиза поступила на заочное отделение и устроилась работать к нам. Разбирает новые поступления в Отдел рукописей, — из целлофанового пакета она вытащила пухлую папку и протянула ее Соловьеву. — Это ксерокопия. Кое-что из того, что недавно поступило на хранение.

— Спасибо.

Эту папку Лиза держала в руках. Лиза.

Выйдя из института, Соловьев отправился на Московский вокзал. Он сел было в троллейбус, но на первой же остановке вышел и вернулся в институт. В канцелярии попросил напечатать ему отношение в Румянцевскую библиотеку. На всякий случай. Добравшись до вокзала, выяснил, что ближайший поезд отправляется через три часа, и купил на него билет. Это был очень ранний поезд, он приходил в Москву в половине пятого утра, а библиотека открывалась в девять. Но ожиданию в Петербурге Соловьев предпочел ожидание в Москве. Бездействие казалось ему сейчас невыносимым. К тому же ожидание в Москве было ожиданием рядом с Лизой.

Дома Соловьев бросил в сумку самое необходимое. Подумав, положил и полученную папку: он так и не успел ее открыть. В память о поездке в Крым взял банку консервов. Мясных, купленных в соседнем магазине. На мгновение у него возникло чувство, что уезжает он навсегда. Соловьев осмотрелся. Он взял всё и ни в чем больше не нуждался. Захлопнув дверь, дважды повернул в замке ключ. В гулком парадном это прозвучало, как два далеких выстрела. Как эхо решительных действий Соловьева. В лязге ключа была своя значительность, даже бесповоротность — в той, разумеется, степени, в какой такое обозначение приложимо к ключу. На улице Соловьев поймал такси. К вокзалу он подъехал за полчаса до отправления поезда.

Войдя в вестибюль, купил газету. При выходе из вестибюля положил ее в урну. Достал из сумки банку консервов и подал ее нищему. Вышел на перрон. В свете прожекторов из вагонных труб валил дым. Или пар. Скорее, пар: он мгновенно исчезал над блестящими ото льда крышами вагонов. Проводники в черных валенках стояли у дверей. Время от времени, приникнув губами к запястью, дули в свои варежки. Иногда глухо постукивали валенком о валенок. Предъявив билет, Соловьев прошел в купе. Там уже сидели три женщины, и он с ними поздоровался. Женщины ответили хором. Ему было приятно, что это женщины, а не мужчины. Поезд тронулся.

Соловьев забрался на верхнюю полку и только там вспомнил о папке. Он снова спустился, достал папку и залез с ней наверх. Включил светильник над головой. Привыкнув к тусклому свету, открыл папку. И обомлел.

После всего услышанного за день нашлась в этот вечер вещь, способная его потрясти. Там, на плохо освещенной полке, Соловьев держал в руках окончание воспоминаний генерала. Этот почерк Соловьев узнавал при любом освещении. Да, он был потрясен. Но не удивлен.

В папке находилась ксерокопия тетради, увезенной в свое время Филиппом и всплывшей вдруг в виде *нового поступления* библиотеки. *Поступило* ли оно от Филиппа, где был сам Филипп, и вообще был ли он еще на свете, оставалось неясным. Кроме шифра хранения на рукописи не было никаких библиотечных помет.

Это была общая тетрадь в клеточку. Ее разворот не поместился в копировальный аппарат, тетрадь копировали постранично, и потому листов получилось много. Собственно говоря, без полей тетрадь поместилась бы и в разворот, но на полях (они аккуратно отчерчивались карандашом) время от времени встречались пометы генерала. Судя по разным оттенкам чернил, пометы делались в разное время. Очевидно, генерал неоднократно перечитывал написанное и оставлял замечания и дополнения. «Мертв». Или: «Всё еще жив». Или (против слов «Было холодно»): «Было не столько холодно, сколько сыро».

Было не столько холодно, сколько сыро, когда остатки Белой армии откатывались к Чонгару. Основная часть войск покинула Перекоп несколько дней назад и теперь грузилась в портах на транспорты. Ее отступление и прикрывала остававшаяся на Перекопе кавалерия. Она держалась там до тех пор, пока однажды ночью генерал не получил рапорт, что его войска уже в портах. Той же ночью кавалерия беззвучно покинула Перекоп.

Тяжелые орудия были выведены из строя. С них сняли замки и оставили на позиции. Походных костров не тушили. До самого утра за ними должен был следить отряд капитана Кологривова. Это были сто пятьдесят добровольцев, вызвавшихся остаться здесь до утра. Они прикрывали отступление последних защитников Перекопа.

Первые несколько сотен метров коней вели под уздцы. Не доезжая Армянска их оседлали, и кавалерия двинулась на рысях. В районе Джелишая малая часть войск повернула на Евпаторию, остальные продолжили движение к Ялте и Севастополю. При подъеме на Чонгарский перевал генерал думал о тех, кто остался на Перекопе. Мысленно он попросил у них прощения.

На перевале началась метель. Огромные влажные снежинки не опускались на землю. Они подхватывались ветром и летели на бреющем полете. Там, где перевал начинал уходить вниз, снежинки взмывали вверх, словно в нависающих мутных облаках их уже ждали обратно. Медленно светало.

Не шевелясь в седле, генерал наблюдал, как остатки его армии тяжело спускались с перевала. На обледеневшей дороге лошади стали скользить. Они беспомощно перебирали ногами и временами садились на круп. Они переворачивались набок, прижимая к смерзшейся грязи ноги своих седоков. Над перевалом стояли крики и брань. Многие спешивались и, держа лошадей за поводья, осторожно сводили их вниз. «Движение по наклонной плоскости» — читалась помета на полях.

По прибытии в Ялту генерал дал всем несколько часов на отдых. Сам он отправился в штаб эвакуации, который располагался в гостинице *Ореанда*. Генерал внимательно ознакомился со списками эвакуируемых и перечнем судов. Транспортабельных раненых он разместил на пароходе *Цесаревич Георгий* (нетранспортабельных через двое суток расстрелял Бела Кун). Множество раненых было взято пароходом *Кронштадт*, на котором эвакуировались Севастопольский морской госпиталь и Минно-артиллерийская школа. Остальные грузились на корабли в составе своих войсковых частей.

Судов не хватало. К имевшемуся тоннажу в последний момент добавились транспорты *Сиам*, *Седжет*,

Рион, *Якут* и *Алмаз*. Всё, что в крымских портах было способно держаться на плаву, включая старые баржи, по приказу генерала предоставили для нужд эвакуации. Получилось 126 больших и малых судов. Большинство из них уже было готово к отплытию и стояло на внешнем рейде.

После полудня прямо к *Ореанде* подали катер, и генерал в сопровождении своего заместителя, адмирала Кутепова, отправился на рейд. Катер двигался мимо набитых людьми пароходов. Мимо барж, нагруженных до того, что бортами они едва не зачерпывали воду. Их было страшно выпускать в плавание. Но еще страшнее — оставлять здесь.

По веревочной лестнице генерал поднялся на крейсер *Генерал Корнилов*. Толпа на палубе была такой плотной, что при появлении генерала почти не смогла расступиться. Пересекая палубу, он едва протискивался за очищавшими ему путь казаками. Точно такая же толпа томилась в трюме. Там хоть и было теплее, чем на палубе, но стоял уже ощутимый смрад. На весь трюм был только один туалет. Самый большой отсек трюма оказался закрыт на ключ.

— Что там? — спросил генерал.

— Помещение главного интенданта, — сказал адмирал Кутепов.

— Открыть.

Ключ хранился у главного интенданта, но разыскать его в толпе было уже невозможно. Генерал кивнул казакам, и на дверь посыпались удары прикладов. Через минуту были отбиты замок и нижняя петля. Жалобно скрипя, дверь покачалась на верхней петле и упала. Интендантский отсек сплошь был забит дорогой мебелью. Прижатые друг к другу, стояли шкафы красного дерева.

Шкафы располагались к вошедшим боком, но даже сбоку, поблескивая в скудном свете иллюминатора, они были изумительно красивы. Этот свет отражался и в нескольких венецианских зеркалах, расставленных вдоль стен. По углам отсека были аккуратно сложены большие ящики, на которых под самым потолком лежали связанные тюками скатерти.

— За борт, — сказал генерал.

Окончив осматривать трюм, он снова вышел на палубу. Туда уже был доставлен первый из шкафов. Раскачав изделие, матросы бросили его на счет «три». С фонтаном брызг оно упало на воду и какое-то время держалось на плаву. Затем под аплодисменты палубы начало тяжело погружаться. Уходя в пучину, шкаф пускал пузыри, как живое существо. Когда генерал уже спускался на катер, два матроса выволокли из трюма интенданта:

— Этого тоже за борт?

— Пусть живет, — сказал генерал.

Объехав еще несколько кораблей, он сошел на берег. Он спросил об оставшихся на Перекопе, но их здесь пока никто не видел. Смеркалось. У входа в *Ореанду* генерал отпустил казаков. Поднявшись к себе, смотрел из окна на море. Сел за стол и налил себе из графина коньяку. Выпил. В дверь постучали. Не было сил ответить.

— Разрешите?

В комнату вошел адмирал Кутепов. Он положил генералу руку на плечо.

— Вам нужно отдохнуть. Утром выходим в море.

— Эти, с Перекопа... Они до сих пор не приехали, — сказал генерал.

— Если мы завтра не отчалим, красная артиллерия разобьет нас в щепки... Позволите? — адмирал взял графин и налил себе коньяку. — К тому же те, о ком вы говорите...

— Да?

— Я думаю, им уже ничто не угрожает.

Адмирал выпил одним духом и теперь с чувством смаковал напиток. Вытянув губы. Закрыв глаза. Генерал тоже выпил. И тоже закрыл глаза.

Когда он их открыл, перед ним стоял капитан Кологривов. Генерал знал, что Кологривов ему снится, и для судьбы Кологривова не видел в том ничего хорошего.

— Ну, как вы там? — спросил генерал, отводя глаза.

— Нам уже ничто не угрожает, — сказал Кологривов и без спросу налил себе коньяку. — Жаль, что вас там не было. Все-таки для вас это был единственный шанс по-настоящему прочувствовать Фермопилы.

— Но вас было только сто пятьдесят.

— Так ведь и вы не Леонид. Тут уж, знаете ли, всё одно к одному.

Генерал проснулся незадолго до рассвета. То, что он принял за жесткую подушку, оказалось обшлагом его рукава. Под ним нащупывалась бархатная обивка стола. В неподвижном черном море за окном перемигивались огоньки: корабли на рейде были готовы к отплытию. Генерал посмотрел на часы. Через час на набережной должен был начаться напутственный молебен.

На молебен приехали командиры отплывающих из Ялты соединений. Набережная была полна народу. При первых звуках службы генерал опустился на колени, и ему последовали все офицеры. Вся огромная толпа тоже встала на колени. Сырой морской ветер заворачивал епитрахили священников, хлопал о флагшток трехцветным знаменем. Генерал пытался вникать в каждое слово службы, но незаметно для себя отвлекся. Он подумал, что эвакуация, в сущности, вполне могла бы состояться и без него.

Молебен оканчивался. Благословляя, епископ окропил его освященной водой, и несколько капель попало генералу за воротник. Вне всякого сомнения, это в его жизни уже было. Как много все-таки довелось ему испытать незабываемых вещей. Стекание дождевых капель под кителем. Полусонное стояние на берегу Ждановки. Полумрак. Такой же мокрый ветер. Можно ли считать тогдашнюю воду освященной? Она падала прямо с неба. В кармане шинели генерал нащупал карандаш. Лучше ему все-таки было остаться на Перекопе. Может быть, он там и остался.

Генерал медленно поднялся с колен. По лицам стоявших он понял, что ждали только его.

— Соблаговолите сказать напутственное слово, — обратился к генералу Кутепов.

Генерал смотрел, как метались на ветру седые волосы епископа. Они хлестали его по глазам, забивались в разомкнутые одышкой губы, а он не делал попыток их убрать. В жизни генерала было и это. Такой же старец и такое же метание седин. Он только не мог вспомнить — где. Жизнь начала повторяться. Епископ не смотрел ни на кого в отдельности, и пауза его не тяготила. Его лицо не выражало нетерпения. Генерал вспомнил: это был скрипач его детства. Он играл здесь же, у решетки Царского сада.

— Мне нечего сказать.

Адмирал Кутепов пригладил волосы и сделал несколько шагов по направлению к толпе. Откашлялся. За спинами стоящих заржала лошадь.

— Мы сделали всё, что могли...

Словно ища новых слов, Кутепов оглянулся на генерала. Но генерал молчал. Кутепов подумал и попросил у всех прощения. Генерал кивнул: он находил это уместным. Кутепов обвел толпу глазами, набрал в легкие воздуха и крикнул:

— Прощайте!

— Прощайте, — сказал Кутепову генерал. — Моя миссия окончена.

— Нас ждет катер, — кивнул в сторону моря Кутепов.

— Я командовал сухопутными операциями, а теперь начинается морская. Вы адмирал, не я.

Адмирал посмотрел на часы.

— Мы не можем больше задерживаться.

Всё еще изображая непонимание, он принял из рук генерала папку с двуглавым орлом.

— Это то, что вам понадобится в Константинополе, — сказал генерал.

— Вы их всё равно не дождетесь.

— Включая переписку по предоставлению убежища и итоговый отчет казначейства.

— Они погибли на Перекопе, и вы это знаете.

— Дело, собственно, не в них.

— Генерал, красные вас не просто убьют — они разрежут вас на куски.

— Не стоит тратить времени на пререкания. Вас ждут сто сорок пять тысяч человек. Это только по списку. В действительности, я думаю, их там гораздо больше.

Переложив папку из правой руки в левую, адмирал Кутепов приставил ладонь к фуражке. Он проделал это так медленно, что успел ненароком покрутить пальцем у виска. Или так только показалось генералу.

Набережная опустела довольно быстро. Там остались лишь брошенные при эвакуации лошади. С некоторых даже не успели снять седла. Никому не нужные лошади разбредались по окрестным улицам. Они ржали от голода. В ожидании хозяев снова возвращались на набережную и терлись о заледеневшие фонари. Свою покинутость лошади воспринимали как недоразумение.

К решетке Царского сада ветер прибивал листовки, разбросанные еще несколько дней назад. Генерал поднял одну из них. В листовке товарищ Фрунзе призывал ялтинцев не оказывать сопротивления. Он гарантировал жителям города всеобщую амнистию. Генерал разжал пальцы, и клочок бумаги полетел в пустом пространстве набережной. Оказывать сопротивление жители города не собирались.

К вступлению красных Ялта готовилась по-другому. Заколачивались витрины магазинов. В домах прятались провизия и столовое серебро. Меры были оправданными, но, как оказалось впоследствии, недостаточными. Когда через день город застыл от ужаса, и магазины, и серебро показались сущей подробностью. Среди вспыхнувшего террора ялтинцы о них даже не вспомнили, как никто из красных не вспомнил о листовках товарища Фрунзе.

Когда за горизонтом исчез дым последнего парохода, в город вошел отряд капитана Кологривова. Отступая под пулями красных, бóльшую часть своего отряда Кологривов сумел сохранить. На рассвете того дня их спасла сильнейшая метель, внезапно сорвавшаяся над Перекопом. Метель позволила отряду уйти и сбила с толку преследователей. Она сопровождала отряд полдня, закрывая его сплошной снежной пеленой. Отряд Кологривова не погиб. Он заблудился.

Вместо ялтинского направления, предписанного отряду генералом Ларионовым, в густой метели изначально был взят ошибочный курс на восточную оконечность полуострова. Ошибка выяснилась лишь глубокой ночью на узловой станции Владиславовка. Вместо того чтобы двигаться к ближайшему порту Феодосия и садиться на корабли там, верный приказу, отряд повернул обратно на север. Для того чтобы попасть в Ялту, он по пройденной уже дороге направился к центру полуострова и только затем двинулся на юг. В Ялте отряд капитана Кологривова оказался лишь под вечер следующего дня.

Встретив отряд, генерал не стал размещать солдат в казармах. Он поселил их в домах, которые, по его сведениям, были освобождены при эвакуации. После изнурительного перехода отдых был для солдат жизненной необходимостью. Такой же необходимостью было для них сжечь военную форму. Именно с этого генерал и приказал начать.

Сам он отправился в городской театр. После недолгого совещания в костюмерной ему вынесли все имевшиеся татарские костюмы (около двух десятков) и костюмы мастеровых (восемь штук). С татарской одеждой всё было в порядке, но в костюмах мастеровых (их шили в Италии) сквозило что-то неистребимо иностранное. Кроме того, они были не по-здешнему опрятны. Подумав, генерал их отверг, но потребовал фраки с цилиндрами, в поисках которых подняли реквизит *Веселой вдовы*. Нашлось также несколько костюмов трубочистов с невесомыми бутафорскими лестницами, но генерал предпочел от них отказаться. Он сказал, что не поощряет излишней театральности. Еще он спросил, нет ли в театре костюмов нищих, но нашлись лишь лохмотья юродивого (*Борис Годунов*), для месяца ноября недопустимо легкие. Отдельные части театрального гардероба, включая дюжину кушаков и шапок, были взяты генералом про запас. Всё отложенное им он велел погрузить на телегу и отвезти в *Ореанду*. Против рассказа о посещении театра рукой генерала на тетрадном поле было написано: «Удачная идея».

Удачной идею считали, однако, не все. Это стало очевидно, когда на рассвете опоздавший отряд выстроился возле *Ореанды*. Солдаты выслушали объяснения генерала и хмуро подтвердили свою готовность повиноваться его приказам. В сущности, это не были ни объяснения, ни приказы. Генерал ничего не объяснял и уж тем более не приказывал. Он просто говорил о том, что, по его мнению, лучше было бы сделать в данный момент. Солдаты мало что понимали в происходящем, и можно лишь догадываться, *что* за мысли относительно состояния полководца закрадывались в их головы. Угрюмость их была, что называется, налицо, но инерция почтения к генералу удержала их от непослушания. В конце концов, собственных планов спасения у них тоже не было.

С группой всадников, одетых в татарские костюмы, генерал отправился к въезду в Ялту. Всадники красиво покачивались в седлах, как и пристало тем, кто привык к лошади с детства. Генерал вспомнил, что одна из лошадей била копытом, обрушивая в ущелье дождь мелких камешков. Один из кавалеристов тут же заставил бить свою лошадь копытом, и генерал одобрительно кивнул. Он узнавал петербургскую школу выездки. Ударяясь о выступы ущелья, камешки летели даже лучше, чем в детстве генерала. Остальные всадники шли тихим тротом. Генерал придирчиво прислушивался к звучанию копыт. Звонкое цоканье на каменистой дороге перемежалось с глухим стуком на поросшей плющом обочине. В этом ритме не должно было угадываться волнение. Это был ритм людей, далеких от войны. Сегодня вечером из ближайшей татарской деревни им должны были привезти кумыс. Генерал хотел, чтобы они ехали с кумысом. Ему казалось, что он предусмотрел всё до мелочей. На него смотрели с нескрываемым удивлением. Когда он уже отъехал, капитан Кологривов пояснил солдатам:

— На том, что уже однажды состоялось, лежит печать проверенности. Делайте, как он велит.

— Нельзя дважды войти в одну и ту же реку, — возразил прапорщик Свиридов.

Он ушел на войну с третьего курса философского факультета.

— Не важно, в какую реку мы входим, — сказал капитан Кологривов. — Главное сейчас — не утонуть.

Пришпорив коня, он поскакал вслед за генералом. В этот день им предстояло многое успеть. Прежде всего на углах нескольких улиц были поставлены новенькие будки для чистки обуви (стоявшие ранее были в холодную пору разобраны жителями на дрова). Будку на Морской генерал приказал передвинуть от угла на пятьдесят метров: в его детстве она стояла именно там.

В будках разместились чистильщики обуви, овладевшие профессией в ускоренном порядке. Вспомнив кадетскую выучку, генерал лично показал им, как правильно чистить обувь. Он призвал их не злоупотреблять ваксой, поскольку избыточное количество ваксы не позволяло добиться необходимого блеска. Из банки ее следовало набирать самым краем щетки. Генерал продемонстрировал обучаемым правильные приемы работы щеткой, а также натирание начищенной обуви бархаткой. Для людей, два года не державших в руках ничего, кроме винтовки, обувь они чистили вполне неплохо.

Группа лиц была поставлена генералом для починки мостовой на Аутской. По его просьбе городскими властями на Аутскую (против церкви св. Феодора Тирона) были отправлены две подводы булыжников. Круглых и необработанных булыжников (их называли *кошачьими головами*) генерал просил не присылать. Он заказывал высшего качества брусчатку, тесаные гранитные кубики.

В городской управе попытались обратить внимание генерала на то, что в районе церкви св. Феодора Тирона мостовая недавно ремонтировалась, и предложили произвести починку нижней, основательно разбитой части Аутской. Детские воспоминания генерала, однако, указывали на избранное место, что, собственно, и не позволило ему согласиться с доводами городских властей. Для установки новых булыжников он порекомендовал выковырять старые.

Генералом были вновь открыты два брошенных хозяевами магазина — обувной и кондитерский. В их штат было командировано в общей сложности десять человек. Ввиду развала обувного и кондитерского производства продавать в этих магазинах было нечего. Да, строго говоря, и не за что: деньги стремительно превращались в бумагу. В краткой напутственной речи генерал подчеркнул, что отсутствие товара — явление временное, поскольку и обувь, и сладости востребованы при любом строе. Будут ли при новом строе деньги, он не знал. В честь открытия кондитерской генералу подарили леденец на палочке, в котором при внимательном разглядывании угадывался петушок. Это был единственный обнаруженный в магазине товар. Петушок пах пережженным сахаром и не имел цвета. Выйдя на улицу, генерал отдал его мальчишке — разносчику газет.

После полудня была открыта парикмахерская. Давая краткое наставление будущим парикмахерам, генерал сообщил им, что, даже поднимая ножницы над волосами клиента, ни в коем случае не следовало прекращать стригущих движений. У настоящих парикмахеров, по наблюдениям генерала, было принято стричь и воздух. Он наточил бритву о кожаный ремень и, брея одного из обучаемых, аккуратно вытирал лезвие о полотенце. При этом он показал несколько замеченных в детстве характерных жестов, по точности которых и судят о парикмахерском мастерстве. Он предостерег их от приблизительного изображения действий парикмахера и сказал, что в данной сфере не бывает мелочей. Папиросу из пепельницы советовал брать безымянным пальцем и мизинцем, потому что только эти пальцы остаются сухими от мыльной пены. Этими же пальцами при необходимости следовало почесывать макушку. Он рекомендовал им во время стрижки и бритья обсуждать городские новости, потому что в парикмахерских это обычное дело. В остальном же он надеялся на их интуицию.

В освободившемся двухквартирном доме генерал разместил рядовых Шульгина и Нестеренко. Он опасался, что холостяцкий быт рядовых может спровоцировать расследование их прошлого и приказал привести к ним двух женщин, согласившихся имитировать брак. Помимо всего прочего, генералу смутно помнилось, что в одном из таких домов действительно жило две семьи. Семьи дружили много лет. Тот это был дом или не тот, решить уже не представлялось возможным, потому что кроме крыльца генерал ничего не помнил.

По такому же крыльцу они с отцом когда-то поднимались в дом. В гостиной два человека играли в шахматы. Они представляли дружившие семьи. Один из них держал в руках коня (эту фигуру будущий генерал не спутал бы ни с чем) и время от времени касался им нижней губы. Уши коня полностью въезжали в пухлую губу шахматиста. Другой в задумчивости повторял какую-то фразу. Эта фраза прозвучала много раз, но генералу никак не удавалось ее припомнить. Здесь ли они играли?

Вновь созданные семьи (в сходстве семей нынешних и прошлых он был уверен) генерал предупредил о настоятельной необходимости дружить. Против этого сообщения на поле было отмечено, что дружба, как и следовало ожидать, состоялась, а в результате имитации брака у обеих пар в конце концов появились дети. Мальчики, соответственно — Шульгин и Нестеренко — младшие.

Генерал собрал обе семьи в гостиной одной из квартир и предложил мужчинам сыграть в шахматы. Шульгина и Нестеренко усадили на стульях друг против друга. Между ними на табуретке была поставлена шахматная доска. Шульгин скрестил руки на груди, а Нестеренко попросили упереться ладонями в колени. Начавшейся игре это придало непринужденность. Играли живо, но без излишней спешки. Иногда за спинами игравших возникали женщины и, ничего не понимая, бросали умиротворенные взгляды на доску. Генерал посоветовал женщинам в такие моменты вытирать руки о передник. Или зябко кутаться в платок. Когда женщины ступали по дощатому полу, в буфете едва слышно позванивала посуда. Генерал наслаждался возникшим уютом.

— Скажите кто-нибудь, — попросил он игравших, — «Подключаем легкие фигуры». Так говорят в подобных случаях.

— Это обязательно? — поинтересовался Шульгин.

Генерал подумал и ответил:

— Нет, не обязательно. Можете просто прижать коня к нижней губе и сказать что-нибудь свое. Главное, произнесите это задумчиво. Несколько раз.

Затем отправились к церкви, где в необходимом порядке генералом были рассажены нищие. Один из них очень напоминал А.М.Горького, что в данной ситуации было безусловным плюсом. Сходство было так велико, что впоследствии этот человек даже позировал при создании ялтинского памятника пролетарскому писателю. Другому нищему, который не был похож на Горького, велели изображать отсутствие ноги. Лишь это, по мнению генерала, могло обеспечить ему определенный иммунитет при появлении красноармейцев.

Пятерых музыкантов генерал инструктировал у решетки Царского сада. Один из них не играл ни на одном инструменте, но имел, как показалось генералу, хороший слух. При исполнении музыкальных произведений его задачей было внимательно слушать, по возможности передавая суть исполняемого мимикой. У этого музыканта была длинная седая челка, которую он должен был сбрасывать с глаз резким движением головы. Ему тоже выдали скрипку и попросили водить смычком у самых струн. Но не касаться их.

К концу дня генерал велел вытащить из своего дома шкаф. Большой дубовый шкаф с двуглавыми орлами. Генерал велел пригнать подводу и приставил к ней грузчиков. Грузчики только что вернулись с Перекопа и не очень представляли, как следовало обращаться с такой тяжелой вещью. Кроме того, они всё еще не понимали, куда и зачем следует ее везти. Припомнив известный социал-демократический лозунг, генерал сообщил им, что конечная цель — ничто, а движение — всё. Бесцельное перемещение шкафа новой идеологии не противоречило, и это делало его занятием относительно безопасным. Уже уходя, генерал посоветовал грузчикам не стесняться крепких выражений. При контакте с красными это могло создать атмосферу классовой близости.

Лишь поздно вечером, когда весь отряд был уже при деле, они с капитаном Кологривовым подошли к аптеке. Генерал устало прислонился к электрическому фонарю у входа (в прежние времена был газовый). Порывшись в карманах, он достал ключи и в желтоватом умирающем свете стал отыскивать замок. Через минуту дверь открылась, и звякнул колокольчик. Генерал с удовольствием ощупал грани выпуклых дверных стекол. В их призмах отражались последние огни вечера. В них отражалась основательность прежней жизни. Как раз в эти ноябрьские дни исполнялось три года с тех пор, как таких стекол уже не делали.

Войдя в аптеку, генерал и Кологривов осмотрелись. В отличие от многих брошенных помещений, аптека не была разграблена. Всё в ней оставалось на месте. Взяв Кологривова за плечи, генерал усадил его в кресло.

— Главное — внутренне успокойтесь. Говорите тихим голосом. Скрип дубовой дверцы, запах мятных капель — большего здесь не требуется. Только так вы сможете органично существовать в аптеке.

— Я спокоен, — сказал Кологривов. — И говорю тихим голосом.

Генерал откупорил один из пузырьков и размешал его содержимое стеклянным пестиком.

— На алуштинской дороге я поставил наблюдателей. При виде красных они дадут холостой выстрел из пушки. Это будет сигналом к началу новой жизни. Я больше не смогу вас инструктировать, потому что буду занят своими делами. Вот, собственно, и всё.

Когда генерал вышел на улицу, фонарь уже не горел. Начинался холодный осенний дождь. Окно аптеки было единственным, что не позволило улице Морской погрузиться в темноту.

Пушка ударила утром в 9:30. С ее выстрелом у ограды Царского сада заиграли *Полонез* Огинского. На алуштинскую дорогу выехал отряд татар, а у церкви св. Феодора Тирона началось энергичное мощение улицы Аутской. В эти же минуты в разных частях Ялты открылись будки для чистки обуви. Количество персонала, а также обилие щеток и ваксы позволяли начистить обувь всему побережью, но в тот день ялтинцы предпочитали не выходить из домов. Тем утром не открылись даже магазины — за исключением обувного и кондитерского. В ожидании вступления красноармейцев Ялта замерла.

Первым в город въехал броневик с неровной надписью *Антихрист*. Он не заметил отряда татар и на всей скорости проехал мимо. Из броневика стреляли в воздух. К удивлению отряда, броневик не заметил и изгиба дороги. Затормозил он уже там, где обочина переходила в крутой склон. Передние колеса машины поехали вниз, и запоздалый задний ход ничего исправить уже не мог. Стуча броней по выступам скал, машина кубарем покатилась в ущелье. Когда отгремело последнее эхо, из ущелья раздались стоны. Местные жители, люди простые и богобоязненные, окружили машину. Они не любили красных, но не собирались отказывать им в помощи. Увидев надпись на броневике, жители стали совещаться. Они не знали, кого им предстоит спасать. На ветру шумела высохшая трава. К машине с эсхатологическим названием приблизиться никто не решился. Вскоре стоны прекратились.

Именно тогда в город вошли основные части красных. Впереди на откормленных лошадях ехали товарищи Жлоба, Кун и Землячка. Они встретили татарский отряд и даже получили от него кумыс. Р.С.Землячка разлила кумыс представителям комсостава, а остатки передала рядовым красноармейцам. Вступавшие в город хвалили кумыс, хотя и отмечали его резкий вкус. Не хвалил кумыса лишь Б.Кун. Удивленная его молчанием, Р.С.Землячка спросила, понравился ли ему кумыс. В ответ Куна вырвало прямо с лошади, и он сообщил, что это с непривычки. Жлоба в шутку предложил Куну промыть желудок в городском госпитале. Чтобы не обижать Д.П.Жлобу, все засмеялись. Кун покраснел и сказал, что всё равно собирался в госпиталь с инспекцией. Землячка порекомендовала ему взять на учет запасы свежей крови. Увидев чистильщика обуви, Кун попросил авангард подождать, пока ему отчистят забрызганные сапоги. Помимо кумыса на его сапогах угадывались остатки винегрета и плохо пережеванной телятины. Сапоги Д.П.Жлобы не были испачканы, но он тоже спешился, чтобы ему их почистили.

Почистил сапоги и генерал Ларионов. Это произошло на другом конце города, у церкви св. Феодора Тирона. Шагах в ста от церкви виднелся мезонин чеховского дома. Мария Павловна Чехова открывала ставни. Глядя на то, как ловко ходит щетка в руках чистильщика обуви, генерал сказал:

— Чехов умер всего шестнадцать лет назад, а сменилась целая эпоха.

Недалеко от церкви чинили мостовую. Над Аутской разлетался стук деревянных трамбовок, которыми уколачивалась брусчатка. На песчаном основании ее укладывали веером. С деревьев в палисаднике ветром срывало последние листья. Почерневшие и смятые, они катились по новенькой брусчатке и оседали в водосточном желобе.

Спускаясь по Аутской, генерал остановился у одного из домов. Колючий ноябрьский ветер дошел и сюда. Он поскрипывал пружиной калитки и хлопал наброшенным на забор половиком. В доме было тихо. Там играли в шахматы. Сидя на венских стульях, два человека обдумывали позицию на доске. Слова их были не слышны. Чувствовалось их спокойствие. С крыльца спустилась женщина с ведром. Она зашла за угол дома, и генерал перестал ее видеть. Он слышал, как откинулась створка колодца и стала разматываться цепь. Булькающее зачерпывание, неторопливый путь наверх, стук полного ведра о сруб. Генерал прижался щекой к забору. Теплое шершавое дерево. Женщина вытерла ноги и зашла на веранду. Налила в умывальник воды. За занавеской кто-то закашлял. Колокольчиковый звон умывальника и дробь воды по дну таза. Всё достоверно, ничего лишнего: сначала тонкая трель (немного истерично), по мере наполнения — успокоенно и глухо. Дальний лай собак. За этот дом генерал был спокоен.

Он свернул на Боткинскую и вышел к причалу возле Александровского сквера. Повалил снег. Мокрый и даже не холодный. Море хлестало о камни набережной. В нем не было льда, но оно было безнадежно зимним — от дальних бурунов до рассыпавшихся по снегу брызг. Его седые космы оплетали стойки причала. Генерал втянул ноздрями воздух: так пахло только зимнее море.

У ограды Царского сада он увидел музыкантов и остановился. Задумчиво любовался тем, как под музыку их засыпáло снегом. В открытый скрипичный футляр генерал положил все свои деньги — несколько миллионов. Музыкантам подавали и редкие прохожие. Футляр постепенно наполнялся снегом и разноцветными, не успевшими состариться купюрами. Стоимость того и другого была уже примерно одинаковой.

На тротуаре у гостиницы *Франция* генерал подобрал еще миллион и отдал его портье. С облучка пролетки ему поклонился извозчик. Под мокрое цоканье копыт колеса превращали снег в воду, за пролеткой небрежно тянулись черные колеи. На свинцовом небе образовалось синее пятнышко. Это была непредсказуемая ялтинская погода. Метель начала стихать.

Когда генерал подходил к молу, выглянуло солнце. Он остановился, закрыл глаза и почувствовал солнечное тепло кожей лица. Постояв так немного, свернул на мол. Снег, выпавший было на бетон, уже вовсю таял. Генерал медленно дошел до маяка. Из трещины цоколя росло маленькое дерево. Листья его облетели, и трудно было понять, что это за дерево. Генерал положил ладонь на грязно-серые камни цоколя. Они начинали едва ощутимо нагреваться. Это было как возвращение к жизни. Генерал снова закрыл глаза и представил, что сейчас лето. Шум моря заглушает то, что могло бы доноситься с набережной. Колеса экипажей, крики продавцов кваса, плач детей. Шелест пальм. Жарко.

Он открыл глаза и увидел идущих к нему людей. Они шли не спеша, как-то даже миролюбиво — Р.С.Землячка, Б.Кун и группа матросов. Их лица не были торжествующими, скорее — озабоченными. Ожидая подвоха, они не отрывали глаз от края мола, где стоял генерал. Идущие осознавали, что генерал находится в шаге от непоправимого, и боялись этого шага. Они боялись, что генерал сделает его самостоятельно.

Приближаясь, они обменивались какими-то фразами. Теперь они вообще не смотрели в сторону генерала.

Сердца их выскакивали из груди. Впереди всех шагала Землячка. Полурасстегнутую кожанку она придерживала рукой, и на ветру трепетала отвернувшаяся пола. Чуть сзади в начищенных до блеска сапогах шел Кун. Деревянная походка выдавала плоскостопие. В зубах его была погасшая папироса. На ходу он пинал камешки, но в этом не было беззаботности. Не было ее и в кошачьих движениях матросов. Идущие были настоящими охотниками, и они не могли этого скрыть.

Генерал не двигался. Полуприсев на цоколь маяка, он смотрел на гулявших по молу чаек. Они издавали резкие звуки, похожие то на утиное кряканье, то на крик ребенка. Чайки искали что-то в мокрых камнях. Чайки чистили перья. Они поднимали головы и задумчиво рассматривали море, начисто лишенное кораблей. Такого моря они еще не видели. Когда группа идущих по молу приблизилась к генералу, чайки даже не взлетели. Они не боялись людей.

Первой к генералу подошла Землячка. Приближалась она не торопясь, но даже под кожанкой было заметно, как быстро ходит ее грудь. Опершись на руки, генерал по-прежнему полусидел на цоколе. От пришедших пахло лошадиным потом и немытым человеческим телом. Матросы замерли, ожидая приказа. Кун выплюнул окурок. Землячка достала перочинный нож и молча воткнула его в тыльную сторону ладони генерала. Ее переполняли чувства.

С Поликуровского холма ударил колокол. Звонили на колокольне Иоанна Златоуста. Землячка и Кун о чем-то вполголоса спорили. Матросы наблюдали, как генерал едва заметно шевелил губами, и испытывали к нему сочувствие. Ладонь его всё еще лежала на цоколе. В трещинах камня вился алый ручеек. Землячка настаивала на том, чтобы казнь была мучительной. Кун возразил, что казнь должна демонстрировать гуманизм советской власти. Ответ Землячки заглушил удар колокола. Его звук плыл над морем и заполнял всю Ялтинскую бухту. Когда спор окончился, генерала подвели к внешней стороне мола. Его поставили на краю и привязали к ногам найденный здесь же обломок якоря.

— Стреляйте не в сердце, а в живот, — посоветовал матросам Кун. — Тогда после расстрела он смог бы еще утонуть.

Матросы кивнули.

— Стрелять буду я, — сказала Землячка. — В пах.

Матросы снова кивнули. Далеко внизу на камнях в такт волнам колыхались бурые водоросли. Под ярким солнцем вода стала изумрудной. Она больше не отталкивала своим зимним видом и издали казалась теплой. Чтобы не кружилась голова, генерал решил смотреть вперед. За головами матросов ему была видна часть набережной. По ней ездили экипажи и ходили люди. Набережная продолжала жить собственной жизнью, но эта жизнь уже не была жизнью генерала. Их разделяли короткая полоса воды и группа, стоявшая на молу. Над набережной возвышался уютный амфитеатр Ялты. Из труб некоторых домов тянулся дым. Он поднимался к небу и смешивался с облаками у самой вершины Ай-Петри. Матросы посторонились. Удивительную картину больше ничто не закрывало. Облака казались неподвижными, но на деле это было не так. Они медленно наплывали на Ай-Петри. Это стало особенно заметно, когда по вершине начала двигаться тень большого треугольного облака. Само облако вершины еще не касалось. Оно двигалось медленнее своей тени. Когда перед генералом возникла кожанка Землячки, он подумал, что при его жизни облако к вершине уже не причалит. Что оно могло бы поторопиться — если, конечно, все зрители ему одинаково важны. Но облако не торопилось. Оно явно подражало облаку, виденному будущим полководцем из глубины Воронцовского парка в 1889 году. Примерно в три часа пополудни, когда увлекавшийся фотографией отец решил сделать его снимок. Такое время считалось для фотографии лучшим. Солнце было еще ярким, но тени уже красиво ложились на траву. Мальчик стоял на поляне между ливанскими кедрами. Аппарат на громоздком деревянном штативе размещался чуть ниже на дорожке. Отец укоротил ноги штатива таким образом, чтобы мальчик был снят на фоне Ай-Петри. Над фотоаппаратом тревожно застыла стрекоза. Она не вылетала из объектива, просто висела на одном месте. Крылья ее были неразличимы и казались легким сгущением воздуха. Отцу требовалась вершина, залитая солнцем, но на ней уже появилась тень облака. Отец то и дело выглядывал из-под черной накидки, но облако не думало двигаться. Перемещалась только его тень. Она всё больше наползала на Ай-Петри, лишая вершину последних признаков свечения. Землячка энергично потрясла кистью правой руки. В 1889 году Ларионова устанавливали так же тщательно, как сейчас. Только тогда он стоял спиной к Ай-Петри. Он тоже следил за облаком и всё время оглядывался. Видел, как ветви кедров покачивались на ветру. Чувствовал, как ледяная свежесть горы смешивалась в них с ароматами парка. Мальчик вдыхал этот воздух, и ноздри его шевелились. На тонких нитях с деревьев свисали гусеницы, некоторые превращались в бабочек. Кусты были усыпаны спелыми красными ягодами. Из кедровых крон медленно летели шишки.

Они глухо ударялись о траву, поднимали фонтаны кузнечиков и, несколько раз подпрыгнув, замирали. Когда он отворачивался, шишки незаметно менялись местами. По его колену полз муравей. Землячка подняла руку с револьвером. Генерал попытался увидеть себя со стороны, но изображение оказалось негативом. Выстрел раздался с противоположной стороны мола. С криками взлетели было чайки, но тут же опустились. Генерал повернул голову и увидел Жлобу. Скупые жесты Жлобы приглашали Куна и Землячку приблизиться к нему. Как человек, которого прервали на самом интересном месте, Землячка выразила неудовольствие. Она ткнула револьвером в сторону генерала, но Жлоба отрицательно покачал головой. Словно предчувствуя разочарование, Кун и Землячка не торопясь направились к Жлобе. Матросы доставали из карманов семечки и бросали их чайкам. Им нравилось наблюдать, как в борьбе за семечки чайки били друг друга крыльями. Разговор Жлобы с соратниками складывался непросто. Об этом говорили их жесты и доносимые ветром отдельные возгласы. Из планшета Жлоба достал сложенную вчетверо бумагу. Он развернул ее, показал поочередно каждому из собеседников и снова положил в планшет. Матросы смеялись над низменными инстинктами птиц. Это зрелище их некоторым образом возвышало. Чувствовалось, что Жлоба начинает терять терпение. Он еще раз достал бумагу, плотно прижал ее к лицу Белы Куна и держал так несколько секунд. Бела Кун не сопротивлялся. Землячка круто развернулась и пошла с мола прочь. За ней двинулись мужчины. Генерал смотрел им вслед, но ни один из них не обернулся. Матросы ничего не понимали. Бросив чайкам остатки семечек, они неуверенно побрели за командирами.

Один из них вернулся, развязал генералу ноги и бросился догонять своих. Генерал сделал несколько шагов от края. Ветер усиливался. Навстречу ветру распахнул шинель, как распахивают объятия. Как встречают того, с кем навеки попрощались, кому радуются только потому, что он — есть. Генерал смотрел на солнце, не щурясь. От оранжевых уже, но всё еще ярких лучей наворачивались слезы. Солнце висело по ту сторону набережной и подсвечивало громады льда, застывшие на фонарях после ночного шторма. Они сверкали ослепительной рождественской гирляндой. Размеры солнца превышали пределы разумного. Двигаясь толчками, оно заходило за гору с неожиданной скоростью. Солнце садилось в его присутствии.

Близкие друзья

Повесть

1

В межвоенные годы дружили родители трех детей — Ральфа Вебера, Ханса Кляйна и Эрнестины Хоффманн. Они познакомились на Северном кладбище Мюнхена, где могилы их близких находились рядом. Посещая кладбище в дни поминовения, семьи, бывало, встречались. Иногда вместе возвращались домой через Английский сад, потому что все три семьи жили недалеко друг от друга на противоположном берегу реки Изар. Со временем они стали встречаться и помимо кладбища.

Гуляя в Английском саду, заходили в биргартен «Аумайстер», где взрослые пили пиво, а детям заказывался оранжад. Выпив оранжада, дети убегали играть. Они были одного возраста.

— За соседним столиком сидит писатель Томас Манн, — сказал однажды отец Эрнестины Хоффманн. Не увидев отклика у присутствующих, он добавил: — Его рассказ «Смерть в Венеции» начинается рядом с нашим Северным кладбищем.

Глаза говорившего были прищурены, а голос — тих и гнусав. Было понятно, что речь идет не о рядовом явлении. Три семьи украдкой смотрели на писателя. Они видели лишь его спину. Его руку, несущую сигару к пепельнице. Край скатерти трепетал на августовском ветру, и время от времени рука прижимала этот край к столу. С каждым порывом ветра ощущался тонкий сигарный аромат. Подошедший официант прихватил скатерть скрепой. Наблюдавшим за писателем было приятно, что Северное кладбище ценят не только они.

Между семьями установилась молчаливая договоренность, и теперь на кладбище они приходили в одно и то же время. Они мыли мраморные кресты, вырывали выросшую у могильного цоколя траву и сажали цветочную рассаду. Ральф подкрашивал металлические части памятников. Все знали, что еще с шести лет его посещает учитель рисования.

— Вы можете себе представить, что когда-нибудь на Северном кладбище будем лежать и мы? — спросил Ханс у Ральфа и Эрнестины, глядя, как мыльная вода затекает в трещины камня, как смоченная поверхность становится глянцевой и яркой, а часть, еще не тронутая тряпкой, выцветает на глазах.

— Нет, — ответил Ральф.

— А я могу, – сказала Эрнестина. — И поскольку мы близкие друзья, предлагаю каждому дать слово, что он будет похоронен здесь. Мы не должны расставаться ни при жизни, ни после смерти. Вы даете мне слово?

— Даем, — ответили, подумав, Ханс и Ральф.

— В конце концов, это будет нескоро, — пожала Эрнестина плечами.

Ее немного задело, что они ответили не сразу. Кроме того, согласие Ральфа весило в ее глазах меньше согласия Ханса, ведь Ральф, судя по ответу, не верил в свою смерть.

Сохранились некоторые даты. Например, 10 июля 1932 года — день двенадцатилетия Эрнестины. Семьи гуляли по Английскому саду, а затем обедали в «Аумайстере». Семейство Кляйн подарило Эрнестине золотоволосую куклу Монику, которая умела плакать и закрывать глаза. Семейство Вебер преподнесло ей мяч, сшитый из разноцветных лоскутов кожи.

— Похоже, окружающие считают меня совсем еще ребенком, — прошептала мальчикам Эрнестина.

Дети ели мало, преимущественно — мороженое, сливы и персики. Вскоре они встали из-за стола и пошли играть в мяч. Сначала они бросали его друг другу. Их ладони встречали мяч с глухим звуком, изредка — со звонким шлепаньем. Мяч взлетал высоко, медленно оборачиваясь вокруг своей оси. Против солнца становился черным, как становилась черной луна, поглощавшая свет во время солнечного затмения. Игравшие в мяч наблюдали затмение два года назад при большом стечении народа здесь же, в Английском саду.

Они пинали мяч босыми ногами, и Эрнестина ушибла палец. Мальчики показали ей, как следует бить по мячу «щечкой». Они по очереди брали ножку Эрнестины обеими руками и прикасались ею к шершавой поверхности мяча. Эрнестина попробовала ударить правильно. Сначала мяч прокатился, лениво приминая траву. В этот раз у него не было явной цели, он никуда не спешил, его кожаные лоскуты слились в один неопределенный цвет. От второго удара мяч пулей вылетел из-под ноги девочки и скрылся в дальних кустах. Сидя на корточках, Ханс и Ральф смотрели на Эрнестину снизу вверх. Глаза ее блестели, а лицо было покрыто капельками пота.

Не говоря ни слова, она сорвалась с места и побежала за мячом. Мальчики молча следили за тем, как колыхались верхушки кустов. Так по пузырькам на водной глади узнают о перемещениях аквалангиста. Когда верхушки замерли, мальчики позвали Эрнестину, но она не ответила. Еще раз позвали и, не получив ответа, бросились к кустам. Царапая лицо и руки, преодолевали скрещение ветвей и представляли себя покорителями джунглей. В середине зеленого моря открылась маленькая поляна. На поляне стояла Эрнестина и держала в руках мяч. Аккуратно сложенная, рядом лежала ее одежда. Эрнестина была совершенно голой.

— Мы — близкие друзья, — сказала она, — и у нас не может быть тайн. Чтобы доказать это, мы должны друг перед другом раздеться.

Эрнестина перебросила мяч с руки на руку. Оба мальчика, замерев, смотрели на нее.

— Что же вы не раздеваетесь? — спросила Эрнестина.

Ральф нерешительно расстегнул рубаху. Одна за другой спустил лямки коротких баварских штанов и посмотрел на Ханса. Ханс покраснел. Ральф приостановился. Он смотрел на товарища, всем видом давая понять, что часть пути он уже прошел, но теперь ожидает того же и от него. Ханс покраснел еще больше и тоже спустил лямки. После этого оба раздевались быстро, словно наперегонки. Через минуту все трое стояли голыми.

Мальчики смотрели на Эрнестину. Ее лобок был покрыт светлым, словно приставшим, пухом (у них ничего такого не было). И мяч в руках. И левая нога слегка отставлена. Ритмично сгибалась в колене, как бы отбивая мгновения их молчания. И от этого движения подрагивали ее соски.

Глядя на Эрнестину, мальчики чувствовали головокружение. Они стыдились своих безволосых тел, стыдились этой затянувшейся минуты, догадываясь, что происходит нечто не вполне допустимое даже между близкими друзьями. Что-то не вполне пристойное. Непристойность состояла не столько в обнажении тайн Эрнестины, сколько в том, как она стояла. Как перебрасывала с руки на руку мяч.

Вернувшись к родителям, дети были молчаливы. Родители подумали, что они поссорились, но вмешиваться в дела детей не считали нужным. На небе быстро сгущались тучи. Чтобы успеть добраться домой до грозы, решили срочно собираться. Ветер, неожиданно холодный и сильный, трепал юбки женщин. Последнюю четверть пути шли под редкими, но крупными каплями. Вдалеке блестела молния, сопровождавшаяся неестественно поздним громом. Кукла Моника в руках матери Эрнестины плакала и закрывала глаза.

Однажды Эрнестина рассказала мальчикам про зубного врача Аймтербоймера. Усаживая Эрнестину в кресло, он неизменно поглаживал ее по попке, а когда сверлил зубы, как бы нечаянно касался ее груди. С отвратительной ритмичностью нажимал на педаль бормашины, и на лысине его появлялась испарина. Он промокал лысину гигиенической салфеткой.

— А еще он нацист, и это самое отвратительное, — сказала Эрнестина. — Давайте поклянемся, что ни за что на свете не станем нацистами. Пусть это будет еще одной нашей тайной.

Все поклялись. Отношение к нацизму в их семьях было разным.

Аймтербоймер возникал в рассказах Эрнестины и в последующие годы. Он вел себя вызывающе, несмотря на то что был женат и имел дочь грудного возраста.

— Вероятно, ему нравится твоя арийская внешность, — предположил однажды Ральф.

Белокурая Эрнестина покраснела.

— Я не хочу, чтобы меня ценили за внешность, — ответила она. — Тем более — такие слизняки и нацисты, как Аймтербоймер.

— Ты можешь пожаловаться родителям, — робко сказал Ханс. — Или сменить зубного врача.

— Знаешь, это было бы отступлением перед трудностями.

Эрнестина смерила его взглядом, полным сожаления. Ханс покраснел.

Ханс Кляйн. Долгое время он был ниже всех в классе и соответствовал своей фамилии. Ханса Кляйна одноклассники называли *Ganz Klein*.[1] Но с четырнадцати лет он начал стремительно расти. К шестнадцати годам догнал своего друга Ральфа, который всегда считался высоким.

Ральф Вебер. Несмотря на его явные способности к рисованию, родители хотели, чтобы он стал офицером. Хотел прежде всего отец, но мать не возражала. И хотя она боялась за сына (профессия подразумевала опасность), ей нравилось смотреть, как офицеры маршируют на парадах. В те времена никто не упускал возможности пощеголять в военной форме, и даже штатские люди нередко предпочитали одежду военного покроя. Таких предпочтений, впрочем, не было у Ральфа. Попытки Вебера-старшего заговорить о возможной военной карьере не находили в сыне ни малейшего отклика.

Эрнестина Хоффманн. Как это обычно случается, она повзрослела быстрее мальчиков. Эрнестина не стала красавицей, но обладала несомненной притягательностью. И хотя на нее заглядывались многие, всем остальным она предпочитала близких друзей — Ханса и Раль-

[1] Совсем маленький *(нем.)*.

фа. Время от времени мальчики признавались Эрнестине в любви, но она отвечала, что это — любовь по привычке. А значит, не любовь, а привязанность.

Как-то раз (это было после окончания гимназии) Ханс собрал всю компанию в «Аумайстере» и сделал Эрнестине предложение. Глядя на опрокинутое лицо Ральфа, Эрнестина сказала:

— У нас необычная ситуация — с самого детства мы втроем. Я предлагаю необычное решение: давайте жить вместе.

— Как это? — не понял Ханс.

— Эрнестина хочет сказать, что она не боится условностей, — пояснил Ральф. — Я их тоже не боюсь.

— По-французски это называется *l'amour de trois*,[1] — тихо сказала Эрнестина.

Она и Ральф смотрели на Ханса. Тот криво улыбался.

— *La mort de trois*.[2] По-моему, лучше уж так.

Ханс, оказывается, тоже учил французский.

— Одно другого не исключает, — попробовал пошутить Ральф. — Мы ведь обещали, что будем лежать на одном кладбище.

Ханс встал, расплатился с кельнером и ушел, не попрощавшись. Через два месяца Эрнестина стала его женой.

Когда это произошло, Ральф понял, что задыхается от любви. Эрнестина была его отобранным воздухом, исчезновение которого не заметить невозможно. Иногда ему казалось, что он полюбил ее только после случившегося, но ведь это ничего не меняло. Ссылаясь на занятость, Ральф отклонял приглашения своих друзей встретиться. Они понимали истинную причину отказов и при-

---

[1] Любовь втроем *(франц.)*.

[2] Смерть втроем *(франц.)*.

глашали его всё реже. Впрочем, сказать, что они не виделись, было бы не совсем верно.

Чуть ли не каждый вечер Ральф ходил к дому на Амалиенштрассе, где после свадьбы поселились молодые. Вжимаясь в нишу противоположного дома, Ральф видел, как в их квартире на втором этаже зажигается свет. Он следил за тем, как руки Эрнестины задвигают шторы, и его сердце падало. Шелк штор колебался на сквозняке, тускло отражая уличные фонари. Ральф прижимался затылком к шершавой штукатурке ниши. Не было ничего чувственнее этого колебания шелка. В кругу близких друзей близость Ханса и Эрнестины была наиболее ощутимой. Ральф ловил себя на том, что ему было больно не столько от их соединенности, сколько от своей отверженности.

Однажды, вернувшись домой, Ральф нарисовал их нагое стояние в кустах. Несмотря на прошедшие годы, память хранила картинку во всех деталях. Эрнестина. Ханс. Ральф. Он и сейчас мог бы быть рядом, если бы не Ханс. Странно, но к Хансу он не испытывал ничего плохого. Вероятно, понимал, что заслуга Ханса в звенящей остроте его нынешних чувств не уступает заслуге Эрнестины.

Известно, что Ральф перечитал «Вертера». То, что в школе ему казалось придуманным и слезливым, сейчас заиграло новыми красками. Ральф по-прежнему продолжал считать, что все неприятности на свою голову Вертер придумал сам (как придумал их Ральф в отношении Эрнестины), но на фоне той боли, которую он смаковал по капле, уже не имело значения, как именно она была вызвана. Это состояние длилось почти год. Потом оно прошло.

Ральф стал уставать от своей любви. Он больше не ходил к окнам друзей и тайно не следовал за Эрнестиной, когда она выходила одна. Но эта перемена не порадовала Ральфа. Жизнь его потеряла наполненность и как бы сдулась. Когда отец Ральфа в очередной раз заговорил о военном будущем сына, тот, к его удивлению, не возражал. Ральф чувствовал, что скоро начнется война, и ему было всё равно — с кем. Возможно, он подспудно надеялся, что война встряхнет его чувства.

Но война началась не сразу. Ей предшествовало тягостное время военной муштры, и это было не лучше штатского прозябания. Подготовка немецкого офицера состояла в чересполосице учебы и службы. После сдачи вступительных экзаменов в офицерское училище Ральф был направлен на год в пехотный полк солдатом. Служба была не столько трудной, сколько скучной. Собственно, трудности и были одной из немногих радостей Ральфа.

Многочисленные марш-броски он встречал в приподнятом настроении, потому что нагрузка на тело освобождала его дух и очищала разум. Он бегал по пересеченной местности в полной амуниции. Знал, что первые два-три километра бывает тяжело, но затем открывается второе дыхание. Он явственно ощущал это дыхание за спиной, словно в помощь ему, Ральфу, рядом дышало дополнительное «я», Ральф № 2, без которого ему бы просто не хватило воздуха. Слушая это дыхание, отрывистое и шумное, он наблюдал, как колеблются ветви деревьев, садятся на кроны птицы, а из травы выскакивают кузнечики. Все — медленно, все — одновременно, в такт ударам о землю его свинцовых сапог. А на границе поля волновались кусты, и ветер выворачивал их листья наизнанку, как снимаемое белье, а в кустах — там кто-то стоял, там ждал кто-то и дышал так же отрывисто и шумно, как Ральф...

Отношение будущего офицера к трудностям было замечено начальством и принято за служебное рвение. Первый курс училища Ральф окончил с отличием. После четырех месяцев теоретических занятий в Мюнхене он был направлен в другой полк — на этот раз ефрейтором. Через полгода вновь был вызван в Мюнхен, где получил звание унтер-офицера. Затем, как и в предыдущий раз, последовали четырехмесячные занятия и новый полк. В своем третьем по счету полку Ральф уже выполнял обязанности старшины роты. Через полгода его опять затребовали в Мюнхен, и всё повторилось в четвертый раз. Перед присвоением очередного звания Ральф почувствовал, что по-настоящему устал. И трудности его уже не увлекали.

Он был близок к тому, чтобы под каким-нибудь предлогом покинуть армию, но тут началась война. В войну нельзя было схитрить и сослаться, например, на здоровье. Человека, ушедшего из армии в такое время, неминуемо признали бы дезертиром — если не трибунал, то, по крайней мере, общественное мнение. Не приходится сомневаться, что общественное мнение той поры обладало явными признаками трибунала.

Погоны лейтенанта Ральф получал уже в Польше. Маршируя по варшавской брусчатке в составе своего полка, он ловил на себе испуганные взгляды с тротуаров. Впереди колонны ехал бронетранспортер. За ним чеканил шаг знаменосец, и на древке полкового знамени неистовствовала кисть. На макушке знаменосца плясала седая прядь. Голова его была темно-русой, и лишь одна непослушная прядь — седой. Знаменосец приковывал внимание стоявших на тротуаре. На его макушке сосредоточился и Ральф, которому по сторонам смотреть не хотелось. Было очевидно, что молодцеватость марширующих здесь никого не радует.

2

Россия встретила Ральфа блеском реки Буг сквозь ивовые заросли. Шум кустов покрывал в его ушах рев танков, а качание ветвей отвлекало от движения людей и техники. Присмотревшись, Ральф заметил, что часть ветвей перемещается вместе с техникой. Будучи закреплены на броне, движущиеся ветви оказались элементом маскировки. Ральф удивился тому, сколько неожиданного способны скрывать в себе кусты.

Для переправы через Буг наводили понтонный мост. Когда танки ехали по мосту, носы понтонов качались. Они напоминали качание гондол у причала Сан-Марко, где Ральф, случалось, гулял с родителями, приехав на каникулы в Венецию. Тот же плеск воды о блестящие борта, солнечные блики на волнах.

Однажды в Венеции они встретили Эрнестину с родителями. Эрнестина была в шляпе гондольера. С рассеянным видом смотрела на противоположный берег канала, и голубые ленты шляпы трепетали на ветру. Когда обе семьи обедали с видом на собор Святого Марка, Эрнестина смотрела на собор.

— Девочка стала задумчивой, — улыбнулась мать Ральфа.

— Скорее — стеснительной, — предположила мать Эрнестины.

При этих словах Ральф впервые поймал взгляд Эрнестины. Он знал, что его подруга не так стеснительна, как это может показаться.

Всё остальное в России на Венецию похоже не было. Особенно дороги. На грунтовых дорогах, по которым приходилось маршировать пехоте, можно было идти только в первых трех шеренгах. Все последующие скрывались в густой пыли. И уже никто не спасался от нее, когда приходилось отступать на обочину, пропуская бронемашины и танки. Такого количества пыли Ральф не видел еще никогда. Ее густой слой лежал на лицах солдат, делая их пепельными, бровастыми, лишенными мимики. Пыль забивалась под воротник, попадала в глаза, рот, нос, уши. Ральф старался дышать носом, но пыль постоянно скрипела на зубах. И даже после изнурительных сплевываний (тягучая слюна на подбородке) рот не становился чище. Казалось, что вместе со слюной организмом выделялась и пыль. Она сгущала слюну наподобие цемента и делала идущих бессловесными. Иногда Ральф промывал рот водой, но дневной запас воды во фляге был ограниченным.

В дожди пыль превращалась в грязь. Хорошего в этом было только то, что грязь не приходилось вдыхать. Она глухо чавкала под ногами и летела с колес проезжавших машин. Когда машины застревали, их приходилось подталкивать всё той же пехоте. Пехота толкала машины и думала о том, что вышедшему из сухой кабины толкать в известном смысле сложнее, чем тому, кто месит эту грязь с самого утра. На благодарственный сигнал шофера отвечала вялым взмахом.

Один за другим брали города, неизвестные Ральфу. Витебск, Смоленск, Орел. Ральф не мог правильно выговорить их названий. Зачем, спрашивается, они их завоевывали? Витебск горел, и Ральф наблюдал его ночное пламя. Снопы искр принимали причудливые формы, становясь шарами, змеями, человеческими фигурами. Взмывали в небо и летели над городом, как на картинах Шагала. Выставку Шагала Ральф видел в Париже. Тогда он еще не терял надежды полетать над Мюнхеном с Эрнестиной. Взявшись за руки.

Ральф стал вести дневник. Он не записывал в него всего, что ему довелось увидеть. Не рассказывал о разорванных в клочья телах сослуживцев. О том, как нес руку фельдфебеля Рота, завернув ее в полковую газету: он опознал руку по часам, и она была единственным, что осталось от фельдфебеля. Об отставших солдатах, которых затем нашли повешенными на сучьях придорожного дуба, с выклеванными птицами глазами. Они были повешены двумя тесными гроздьями и покачивались на ветру — четыре плюс три. Некоторые медленно вращались. Ральф не писал об ужасном. Он не хотел, чтобы впоследствии этот дневник ему было страшно открыть. Если он, конечно, останется в живых. Дневник иногда напоминал ему новостные выпуски, которые он слушал вечерами по радиоприемнику — они тоже редко сообщали о плохом.

Вообще говоря, Ральф не столько писал, сколько рисовал. Тексты были скорее подписями к изображенному. Сидя на ступеньке походной кухни, нарисовал, как солдаты едят — каждый из своего котелка. Задумчиво жуют, опустив стриженые головы. Как бы рассматривают внимательно, что там, в котелке. На самом деле (поясняла подпись под рисунком) ничего не рассматривают, просто для них это случай побыть наедине с собой. Необходимость постоянно находиться на людях едва ли не страшнее прочих тягот.

Сидя в офицерской палатке, изобразил ее содержимое. На одной линии лежат матрасы, на центральной стойке висит умывальник, выше — аккумуляторная лампа. Записал: «В ряду матрасов важно занять место с краю, тогда есть возможность отвернуться и думать о своем». Мы знаем, о чем он думал. Рядом с некоторыми зарисовками военного быта появляется Эрнестина.

Всегда — одетая. Еще записал: «Привалился во сне к брезенту палатки, простудил левый бок». Что такое бок — печень, почки, селезенка? Видимо, он и сам этого не знал. К врачу, нужно думать, не обращался: вся местность в немецких потрохах, а у него, видите ли, бок. Конечно, не обращался. Обматывал чем-то теплым, грелку ставил.

Идея с дневником исчерпала себя довольно быстро. Последняя запись датируется августом 1941 года, она без рисунка. Рассказано о движении на танке по кукурузному полю — сверху, на броне. Это самое опасное место для путешественника, потому что (объяснили Ральфу) сидящие на броне обстреливаются снайперами. Сидящие на броне — первоклассная мишень. Ральф попросился проехать куда-то, куда — не сообщается, да это и не важно, особенно — снайперу. Над Ральфом — раскаленное солнце, под ним — раскаленная броня. Танк качает, как на волнах, а по бокам бескрайнее море кукурузы. Машина рассекает зеленую стихию, оставляя широкий двухколейный путь. Отдельные, прошедшие между двух гусениц стебли приподнимаются, но встать в рост больше не могут. Они пытаются расправить свои продолговатые изломанные листья. Их движения напоминают агонию. Описан хруст початков под гусеницами, которого, понятное дело, нельзя было расслышать. Ральфу жаль эти початки, и оттого он слышит их фантомный хруст. Чего он не слышит — это соприкосновения пули с броней. Он его видит — у самой ноги. Инстинктивно подтягивает ноги к животу, как будто новая пуля может ударить в то же место. Пальцем ощупывает вмятину на броне.

Все дальнейшие свидетельства получаем не из дневника. Главное из них связано с пополнением возглавляемой Ральфом роты. Роль исторических обстоятельств в армейском пополнении бесспорна (беспрецедентные потери вермахта, призыв на военную службу гражданских), но в этом послании времени лейтенант Вебер обнаружил и строки, адресованные ему лично. В 1942 году с пополнением в его роту попал Ханс Кляйн.

Удивительного в этом не было ничего. По крайней мере, ни Ральфа, ни Ханса, ни даже Эрнестину эта встреча не удивила. Ведь если ваш близкий друг марширует в Россию, а спустя два года судьба забрасывает туда и вас, то под чьим же еще, спрашивается, началом вы можете там служить? Этот риторический вопрос, узнав о неожиданной встрече, поставила в письме Эрнестина. В огромной немецкой армии она знала только двух человек, и они, по ее представлениям, не могли не встретиться.

Письма Эрнестины очевидным образом не замечали длительного отсутствия Ральфа в кругу близких друзей. Они адресовались сразу обоим («Мальчики, привет!»), причем предпочтения ни одному из мальчиков демонстративно не выказывалось. Эрнестина была убеждена, что в сложившихся обстоятельствах Ханс, ее муж, не мог обладать перед Ральфом никакими преимуществами. Ведь даже это ее «мальчики» возникло из нежелания поставить кого-то в обращении первым.

По их просьбе Эрнестина подробно описывала происходящее в Мюнхене. К великой радости Ральфа и Ханса, там не происходило ничего особенного. В письмах Эрнестины беззвучно скользили по Амалиенштрассе автомобили, волновались кроны деревьев в Английском саду, а в «Аумайстере» всё так же загибало ветром край крахмальной скатерти. И хотя Томаса Манна в этом заведении уже не было, в целом обстановка в Мюнхене не очень отличалась от довоенной. «Пошла на днях лечить зубы к доктору Аймтербоймеру, — писала Эрнестина. — Он всё такой же охальник, ставя мне пломбу, норовил коснуться груди. И смешно, и жалко. У него недавно умерла жена».

От рассказов Эрнестины Ральфу и Хансу становилось легче. Каждое ее письмо приносило подтверждение, что их счастливая детская жизнь пусть где-то далеко, но — существует. Детством им теперь представлялось всё, что было до войны, потому что война оказалась одновременно временем взросления и смерти. Их неумолимо поглощало русское пространство — бескрайнее, а главное — враждебное. Враждебность сказывалась не только в том, как на них смотрели здешние жители, — она ощутимо сквозила даже в движении облаков, в том, как лежали поля и текли реки.

Чтобы не сойти здесь с ума, Ральф и Ханс вспоминали родные места. Даже не вспоминали — проживали их и проезжали. Мысленно садились в трамвай на Людвигштрассе и медленно — остановка за остановкой — двигались на нем в сторону Унгерерштрассе. Их общая память помогла восстановить все названия, и уже через несколько поездок они не пропускали остановок. Выйдя на Северном кладбище, углублялись в Английский сад. Старались не ходить по одним и тем же дорожкам, всякий раз выбирали новые. Обсуждали, по какому из мостиков переходить ручей, у каких деревьев сворачивать с дороги. Свернув, шли по траве босиком. Трава — мягкая, ласкает ступни, скользит между пальцами. На траве едва заметный след, она как будто кем-то примята. След ведет к кустам. Ральф и Ханс останавливаются и молча смотрят на кусты. В висках у них стучит, босые ноги врастают в траву, руки что есть силы сжимают обувь. Пыльные армейские сапоги.

Письма Эрнестины были бодрыми. Их тон не был связан с положением дел на фронте — для немцев оно становилось всё хуже и хуже. Оптимизм Эрнестины основывался на их обещании друг другу быть похороненными на Северном кладбище. Даже в самом худшем случае (в первую очередь он касался «мальчиков») посмертное воссоединение оставалось на повестке дня. Эрнестина почему-то исходила из того, что тела павших доставляются в Германию.

О том, что это было не так, хорошо знали Ральф и Ханс. Потери не обошли их роту стороной, и они неоднократно участвовали в похоронах убитых. Первое время для покойников заказывали гробы, затем их стали класть в ящики из-под снарядов, когда же не стало хватать и ящиков, тела просто заматывали в брезент. На могиле ставился крест, на крест вешали каску похороненного. В ночное время эти могилы осквернялись местным населением, а позднее, после передислокации войск, могилы (и это все предчувствовали) осквернялись и днем. В конце концов они сравнивались с землей, и лежащим в них становилось легче, поскольку уже никто не знал об их подземном существовании.

С каждым днем убитых оказывалось всё больше, но остававшихся в живых это уже не могло испугать. Напротив, к своей жизни они относились всё беспечнее и, казалось, дорожили ею в очень небольшой степени. Горячее желание вернуться домой, которое все чувствовали в начале войны, у многих сменилось безразличием. Во время боя они поднимались в рост в спешно вырытых неглубоких окопах. Это не было вызовом смерти (смерть в таких случаях колеблется) — у них просто болела спина. Больше всего в жизни им хотелось распрямиться. Больше, может быть, самой жизни. И они погибали, потому что у таких людей уже не было иммунитета к смерти.

Моясь в походном душе, Ральф всякий раз думал о том, что намыливает свое тело, возможно, в последний раз. Эта мысль делала мытье в высшей степени ответственным, и мочалка в руках Ральфа ходила вдвое быстрее обычного. Опустив голову, он смотрел, как сквозь мокрые и оттого заметные волосы на груди спускались мыльные хлопья. Они струились по животу и — ниже, прерывисто стекая с той части его тела, что была знакома лишь ему и Эрнестине. Ну, и Хансу еще. Конечно, Хансу, он ведь был там, в кустах, третьим.

Ханс стоял под соседним душем, в отличие от Ральфа — безволосый. Это тело, думал Ральф, это тело входило в тело Эрнестины и оставляло в нем свой влажный след. Надевая черные армейские трусы, Ральф еще раз посмотрел на тело Ханса — невоенное, нетренированное, неинтересное. Его выбрала Эрнестина. Ральф не испытывал ни ревности, ни даже обиды. Собственно, здесь было уже не так важно, кого выбрала Эрнестина. Жизнь здесь протекала в другом измерении. Возможно, это была уже совсем другая жизнь.

Здесь, на войне, Ральф почувствовал, что значит любить ближних. Они его уже не раздражали, как то бывает в отношении тех, с кем невозможно расстаться. Ральф осознал, что его окружение — ненадолго, что вскоре оно исчезнет, уйдет на два метра под землю. А может быть, уйдет он. Разговаривая со своими солдатами, смотрел в их выцветшие глаза. Иногда брал за руку повыше локтя. Рука была теплой — даже сквозь суровую форменную ткань. Ральф помнил негнущиеся руки убитых, и возможность ощутить живое наполняла его радостью.

То же самое, вероятно, чувствовал Ханс. Он стал задумчивей и как-то мягче. Однажды он вдруг сказал Ральфу:

— Знаешь, я понял, что не против того, чтобы жить втроем.

Ральф молча смотрел на него.

— Помнишь, у Эрнестины была такая идея? — Ханс положил ему руку на плечо. — Так вот: я не против.

Теперь перед отбоем Ханс выводил Ральфа за палатку и шепотом делился с ним подробностями их будущей жизни. Ханс был не против того, чтобы всем спать в одной постели (несложно ведь заказать такую постель?) и заниматься с Эрнестиной любовью по очереди. По поводу любви с Эрнестиной он приводил такие подробности (об этом будем знать только мы втроем), что Ральф лишь утирал на лбу испарину. Если Ральф этого стесняется, он, Ханс, может в ответственный момент выходить. Допустимо, наконец, иметь две спальни с тем, чтобы Эрнестина сама выбирала, с кем будет проводить ночь.

— Ты пойми, — горячо шептал Ханс, — главное здесь то, что отныне мы не просто близкие друзья. Мы — братья и сестры. Мужья и жены. Назови это как хочешь...

Ральф внимал взволнованным словам и лихорадочно обдумывал возможности отправки Ханса в тыл. Он отчетливо понимал, что смерть Ханса близка, и пытался предпринять все усилия, чтобы ее предотвратить. Ральф также понимал, что все усилия бессмысленны.

3

Ханс погиб. Встал во весь рост в окопе и был смертельно ранен. Его скорбное стояние Ральф увидел с противоположного фланга. Сминая солдат, опрокидывая пулеметы, он бросился к Хансу, чтобы ударом под дых заставить его сложиться, согнуться, упасть на дно окопа. Ральф бежал, а Ханс всё стоял и задумчиво смотрел вдаль, и ветер шевелил его пшеничную челку. С края бруствера осыпáлась земля. В ближайшей ложбине — снизу, из окопа, Хансу это было хорошо видно — клубился туман. Стояло раннее утро, и в воздухе еще чувствовалась резкость. Ханс узнавал этот воздух, он отвык от него, но никогда не забывал. Это был воздух детства, утреннего парка, велосипедной (шорох гравия под шинами) прогулки. Ханс вдыхал его трепещущими ноздрями.

После ранения он прожил еще день и ночь — почти сутки. Всё это время ему кололи морфий. Из-за поврежденного легкого он не мог говорить. Он показал Ральфу, что просит побыть с ним, и Ральф просидел эти часы с умирающим. Бóльшую часть дня Ханс пребывал в забытьи. Вечером он нащупал на постели руку Ральфа и уже ее не отпускал. Под утро Ханс попытался что-то сказать, но Ральф ничего не понял. Это были звуки выдохшегося сифона, не имевшие уже ничего общего с человеческой речью. Ханс сжал руку Ральфа, и Ральф наклонился к самому его рту.

— Обещай, что женишься на Эрнестине, — просипел Ханс.

Ральф обещал. Ему опять приходилось обещать то, выполнение чего было обусловлено событиями маловероятными. В отличие от детского неверия в смерть, сейчас Ральф не очень-то верил в то, что выживет. Да не очень-то к этому и стремился.

Ханс умер тихо, Ральф этого не заметил. Даже многочасовое его рукопожатие не стало слабее. О том, что его держит за руку покойник, Ральфу сказала сестра.

Ральф отреагировал не сразу. Глядя на мертвого Ханса, он попытался сопоставить его с Хансом живым. С маленьким Хансом в Английском саду. На мелкой речке Изар. На Северном кладбище, наконец, где у него теперь было немного шансов упокоиться. Ханса мертвого с Хансом живым не связывало решительно ничего. Ральф освободил свою руку и закрыл покойному глаза.

Закрыл свои глаза. Стоя с закрытыми глазами, попросил сестру:

— Не передавайте его пока похоронной команде.

Он почувствовал ее руку на своей спине.

— У нас здесь нет холодильника, и мы не можем хранить тела.

— Понимаете, он обещал, точнее, все мы обещали... Ладно, это не имеет значения...

Ральф открыл глаза, словно ожидая, что Ханс сделает то же самое. Но Ханс оставался неподвижен. В ноздри умершего сестра затолкнула ватки с раствором и набросила ему на лицо простыню.

— А сейчас еще и лето... Вы не представляете, как они быстро разлагаются.

По просьбе Ральфа после отпевания солдаты перенесли тело Ханса в одну из ротных палаток. Кто-то вспомнил о пустом ящике для снарядов, использовавшемся как сундук. Из ящика вытряхнули содержимое и положили в него Ханса.

Отправившись в Острогожск, где квартировала основная часть полка, Ральф добился встречи с полковым командиром. Ральф просил предоставить для Ханса цинковый гроб и место в самолете, но командир лишь пожал плечами. Он закурил и посоветовал Ральфу взять себя в руки. Положив спичку в пепельницу, выпустил дым. Помолчал. В транспортных самолетах не стало хватать мест даже для раненых, а они (энергичное затаптывание окурка в пепельнице) как-никак — живые. Стоял лицом к окну и спиной к Ральфу. Ральф отдал честь и попросил разрешения уйти. Командир кивнул, не оборачиваясь.

— В сложившейся обстановке не до сантиментов, — произнес он в окно. — Надеюсь, Вебер, я не открыл вам военную тайну.

Там же, в Острогожске, Ральф попытался найти мастерскую по производству гробов, но всё — вплоть до продовольственных магазинов — было закрыто. А он ведь не продовольствие искал — гроб цинковый. Не знал ни слова по-русски. Петляя по улицам под неожиданно жарким русским солнцем, то и дело выходил к реке Тихая Сосна. Ральф не догадывался, что значат эти два прохладных слова, и название реки его не успокаивало. В отчаянии он думал о том, что в Острогожске, видимо, никто не умирает. Или, наоборот, уже умерли все: на улицах не было ни души. Последнее обстоятельство делало знание русского избыточным.

В роту Ральф вернулся только вечером. Первым делом приоткрыл ящик с Хансом. Он даже не успел рассмотреть Ханса по-настоящему, как в нос ему ударил застоявшийся трупный запах. Ральф захлопнул крышку и сел на нее сверху. Стояла ночь, и продолжать поиски было бессмысленно. После бессонной ночи, после утомительных поисков в городке у него уже не было сил. Он сам не заметил, как вытянулся во всю длину крышки. Подобно Хансу, сложил руки на груди. И заснул.

Открыв утром крышку ящика, Ральф понял, что времени на поиски гроба у него немного. Ханс ему очень не понравился. При солнечном свете на лице убитого были отчетливо видны синие пятна. Из приоткрывшегося рта тускло поблескивал зуб. О запахе говорить не приходилось. Проходя мимо ящика, солдаты отворачивались. Было видно, что происходящее действует им на нервы.

После завтрака (он отметил про себя, что смог позавтракать) Ральф поехал в ремонтное подразделение. Там, к его удивлению, нашлись цинковые листы, а также те, кто знал, как с ними следует обходиться. Ральф пожалел, что приехать сюда додумался не сразу. Он оказался далеко не первым, кто обратился к ремонтникам по такому поводу. Ханс был доставлен к ним во второй половине дня. По размеру ящика для снарядов они за час соорудили ящик из цинковых листов и положили в него Ханса. Глядя, как тело размещали в ящике и запаивали швы между листами, Ральф подумал, что видит Ханса в последний раз. Впрочем, то, что он видел сейчас, уже не было Хансом. Ящик цинковый положили в ящик деревянный и привезли в роту.

— Он теперь в двойной упаковке, — сказал солдатам Ральф, — и вам больше нечего бояться.

Ханса солдаты не боялись. После пройденного и пережитого ими они вообще мало чего боялись. Солдаты видели смерть ежедневно — на поле боя и в лазарете, где им регулярно приходилось дежурить. Им, конечно, не нравилось, что отныне они должны были видеть ее и в расположении роты. И хотя у солдат больше не оставалось места, где бы они могли отдохнуть от смерти, они не роптали. Они чувствовали, что в странностях Ральфа есть своя правда.

Справедливости ради нужно сказать, что в дальнейшем Ральф не очень интересовался их мнением. После смерти Ханса он ушел в себя и с окружающими общался только по необходимости. По вечерам Ральф включал радиоприемник и наслаждался музыкой. Переходя с программы на программу, старался найти Баха или Моцарта. Однажды попал на трансляцию Вагнера из Байройта, но вскоре выключил. Ему казалось, что во всем происходящем есть доля и его, Вагнера, вины.

Новостей Ральф больше не слушал. Не потому, что сейчас они были менее оптимистичны (они и раньше его не слишком радовали) — новости попросту перестали его интересовать. Дикторы не сообщали ничего такого, что могло бы стать пищей для его ума или чувств. Всё, что его волновало, в свою очередь, совершенно не соотносилось с интересами дикторов.

Больше всего Ральфа волновало, как о смерти Ханса сообщить Эрнестине. С одной стороны, всё было просто. Извещение о гибели рядового Кляйна он был обязан послать ей как командир роты. Он посылал такие извещения много раз. Для них существовали специальные бланки, в которые следовало вписать персональные данные погибшего. В извещении указывалось, что рядовой пал смертью храбрых и что настоящая бумага служит основанием для начисления пенсии вдове. С другой стороны, именно Ральф такого письма отправить и не мог, точнее — не мог отправить лишь его. Прежде он должен был написать ей как Ральф, а это было сложнее всего.

Он оттягивал свое письмо до ближайшего письма Эрнестины, на которое ему волей-неволей пришлось бы отвечать. Ответ мысленно писал уже примерно неделю, но никак не мог найти нужного тона. Одни слова ему казались сухими («Должен тебе сообщить, Эрнестина...»), другие («Пришла беда...») — безвкусно-сентиментальными. Кроме того, сам факт его, Ральфа, всё-еще-жизни был в каком-то смысле неприличен.

Ведь Ральф не просто существовал в некой параллельной плоскости — все последние месяцы он находился с Хансом в одной упряжке, и вдруг — пожалуйста! — сообщает о его смерти. Почему не наоборот? Такие вещи прямо не ставят в вину, но вина подразумевается. Так считал Ральф. Он страстно желал, чтобы письмо от Эрнестины не приходило как можно дольше.

И письмо не приходило. Ральф знал, что ее молчание не было забвением. Оно было скорее свидетельством присутствия, почти физического присутствия Эрнестины в их армейской жизни. Эрнестина поняла, что случилось, без извещения — так иногда происходит между близкими людьми. Ее молчание не было и обвинением. Просто с уходом Ханса исчез их треугольник. Разрушилась странная геометрия отношений. Или не разрушилась? Иногда Ральфу казалось, что не разрушилась...

На несколько месяцев его подразделение оставили стоять под Острогожском, а в октябре решили перебросить поближе к передовой. Часть пути проделали по железной дороге. При погрузке ротного имущества возникли сложности. Немецкие вагоны, рассчитанные на узкую европейскую колею, остались за границей, а русских вагонов не хватало. В тот небольшой отсек вагона, который был отведен роте, ящик с телом Ханса смог войти лишь в вертикальном положении. Дорогу до Миллерова Ханс проделал стоя. Ральф ехал и думал о том, выдержат ли кости покойного такую нагрузку. Он ничего не знал о свойствах тела в период разложения.

За Миллеровом железнодорожные пути оказались разрушены, но одной этой неприятностью дело не ограничилось. В Миллерове цинковый гроб Ханса разгерметизировался. Произошло ли это в результате движения по рельсам, погрузки или плохой пайки, выяснить оказалось невозможно. Да и волновали состав роты не столько причины, сколько следствия. Размещенный в палатке, ящик распространял нерезкий, но вполне ощутимый запах. Слабость запаха почему-то придавала ему особую отвратительность. После морозной ночи (полог палатки пришлось держать открытым) и открытого ропота солдат Ральф снова бросился на поиски ремонтной роты. Вернулся он с мастером, который быстро нашел щель на стыке листов и запаял ее. Запах прекратился.

Постояв в Миллерове несколько дней, двинулись по шоссе в Белую Калитву. Название «Миллерово» отдавало чем-то своим, на Белую же Калитву воображения Ральфа уже не хватало. От нескончаемого движения он чувствовал смертельную усталость. Поймав себя на том, что мечтает о смерти, даже не испугался. Представил, как дома на панихиде сообщают, что он погиб в Белой Калитве. Улыбнулся. В Мюнхене он не знал никого, кто бы смог произнести это название.

В утро отъезда Ральф нанял подводу для доставки гроба к месту новой дислокации. Ехали по степи. Ральф сидел, свесив ноги и облокотившись о ящик. Острое ребро ящика чувствовал своими ребрами. На ухабах слышал, как внутри глухо стучит тело Ханса. Мужик, правивший лошадью, произносил негромкие русские слова. Они выходили медленно, цеплялись друг за друга, составляя одну бесконечную фразу. Мужик говорил вроде бы с Ральфом, не понимавшим его речи, но, может быть, и не с Ральфом, может быть, и сам с собой, с лошадью, со степью. От произносимого веяло удивительным спокойствием. Ральф качал головой в такт его тихим словам. В такт ухабам. Да, он не понимал этих слов по отдельности, но в целом, конечно же, понимал.

Всё пройдет — таков был их общий смысл. Пройдут ночные бомбардировки, перемещения войск, столкновения государств. Сами государства тоже пройдут. Небо и земля — останутся. Роща, ветер... Пролетел бомбардировщик, и след его стерт облаком, как губкой. Будто и не пролетал, а? Звери останутся и насекомые — все те, кто не принимал участия в боевых действиях. Это ведь только кажется, что все заняты войной. А муравьи, если разобраться, строят свои муравейники, птицы летят на юг. Мужик приставил большой палец к ноздре и сморкнулся на дорогу.

— А я вот Ханса везу, — Ральф постучал по крышке ящика. — Близкого друга.

Мужик кивнул. В отличие от товарищей Ральфа, у него это не вызвало удивления. Почему бы и не Ханса? Каждый возит то, что считает нужным.

После Белой Калитвы началась изматывающая дорога на юго-восток. Несмотря на октябрь, стояла жара. Идущим всё время хотелось пить, а воду теперь подвозили с перебоями. В редких калмыцких поселениях ели арбузы. Степь сменялась пустыней.

Армия шла по пыльной потрескавшейся земле, на которой ничего не росло и никто не жил. И никому уже было не понятно, зачем завоевывали эту безлюдную землю. Безлюдную и бесчеловечную, имевшую в избытке лишь солнце и песок. В песке ставили палатки и рыли окопы, песок высыпали по вечерам из сапог. В нем буксовали машины, и на одном из отрезков пути от них пришлось отказаться. В тот день ящик с Хансом солдатам пришлось нести на руках.

Вопреки опасениям Ральфа они уже не роптали. Покойник Ханс мало-помалу стал неотъемлемой частью роты — чем-то вроде полкового знамени. В конце концов, он продолжал числиться в ее списках, потому что официально смерть его так и не была зарегистрирована. В каком-то смысле Ханс продолжал делить общие тяготы — палатки, окопы и переезды, а один раз во время боя в ящик попала пуля. Ханса спасло лишь то, что она ударила в металлическую ручку, выгнув ее до неузнаваемости. Цинковый лист пуля бы прошила насквозь.

Однажды покойному пришлось ехать на двугорбом верблюде. Ящик на горбах не закреплялся и съезжал, но главная сложность была даже не в этом. Груз необычной формы и размеров не нравился самому верблюду. Животное саботировало перевозку ящика с редкой изобретательностью. Поняв, что за каждым брыканьем следует плеть хозяина-калмыка, верблюд стал выгибать те части тела, в которые упирался ящик. Глядя на эти упражнения, Ральф вспоминал резинового верблюда своего детства — возможности той игрушки были гораздо более скромными. Не исключено, что, несмотря на цинк, настоящий верблюд чувствовал тело Ханса, а ведь вьючные животные боятся носить мертвых. Конечно, он все-таки понес Ханса, но каждым своим шагом давал понять, что в данном случае лишь покоряется обстоятельствам.

Несмотря на все усилия Ральфа сохранить дело в тайне, молва о мертвом пехотинце распространялась по войскам. В роте об этом знали и втайне Хансом гордились. Распространявшиеся слухи имели и свои положительные стороны. Время от времени Ральфу предлагали помощь. Накануне марша в Элисту в роту заехала гусеничная бронемашина и взяла ящик на борт. В Элисту Ханс въезжал на броне.

В ноябре ударили морозы. Они оказались такими же неистовыми и изматывающими, какой прежде была жара. Переносить их было тем сложнее, что обмундирование, пусть даже утепленное с учетом русских зим, было неспособно согреть. На морозе глохли моторы и замерзало масло. В декабре роту расквартировали в колхозе «Восьмое марта», но теплее от этого не стало.

Холод было тяжело выдерживать и потому, что он не сопровождался снегом. Земля, растрескавшаяся прежде от жара, ничуть не изменила своего безрадостного облика. Над выжженной травой летали клочья верблюжьей шерсти. Только трещины, казалось, теперь появлялись от мороза. По ночам в безоблачном небе тысячами ярких глаз загорались звезды. Их немигающий взгляд промораживал до самых костей.

Когда выпал снег, стало легче. Пространство преобразилось. Его бесцветность и безлюдность сменились белизной. Танкисты, согласно инструкции по камуфляжу, красили свои машины известью, и танки становились сугробами. Той зимой, по сравнению с прошедшими (замечались ли такие вещи русскими?), в калмыцких степях образовалось на восемьсот сугробов больше. Пехота играла в снежки — почти, правда, не лепившиеся из-за сильного мороза. В солдатских палатках появились сплетенные из ковыля предрождественские венки.

В день западного Рождества велись ожесточенные бои, а накануне Нового года установилось затишье. 31 декабря было отмечено внезапной оттепелью, как бы знаменовавшей краткое перемирие между морозом и жарой. В этот день всеобщей тишины противостоящие войска праздновали приход нового, 1943-го, года.

Гостем роты Ральфа был генерал Кайзер. Несмотря на громкую фамилию, генерал слыл человеком демократичным и все праздники принципиально отмечал в солдатском кругу. И хотя в этих посещениях можно было видеть некоторую нарочитость, даже постановочность (в прессе впоследствии появлялись фотографии брудершафтов), а излучаемое генералом фронтовое братство вызывало улыбку, объекты генеральских акций ничего не имели против. Гость привозил с собой подарки, а также очень неплохие — без скидки на фронтовые условия — напитки.

В колхоз «Восьмое марта» генерал Кайзер приехал, как всегда, внезапно, сопровождаемый адъютантом, корреспондентом и двумя ящиками шампанского. Кто-то из солдат бросился было в соседнюю роту за стульями, но генерал его остановил. Взгляд гостя упал на стоявший в углу ящик.

— Что в ящике?

— Так, — ответил Ральф, — разное ротное имущество...

— Буду сидеть на ротном имуществе, — взгляд генерала рассеянно скользнул по корреспонденту. — Никогда не искал комфорта.

На ящике поместились генерал, адъютант, корреспондент и Ральф. Ральфа генерал посадил рядом с собой. Побарабанив по стенке ящика, гость предложил тост за фронтовую дружбу. Около полуночи по московскому времени старший стрелок Вайгант включил радиоприемник и поймал одну из немецких радиостанций. На едва различимом фоне кремлевских курантов Берлин передавал выпуск новостей. В Берлине еще не праздновали.

— А нельзя так, чтобы наше радио, но — без курантов? — поинтересовался корреспондент.

— Не представляется возможным, — ответил старший стрелок.

— Удивительно, что здесь вообще что-то ловится, — поддержал его генерал. — Ну, с Новым годом, что ли...

Кружки сошлись с глухим алюминиевым звуком. Ральф опустил свою кружку и (прости нас, Ханс) незаметно коснулся ею ящика. Его утешало лишь то, что Ханс — пусть даже в таком необычном качестве — все-таки находился за общим столом.

Гости просидели до двух. Покидая расположение роты, генерал Кайзер шепнул Ральфу:

— Первый раз встречаю Новый год на покойнике. Не выжить после этого — грех.

Он хлопнул Ральфа по плечу и сел в машину. Захлопнув за генералом дверь, адъютант пожал Ральфу руку. Солдаты продолжали праздновать до утра. Последним прозвучал тост за здоровье Ханса, и он уже никого не удивил.

Спустя неделю адъютант вернулся. На этот раз он приехал на автомобиле с верхним багажником.

— Генерал Кайзер нашел для вашего друга место в самолете, — сказал он Ральфу. — Закрепите ящик на багажнике, я отвезу его на аэродром.

Он бросил Ральфу скрученную веревку с крючьями, но Ральф ее не поймал. Он смотрел, как солдаты выносят ящик с Хансом, и уже не понимал, хочет ли он с ним расставаться.

— Здесь дорога плохая, — адъютант проверил веревки. — Надежно закрепили?

— Намертво, — ответил кто-то из солдат, и все рассмеялись.

Сев за руль, адъютант на мгновение опустил стекло.

— Генерал Кайзер умеет ценить фронтовую дружбу.

Солдаты и Ральф отдали отъезжавшей машине честь. Прощаясь с Хансом, думали, что он, возможно, легко отделался. Они готовились к маршу на Сталинград и уже не ждали победы. Они ждали одного — окончания, каким бы оно ни было.

4

Окончание для Ральфа наступило в середине января. В бою под Сталинградом разрывом снаряда ему оторвало правую руку до локтя. Мелким осколком зацепило висок. Как ни странно, ранение он впоследствии считал одной из главных удач своей жизни. Ему повезло, что санитары обнаружили его еще во время боя, и он не успел потерять слишком много крови. Ему повезло и в том, что потери ограничились рукой: почти вся его рота сложила под Сталинградом головы. Главным же своим везением он считал то, что самолетом его переправили в Мюнхен, и война на этом для него была закончена. Не случись этого — Ральф не вернулся бы домой, потому что не возвращаются те, кого на войне охватывает равнодушие — как к ее исходу, так, в конечном счете, и к собственной судьбе.

В мюнхенском госпитале Ральфа навестила Эрнестина. От общих знакомых он уже знал, что она живет с дантистом Аймтербоймером, и сам послал ей письмо с просьбой прийти к нему в госпиталь. Эрнестина вошла, не постучавшись. Несколько минут стояла у дверей, пока забинтованная голова Ральфа медленно не повернулась на подушке. Когда его взгляд обрел фокус, он улыбнулся. Эрнестина тоже улыбнулась. Подойдя, потрепала выбившуюся из-под бинта челку.

— Глупо всё получилось, — Эрнестина смотрела куда-то в окно. — Однажды я зачем-то ему уступила, а потом уже... Понимаешь, после этого я как бы потеряла право на ожидание Ханса. Я даже не могла вам написать... Мое письмо было бы еще более гнусным, чем мой поступок.

Она опустилась на колени перед кроватью — из-за узкой юбки это получилось неловко — и прижалась губами к забинтованному обрубку руки. Левой рукой Ральф гладил Эрнестину по волосам.

— Знаешь, то, что ты не писала, даже к лучшему... Получилось, что к лучшему. Пожалуйста, не мучай себя.

Находясь еще в госпитале, Ральф начал учиться писать левой рукой. Сначала выходило коряво, но со временем дело улучшилось. Пусть почерк Ральфа (до потери руки безупречный) не стал прежним, он был вполне читаем. Это был обычный плохой почерк, в котором левая рука никак не опознавалась. Ральф стал относиться к левой руке с новым вниманием и пришел к выводу, что сильно недооценивал ее в прежней жизни.

По совету врача Ральф заказал себе протез. Это была пластмассовая рука, вид которой сразу же поверг Ральфа в уныние. Протез имитировал цвет человеческой кожи, но это не был цвет кожи Ральфа. И хотя номер колера и размеры его правой руки формально совпадали с данными левой руки, отличие двух рук было заметно. Отличие было небольшим, но, может быть, оттого и неприятным: искусственная рука симулировала жизнь, и в этом была невыносимая фальшь. Ральф отказался было от протеза и пустой рукав стал заправлять в карман пиджака. Впоследствии же по совету Эрнестины надел на протез перчатку, и чувство подделки исчезло.

Через несколько месяцев Ральфа взяли преподавателем в военное училище. Об этом похлопотал Аймтербоймер, заметивший, что для него такие просьбы — пустяк, пока у военного начальства есть зубы. Он продолжал жить с Эрнестиной и шестнадцатилетней Брунехильдой, своей дочерью от покойной жены — такой же, как покойница, высокой и ширококостной. И с возвращением Ральфа ничто в этом отношении не изменилось.

Ральф не рассказывал Эрнестине о последних словах Ханса — они произносились тогда, когда Ханс еще (уже?) не знал, что она ему не принадлежит. Увы, на подобное завещание в ту грустную минуту он не имел никакого права. Эрнестина, в свою очередь, к теме Аймтербоймера больше не возвращалась, не говоря уже о том, чтобы ставить свою жизнь с ним под сомнение. Возможно, эта жизнь ее устраивала. А может быть, ей хотелось избежать второго предательства. Последнее объяснение нравилось Ральфу больше, и он выбрал его в качестве основного.

Время от времени он бывал у них в гостях (теперь это был дом Аймтербоймера в Швабинге) и даже встретил с ними Рождество. Было очень уютно, Ральф чувствовал себя как дома. Аймтербоймер вполне сносно сыграл на скрипке, и его лысина покрылась каплями пота. Глядя на эти капли, Ральф думал о том, что они, должно быть, выступают у него не только во время игры на скрипке... Перехватив взгляд Ральфа, Эрнестина угадала его мысли. Покраснела. Даже если бы покраснела, как он мог видеть это в полумраке? Это он придумал, что Эрнестина покраснела, и почувствовал, как краснеет сам. В конце вечера ели пирог, приготовленный Брунехильдой.

— Как у вас хорошо, — совершенно искренне сказал Ральф.

— Что ж, приходите к нам и на Новый год, — Аймтербоймер похлопал его по плечу. — Всё равно вам ведь не с кем праздновать.

Ральф поблагодарил. Он удивился второму приглашению, а заодно тому, как уверен в себе Аймтербоймер. Старик знал об истории чувства Ральфа к Эрнестине. Значило ли это, что встречи втроем он считал лучшей профилактикой неприятностей? На этот вопрос у Ральфа не было ответа.

Рождественский уют не повторился. В Новый год были и скрипка, и пирог Брунехильды, но того чувства, которое охватило всех в Рождество, — его уже не было. Ральф вспоминал свой прошлый Новый год — с сидением на гробе Ханса. Окажись Ханс на отмечании этого Нового года, его положение среди празднующих было бы еще более неестественным...

Иногда они навещали Ханса на Северном кладбище — также все вместе. Бестрепетной тевтонской рукой Брунехильда удаляла сорняки, а Ральф, как в прежние времена, подкрашивал металлические части надгробий. После кладбища отправлялись на прогулку в Английский сад и завершали ее поминальным обедом в «Аумайстере». Эта прогулка придавала посещениям Ханса легкость и какую-то даже беспечальность. И даже Брунехильда, первый раз посетившая кладбище не без нажима (как всякий безгранично здоровый человек, она не любила кладбищ), стала приходить сюда с удовольствием. Она полола траву не только на могиле Ханса, но и на могилах родственников трех друзей.

Этих могил становилось всё больше. Летом 1943 года в дом родителей Эрнестины попала авиабомба. Попала через пятнадцать минут после того, как Эрнестина оттуда вышла.

— Лучше бы я, конечно, у них задержалась, — сказала после похорон Эрнестина. — Я что-то совсем устала.

Усталость чувствовал и Ральф. Первая радость возвращения прошла, и мало-помалу его начала охватывать апатия. Он видел, к чему шло дело, и прежнее военное «уж скорее бы» теперь зрело у него и на родной земле. Впрочем, и эта земля уже вовсю ходила ходуном. Возвращаясь домой после лекций в училище, Ральф замечал на улицах всё новые и новые зияния после бомбежек.

Мюнхенские дома обрушивались, как костяшки домино, — с той лишь разницей, что валились они не подряд, а через пять—десять—пятнадцать. Это происходило так быстро, что даже образцовые городские службы уже не справлялись с уборкой, и разрушенные здания лежали на улицах бесформенными каменными трупами. Проходя мимо них, Ральф иногда заглядывался на причудливые детали руин — горшки с продолжавшими цвести растениями, раздавленные голубятни (скорбное трепетанье перьев) и чеканные флюгеры, равнодушные уже к любому ветру. Иногда дома разрушались не полностью, и на металлической трубе одиноко высился сливной бачок. С уцелевшей стены на него удивленно смотрели семейные портреты, никак не ожидавшие от бачка подобной стойкости.

Ральф не боялся бомбежек. Он верил в определенную логику происходящего и находил, что погибнуть после Сталинграда в Мюнхене было бы нелепо. Он не боялся погибнуть и потому, что со смертью не ожидал существенного ухудшения своего положения. Нынешняя жизнь большой радости у него не вызывала.

Однажды ночью его разбудил звонок Эрнестины.

— Умер Аймтербоймер, — сказала она сдавленным голосом.

— Бомба?

— Он умер *на мне*, Ральф...

На том конце провода послышались глухие рыдания. Ральф спустил ноги с кровати, но не нащупал тапок.

— Как неприятно... — голос всё еще его не слушался.

Всхлипы в трубке прекратились.

— Ты даже не представляешь — как!

С той ночи жизнь Ральфа и Эрнестины круто изменилась. Это была уже одна неразделимая жизнь, продлившаяся много десятилетий. Она началась почти сразу после смерти Аймтербоймера, и многие находили это неприличным. Согласитесь, мысленно отвечал недоброжелателям Ральф, в конце концов, и смерть Аймтербоймера была не вполне приличной. А если разобраться — то и жизнь.

В их с Эрнестиной соединении Ральф опять-таки видел ту логику жизни, в которой не сомневался никогда. Он не делал ничего, чтобы объединить свою судьбу с судьбой Эрнестины, но когда это произошло, ничуть не удивился. Такой ход событий казался ему естественным. Соединение с Эрнестиной было для него в какой-то мере воссоединением. К тому же как-то само собой выяснилось, что, несмотря на пережитое, они еще очень молоды. Ральф внезапно осознал, что от избытка жизненных впечатлений перестал чувствовать себя молодым: опыт автоматически превращался в возраст. В 1944 году им было по двадцать четыре года.

Через неделю после похорон Аймтербоймера Эрнестина зашла к Ральфу выпить кофе. Она стояла на пороге, и в глазах ее светились десятилетия грядущей совместной жизни. То, как они смотрели друг на друга, не оставляло места для кофе, и Ральф почувствовал это сразу, но зачем-то все-таки поставил кофе вариться и — вспомнил о нем лишь тогда, когда содержимое турки превратилось в пепел. Он и сам тогда едва не сгорел, потому что первое прикосновение к Эрнестине его обожгло. В это прикосновение он вложил все годы ожидания, всю силу разочарований и надежд. Каждой клеткой своего голого тела ощущал ее кожу и думал, что спустя много лет они снова разделись, но теперь события развиваются по-другому. Совсем по-другому.

— Никогда мне не было так хорошо, — сказала утром Эрнестина. — Я рада, что ты потерял только руку.

За этой ночью последовали месяцы безумств, когда они не видели ничего, кроме друг друга. Эрнестину удивляла безошибочность, с какой Ральф угадывал ее желания в постели, пока он в конце концов не признался, что кое-что в этой области ему приоткрыл Ханс. Эрнестина ничуть не обиделась и — более того — добавила некоторые детали, которые в свое время постеснялась сообщить Хансу.

Их любовь была сильнее бомбежек. В своей увлеченности друг другом они не заметили, как был разрушен и взят Мюнхен, а в городе расположились американские войска. Военное училище Ральфа к тому времени было уже закрыто, а слушатели распущены. Куда-то делась и Брунехильда, с которой — несмотря на все катаклизмы — они изредка встречались.

Городские власти приветствовали победителей и призывали горожан быть гостеприимными — разумеется, тех из них, кому удалось выжить после американских бомбардировок. Власти выражали глубокое удовлетворение, что Мюнхен достался не русским. Этого удовлетворения Ральф не разделял.

— Город в руинах, власти спятили, — сказал он Эрнестине. — Удивительно, что уцелел наш дом.

— Он уцелел ради нашей любви, милый.

5

Наступает мирное время. Ральф и Эрнестина венчаются и живут продажей фамильных драгоценностей. В результате долгих поисков работы Ральфу удается устроиться в хозяйственную часть Баварской государственной библиотеки. Каким-то образом вновь возникает Брунехильда, в этот раз — с чернокожим младенцем на руках. Можно было догадываться, что гостеприимство, оказанное ею американским войскам, зашло слишком далеко. Ральф и Эрнестина также пытаются завести детей, но у Эрнестины случается два выкидыша. В 1955 году возобновляется работа военного училища, и Ральфу, как не запятнавшему себя военными преступлениями, предлагают вернуться на службу. Он возвращается. Через десять лет Эрнестина получает наследство после смерти дяди из Ганновера, и Ральф выходит в отставку в чине майора. С этого времени жизнь их круто меняется.

Ральф и Эрнестина становятся профессиональными немецкими пенсионерами. Держа друг друга за мизинец, они зал за залом проходят все сколько-нибудь значимые музеи — сначала в Европе, а затем в обеих Америках. Проявляют себя беззаветными посетителями симфонических концертов и оперных премьер (аплодируя, Ральф стучит костяшками пальцев по ручке кресла), становятся членами нескольких благотворительных обществ.

В сентябре ездят в Италию. Иногда — в Венецию, где, вспоминая детские поездки, по утрам пьют кофе на площади Сан Марко, но чаще — на итальянский юг, который успели полюбить. Лежат на пляже в Поццуоли под Неаполем. Часами смотрят на море и очертания далекого берега.

— Это мыс Мизено, — Ральф перелистывает путеводитель. — Там Одиссей похоронил двух своих спутников.

— Он не отправил их тела домой...

— Вдали от дома, дорогая, это не так-то просто.

Эрнестина целует Ральфа в висок. Глядя на очертания полуострова, он думает о том, что одного спутника уже потерял. И боится когда-нибудь потерять второго — очень боится. Ветер треплет листы путеводителя и медленно засыпает его песком.

Живя в Мюнхене, всем средствам передвижения они предпочитают велосипед. В любую погоду ежедневно проезжают двадцать километров по Английскому саду. Любят говорить, что, несмотря на комфорт их нынешней жизни, самым счастливым своим временем считают конец войны.

— Мне нравится драматургия нашей жизни, ее сюжетные линии, — улыбается Ральф. — Главное, что это линии, а не точки. В нашей жизни есть свое развитие и своя логика. Ведь это имеет значение.

С конца восьмидесятых их туристическая активность несколько снижается. К этому времени Ральф переживает два инфаркта, и врачи не рекомендуют ему покидать Мюнхен. Назло врачам Ральф и Эрнестина предпринимают две поездки, сначала — в Голландию, затем — в Данию, но врачи им эти поездки прощают. В конце концов, это не те поездки, которые способны вызвать инфаркт, говорят врачи. Не поездки, например, в Россию.

В день восьмидесятипятилетия Ральф объявляет о своем желании ехать в Россию. Эрнестина колеблется, врачи в ужасе. Они уверены, что такая поездка несомненно обернется третьим — и финальным — инфарктом.

— Для него это очень важно, — уговаривает врачей Эрнестина. — Он ведь воевал там, у него интерес не туристический.

— Вы понимаете, какая это эмоциональная нагрузка?

— Понимаю, — вздыхает Эрнестина. — Но он, кажется, не верит в то, что умрет. Что вообще умрет.

— А может быть, он как раз для того и едет, чтобы умереть?

Подготовка к поездке идет всю зиму. В туристическом бюро на Людвигштрассе для них разрабатывают индивидуальный тур. Единственный компромисс Ральфа с медициной состоит в том, что он проделает не всю дорогу до Сталинграда, а только российскую ее часть. Впрочем, согласившись начать путь не на Западном Буге, а в Смоленске, он волею истории остается верен своим принципам. В 2006-м, как и в 1941-м, движение начнется от самой русской границы, которая к XXI веку значительно отодвинулась на восток. Надеясь, что, соответственно, сократится и задуманное путешествие, Эрнестина тайком заглядывает в последнее издание карты России. У нее вырывается невольный стон: и на этой карте Россия по-прежнему безгранична.

Менее эмоционально к работе с картами подходит Ральф. Заказывая индивидуальный тур, в новейшем атласе России он прокладывает маршрут, включающий десять основных пунктов: Смоленск — Брянск — Орел — Острогожск — Миллерово — Белая Калитва — Сальск — Элиста — Волгоград. Вместе с атласом туристическому бюро Ральф передает сохранившиеся у него карты вермахта с отмеченными крестиками деревнями, хуторами, рощами, озерами и возвышенностями, которые он хотел бы посетить. Между указанными пунктами Ральфу предлагают перемещаться на поезде как наиболее комфортабельном и надежном в России виде транспорта. От поезда он категорически отказывается — кроме перегона Лиски–Миллерово, часть которого в свое время преодолел по железной дороге. После долгих уговоров Ральф соглашается вместо поезда воспользоваться «Мерседесом», хотя первоначально речь шла об одной из русских марок. Эрнестина, в глубине души не исключавшая передвижения маршем, считает это победой.

К середине весны русские планы Ральфа отработаны до мелочей. Он оформляет дорогостоящую страховку, в которой оговаривается не только возможная репатриация тела, но и, по настоянию клиента, форма, цвет и материал гроба. Ранним утром 20 апреля из мюнхенского аэропорта «Франц Йозеф Штраус» Ральф и Эрнестина вылетают в Москву.

В Москве их встречает Коля Перепелкин, рыжеволосый улыбчивый парень. Он держит плакат с именами прибывших, но они узнали бы его и без плаката — по фотографии, данной в туристическом бюро. У Коли яркая внешность. Эрнестина пытается выговорить Колину фамилию (она учила ее еще в Мюнхене), но у нее не получается. Коля смеется: он не Перепелкин, он просто Коля («Колья», — повторяет Эрнестина). Машина везет их на Белорусский вокзал, откуда все втроем отправляются в Смоленск. Пока еще можно на поезде, до места старта допустимо ведь добираться на чем угодно.

В поезде они пьют чай и ведут длинные русские беседы. Коля — студент-германист, но подрабатывает гидом. Такой большой и ответственной поездки (выражение предельной серьезности) у него еще не было. Он постарается справиться. А вообще (Коля снова улыбается) он собирается жениться — сразу после их тура. Кто его невеста? Тоже студентка, учится на географическом. Коля выпускает воздух сквозь неплотно сомкнутые губы. Если честно, она беременна, на шестом месяце, — он кажется им легкомысленным? Ни в коем случае.

На вокзале Смоленска их ждет новенький «Мерседес». По словам Коли, его пригнали специально для этого тура из Москвы. Коля устраивает Ральфа и Эрнестину на заднем сидении, а сам садится рядом с водителем. Машина везет путешественников в гостиницу. Ральф опускает стекло и жадно всматривается в улицы.

— Узнаешь что-нибудь? — спрашивает Эрнестина.

Ральф пожимает плечами.

— Мы завтра погуляем по центру, может, что-нибудь и узнаете, — говорит с переднего сидения Коля.

Во время прогулки по центру у Ральфа пропадает кошелек. Он замечает это, подойдя к обменному пункту, — менять ему, похоже, нечего. Ральф и Эрнестина утешают приунывшего Колю: в Мюнхене тоже воруют, их и там однажды обокрали — в 1948 году. По счастью, в Смоленске (прогресс берет свое) есть банкоматы, и Эрнестина снимает деньги со своей карточки. Эрнестина уверена, что теперь они не пропадут: на карточке пятьдесят тысяч евро.

Проведя день в Смоленске, берут курс на Брянск. Едут по дорогам местного значения, заглядывая в знакомые Ральфу деревни. Подпрыгивают на ухабах. Ральфу кажется, что деревни мало изменились (прыжок и удар днищем), что в них едва ли не те же люди и уж точно — та же пыль. Ими поднятая шестьдесят пять лет назад. До сих пор не осела (еще один прыжок). Шофер произносит короткие русские слова, не требующие перевода. Он жалеет прекрасную немецкую машину, его возмущенное лицо пляшет в зеркале заднего вида. Коля пытается подбодрить пожилую пару, которая вянет на глазах. После пяти часов езды по проселочным дорогам путешественники вынуждены вернуться на асфальтированное шоссе.

— Трасса, — хрипло бросает шофер.

— Трасса... — кивает Ральф. Губы его бескровны.

Особенности трассы таковы: предоставив едущему некоторую передышку от ухабов, она безжалостно наказывает его за потерю бдительности. Дыры в асфальте, детали грузовиков, трупы собак — предметы для нее не сторонние. Все они соприкасаются с колесами «Мерседеса» на его пути к Брянску.

Брянск. Добравшись до номера гостиницы, Ральф падает поперек кровати. Просит его не трогать. Коля всё же расшнуровывает Ральфу туфли и осторожно укладывает его на постели. Эрнестина сидит за столом, уронив голову на ладонь. Упасть на кровать ей не позволяет присутствие молодого человека.

На следующий день выезжают в Орел. В Орле Ральф и Эрнестина чувствуют себя бодрее — возможно, у них заканчивается акклиматизация. Гуляя вдоль реки Орлик, получают информацию об орловцах Тургеневе, Лескове, Бунине и Андрееве. В музее Лескова экскурсовод с порога знакомит посетителей с «Железной волей», но в переводе Коля Перепелкин предпочитает пересказать сюжет «Левши». В современном Орле Ральф не узнает города, кратко виденного им в 1942 году.

— Сейчас — лучше? — спрашивает Коля.

— По-другому, — дипломатично отвечает Ральф. Он наклоняется к самому Колиному уху. — Мы, немцы, перед вами очень виноваты. Самое плохое, что ничего в этом деле уже не поправить.

За Орлом следует Острогожск. В острогожской гостинице под Эрнестиной среди ночи разваливается кровать. Эрнестина падает на пол, а сверху ее накрывает массивная спинка. Приведенный Колей врач констатирует ушиб и прижигает йодом ссадину над бровью. Она держится молодцом. Проводив врача и Колю, пытается улыбнуться.

— Представляю, что они сейчас подумали...

— О чем ты?

— О том, как мы по ночам ломаем кровати.

Вокруг ее глаза переливается фиолетовым синяк.

Они гуляют по Острогожску. Ральф вспоминает, как когда-то безуспешно блуждал по его улицам в поисках гроба. В ходе недолгой прогулки по городу дважды встречаются бюро ритуальных услуг. Ральф отмечает, что жизнь в Острогожске стала гораздо комфортнее. И смерть — тоже.

Рано утром отправляются на место гибели Ханса. Колеса «Мерседеса» осторожно ощупывают дорогу, ухаб за ухабом, отчего машина двигается со скоростью траурной процессии. Рядом с водителем сидит Ральф с картой на коленях. Он пытается установить расположение их окопов — где-то между поселком Сельхозтехника и деревней Гнилое — но местности не узнает. Вокруг лишь апрельские поля, бурые и безлюдные. То здесь, то там мелькают небольшие овраги, которые при желании можно принять за остатки окопов. Эрнестина показывает на них Ральфу, но тот только качает головой. Он ясно видит, что эти овраги образовались без человеческого вмешательства. Человек тут, похоже, вообще ни во что не вмешивался.

Ральфу становится плохо. Ему помогают выйти из машины и ведут к обочине. Он просит, чтобы его отпустили. По рукам водителя и Коли медленно съезжает на четвереньки. Стоит, упершись ладонями в землю. Сквозь пальцы Ральфа прорастает первая трава. По дрожанию плеч видно, что он плачет. Коля растерянно смотрит на Эрнестину, но та знаком просит его не вмешиваться. Садится рядом с Ральфом и молча гладит его по голове. Минут через пять все снова в машине.

Коля разворачивает план мероприятий.

— Во второй половине дня у нас поездка на подводе. Выезд из населенного пункта Лиски.

— На подводе мы ехали от Миллерова, — Ральф улыбается краями губ, — но это не имеет большого значения...

— Под Миллеровом подводы не оказалось, удалось договориться только в Лисках... Здесь у нас база в санатории имени Цюрупы.

Вид у Коли виноватый.

После обеда отправляются в Лиски, где подвода их уже ждет. Коля деловито уточняет детали поездки с кучером — мужичком в армейской телогрейке.

— По плану едем до поселка Новая Грань, — говорит Коля Ральфу и снова заглядывает в бумаги. — Здесь сказано, что кучер должен что-то говорить. Что именно?

Ральф пожимает плечами.

— Это не так важно. Я ведь всё равно ничего не понимаю.

— Вам переводить то, что он будет говорить?

— Ни в коем случае.

Они едут, и кучер говорит. Иногда причмокивает. Поводя ушами, лошадь прибавляет шагу. На сене — мягко. Ноги сидящих свисают с подводы и качаются в такт ходу лошади. За подводой на малом ходу — «Мерседес». Этот кучер не так красноречив, как прежний. Говорит с паузами, словно взвешивая каждую фразу. Ральф внимательно прислушивается, но сидит с грустным лицом. Возможно, это не то, что он ожидал услышать.

Из Новой Грани возвращаются на машине. Ночуют в санатории имени Цюрупы. После завтрака их привозят в Лиски на вокзал, и они садятся на поезд. Путь по железной дороге тих. Сопровождается звяканьем ложек в стаканах и далекими гудками тепловоза. Запахом трав из открытого окна. Отхлебнув чаю, Эрнестина с интересом рассматривает подстаканник. Она бы с удовольствием проделала весь русский путь на поезде. На идущем вдоль железнодорожного полотна шоссе то и дело виден их «Мерседес».

Тишина поездки продолжается и в Миллерове. Окна гостиничного номера выходят на железнодорожные пути, но благодаря стеклопакетам поезда здесь не беспокоят. Составы беззвучно проходят мимо, едва ощутимо отдаваясь в алюминиевом карнизе. В стаканах на стеклянном подносе. Напоминают о себе легким покачиванием кроватей, под которое так хорошо засыпать.

Утром Эрнестина не просыпается. Ральф пытается ее разбудить, но она все-таки не просыпается. Ральф знает, что Эрнестина не умерла. В пижаме выскакивает в коридор и кричит. Прибегает горничная, за ней — Коля. Они смотрят на спущенное Ральфом одеяло, смотрят на Эрнестину. Простыня под ее бедрами мокра. Щеки и губы ввалились в беззубый рот. Вставная челюсть — в стакане на прикроватной тумбочке. Приезжает «скорая». Врачи говорят, что у Эрнестины инсульт. Со всей осторожностью ее спускают в машину. Ральф держится за носилки, путаясь под ногами врачей, но ему не препятствуют.

В больнице для Эрнестины находят место в палате на двоих. Ее соседкой становится Валентина Кузьминична, старуха лет восьмидесяти. Чем больна Валентина Кузьминична, неизвестно. Она лежит, подтянув одеяло к самому носу, и молча смотрит на вошедших. Вокруг Эрнестины хлопочут врачи. Они просят Колю перевести Ральфу, что надежд на выздоровление немного. Коля оставляет прогноз без перевода, но Ральф в этом не нуждается. Он читает его на лицах врачей. На ночь для Ральфа ставят у двери палаты кушетку, чтобы он мог отдохнуть. В другом конце коридора, возле столика дежурной медсестры, в кресле устраивается Коля.

Когда Коля и сестра засыпают, Ральф встает с кушетки и на цыпочках входит в палату. В тусклом свете ночника он видит глаза Валентины Кузьминичны. Он приветствует ее наклоном головы, но Валентина Кузьминична не отвечает. И не отводит глаз. В палате пахнет мочой.

— Это как в Венеции, — шепчет Ральф соседке Эрнестины. — Там тоже такой запах от каналов. Вы бывали в Венеции?

Валентина Кузьминична смотрит в глаза Ральфу. Взгляд ее, казавшийся вначале строгим, на самом деле не строг. Скорее, печален. Ральф садится на край постели Эрнестины и берет ее за руку.

— Это прекрасный город, — он гладит Эрнестину по лицу. — Помнишь наши прогулки? Конечно, помнишь.

Эрнестина тяжело дышит, глаза ее закрыты. Ральф оборачивается к Валентине Кузьминичне.

— Там всё напоминает об уходе. Знаете, в этом городе лучше всего привыкать к смерти. Когда умирает всё вокруг, умирать ведь не страшно.

Он рассказывает Валентине Кузьминичне о беззвучном скольжении гондол и о шлепанье воды под мостами. О том, как катер «скорой помощи» однажды забирал из дома старуху. Она стояла в дверях дома, плед на плечах. У ног плескалась вода канала, и с обеих сторон ее поддерживали под руки санитары. Сев в катер, протяжно смотрела на дом, словно не знала, вернется ли. А они с Эрнестиной смотрели на нее, они были совсем еще не стары. Ральф вздыхает. Валентина Кузьминична лежит неподвижно, одеяло по-прежнему натянуто до самых глаз. Глаза полны слез.

Наутро приезжает сотрудник немецкого консульства. Ему выдают больничный халат, который он набрасывает на пиджак. Войдя в палату, поправляет у больной одеяло. На ломаном русском спрашивает врачей о ее состоянии. Слушает ответ и кивает, обозначая понимание. У носа держит надушенный платок. Подойдя к сидящему у постели Ральфу, кладет ему руку на плечо. Эрнестина издает утробный звук. Вошедший бледнеет. Вообще говоря, нехорошо ему было с самого начала. Из-под одеяла возникает худая рука Эрнестины и начинает дергаться в воздухе. Видно, как под одеялом слабо двигаются ее ноги.

— Это агония, — говорит врач. — Не нужно вам этого видеть.

Сотрудника консульства спешно выводят из палаты. Два санитара подходят к Ральфу. Втолкнув в его рот таблетку, они приподнимают его под мышки и хотят тоже вывести из комнаты.

— Не троньте его, — говорит Валентина Кузьминична. Голос ее неожиданно звучен, почти раскатист. —

Того можно выводить, а этого нет. Дайте ему посмотреть на смерть, потому что она его жена. Нельзя так, чтобы в жизни смотреть только на красивое.

Но Эрнестина уже спокойна. Ральф продолжает сидеть у кровати, руки его на коленях. Он смотрит на Эрнестину. Синяк вокруг ее глаза так и не побледнел.

Все вопросы, связанные с транспортировкой тела, решают Коля и консульский сотрудник. Они хотели избавить от этого Ральфа, но он повсюду их сопровождает. Так ему легче. Через день из Ростова-на-Дону прибывает заказанный Ральфом гроб, и в него помещают Эрнестину. Из того же Ростова-на-Дону Ральф с Колей (и Эрнестиной в багажном отделении) летят в Москву, где Ральф должен сесть на мюнхенский рейс.

— Просто я очень боялся пережить ее, — говорит Ральф Коле в «Шереметьево-2».

Он добавляет что-то еще, но его голос теряется в длинном объявлении по радио. Может быть, он говорит, что хотел здесь умереть раньше нее, а получилось наоборот. Это Колина догадка, переспрашивать он не хочет. Перед тем как пройти на регистрацию, Ральф достает из бокового кармана банковскую карточку и дает ее Коле.

— Это к свадьбе, вам это сейчас нужно... От нас с Эрнестиной. Вот код на листке.

Коля хочет возразить, что это — слишком много, что он помнит, сколько лежало на карточке, и не может этого принять, но карточка уже слилась с его пальцами и сковала язык. Коля знает, что его возражения не будут приняты и карточка останется у него, но не находит в себе сил отказаться. Он не может сказать даже «спасибо», потому что этого — мало. Коля молчит. Ральф обнимает его на прощание и направляется к паспортному контролю. Через час его самолет выкатывается на мокрую взлетную полосу. Развивая скорость, рычит и подпрыгивает. Струи дождя мечутся по иллюминатору, превращаясь в бахрому водяных нитей. Самолет набирает высоту, вместе с ним — сто восемьдесят пассажиров салона и тело Эрнестины в трюме. Машина выныривает из облаков и встречается с ослепительным солнцем. Ральф внимательно смотрит в окно. Если существует возможность увидеть душу, покинувшую тело Эрнестины, то произойти это может где-то здесь. Так думает Ральф.

Внизу, под дождем, по шоссе идет Коля. Он не сел в автобус, чтобы иметь возможность выплакаться. Коля не сдерживает рыданий. Ему жаль Ральфа и Эрнестину, ему жаль свою невесту и себя, поскольку только что он видел, чем кончается жизнь. Время от времени Коля нащупывает в кармане пластиковую карточку. Сердце его наполняется неуместным ликованием, и от этого он рыдает еще громче.

Ральф переживает Эрнестину на полтора года и умирает в ноябре 2007-го. Его хоронят рядом с Эрнестиной на Северном кладбище. Кладбище регулярно посещает Брунехильда. Могилы Ральфа, Эрнестины и Ханса она содержит в образцовом состоянии.

— Они были близкими друзьями, — говорит Брунехильда, — и уже только поэтому я не могу обойти вниманием ни одну из могил. Я сама уже пожилой человек, но беру себя, что называется, за шиворот и приезжаю, чтобы за ними ухаживать. Я знаю, что такое долг, и стараюсь всегда платить добром за добро. Могу сказать, что Ральф и Эрнестина тоже помогали мне в послевоенное время, когда я осталась одна с малолетним ребенком на руках. Если учесть цвет кожи мальчика и предрассудки тогдашнего населения... Любому ясно, что мне требовалась поддержка. Конечно, в каком-то смысле Ральф занял место моего бедного папы, но, вспоминая его преданность Эрнестине, я не могу на него сердиться. За год до смерти у Ральфа что-то приключилось с головой, и в его памяти осталась только Эрнестина. Больше он ничего не помнил. Своего дня рождения не помнил. Однажды спросил меня: «Скажите, Брунехильда, а с кем мы воевали и главное — зачем?» Я в ответ просто промолчала. Если человек задает такие вопросы, лучший ответ, я считаю, молчание.

Рассказы

КУНСТКАМЕРА В ЛИЦАХ

Пришло время рассказать о двух сотрудниках Кунсткамеры — Юрии Валентиновиче Кнорозове и Лидии Георгиевне Нечаевой. С Юрием Валентиновичем я знаком не был, а Лидию Георгиевну знал хорошо. Она моя родственница.

Юрий Валентинович расшифровал письменность майя. Ученики Кнорозова считают его гением и, судя по всему, имеют на то основания. Лидия Георгиевна занималась историей народов Кавказа, но о высказываниях ее учеников мне ничего не известно. Я даже не знаю, существуют ли они.

Юрий Валентинович был кабинетным ученым. «Чтобы работать с текстами, — говорил он, — нет необходимости лазать по пирамидам». Лидия Георгиевна постоянно ездила на раскопки. В возглавлявшихся ею экспедициях принимал участие Лев Николаевич Гумилев. Она обследовала погребальные сооружения Северного Кавказа и на основании своих находок написала книгу «Происхождение осетин», так до сих пор и не изданную.

У Лидии Георгиевны был один день рождения (30 мая 1920 года), у Юрия Валентиновича — два. По паспорту днем его рождения было 19 ноября 1922 года, но более приемлемым ему по каким-то причинам казалось 31 августа. Философское отношение к действительности позволяло Кнорозову признавать обе даты, так что поздравляли его два раза в год.

Несмотря на такое несходство между Лидией Георгиевной и Юрием Валентиновичем, было в их судьбах много общего. Эта общность проявлялась как в вещах внешних, так, несомненно, и в чем-то более внутреннем.

Оба они в свое время жили в Русском музее. Точнее, она — в Русском музее, он — в соседнем Этнографическом музее, отделившемся от Русского музея в тридцатые годы. В том, чтобы сотрудники жили при музеях, прежде не видели ничего необычного. Решая проблемы быта сотрудников, заодно, очевидно, укрепляли их связь с местом работы. Делали их существами в высшей степени музейными.

В отличие от Юрия Валентиновича, поначалу служившего в Этнографическом музее, Лидия Георгиевна в Русском музее не работала. К Русскому музею имел отношение ее отец, художник Георгий Дмитриевич Нечаев, по семейным воспоминаниям, ставший в Первую мировую георгиевским кавалером. В этих воспоминаниях он остался как дядя Гуря — не слышал, чтобы его называли как-то иначе.

Вначале дядя Гуря заведовал Музеем Аракчеева в Грузине: существовало до войны и такое учреждение (оно было филиалом Русского музея). В тридцатые годы он стал заместителем директора Русского музея. Его с дочерью Лидой, женой Людмилой и родственницей Ольгой поселили в музейном флигеле Росси. В ту же блокадную зиму они перебрались в соседнее здание, выходящее окнами на Михайловский сад. Им казалось, что в другой квартире (она размещалась на первом этаже) им будет чуть теплее.

Теплее не стало. Не стало и сытнее. Ели столярный клей, которым дядя Гуря до войны клеил рамы. Обдирали со стен обои и варили их. Дядя Гуря страдал особенно (в семье говорили, что мужчины переносят голод хуже). В ту блокадную зиму он съел семейного любимца кота. Теперь уже не узнать, как всё происходило, но мне почему-то кажется, что он убил кота, чтобы тот не кричал от голода. А потом съел. В ту же зиму дядя Гуря умер.

Родные могли бы вытащить тело на улицу, где его подобрала бы похоронная команда, но этого не сделали. Они не хотели хоронить его в общей могиле. Его просили подождать до тех пор, пока не соберут нужного количества хлебных карточек: похороны в блокадном городе стоили дорого. И дядя Гуря ждал, он вел себя как настоящий георгиевский кавалер. Лежал прямо в комнате и не разлагался — так было холодно. Он провожал своих женщин, когда они уходили, и встречал их, когда они возвращались. И они не боялись его, потому что сами, в сущности, были не многим живее. Граница между мертвыми и живыми была тогда несущественной. Они продолжали любить его как живого.

Женщины отправлялись за карточками и получали на них хлеб. Лидия ходила на лесозаготовки. Однажды на Троицком (тогда — Кировском) мосту ее и Ольгу застал авианалет. Впереди шедшему парню оторвало голову. Голова медленно катилась к ним, и в ее широко открытых глазах отражался их собственный ужас перед бомбежкой. Лидия и Ольга ползли по мосту, царапая ногтями лед. И голова продолжала катиться. В сравнении с немецкими самолетами она не казалась им страшной.

Дядя Гуря ждал безропотно — более месяца. Им удалось похоронить его. И они пережили блокаду. К концу войны Лиде было двадцать пять лет. У нее не осталось ни одного зуба.

Конец войны застал Юрия Валентиновича под Москвой. Он служил телефонистом артиллерийского полка. В одной из газет 1950-х почему-то написали, что Юрий Валентинович брал Берлин. Возможно, с точки зрения тогдашних представлений о должном, это более приличествовало тому, кто расшифровал письменность майя. Я допускаю, что обе версии окончания Юрием Валентиновичем войны были правильными. У людей с двумя днями рождения взаимоисключающие факты не обязательно противоречат друг другу.

После войны Юрий Валентинович был принят на работу в Этнографический музей. В комнате-пенале, предоставленной ему Музеем, он и занимался расшифровкой письменности майя. В отличие от Ж.Шампольона, расшифровавшего египетские иероглифы, Кнорозов не имел текстов в переводе на современные майя языки. Крупнейшими специалистами в области культуры майя расшифровка этой письменности была отнесена к области утопий. Но он ее расшифровал.

Свои успехи в дешифровке Юрий Валентинович до определенной степени связывал с ударом, полученным им в детстве. Во время игры в крокет кто-то из братьев попал ему шаром в лоб. Дело грозило обернуться слепотой, но — обошлось. Какой бы ни была связь — временной или причинной — между ударом в лоб и даром дешифровки, Кнорозов рекомендовал «будущих дешифровщиков бить по башке». Единственная неясность для него состояла здесь в том, как именно это следует делать.

Расшифровку письменности майя Юрий Валентинович собирался защищать как кандидатскую диссертацию. Идя на защиту, он совершенно не представлял, чем она кончится. Проблема состояла в том, что, по убеждению Ф.Энгельса, в доклассовом обществе (каковым он считал цивилизацию майя) фонетическое письмо отсутствовало. Существование письменности майя противоречило домыслам немца, что могло стать непреодолимым препятствием как для защиты, так и для самой письменности.

Всё, однако, сложилось наилучшим образом. Не глядя на портрет Энгельса, Юрий Валентинович развесил в конференц-зале таблицы. Доклад диссертанта длился ровно три минуты. После паузы дама из Ученого совета спросила исследователя, что значит один из значков на таблице. «Понятия не имею», — ответил Юрий Валентинович. Ученый совет принял решение присвоить защищаемой диссертации докторскую степень. Лицо Энгельса исказила судорога.

Знаменитое немногословие Кнорозова проявилось не только на его собственной защите. Будучи официальным оппонентом одного знакомого мне ученого, за две недели до защиты он, согласно правилам, должен был предоставить свой отзыв. Отзыва не было ни за две недели, ни даже за день. Знавшие оппонента лично не могли быть уверены даже в том, что он появится на защите. Он появился. Выйдя к трибуне, Юрий Валентинович сказал: «Диссертацию я прочитал, и она мне понравилась. Ее нужно защищать». В ответ на ожидающее молчание зала он добавил: «Всё». Отзыв диссертант писал на себя сам.

Вскоре после своей триумфальной защиты Кнорозов перешел работать в Кунсткамеру. Работая с Лидией Георгиевной под одной крышей, он, несомненно, должен был быть с ней в определенной степени знаком. В какой — не знаю, потому что о Юрии Валентиновиче она мне никогда не рассказывала.

Мое представление о ее работе долгое время определялось одним-единственным к ней визитом. Моей бабушке (своей кузине) и мне, одиннадцатилетнему, она показывала Кунсткамеру. Подобно десяткам тысяч посетителей Кунсткамеры, бесчисленные этнографические витрины я покорно прошел ради одного: знаменитой коллекции уродов. Впечатление было сильным, но не сказать чтобы радостным. Место работы тети Лиды мне показалось мрачноватым. В ту пору я еще не знал, что в академических учреждениях обитают сотрудники гораздо более экзотические. Они свободно разгуливают по институтам и даже выступают на собраниях. Поместить их в банку нет никакой возможности.

Впрочем, жизнь в Кунсткамере была не такой уж мрачной. Она имела свои краски, и роль в этом Юрия Валентиновича оказалась далеко не последней. Рутинные вещи его присутствие превращало в незабываемые события. Так, по окончании одной из московских конференций сотрудники Кунсткамеры ехали на Ленинградский вокзал. Добираться решили в такси. Сев в машину, коллеги обнаружили отсутствие Юрия Валентиновича. Поскольку такси он ловил вместе с остальными, все выскочили из машины и бросились его искать. Специалист по культуре майя, еще минуту назад стоявший у такси, словно растворился в воздухе. После тщательных поисков было принято неизбежное решение ехать на вокзал. На вокзале Юрий Валентинович вышел из машины вместе со всеми. Этот путь он проделал в багажнике.

Другая история была связана с нелюбовью Кнорозова к общению с журналистами. Стоит при этом заметить, что интервью у расшифровщика таинственных письмен хотели взять постоянно. Однажды директрисе Кунсткамеры удалось уговорить его дать интервью одной газете. Для встречи с журналисткой Юрию Валентиновичу было предоставлено солидное помещение — кабинет знаменитого этнографа Дмитрия Алексеевича Ольдерогге. Войдя в кабинет первым, Кнорозов закрыл за собой дверь на ключ.

Журналистка растерянно улыбалась. Снисходительная к издержкам гениальности, директриса легонько постучала в дверь. Затем сильнее. Юрия Валентиновича попросили открыть дверь и даже слегка пожурили. Попросили хотя бы отозваться, но молчание было им ответом. Когда принесли запасной ключ и отперли дверь, оказалось, что в комнате никого нет. Створка распахнутого окна, как сказали бы романисты прежних лет, обреченно скрипела на ветру. Кабинет Ольдерогге находился в бельэтаже, что, собственно, и определило ход мысли Юрия Валентиновича. Интересно, что вместе с дирекцией в кабинет Ольдерогге вошла милиция. Увидев, как из окна Кунсткамеры выпрыгнул человек, кто-то из прохожих проявил бдительность.

Ни в чем, может быть, сходство Юрия Валентиновича и Лидии Георгиевны не проявлялось так ярко, как в отношении к котам. Влечение, которого нельзя не испытывать к этим замечательным созданиям, усиливалось у них определенными трудностями в общении с людьми. Юрий Валентинович помнил имена всех котов, с которыми ему когда-либо довелось познакомиться. Посещая дома с котами, он не забывал прихватить с собой пузырек валерьянки. Не поощряя в котах чрезмерного пристрастия к выпивке, он, тем не менее, относился к их слабостям с пониманием. Возможно, это напоминало ему некоторые собственные проблемы.

Коты наполняли всю его жизнь и помогали в выражении как положительных эмоций (в минуту радости он порой мяукал), так и отрицательных: первого президента России — подразумевая, очевидно, превращение страны в поле чудес — он называл Котом Базилио. У самого Юрия Валентиновича была кошка Ася и ее сын — Толстый Кыс. Работу о возникновении речи, которую ему помогала писать Ася, исследователь собирался публиковать под двумя именами — своим и Асиным. Для Кнорозова стало настоящим ударом, когда Асино имя при публикации сняли.

Лидия Георгиевна совместных со своими котами трудов не публиковала, хотя оснований для этого имела раз в десять больше. В ее маленькой квартире насчитывалось более двадцати котов и кошек и даже один лис. Это была довольно странная компания. У одних котов не было лап, у других — хвостов и даже ушей. Тетя Лида (не аукнулась ли таким образом память о съеденном в блокаду коте?) подбирала увечных животных на улице, лечила их и оставляла у себя дома. Остальных котов она опекала в естественной среде их обитания. В академической столовой покупала объедки и кормила котов во дворах. В это время ее домашние коты мяукали, царапали всё, что им попадало под лапу, и («хорошо быть кисою, хорошо — собакою») оставляли экскременты где попало. Это оборачивалось постоянными скандалами с соседями и угрозами выселения всех беспокойных жильцов квартиры, включая тетю Лиду. Иногда у нее не отвечал телефон, и можно было подумать, что угроза осуществилась. Позже выяснялось, что коты перегрызли телефонный провод.

Когда в результате инсульта Лидию Георгиевну частично парализовало, коты из квартиры исчезли. Выяснилось также, что на садовом участке в Грузине (она получила его как блокадница) у нее жило еще десятка два собак. Не дождавшись своей хозяйки, собаки разбежались по участкам и терроризировали местных садоводов.

Вынужденно расставшись с млекопитающими, тетя Лида обратилась к птицам. Она стала приманивать в квартиру голубей и мало-помалу их приручила. Что было, пожалуй, не так уж сложно. Навещая в эти дни тетю Лиду, мы с женой чувствовали себя то ли посетителями птичника, то ли свидетелями Золотого века в границах одной питерской квартиры. Из-под наших ног вспархивали голуби. Они вили гнезда на шкафах, сидели на люстрах, и, воркуя, расхаживали по столу. В лице тети Лиды цивилизация без остатка возвращала себя природе. Слой за слоем книжные полки покрывались голубиным пометом. Лишь самые ценные для нее бумаги тетя Лида припрятала от птиц в изголовье кровати, которую по-археологически называла раскопом.

В заоконном ящике для цветов я обнаружил мертвых голубей. Держась за стены, она дотаскивала их до ящика и там аккуратно складывала. Я хотел было вынести их на помойку, но она запретила. Я (улыбка терпеливого) спросил ее, думает ли она, что голуби оживут. Она (спокойствие посвященного) ответила, что это не исключается. Голуби, конечно, не ожили, но и явных признаков разложения в них тоже не наблюдалось. Они как бы высохли.

До чего все-таки глупа юность. Сейчас, годы спустя, я понимаю, чем были для нее эти мертвые птицы. Скорее всего, возвращением к уходу отца, главного мужчины ее жизни. И предчувствием всеобщего воскресения.

Входя в несколько патетический регистр, можно утверждать, что по судьбам Юрия Валентиновича и Лидии Георгиевны колесо истории проехало со всей основательностью. Ужасы блокады и тихий абсурд мирных будней. Сложности в получении заграничных изданий и невозможность покинуть территорию СССР. И если Кавказ еще находился в зоне досягаемости, то с майя дело обстояло куда хуже — что бы ни говорил Юрий Валентинович о «кабинетности» своего труда. Примечательно, что эта присказка не помешала ему в конце жизни посетить Мексику и получить ее высшие награды.

Но ограничивать сходство судеб Лидии Георгиевны и Юрия Валентиновича пресловутым колесом было бы неверно. В их жизни была заключена какая-то глубинная мучительность, как заключена она в кашле курильщика или плаче ребенка во сне. Этот диссонанс с окружающим миром не зависел по большому счету ни от каких исторических драм. Впрочем, широкие обобщения применительно к чьей-то жизни — дело неблагодарное. Жизнь состоит из тысячи эпизодов, очень разных, часто — противоречивых, и несводима к формуле. Разумнее ограничиться кратким эпилогом.

После инсульта у Лидии Георгиевны был инфаркт, и она умерла в 1992 году. Инсульт оказался роковым и в жизни Юрия Валентиновича. От развившейся после инсульта пневмонии в 1999 году он умер в коридоре одной из петербургских больниц. Внезапное исчезновение, характерное для него при жизни, сопровождало его и в смерти: о том, где именно он умирал, коллеги и родные узнали лишь через несколько дней. Ни на одном из «престижных» городских кладбищ Юрию Валентиновичу, далекому от власти, бизнеса и криминала, места не нашлось. Имея в виду эту посмертную неустроенность, его ученики сравнивают смерть Кнорозова со смертью Паганини. В чем-то это сравнение применимо и к его жизни. Невозможность посещать изучаемую страну заставляла его играть на одной струне.

По ряду причин труд Лидии Георгиевны о происхождении осетин при ее жизни не вышел. После ее смерти директор Кунсткамеры Рудольф Фердинандович Итс обещал мне книгу непременно издать. Вскоре он тоже умер, и публикация не состоялась. Я предпринял еще несколько попыток напечатать книгу Лидии Георгиевны, но все они окончились ничем. «Сейчас такое время, — сказали мне однажды, — что нет средств публиковать даже живых. А вы хлопочете о мертвых». В этом есть своя правда. В сравнении с мертвыми у живых проблем гораздо больше.

ДОМ И ОСТРОВ

Под стрекотание пленки, в черно-белом: 1919-й, голодающий Петроград, крупный план петропавловского шпиля. Мой прадед, директор гимназии (вросшее в переносицу пенсне), отправив семью к знакомым в Киев, уходит добровольцем в Белую армию. Что ему тогда увиделось — мутный рассол Сиваша, лазурное небо Ялты? — я ведь даже не знаю, где он воевал. Известно лишь, что на родной Троицкий проспект прадед уже не вернулся: там все знали, по какой надобности он отсутствовал. После разгрома белых прадед («Петербург, я еще не хочу умирать») отправился к семье на Украину, что в конечном счете и спасло ему жизнь. Петербург остался где-то далеко, стал лучом давнего счастья и семейным преданием. Покинутым домом, в который семья вернулась спустя лишь долгие десятилетия — в моем лице.

Цветные кадры аэропорта Пулково. В город на Неве я прилетел осенью 1986 года, поступив в аспирантуру Института русской литературы, более известного как Пушкинский Дом. Это академическое учреждение туристы путают порой с Мойкой, 12, но — Пушкин в Пушкинском Доме не жил. Жаль, конечно, потому что здание — красивое, с колоннами, отчего бы ему там и в самом деле не жить? Будь на то наша, пушкинодомская, воля, мы бы его там поселили.

Нам всем хочется сделать что-то для Пушкина, да и не только нам. Фотографию моей дочери на фоне Спасской башни Кремля одно немецкое издание сопроводило пояснением, что это Пушкинский Дом. Несмотря на фактическую неточность, немцы обнаружили знакомство с нашей системой ценностей. Есть своя логика в том, чтобы на главной площади страны стоял именно *его* дом.

Приехав в Пушкинский Дом, я попал на подготовку праздничного капустника. Дмитрия Сергеевича Лихачева, моего будущего многолетнего учителя (формально — начальника), поздравляли с восьмидесятилетием. ДэЭса — так его называли в Отделе древнерусской литературы — приветствовали те средневековые герои, о которых он писал. Мне досталась роль Василька Теребовльского, коварно ослепленного князьями. Романс Василька исполнялся мной под гитару. Голос мой, как положено, дрожал — до некоторой степени от сочувствия Васильку, но главным образом оттого, что я поздравлял всемирно известного академика. В сравнении с тем, что довелось повидать ДэЭсу в концлагере, княжеское преступление было, видимо, не самым страшным злом, но слушал он меня сочувственно.

Потом мы сыграли капустник еще раз на отмечании юбилея в ресторане. К моменту выступления мне удалось промочить горло, и голос мой дрожал уже меньше. Нужно сказать, что к пирам у Лихачева было отношение древнерусское. Близких людей ему нравилось собирать — дома, в банкетных залах или на даче в академическом поселке Комарово. Восьмидесятилетие Дмитрия Сергеевича мы праздновали в интуристовском ресторанне, потому что в обычных ресторанах (кто сейчас помнит антиалкогольную кампанию?) после семи вечера не подавали водку. Ничего, кроме вина, Лихачев не пил, но, зная, что его сотрудники не отвергают напитков и покрепче, предпринял всё, чтобы эти напитки были.

Закругляя тему пиров, вспомню последний день рождения Дмитрия Сергеевича, на котором мне довелось присутствовать. К тому времени я давно уже не пел. Под влиянием Лихачева я стал человеком письменного текста и написал ему стихотворение. В этом стихотворении отразилась, среди прочего, любимая академиком мысль, что возрождение России начнется из провинции:

Спадает зной. Вдали грустит баян.
Захлопыванье ставен. Скрип ступенек.
Деревня Комарово: из крестьян
Здесь ныне каждый третий академик.
Мужского рода кофе на столе,
Изыскан слог, и чувствуешь в волненье,
Как рост образованья на селе
Готовит всей России возрожденье.

Да, тогда я уже не пел. Но пока пел, слушал меня не только Дмитрий Сергеевич. Всё спетое, как выяснилось, произвело впечатление на мою соученицу по аспирантуре Таню, русскую немку из Казахстана. Лихачев называл ее «тихой душой нашего сообщества». Определение было удивительно точным. Не будучи тихой душой нашего сообщества, я проявил активность, и через год с небольшим Таня стала моей женой.

Весь этот год наши отношения мы скрывали. Нам казалось, что Дом, в который мы оба попали, подразумевает лишь один род любви — любовь к науке. Всякие иные связи, устанавливаемые между исследователями, виделись нам не то чтобы предательством — скорее дурным тоном. Мы жили в общежитии аспирантов, вполне по советским меркам неплохом. Я располагал там «койко-местом», а Таня, как аспирантка третьего курса, завершающая диссертацию, — отдельной комнатой.

Исследовательницу, к тому времени добившуюся в науке значительно больше моего, я посещал ежевечерне. После насыщенного дня, проведенного в Пушкинском Доме или в библиотеке, я неутомимо интересовался способами датировки древнерусских рукописей, особенностями новгородского диалекта или переводом отдельных древнерусских фрагментов. Мой научный аппетит к вечеру удваивался.

Я думаю, девушка не хуже меня догадывалась, куда лежит курс, но отказать пытливому исследователю не могла. В те годы — годы бескорыстия и взаимопомощи — это не было принято. Я слушал Танины объяснения, и чувствовал, как к моим ушам приливает кровь, и прижимал к ним холодные ладони, и ничего сквозь прижатые ладони не слышал. Я ничего не слышал бы и без них. Смотрел на воздушные Танины пальцы, втайне лелея мечту оставить свое одинокое койко-место и переселиться к ней. Как-то незаметно это и случилось.

Вообще говоря, в отношении людей семейных научное общежитие не было дружественным местом. Его возглавлял некто Валентин Иванович, партиец со стажем и человек трудной судьбы. Трудности его, по слухам, состояли в том, что, будучи прежде директором интуристовской гостиницы, он попался на организации секс-услуг для постояльцев. Голубоглазых ленинградских комсомолок Валентин Иванович передавал в жадные руки империалистов, получая вознаграждение — и это оказалось самым тяжким пунктом обвинения — в иностранной валюте. Ему светил немалый срок, но какие-то немыслимые связи в обкоме партии в последний момент его спасли. Впрочем, в Смольном всё еще хранили память о благородных девицах и проступком Валентина Ивановича (а особенно тем, что попался) довольны не были. Валентину Ивановичу придумали свое наказание, и оно оказалось изощренным: его поставили директором аспирантского общежития.

Вопиющее безденежье отечественных аспирантов оставляло организаторский опыт Валентина Ивановича невостребованным. Влача непривычное для него безвалютное существование, директор общежития скатился к мелкому вымогательству в рублях. Когда мой коллега Владислав попросил на время учебы поселить в общежитии и его жену, Валентин Иванович удивился. «Странная просьба, — сказал он. — Представьте, что я попросил бы у вас, скажем, тысячу рублей». Будучи филологом, аллегорию Владислав понял, но тысячи рублей (по тем временам значительной суммы), у него не было.

У меня тоже не было тысячи, но я с моей (будущей) женой жил совершенно бесплатно. Об этом факте нашей — тогда уже общей — биографии Валентин Иванович не знал, иначе, не сомневаюсь, это влетело бы нам в копеечку. Что же касается коллеги Владислава, то он после некоторых раздумий написал письмо Горбачеву, которое, как и положено, в конечном счете приземлилось в Смольном. Разбираться в сложившейся ситуации прислали одного академика-биолога. Собрав обитателей общежития, академик долго стыдил Владислава и аспирантов за то, что отрывают Михаила Сергеевича от важных дел. Пристыдив всех, кроме Валентина Ивановича, академик удалился.

Впоследствии выяснилось, что перед нами выступал крупный специалист в области беспозвоночных.

Но контроль в общежитии осуществлялся не только со стороны Валентина Ивановича. Почти ежедневно нас посещала соседка по общежитию, аспирантка с громким голосом, острым глазом и полным отсутствием предрассудков. Благодаря свойствам голоса мы часто узнавали о ее приближении загодя и успевали, выдохнув, сымитировать отсутствие. Если же этого не удавалось (она в прямом смысле умела достучаться), ее острый глаз мгновенно регистрировал малейшие изменения в Таниной комнате. Свойственная коллеге непосредственность позволяла ей тут же приступать к прояснению деталей.

Одним из замеченных ею изменений оказались однажды мои носки, ненавязчиво выглядывавшие из-под Таниной кровати.

— Чьи это носки? — строго спросила аспирантка.

Таня тогда сменила тему, но было очевидно, что̀ наша маленькая тайна доживает последние дни. Несмотря на то что я стал прятать носки так далеко, что и сам порой не находил их впоследствии, они обладали удивительным свойством показываться в самый неподходящий момент. Выныривать из ниоткуда в компании моих футболок, зубных щеток и бритвенных принадлежностей.

— Ты купила себе новую зубную щетку? — допрашивала Таню соседка.

В один (прекрасный) день она исчезла. Позаимствовав Танин свитер, железной рукой взялась за устройство собственной судьбы.

Что касается нас, то, кажется, всем всё уже стало ясно, вопрос был лишь в констатации факта. А с этим мы всё еще медлили. Дело шло к окончанию аспирантуры — сначала Таниной, потом моей. И Тане, и, позднее, мне Лихачев предложил работу в Пушкинском Доме. Когда для принятия меня на работу понадобилось решать непростую проблему ленинградской прописки, Дмитрий Сергеевич (перед этим он хлопотал о прописке для Тани) пригласил к себе нескольких сотрудников Отдела древнерусской литературы.

— Не хочется лишний раз обращаться в Смольный с просьбами, — сказал он. — Я слышал, что Женя и Таня... дружат. Если они станут мужем и женой, Женя получит прописку автоматически. Вы не могли бы поинтересоваться их планами?

— Но... Дмитрий Сергеевич, — развели руками сотрудники, — как можно спрашивать о таких вещах?

— Только в лоб, — ответил Лихачев.

На следующий день всем стало известно, что хлопотать о моей прописке не нужно. С этого дня для коллег мы перешли в совсем другой статус, и в этом было что-то семейное. Так родители, обнаружив, что дети выросли, начинают давать им подчеркнуто взрослые советы. Звенящее молчание, окружавшее прежде запретные сферы, сменяется столь же гулким пониманием и солидарностью. Случалось, институтские дамы шепотом указывали Тане аптеки, где «выбрасывали» презервативы — один из дефицитов тех времен. Мы же, следуя академической этике, продолжали делать вид, что предметом нашего общения является исключительно наука. Когда после свадьбы Танин живот стал все-таки расти, стало очевидно, что наши с ней отношения носят совершенно неакадемический характер.

Свадьбу мы праздновали трижды — в Караганде, Киеве и Питере. При этом в каждом из городов получили талоны на приобретение колец и кое-чего из одежды. Стоял 1989-й год, и в свободной продаже ничего было уже не купить. Справедливости ради скажу, что талонами мы воспользовались только для покупки Таниного свадебного платья, колец и обуви — на всё остальное денег у нас не было. Свадебный костюм мне подарили мои родственники. Зато обувь, которая была в абсолютном дефиците, мы купили в каждом из трех городов. Заполняя шкаф обувными коробками, мы чувствовали себя брачными аферистами.

Нашу питерскую свадьбу отмечали в общежитии, где для этих целей нам была предоставлена «ленинская комната». В этой комнате лежали подшивки центральных газет и стоял, как полагалось, бюст того, чье имя комната носила. К нему, однако, у меня были большие претензии, и его присутствия на моей свадьбе я потерпеть не мог. Кроме того, зная взрывной характер некоторых гостей, я допускал, что присутствие вождя мирового пролетариата добром не кончилось бы и для него самого. Вынести Ленина из комнаты было единственно возможным решением.

Это был довольно большой Ленин, и вначале я даже засомневался в возможности вынести его одному. С другой стороны, мне не хотелось делать кого-либо соучастником события с непонятным, по сути, исходом: время-то было еще советское. Подойдя к бюсту, я приподнял его — несмотря на внушительный размер, он был совсем не тяжелым. Ленин оказался полым. Подобно прочим советским конструкциям (включая и сам Советский Союз), большая вещь оказалась чистой видимостью. Я вынес ее без всякого труда.

Рядом с комнатой оказался недействующий туалет, я поставил Ленина туда и накрыл сверху газетами. Тут же выяснилось, что поступок мой оказался идеологически неверным. Первым мое внимание на это обратил сотрудник хозчасти.

— Вы долго думали? — спросил он меня, показывая на Ленина в туалете.

Думал я действительно недолго — на это у меня просто не было времени. Вынос Ленина был произведен в половине шестого, за полчаса до ожидаемого прихода гостей. Тучи начали сгущаться с неимоверной скоростью. Администрация общежития, собравшись на экстренный совет, признала мой поступок аморальным. Тщетно я доказывал, что туалет недействующий и не содержит экскрементов, что, останься вождь в комнате, кто-нибудь из гостей мог бы его повредить в состоянии аффекта, — высокое собрание считало, что празднование свадьбы нужно отменить. Валентин Иванович почему-то отсутствовал, иначе, не сомневаюсь, мы бы решили вопрос на коммерческой основе.

Наши препирательства длились до 17 часов 58 минут. В 17:59 к общежитию подъехала черная «Волга», из которой вышел Д.С.Лихачев. Встречая его с думой о Ленине, я не ожидал, что появление моего начальника окажет на всех столь благотворное влияние. Администрация очевидным образом испытывала шок. Оставив распри, мы радостно приветствовали знаменитого академика. О наших идеологических разногласиях он так ничего и не узнал.

— Приглашали к шести, я не ошибся? — спросил меня Дмитрий Сергеевич.

— Приглашали к шести, — подтвердил я.

Все остальные пришли в семь.

Дмитрия Сергеевича попросили быть посаженым отцом, и они с женой Зинаидой Александровной сидели рядом с нами. Их удивительная, к тому времени почти шестидесятилетняя, семейная жизнь словно бы задавала тональность нашей семейной жизни. Мне кажется, что в нашей любви, которая, благодарение Богу, длится не один десяток лет, весома роль и этого благословения.

Лихачевы просидели за столом пять часов, заметив, что поставили рекорд длительности пребывания в гостях. Нашлись, однако, те, кто отважился побить и этот рекорд. В два часа ночи некоторые из наших гостей позвонили домашним, сообщив, что опоздали выехать до разводки мостов и вынуждены остаться ночевать у нас. Празднование продолжалось весь следующий день. Часов около двух ночи их родные были вновь оповещены об объективной невозможности вернуться домой. На вопрос домашних, что же им помешало вернуться на этот раз, наши гости со всей прямотой вновь указали на разведенные мосты. В те бурные дни я понял, *что* в Петербурге является уважительной причиной. Причиной, против которой не возразишь.

На следующее утро я увидел за столом милиционера. Несмотря на форму, пришел он, как выяснилось, не по службе. Милиционер сосредоточенно доедал салаты и запивал их коньяком. Закончив с тем, что оставалось на столе, он поздравил нас с бракосочетанием и спросил, есть ли еще алкоголь. Алкоголя, к моему удивлению, больше не оказалось. Милиционер покачал головой, взял большой фужер и слил в него то, что оставалось на дне всех стоявших на столе емкостей — включая бокалы. Он назвал это милицейским коктейлем и, подмигнув нам, выпил одним глотком. Больше мы его не видели.

За праздником пошли будни. Освоившись в Пушкинском Доме, я осознал, что в нем трудится не только Дмитрий Сергеевич, но и многие другие люди — очень разные. Трудился, например, Николай Андреевич, специалист по гражданской обороне, не скрывавший того, что сотрудничает и с некоторыми другими ведомствами. Николай Андреевич был невысок, сед (волосы аккуратно зачесаны назад) и, как я сейчас вспоминаю, довольно-таки стар. Никогда не смеявшийся, он нередко улыбался краями губ, как бы давая понять, что слова собеседника им принимаются не вполне всерьез и, возможно, будут еще проверены. Время от времени Николай Андреевич собирал пушкинодомцев и рассказывал, как им надлежит вести себя в *экстермальной* ситуации. Иногда дублировал свои сообщения в письменном виде, вывешивая их на доске объявлений под заголовком «Внимание всем».

Однажды в Пушкинский Дом пришел сумасшедший. В Пушкинский Дом время от времени приходят сумасшедшие, и ничего из ряда вон выходящего в этом нет. Обычно это спокойные люди — авторы оригинальных концепций и статей. Как-то раз в Отделе древнерусской литературы появился даже потомок князя Игоря — тоже вполне спокойный человек. Особенность сумасшедшего, пришедшего в тот день, как раз в том и состояла, что он был неспокоен. И хотел видеть Лихачева.

Дмитрий Сергеевич, который не отказывал в беседе никому, в тот момент принимал очередного посетителя. Когда пришедший выразил твердое намерение ждать, сотрудницы нашего отдела позвали меня. Допускать его до восьмидесятипятилетнего академика им казалось небезопасным, и они попросили меня как-то справиться с посетителем. Я попытался с ним заговорить, но он ответил, что говорить будет только с Лихачевым. В свои тогдашние двадцать пять я был крепким парнем и в случае необходимости скрутил бы этого больного человека без труда. Проблема состояла в том, что я не понимал, есть ли такая необходимость. Не испытывая любви к полицейским методам, я не решался применить силу лишь на том основании, что мне не хотят отвечать. Пауза затягивалась.

В этот момент вошел Николай Андреевич, которому уже доложили о сложившейся обстановке. Он пересек комнату маршевым шагом и, приблизившись к нарушителю спокойствия, произнес всего два слова: «Ваши документы». Пришедший в буквальном смысле затрясся. «Следуйте за мной», — не меняя своей лаконичной манеры, скомандовал Николай Андреевич. Будучи выше Николая Андреевича на голову и вдвое его моложе, посетитель покорно затрусил за ним. Мой внутренний либерализм не помешает мне быть откровенным: это было эффектно.

Помню одухотворенное лицо Николая Андреевича 19 августа 1991 года. Вероятно, ситуация в этот день ему и в самом деле виделась *экстермальной*. Он вальяжно ходил по коридорам и предлагал сохранять спокойствие, разъясняя, что невиновных не тронут. От его успокоительных слов становилось и в самом деле не по себе. Пройдя мимо Николая Андреевича, я поднялся в Отдел древнерусской литературы. Я стремился туда, как стремятся к острову во время шторма. Собственно, этим словом Лихачев наш Отдел и называл. Спасая от ареста нашего коллегу, имевшего неосторожность переписываться с Солженицыным, он сказал ему: «Вы не понимаете, что живете на острове».

Войдя в отдел, я вначале подумал, что он пуст. Но это было не так. В дальней комнате сидел Лихачев. Почему-то он напомнил мне полковника Турбина, ожидавшего своих в пустой гимназии. Поздоровавшись, Лихачев произнес: «Какие мерзавцы!» Я согласился. Дмитрий Сергеевич рассказал мне, что его внучка Вера с семьей накануне отправились поездом в Германию. Он гадал, успели они пересечь границу или нет.

Вернувшись домой, я бессмысленно следил из окна за машинами. Дома я был один: Таня с годовалой дочкой Наташей гостила у родителей в Караганде. Покрутив без надежды колесико радиоприемника (звучал только Чайковский), я внезапно поймал волну «Открытого города». Радио призывало всех мужчин города двигаться в сторону Исаакиевской площади на защиту Ленсовета. Услышав про всех мужчин города, я подумал, что так могли бы призывать древних новгородцев, римлян, афинян. Свистел в этих словах ветер истории, который в тот вечер увлек и меня. Мне хотелось позвонить Тане в Караганду, но я не позвонил. Из-за разницы во времени там было уже поздно, а главное — я боялся, что она будет просить меня остаться дома. Не успев поужинать, я положил в карман горбушку черного хлеба, взял зонтик и вышел на улицу.

Было поздно, автобусы не ходили, и я стал ловить машину. Первым остановился «фольксваген», в котором сидели насмерть перепуганные финны. Ехать на Исаакиевскую площадь они не собирались, как раз наоборот: с несвойственным им темпераментом выясняли дорогу на Хельсинки. Второй машиной оказалось такси, которое и отвезло меня на Исаакиевскую, точнее, на впадающую в нее Большую Морскую, где мы уперлись в первую из баррикад. Брать с меня деньги таксист отказался. По его словам, всех, кто в эту ночь ехал к Исаакию, питерское такси возило бесплатно. Я вышел из машины и направился в сторону площади.

Подготовка там кипела вовсю. На подступах к площади из обломков мебели, батарей и проволоки возводились баррикады, рядом с ними поперек дороги устанавливались автобусы, а недалеко от памятника Николаю I разливался по бутылкам бензин. Приготовлением «коктейля Молотова» занималась пополнившая ряды сопротивления милиция. На стене Мариинского дворца работал громкоговоритель. Он рассказывал о том, как по Москве уже идут танки и как одного из горожан уже намотало на гусеницы. В заключение сообщалось, что на Питер двигается псковская танковая дивизия. Страшно почему-то не было.

Не по себе стало только тогда, когда на площадь прибыли полтора-два десятка карет «скорой помощи». Медицинскую сторону дела героизм обычно выносит за скобки — а напрасно. Вполне вероятно, настоящий героизм начинается не в бою, а позже, в больничной палате, в операционной и перевязочной. Вкупе с сообщениями о псковской дивизии эта мысль действовала на нервы. Ее обоснованность подтверждали «скорые» и курившие рядом с ними врачи. Их белые халаты трепетали на прохладном уже ночном ветру.

Я смотрел на баррикады и думал о том, что для танков они не составляют ровно никакого препятствия. Препятствием они станут лишь для тех, кто бросится убегать с площади: эти груды мусора будет трудно преодолеть. Я решил про себя, что, если появятся танки, убегать с площади не буду. Мне казалось, что наиболее безопасной является точка в центре циклона. Я подумал, что лучше всего забраться на цоколь памятника Николаю I, который — я на это надеялся — не будут ни таранить, ни обстреливать. Однажды большевики уже пощадили его, оценив уникальность конструкции (он стоит всего на двух точках опоры — задних ногах коня). Неизвестно, правда, вспомнили ли бы танкисты о точках опоры в ту ночь.

В ту ночь танкисты не появились. Говорили, что на каждом километре пути колонна теряла сразу по нескольку танков. Машины выходили из строя одна за другой, поскольку танкистам не хотелось давить мирное население. Выражаясь сообразно случаю, до смерти не хотелось. Не знаю, так ли это было на самом деле, но около трех часов ночи по радио объявили, что колонна прекратила свое движение. Ленсовет поблагодарил всех за поддержку и призвал расходиться по домам. Живя тогда на противоположном берегу Невы, на Ржевке, последовать этому призыву я не мог. Как это обычно случается в Питере, проблема состояла в мостах: до их сводки оставалась еще пара часов.

Минуя баррикады, я выбрался на Невский. Шел и думал, что сегодня в последний раз иду по свободному Питеру, что уже завтра псковская дивизия возьмет себя в руки и доедет-таки до города, а уж тогда начнется совсем другая жизнь. Я не представлял себе, что это будет за жизнь и останется ли в ней место Пушкинскому Дому — дому и острову одновременно. Сам себе я напоминал прадеда: в сходных обстоятельствах мы с ним поступали сходным образом — каждый в доступной ему форме. Теперь мне оставалось лишь уехать к семье в Казахстан, и симметрию можно было бы считать соблюденной. Было ли здесь дело в каких-то наших семейных чертах или в особенных качествах Родины, то и дело ставящей нас перед неразрешимыми вопросами, — я не знал. Я чувствовал лишь, что и мной, и прадедом двигала вовсе не воинственность (я — ученый, он — учитель) и не тяга к борьбе. Скорее это была попытка не допустить сползания к скотству, которое безошибочно угадывалось в лицах новых вождей.

Я шел по Невскому и не знал, что уже на следующий день перед стодвадцатитысячной толпой на Дворцовой выступит Лихачев и объявит новое «руководство» самозванцами, а еще через два дня станет ясно, что путч провалился. Что через недолгое время люди Исаакиевской и Дворцовой, ожидавшие для России разумного, демократического, западного пути, демократическим властям

России окажутся неинтересны — так же, впрочем, как и сама Россия окажется неинтересной Западу. Из менее масштабных вещей не знал я того, что двадцать лет спустя мое тогдашнее блуждание по Исаакиевской будет вызывать у меня улыбку. Что многолетние занятия историей откроют мне: человечество не имеет цели, цель имеет только человек. Им одним, говоря всерьез, и стоит заниматься. Во всем, что шире человека, есть какая-то ненадежность.

У Московского вокзала я неожиданно разговорился с военным — кажется, майором. В эту ночь многие друг с другом разговаривали — особенная была ночь.

— Вы готовы стрелять по мирным людям? — спросил я его.

— Постараемся без этого обойтись, — ответил майор.

Я кивнул и двинулся дальше. Дойдя до площади Александра Невского, остановился. Дальше идти было некуда — впереди чернела громада разведенного моста. Увидев ее, я вдруг разом почувствовал усталость и голод. Вспомнил о взятой горбушке и полез в карман. Горбушка была уже слегка подсохшей, примятой, но (подумалось) не раздавленной. Я вдохнул ее кисловатый запах, и мост начал медленно опускаться.

СЛУЖБА ПОПУТЧИКА

Есть в Германии междугородная служба попутчика. Она находит человека, готового взять тебя в свою машину в нужном тебе направлении. Ты платишь ей за это небольшие деньги. Тому, кто тебя везет, ты тоже платишь небольшие деньги (и то не всегда), а по совокупности это получается вдвое дешевле поезда. Очень удобная служба.

Однажды летом я воспользовался ею, добираясь из Берлина в Мюнхен. Созвонившись с водителем по имени Курт, я приехал на условленную улицу. Машина уже ждала. По ее виду (старенький «Фольксваген») было понятно, что платить придется. Не платят в роскошных машинах вроде «Мерседеса». Их экстравертированные владельцы берут попутчиков не ради денег: таких водителей интересует общение. А «Фольксваген» — это совсем другая история, там интересуются заработком.

Курта я опознал сразу. Полуприсев на капот, он курил. Курт курит — придумал я начало скороговорки. Курт лысеет. Коротко стрижется, как все лысые. И это в тридцать с небольшим. С другой стороны машины стояла девушка, по виду студентка.

— Хайди. Тоже пассажирка, — сказал Курт.

Пассажирка Хайди не отреагировала. Возможно, слов Курта она просто не слышала. Обмахивалась газетой — отсутствующе и как-то даже непреклонно. Так обмахиваются после ссоры.

— Вы русский? — спросил меня Курт, и я кивнул. Он улыбнулся: — Я ведь в хорошем смысле спрашиваю.

Предполагался, оказывается, и плохой. Но Курт ничего не имел против русских. Он сказал мне:

— Давайте так: полдороги машину веду я, полдороги вы — и я не беру с вас денег за поездку. Получается по три часа.

Я отказался. Я пробормотал, что так мы можем уехать слишком далеко. Курт развел руками и пригласил нас занять места в машине. Увидев, что Хайди села на заднее сидение, я сел на переднее. Садиться рядом с таким независимым человеком мне было просто неловко. Как только мы тронулись, я прислонился к боковому стеклу. Его прохлада была приятна. Я закрыл глаза. Ночь накануне я провел с берлинскими друзьями и за время дороги надеялся отоспаться.

— Чем занимаетесь? — спросил Курт.

Я открыл один глаз: это относилось ко мне.

— Русской литературой. Преподаю, — глаз мой закрылся. — Вы не будете против, если я вздремну?

— А вы не будете против, если *я* вздремну? — отозвался Курт. — Простите, но, когда на переднем сидении кто-то спит, я тоже начинаю засыпать.

Он сразу поехал как-то так, что машину начало трясти. Голова моя дробно стучала о стекло. Чтобы прекратить вредительство Курта, я решил пересесть на заднее сиденье. Там, как я надеялся, подразумевалось мое право на сон. Курт не возражал. Когда машина остановилась, я перебрался к Хайди. Сидя у противоположных дверей, некоторое время мы ехали молча. Я пытался снова задремать, а Хайди читала газету. Курт хотя и был слегка обижен, сдаваться не собирался.

— После нашей с вами беседы, — сказал он мне, — обратиться к вам девушка просто постесняется. Она могла бы рассказать что-то интересное, но ведь вы, Проф, хотите спать. Можно, я буду называть вас «Проф»?

От перемены мест результат не изменился: Курт продолжал говорить. Ему, конечно, не повезло: я хотел спать, а Хайди была замкнутой. Если бы он не брал с нас денег, думалось мне, мы с Хайди, вероятно, были бы обязаны его развлекать. Поддерживать разговор, оплачивая тем самым свой проезд. Но ведь мы ехали на коммерческой основе. Это он хотел бесплатных бесед. Он был настоящим халявщиком, этот Курт.

От его болтовни мой сон мало-помалу прошел. Приоткрыв глаза, я тайком наблюдал за Хайди. Она была субтильной и смуглой — есть такой немецкий тип. Вслед за песней определяю его для себя как тип персидской княжны. Которую (я мысленно взвесил Хайди) не так уж сложно выбросить из лодки. Из поезда, автомобиля, откуда угодно: беззащитна, только бросай. Она сидела прямо, едва касаясь спинки сидения. Короткие рукава, подсвеченный солнцем пух на руках. Так выглядит лето.

Сквозь ресницы, в которых всё еще плавала немецкая девушка, я увидел насмешливый взгляд Курта. Взгляд сверлил меня из зеркала заднего вида. Курт подсмотрел, как я любуюсь ее беззащитностью.

— Теперь она не расскажет ровным счетом ничего. Только из-за вас, Проф.

— Если это будет интересный рассказ, я готов бодрствовать, — пошел я на уступки. — Например, если Хайди расскажет нам свою жизнь. Расскажете, Хайди?

— Вам это не кажется агрессией? — спросила меня Хайди. — Почему я должна рассказывать свою жизнь?

— Вы не должны, — ответил я. — Скорее, у вас есть возможность. Знаете, существует такой русский жанр — разговоры в купе. В купе рассказывают жизнь такой, как она была. Или такой, как мечталась, — неважно — никто ведь не проверяет. Главное здесь в том, что, выйдя из купе, собеседники не встречаются больше никогда.

— Вы хотите, чтобы я перед вами, фигурально говоря, разделась?

— Не он хочет — русская литература, — вступился за меня Курт. — В русской литературе все только и делают, что друг другу исповедуются. Почитайте Достоевского.

— А я читала, — сказала Хайди. — И у меня сложилось странное впечатление. Мне показалось, что все русские — как бы это помягче сказать? — истерики.

— Ну, не все. — Курт, не оборачиваясь, показал на меня. — Наш-то спокоен.

Хайди попыталась сложить газету, но у нее не получилось. Утратив форму, газета приобрела объем. Хайди снова развернула газету и ребром ладони ударила ее по линии сгиба. С коротким всхлипом газета согнулась пополам. Еще раз согнулась и шлепнулась на сидение между нами. Сопротивление подавлено. Победительнице машут экологичные ветряки по обе стороны дороги. Что никогда не интересовало русскую литературу — это экология.

Глядя на меня из своего зеркала, Курт сказал:

— Вы подали хорошую идею, Проф, но в наших условиях она неосуществима. Немецкие мальчики и девочки — другие: исповедоваться они никогда не будут. В нашей среде это не принято, у нас — дистанция.

— Так я и предлагаю ей другую среду, — я указал на себя большим пальцем. — Со мной можно.

— С ним можно, — подтвердил Курт.

Я продолжал наблюдать за Хайди. Она вела себя как человек, который готов выступить с заявлением. Вдыхала ртом. Покусывала губы. Созрев, произнесла:

— Ладно, я ведь — не та, кто портит игру. Расскажу вам кое-что о себе.

Она только что окончила университет, работает ветеринаром. Любит животных, иначе бы не работала. Животные — как маленькие дети. Не могут объяснить, где у них болит, обо всем приходится догадываться самой. Профессия не так чтобы захватывающая, но дает возможность зарабатывать на жизнь. Хотя сейчас всё сложнее: на запад Германии, где она живет, всё чаще переезжают восточные немцы. Они готовы работать за меньшие деньги и сбивают цены. Хайди надеется, что среди нас нет восточных немцев (я успокаивающе киваю) и что своим рассказом она никого не огорчила.

— Я — восточный немец, и огорчен, — сказал Курт. — Но огорчен другим. В вашем рассказе нет доверительности. Это не русская литература. Это рассказ для отдела кадров. Простите.

— Тогда расскажите о себе, — предложила Хайди. — Демонстрируя доверительность.

— Отлично. Рассказываю.

Курт — программист, хобби — альпинизм. До воссоединения Германии жил в восточном Берлине. Горы в ГДР никакие, и Курт мечтал о Кавказе. Для СССР, однако, требовалась виза, получить которую было сложно. В отличие от СССР, с восточных немцев визу не требовала Румыния, что и было использовано хитроумным Куртом. Раздобыв ключ проводника, он садится в поезд Берлин–Бухарест. Этот поезд (такова география) два часа идет по территории Украины, причем делает там техническую остановку. Во время остановки Курт открывает дверь своим ключом, преспокойно выходит на Украине и направляется на Кавказ. Пробыв три недели в горах, он задумывается о возвращении и выбирает легальный путь: поезд Москва–Берлин. Советским пограничникам путешественник показывает внутренний паспорт и — билет общества немецко-советской дружбы, в которое однажды вступил по наитию. Пограничники ошеломленно рассматривают эти бумажки, пытаясь в голубых глазах немца прочесть, насколько он вменяем. Создавая атмосферу непринужденности, Курт повторяет слово «дружба» (другие ему не вспоминаются). Идут долгие переговоры по рации. Детали их Курту непонятны, ясно лишь, что в рядах пограничников царит растерянность. Ситуация нетипична, и в отношении восточногерманских друзей они боятся поступить неправильно. Оглядываясь по сторонам, пограничники заталкивают Курта обратно в купе и уходят. Таким же образом Курт ездил и в последующие годы. Всего — восемь раз, до падения стены. Потом он уже ездил в Альпы.

Слушая Курта, я думал о том, что восточные немцы теперь больше похожи на нас, чем на западных немцев. Хайди — сдержанная, а Курт — вот он какой: наш человек. Как же мало времени им для этого понадобилось...

В окрестностях Лейпцига мы остановились у кафе и съели по пицце. Курт выпил безалкогольного пива, а мы с Хайди — по паре стопок немецкой водки «Горбачев». «Горбачев» был ее заказом. Из-за жары пить водку мне не хотелось, но я сделал это ради девушки. Она русифицировалась прямо на глазах.

Когда мы сели в машину, Хайди стала рассказывать о своих молодых людях. Упреков со стороны Курта больше не последовало: истории для отдела кадров явно не предназначались. Хайди последовательно описала друзей, их интересы, а также места, где она с ними занималась любовью. Это были парки, ночные пляжи и примерочные дорогих магазинов. В одном магазине их обнаружили по движению ног: пара не учла, что дверь там не доходила до пола. Да (Хайди щелкнула пальцами), она никогда не занималась любовью в машине, хотя что, казалось бы, могло быть естественней...

Курт спросил:

— Проф, а почему вы отказались вести машину — у вас нет с собой прав? Их ведь здесь никто не спрашивает.

— Я не умею водить машину.

Курт присвистнул.

— И ничего в своей жизни не водили? Даже «Жигули»?

Я задумался.

— Бронетранспортер. На военных сборах я водил бронетранспортер.

— Ну, после этого вполне можно вести машину. Соблюдая, конечно, правила — разметка дороги, там, красный свет...

— Для бронетранспортера не существует красного света, — строго ответил я.

До бывшей немецко-немецкой границы мы ехали по шоссе гитлеровских времен — огромным бетонным блокам. На стыках блоков колеса издавали короткий хлопающий звук. Он задавал ритм нашего движения до границы. После границы начался шестиполосный автобан, а с ним — пробка. Мы открыли окна. Попросив разрешения положить мне голову на колени, Хайди сняла кроссовки и сунула ноги в окно. Мы ехали на малом ходу, а Хайди вращала оранжевыми, в полоску, ступнями. Из параллельных рядов нам приветственно махали. О раскрепощающем влиянии русской литературы там даже не догадывались. Голова Хайди ерзала по моим бедрам. Широко раскрытые глаза упирались в мой подбородок.

— Знаете, Проф, — сказала Хайди, — считается, что самое сексуальное в мужчине — это ум. Ум и опыт. Мне кажется, девушка физически ощущает, как они входят в нее со зрелым мужчиной...

В зеркале мне подмигнул Курт. На такой градус доверительности не рассчитывал никто. Поколебавшись, я легонько нажал Хайди на нос: в сложившейся ситуации действие было единственно правильным.

— Я думаю, это заблуждение юности — насчет вхождения ума и опыта. Входит, Хайди, только одно, никогда не догадаетесь что.

— Догадаюсь.

Машина стала снова набирать скорость. Хайди села и закрыла окно. По обе стороны дороги потянулись ярко-желтые поля рапса, и лица сидящих в машине стали желтыми. За ними последовали заросли баварского хмеля, но цвет наших лиц уже не изменился. Наверное, мы просто устали.

Под Нюрнбергом зашли в придорожный ресторан выпить кофе.

— Так что же мне теперь делать? — спросила Хайди.

— В каком смысле? — не понял я.

— Вообще.

Курт выдохнул сквозь неплотно сомкнутые губы. Длинное «ф», начинающееся с «п». В ответственный момент так делают все немцы.

— Лечите ваших зверюшек, — сказал он. — Остальное прояснится по ходу дела.

Хайди посмотрела на меня.

— А что в таких случаях советует русская литература?

— Советовать бессмысленно. Да это и не входит в задачи литературы.

— Что же тогда входит в ее задачи?

— Не знаю. Может быть, создавать среду.

До Мюнхена мы ехали молча. Прощаясь, Хайди предложила оставить мне номер ее телефона.

— Вы же знаете законы жанра, — напомнил я. — Их нельзя нарушать.

Мы расплатились с нашим водителем и обнялись — все втроем. Одной щекой я чувствовал колючего Курта, другой — вспотевшую Хайди.

— Вы женаты? — спросила Хайди. — Вы не хотите мне звонить, потому что вам было бы неловко перед женой?

— Скорее — перед русской литературой, — ответил Курт, пряча деньги.

Я пожал плечами — вероятно, мне было бы неловко перед обеими. Забросил сумку на плечо и двинулся в сторону дома. Проезжая мимо меня, Курт посигналил.

СОВСЕМ ДРУГОЕ ВРЕМЯ

Мое первое воспоминание — настенные часы в перевязочной. В полутoрагодовалом возрасте я лежал в ожоговом отделении после того, как опрокинул на себя чайник с кипятком. Из позднейших рассказов знаю, что меня вывели на кухню нашей коммуналки в присланном роднёй матросском костюмчике, и там-то я схватился за чайник — только что вскипевший, поставленный зачем-то на табуретку. Родители (до их развода оставалось немногим более двух лет), гордясь то ли мной, то ли новой вещью и щедростью родни, показывали меня соседям, а я неуклонно приближался к предназначенному мне чайнику, и некому было меня остановить.

Мне, в сущности, тогда повезло: кипяток попал не на лицо, а на бок («Что это у тебя на боку?» — спрашивают меня знакомые на пляже), и я не был обезображен. Я не помню, как бился-катался по полу нашей кухни, как прилетевшая «скорая» не могла стащить с меня узкий костюмчик, не помню даже больничных перевязок. А часы — помню. Вероятно, боль перевязок отпечаталась в моей зарождавшейся памяти в виде двух черных стрелок и круглого, с черным же ободком, циферблата. Сейчас понимаю, что с самого начала мне было предъявлено то же, что некогда Адаму: время и страдание. Точнее, страдание, которое вывело меня из состояния вневременности и включило хронометр моей персональной истории.

Вневременность — райское качество, а детство — маленький личный Рай. Человек выходит из него, как выходят из равновесия, ибо Рай обладает абсолютным равновесием и полнотой. Покинувший Рай сталкивается с проблемами питания, плотской любви, квартиры, денег, но главное — времени. Время — синоним конечности, потому что бесконечное не подлежит счету. Погружение во время не происходит в одночасье, оно имеет длительность — так, чтобы иметь возможность привыкнуть (хотя одна уже мысль о длительности мгновенно переводит рассуждение во временну́ю плоскость). Всё происходит постепенно — как вход в холодную воду.

Будучи изгнан из Рая, Адам жил еще какое-то время, по нашим меркам — большое: 930 лет. И всё же эта длинная жизнь уже не шла ни в какое сравнение с вечностью. Вечность была потеряна. Она медленно уходила, даря свои последние отблески — немыслимое долгожительство праотцов. И хотя Мафусаил прожил даже дольше Адама (969 лет), общий курс был очевиден: с каждым поколением длительность жизни лишь уменьшалась. Когда фараон спрашивает праотца Иакова, сколько ему лет, Иаков отвечает, что 125, что малы и злы были годы жизни его и не достигли они лет жизни его отца.

Личная история в определенной степени повторяет историю всеобщую, и время в нашу жизнь входит не сразу. Детское время — совершенно особое, оно не похоже на взрослое. Это совсем другое время. Оно вязкое, почти неподвижное, почти не время еще, в нем нет главного свойства времени — необратимости.

Вот я четырехлетний стою по подбородок в море и смотрю, как девочка Надя вываливает в воду сырой песок из ведерка. В песке — совок. Сырой песок движется медленно, и совок движется медленно. Сползают. Я стою в море раскинув руки, словно держась за поверхность воды. Сохраняю по мере сил устойчивость. Волнуюсь, что совок упадет вместе с песком (просчитывание событий — свойство, мучившее меня с тех пор, как себя помню). Не смею об этом сказать, опыта ведь никакого, не было еще таких случаев в моей практике: чистое предвидение, боюсь быть смешным. Не исключается, что песок выпадет, а совок останется. Или, например, совок тоже выпадет, но, увидев свое падение, вернется. Время обратится вспять и всё такое. Если Надя так поступает, значит, из чего-то же она исходит. Есть, стало быть, в этом какой-то смысл.

Оказалось — не было смысла, так нередко бывает в жизни. Всё, что было в ведерке, в полном составе отправилось на дно моря и там растворилось. Надя растерянно смотрела на воду. Мне было жаль совка, жаль Надю, но грустнее всего было оттого, что ситуация разрешилась по законам логики — логики и земного притяжения, — а не по каким-то другим, менее жестким законам.

Тут возникает мой кузен Петр, он намного старше нас с Надей, мы для него мелюзга, но он входит в Надино положение и без устали ныряет, чтобы найти совок. Петр — и в этом есть что-то от героического эпоса — переворачивает подводные камни, спрашивая жестами из-под воды: здесь? Камни, все в бурых водорослях, обнаруживают обращенную ко дну голую изнанку. Или, может быть, здесь? Мне даже кажется, что камни глухо стучат под водой. Надя беззвучно плачет: о том, куда упал совок, она не имеет ни малейшего представления. Надя, два года спустя ставшая моей первой любовью. А совок так и не нашли — вот она, цена беспечности.

Мы идем по набережной, и я смотрю, как мягко соединяются с асфальтом сандалии моего кузена — с пятки на носок. Я тоже пробую так идти, но безуспешно. В моих шагах никакой пластики, мои сандалии не имеют такого постепенного соприкосновения с землей, негнущиеся, как вся детская отечественная обувь. Существенно то, что в данном случае мы идем не с пляжа, а на пляж, и впереди еще купание, ведерко с песком и все остальные события.

В детстве безгранично не только время, но и пространство. Безгранично в том смысле, что нет границ между местом, где живу постоянно, и приморским городом, куда приезжаю. Как-то они легко переходят друг в друга, без лишних слов. Сутки в поезде — и начинает пахнуть морем, гниющими водорослями, рыбой. У носов кораблей колыхание портовой неопрятности — бутылочных горлышек, арбузных корок, обрывков газет. Даже плюнуть туда страшно: вот, мол, слюна из моего рта в такой грязище будет плавать. Но ничего, плевал.

Все эти события я с трудом привязываю к конкретным годам. Потеря совка (1968 год) датируется только потому, что это моя первая поездка к морю. И первое воспоминание после ожога — сопоставимое с ним по силе. Такого больше уж не повторялось. Что повторялось: пляж, бабушка курит на ветру. Порывы ветра срывают с сигареты пепсл и даже искры. Напоминает Везувий. Курит бабушка и в безветрии. Пепел падает без внешних причин, исключительно под собственной тяжестью. Бабушка шершавой рукой стряхивает его с подстилки, на которой мы сидим. Рядом курит дядя Саша, моряк. Сделав затяжку, он позволяет части дыма выйти наружу, но это лишь прием, игра в кошки-мышки: мощным вдохом выпущенный дым затягивается обратно в рот, умеренно открытый — ровно настолько, сколько необходимо для таких операций. Многие его рассказы начинаются с фразы «Дул страшнейший норд-ост...». Дядя Саша толст, и живот его огромен — в особенности на пляже. Непонятным для меня образом дядя Саша является отцом худенькой Нади и ее старшей сестры Наты. А также сыном Наталии Владимировны, подруги моей бабушки. В том, кто кем друг другу приходится, я в свое время разобрался не сразу. Широкому кругу перечисленные имена мало что... Всё понятно.

Вот еще из раннего: смотрю, как Ната качается на качелях. Чуть не задевает меня ногами. Просит отойти. Объясняет, как это опасно — быть задетым по лицу ногой. Говорит: «Ноги — грубое дело». Одно из первых запомнившихся мне выражений. Грубое дело. Ноги, значит. Емко, можно сказать — исчерпывающе. Ната мне кажется рассудительнее Нади, только любят ведь не за рассудительность.

Летом мы ездили к ним, зимой — они к нам. Ожидая их, я просил, чтобы, если не хватит кроватей (с этим действительно были сложности), Надю положили со мной. На бабушкин осторожный вопрос, как я пришел к подобной мысли, внятного ответа у меня не было. К Наде мне было приятно прикасаться — но об этом ведь так прямо не скажешь. А еще приятно было сидеть под столом, клеить елочные игрушки, следить за метелью из жарко натопленной комнаты. Это — с обеими.

Надю и Нату я называл Белками, почему — не знаю. Поздняя версия: бабушка читала мне о девочках-белочках и мальчиках-зайчиках. Если дело обстояло так, то Белки должны были называть меня зайцем — называли ли? Что-то я не помню такого, и спросить некого: бабушка умерла. Впрочем, симметрия здесь не обязательна — ни в именовании, ни в чувствах. Ее и не было.

Белки приехали как-то на Новый год, и в один из дней Надя сказала мне: «Дурак!» Между прочим сказала, может быть, даже ласково — есть ситуации, когда необходимо произнести что-нибудь в этом роде. Обычное детское слово, незлое и необидное. Я был им поражен в самое сердце, плакал даже. «Дурак!» Лет пять-шесть мне было, я знал это слово, иногда им уже и пользовался, но чтобы Надя — мне... Отношения с Белками были той частью бытия, которая всё еще пребывала в Раю. Надино же слово было нерайским. Точнее, как раз и было тем яблоком в саду, к которому понятно, что лучше не прикасаться, но Надя зачем-то сорвала его.

Они приезжали и летом. Все вместе мы отправлялись на электричке отдыхать в деревню Кла́вдиево. Я довольно смутно представлял положение Клавдиева в мире, но четко помнил две последние станции перед ним: Кичеево и Немешаево. И хотя в те годы мне не случалось путешествовать в одиночку, где бы на свете ни возникли тогда на моем пути Кичеево и Немешаево, я бы всегда мог с уверенностью сказать, *что* последует за ними.

Клавдиевские — как, впрочем, и приморские — впечатления многослойны. И я не могу с уверенностью отделить один слой от другого. Самый ранний эпизод — это, пожалуй, преодоление высохшей канавы, неглубокой даже для меня тогдашнего. Меня переводили через нее Белки, которым это очень нравилось. Они были чуть старше меня, и я был объектом их взрослой заботы. Мне это тоже нравилось — я был рад такому неожиданному вниманию. Увидев, что предприятие удалось, в дальнейшем Белки переводили меня через всё подряд — канавы, бордюры, дорожки, — взяв под руки с обеих сторон. Было в этом что-то балетное.

Одним из самых сильных, хотя и чуть более поздних, моих клавдиевских воспоминаний стала пани Мария. Она была полькой, а фамилия ее — непреднамеренно — Поляковская. Роль ей в Клавдиеве выпала необычная, и рядовые клавдиевцы были пани Марии, прямо скажу, не чета. Она родилась в семье инженера, строившего Юго-Западную железную дорогу, и получила хорошее воспитание. В клавдиевском ее домике стояло фортепиано, на котором она обучала игре деревенских девушек. Как и почему их семья осталась жить в пыльном Клавдиеве, я себя тогда не спрашивал: всё происходящее на свете — и в этом преимущество детства — казалось мне естественным. Сейчас спрашиваю, но не нахожу ответа.

Иногда пани Мария для нас играла. Надевала старинные бусы, кольца и играла. Загрубевшие от немузыкальных ее занятий пальцы с шумом плюхались на клавиши. Так, напоминая о материальности искусства, в первом ряду партера слышен топот балерин. Время от времени раздавалось приятное щелканье — это касалось клавиш одно из колец пани Марии. Она не могла играть без колец.

Рассказывала об отце, пане Антоне, — «бардзо элегантський». Бардзо. Отменного воспитания человек. Пана Антона железнодорожная общественность отправляла по деликатному делу к министру железных дорог Клавдию Семеновичу Немешаеву в Петербург. Напомнить министру, что в его, министра, честь в свое время были названы две станции — Немешаево-1 и Немешаево-2 (пан Антон разворачивал карту и показывал на ней станции). Вот это-то, собственно, обстоятельство сбивало с толку машинистов (жестом показывал, как сбивало). Так нельзя ли, высокочтимый Клавдий Семенович (деликатно спрашивал), переименовать Немешаево-2 в Клавдиево? Нельзя ли, значит, в данном случае поменять фамилию на имя? Оказалось, можно.

Мы с Надей в Клавдиеве раскачиваемся в гамаке. Мы — в лодке, которая уходит от погони. Надя на веслах, а я лежу (ранен, может). Беглецы, одни в целом мире. Надя раскачивает гамак движением ног, и он взлетает так высоко, что захватывает дух. Ритм и энергия Надиных движений меня ощутимо волнуют. Из райского состояния мы вышли уже несколько лет назад. Я кладу руку на полоску кожи между ее майкой и юбкой, но она этого не замечает. Я робко глажу ее по спине — никаких возражений. Очевидно, как раненый, я имею на это право.

Помню клавдиевские имена. Мы снимали дачу у Ольги Максимовны. Самой Ольги Максимовны память не сохранила, но имя ее осталось. Она делила дом и сад с бывшим то ли мужем, то ли зятем, которого называла чудовищем. Делила в прямом смысле: по дому проходила перегородка, по саду — забор. Из-за этого забора чудовище угощало нас вишнями. Лица его мы не видели — только руки, полные темно-бордовых ягод. Целиком показываться (предположение основывалось на «Аленьком цветочке») он, видимо, боялся. За пугающей внешностью у него скрывалось доброе сердце, которого Ольга Максимовна так и не смогла разглядеть.

Но мы продолжали ездить и на море. Там, на море, у Белок не квартира была — колониальная лавка. Пробковый шлем, африканские маски, панцирь морской черепахи, акулья челюсть, рыба-меч. Не говорю уже о банальных раковинах и морских звездах — они лежали на каждом свободном месте. Все отнятые у моря предметы наполняли квартиру солоноватым запахом. Имелась также прекрасная библиотека, в том числе «Библиотека приключений», которую я — лет уже в восемь-десять — читал запоем в летние приезды к ним. Все приключения этой библиотеки память сохранила в декорациях их квартиры. И с ее запахом.

Взрослея, мы с Белками не то чтобы перестали общаться — скорее не были уже исключительным достоянием друг друга. У меня — и, несомненно, у них — появились новые друзья, которые доставляли нам радость. Одной из главных радостей моего детства было просыпаться от прикосновения моих друзей по двору. Жили мы с бабушкой на первом этаже, двери во двор не закрывались, можно было войти рано утром и разбудить меня. Я до сих пор помню эти пробуждения и сопровождавшее их ощущение счастья.

Было еще словечко — «выйдешь?». От него повышалось настроение. Не призыв, не команда («выходи во двор!»), а вопрос, точнее — вопрос-команда. Утром будят — выйдешь? Конечно, выйду, как же можно не выйти? Во дворе были свои развлечения, в известном смысле — даже свое море. То и дело под землей прорывало водопровод, и, чтобы добраться до него, выкапывали яму. Она тут же наполнялась водой. Воду откачивали, но труб не меняли — просто латали старые. После починки яма вновь заполнялась водой, и ее через какое-то (длительное) время снова откачивали, и снова латали трубу. Если вода больше не появлялась, через месяц-другой яму закапывали и покрывали участок асфальтом — до следующей (скорой) аварии. Всё делалось не совсем уж спустя рукава, но и без ажиотажа, с чисто русским фатализмом. И никто во дворе не выказывал неудовольствия — ни взрослые, ни (уж тем более) дети. Сидя на краю ямы, мы болтали ногами в прохладной глинистой жиже. А спины нам грело жаркое летнее солнце. Удивительное было наслаждение, и не скажешь ведь, что редкое.

Во дворе, под маслиной, стоял стол, по бокам — две скамейки. На одной из них сидел старый Илья — спиной к столу, облокотившись о него, разбросав руки. Из глубин памяти всплывает робкое сомнение, что был это, возможно, дядя Вася. Как бы то ни было, сочетание казалось вечным: маслина, стол со скамейками, человек. Потом человека не стало. Говорили, что Илья, проходя зимой мимо дворового крана, поскользнулся на наросших разводах льда и убился насмерть. Причем убился точно Илья. Кто бы в конечном счете ни сидел разбросав руки — Илья или дядя Вася, — мне его потом очень не хватало.

Рос еще во дворе пирамидальный тополь — очень высокий. Бабушка рассказывала, что его посадил Сергей, который давно умер. В голове моей не укладывалось, как это тополь растет, в то время как Сергей умер. Или, скорее, наоборот: как это он умер, если тополь растет. Имя Сергея мы с друзьями произносили с тихой печалью, оно нам очень нравилось, а Сергей казался молодым и красивым. Это было одной из первых моих встреч со смертью. Более ранней встречей были только похороны во дворе, когда я поднялся в квартиру покойницы и долго смотрел на нее. Смерть тогда не выглядела явлением всеобщим. Случай безымянной покойницы, как и случай Сергея, казались мне их личной неудачей.

Место сидевшего на скамейке под маслиной заняла баба в платочке — очень ненадолго. Баба была воплощением иронии и скепсиса. Нас, вернувшихся из школы (кожаный запах ранца, звяканье ручек в пенале), она встречала фразой на чужом, хотя и вполне понятном языке: «Школяри... Копийка вам цина в базарный дэнь». Не знаю, насколько была оправданна такая жесткая оценка. Может быть, и оправданна... Баба исчезла так же неожиданно, как и появилась.

Была в моей жизни еще одна Белка — кошка. В отличие от приморских Белок — воплощение злобы и человеконенавистничества. Всякого проходившего мимо встречала шипением и попыткой схватить за ногу. Находясь рядом с плитой или стульями (предметы, под которыми животное любило отдыхать), следовало всегда быть начеку. Почти любое движение рядом с ней Белка считала нападением и немедленно бросалась в контратаку. О том, чтобы погладить киску или, не дай Бог, взять ее на руки, не могло быть и речи. Частичное исключение делалось Белкой только для моей бабушки. Впрочем, я был не из тех, кто отступает перед трудностями, и, надев перчатки из толстой кожи, несколько раз отрывал Белку от пола. Сейчас понимаю, что дело могло кончиться пусть не ожоговым отделением, но уж наверняка офтальмологическим.

Между тем Белку ценили. Она отлично ловила крыс, что для нашей квартиры было качеством актуальным. Будучи профессионалом, пойманных крыс Белка не ела, предпочитая мясо, которое бабушка давала ей в награду. Справившись с крысами в квартире, Белка начала ловить их на помойке и приносить в квартиру. Однажды сосед Эдуард покрасил в кухне пол (это был единственный раз, когда на моей памяти в кухне что-либо красилось), и по этому полу Белка протащила очередную крысу со двора. Выгнав Белку с крысой, Эдуард закрасил образовавшуюся дорожку и закрыл входную дверь. Дождавшись ухода Эдуарда, Белка с крысой влезла через форточку и протащила-таки добычу через кухню до нашей с бабушкой двери.

Собственно, Белка появилась в нашей квартире уже на грани моего взросления. Наверное, поэтому черты ее лишены размытости и предстают во всей своей четкости. Вместе с тем образ Белки подернут и дымкой эпоса, слагавшегося прежде всего мной. Я придумывал о ней массу историй, которые всем рассказывал и о которых Белка ничего не знала, иначе (мяу!) она бы мне их ни за что не простила.

Лет с десяти время моей жизни начало встраиваться в общую хронологию, и моя личная история мало-помалу стала частью истории всеобщей. События разворачивались стремительно. Я вырос, закончил школу, выучился на литературоведа, отпустил бороду, затем ее сбрил, обзавелся семьей, мы много путешествовали, из литературоведа я превратился в литератора (точнее, совмещаю одно с другим), вновь отпустил бороду, по совету жены — короткую, в виде трехдневной щетины, поседел и приобрел неожиданно респектабельный вид: карманники на Невском (они принимают вас за иностранца, пояснили мне в полиции) стали проявлять ко мне то внимание, на которое прежде я просто не мог рассчитывать.

Отношений с Белками я почти не поддерживал. Первой отпала Надя. Она вышла замуж и, как человек цельный, послала к чертовой бабушке всё, что не имело отношения к ее новой семейной жизни. Ната со временем также вышла замуж — за неразвитого парня с большими усами — то ли радио-, то ли сантехника. На вопрос о круге его чтения следовал ответ, что всем видам литературы он предпочитает техническую. Когда у них родился больной ребенок, муж Нату бросил. Она выживала за счет того, что в нескольких местах мыла полы, а ее отец дядя Саша, к тому времени списанный на берег, продавал на улицах газеты. В те годы я побывал у них, но квартиры не узнал. В ней больше не было ни «Библиотеки приключений», ни просто библиотеки, ни даже мебели. Квартира превратилась в бомжатник, где, помимо хозяев, жили собаки, якобы выращиваемые на продажу. Ната, однако, не теряла присутствия духа. Помимо мытья полов, она публиковала в местной газете стихи и вступила в компартию (независимой уже) Украины. Последние известия об этой семье шли урывками — в основном через мою мать, которая с Натой переписывалась. Рассказывали, что, продавая газеты зимним ветреным днем (дул страшнейший норд-ост, вспомнилось мне), дядя Саша поскользнулся и сломал шейку бедра. Прохожие занесли его домой, но в больницу он не обращался. Нога его срослась неправильно, и он уже больше не ходил. А потом пришло письмо от Наты, где сообщалось, что у нее последняя стадия рака печени. Когда мои родные попытались с Натой связаться, к телефону уже никто не подходил.

Иногда мне кажется, что в разрушении этого маленького приморского Рая виновато время. Не то время, которое «время перемен», «трудное время» и т.д., а время как таковое, как потеря вневременности. Мне даже мерещилось, что нужно просто отмотать время назад, и — восстановится Натина печень, дядя Саша поднимется с обледенелого тротуара, вернется на свои полки «Библиотека приключений», Белки под руки (надо полагать, задом наперед) поведут меня обратно через канаву, совок, вынырнув из воды, втянется в детское ведерко, а кипящий чайник медленно остынет.

Содержание

Литературно-художественное издание

Водолазкин Евгений Германович

СОВСЕМ ДРУГОЕ ВРЕМЯ

Роман, повесть, рассказы

16+

Заведующая редакцией *Е.Д.Шубина*
Редактор *А.С.Портнов*
Технический редактор *Т.П.Тимошина*
Корректоры *А.П.Савина, Н.П.Власенко*
Компьютерная верстка *Е.М.Илюшиной*

Подписано в печать 18.10.13. Формат 84x108/32.
Усл. печ. л. 25,2. Тираж 4000 экз. Заказ № 8529.

Общероссийский классификатор продукции
ОК-005-93, том 2; 953000 — книги, брошюры

http://facebook.com/shubinabooks
http://vk.com/shubinabooks

ООО «Издательство АСТ»

127006, г. Москва, ул. Садовая-Триумфальная, д. 16, стр. 3

Отпечатано с готовых файлов заказчика
в ОАО «Первая Образцовая типография»,
филиал «УЛЬЯНОВСКИЙ ДОМ ПЕЧАТИ»
432980, г. Ульяновск, ул. Гончарова, 14